Francisco García Pavón:
Cuentos, I

El Libro de Bolsillo
Alianza Editorial
Madrid

© Francisco García Pavón
© Alianza Editorial, S. A., Madrid, 1981
   Calle Milán, 38; ☎ 200 00 45
   ISBN: 84-206-1959-0 (O. C.)
   ISBN: 84-206-1820-9 (Tomo I)
   Depósito legal: M. 11.427 - 1981
   Compuesto por Fernández Ciudad, S. L.
   Impreso en Closas-Orcoyen, S. L. Polígono IGARSA
   Paracuellos del Jarama (Madrid)
   Printed in Spain

Creo que mis «cuentos completos» —cinco libros publicados entre 1952 y 1977— van primordialmente por dos caminos: el más ancho de mi obra narrativa, que podría denominarse autobiográfico, o mejor, vivencial, y el fantástico.

El primero comenzó con Cuentos de mamá (1952). Casi todas las narraciones que componen este libro fueron escritas bajo la impresión que me produjo la muerte de mi madre en 1949. Y son algo así como un manojo de vividuras infantiles, verdadero cimiento sensitivo de mi historia de escritor y de hombre. Nada menos que diez años después publiqué Cuentos republicanos (1962), que en la misma línea reflejan el final de mi infancia, llegada de la pubertad y primera adolescencia. El título, más que una identidad política, recrea el especial encuadre biográfico, que para mí, por razones familiares, tuvo la llegada de la II República. La presencia insistente de mi abuelo Luis, el republicano, ya apuntada en Cuentos de mamá, y relatos como «La muerte del novelista» (Blasco Ibáñez), «Comida en Madrid» y los referidos al «Colegio de don Bartolomé» —*primeros roces políticos*— *y «Dibujo al aire libre» revelan especialmente aquellas sensaciones y recuerdos.*

*En* Los liberales *(1965) evoco lo que fue para mí —ya en plena adolescencia— la guerra civil, en la que no combatí, y vi desde mi pueblo, donde afortunadamente ocurrió muy poca cosa. Titulé este libro* Los liberales *porque mi propósito fue presentar a unos verdaderos liberales, encabezados por Doña Nati, mi abuelo Luis, su amigo Lillo, mi padre y otros personajes reales, ante los radicalismos propios de la guerra, en la zona republicana.*

*En* Los nacionales *(1977), conjunto de relatos referidos a los últimos días de la guerra civil y primeros meses de postguerra, continúa la presencia de los mismos liberales, pero acosados ahora por el extremismo de los vencedores. Estos últimos recuerdos y sensaciones son políticamente más conscientes, por la edad que ya tenía cuando los viví, y referirse a mis heridas personales, aunque leves, que, por razones políticas, pocos liberales pudieron evitar. Vg.: «Certificado de adicto al régimen», «Depuración de la química», «Condena a muerte del Instituto», «Libertad condicional 1943» y «Llegada a Madrid», entre otros, son los relatos más significativos de esta etapa.*

*En mi obra narrativa, mayormente realista, irónica, más o menos poética y evocativa, muy de cuando en cuando se produjeron hasta ahora algunas salidas bastante fantásticas y muy dentro de mi vena humorística, que aparecieron ya en mi primera novela larga,* Cerca de Oviedo *(1946), y no resurgieron de manera completa hasta en mi penúltimo libro de cuentos,* La guerra de los dos mil años *(1967), que alguien calificó de «ciencia ficción... pero española», ya que en algunos de ellos, «La fiesta nacional», «El avión en paz», «El tablado flamenco» y «Palabras prohibidas» había una intención crítica de ciertas pervivencias sociales, y fórmulas políticas de entonces... Aunque a veces, en cuentos como «El paso de las aceitunas» y «La Cueva de Montesinos», estas invenciones fantásticas se vean protagonizadas y rodeadas por tipos y ambientes de mi mundillo literario realista y autobiográfico más frecuente.*

F. García Pavón

*Postdata.*—Por su temática y estética, tan distintas del resto de mis narraciones, *La guerra de los dos mil años* debía cerrar el segundo volumen de estos *Cuentos completos* y no el primero. A ello han obligado razones editoriales.

Cuentos de mamá

## Primero

Entre sueños me pareció oír que papá pasaba a la alcoba, que despertaba a Tala y que hablaba en voz baja con ella. Poco después noté que salía papá, y al poco Tala con mucha prisa. Pero yo no sabía bien si aquello era que yo lo estaba soñando o que lo veía de verdad... Y entre sueños también llegué a pensar si ya sería de día y que por eso se levantaba Tala... Pero no me explicaba bien por qué aquella mañana había venido papá a despertar a Tala, cuando era Tala la que siempre despertaba a papá. Luego me dormí mejor, pero con todo, en el sueño, yo notaba un no sé qué raro; pues pasaba que yo no dormía bien, pero tampoco mal del todo... y que había algo que casi no era nada, como un hilo que me arañaba el reposo. ¿Sería esto porque papá había venido a despertar a Tala y no Tala a papá? ¿O porque ya era de día, tan pronto?... No sé por qué sería aquel hilo que me salía del sueño y no me dejaba dormir bien.

Luego oí que se abrían y cerraban puertas; y entreví, por el montante, la luz encendida del recibidor…, pero yo todavía no despertaba del todo. Por fin sonó la puerta de la calle y ya sí que me desperté bien… y sin saber qué pensar, me puse a mirar la luz eléctrica que entraba por el montante. Miré por la ventana después, y vi que, por las rendijas, no entraba claridad ninguna. Entonces, pensando que pasaba algo raro, me puse a escuchar con mucho cuidado, y al poco, me pareció oír algo muy callado, así como si alguien se quejase un poquitín… y ese alguien no podía ser más que mamá. Como quería oír todavía mejor, no respiraba y estiraba mucho las orejas hacia arriba, como hacen las liebres.

Al poco rato se oyó que abrían la puerta de la calle con llave, y que subían dos personas por la escalera; que se paraban en el recibidor y luego entraban en la alcoba de mamá. Y entonces sí que oía hablar mejor, pero no podía coger palabra alguna. Me incorporé en la cama… Yo sentía una angustia muy grande que no sabía de qué.

Las voces salieron al recibidor al poco rato. Y entonces me tiré de la cama y me puse a mirar por el ojo de la cerradura de la puerta del recibidor. Y allí estaba papá con el abrigo puesto, el tapabocas cruzado sobre el pecho y la boina que se ponía para estar en casa. Y estaba también el médico, don Domingo, que es joven, pero tiene el pelo blanco, blanco; que tenía la cara de mucho sueño y no llevaba corbata, y en vez de zapatos, unas zapatillas de paño negro. Y fue y le dio a papá unos papeles pequeños, y papá, muy pálido, se marchó a la calle. Quedaron en el recibidor don Domingo y Tala, que estaba sin medias, con zapatillas a chancla y el pelo suelto. Tenía las manos cruzadas sobre el vientre y los ojos llorosos, pero estaba muy callada. Don Domingo comenzó a pasearse con las manos en los bolsillos, y la Tala se vino hacia mi alcoba, que era la suya también. Yo me metí corriendo en la cama para hacerme el dormido, pues me daba miedo preguntarle nada a Tala. Y ésta entró en la alcoba y no encendió la luz, sino la mariposa que siempre tenía sobre la mesilla «por si ocurría algo». Y noté que se vestía, que se ponía las horquillas del moño, que se lavaba un poco, y otra vez salió atándose el mandil y sin mirarme siquiera... Y es que Tala siempre creía que yo estaba haciendo lo que ella pensaba. Me volví a la cerradura y vi que el médico seguía paseándose con las manos en los bolsillos, y con su cigarro de papel negro en la boca. Paseaba encogido y con muchas ganas de volverse a la cama.

... A mí me daba no sé qué el ver fumar a aquellas horas a un hombre recién levantado. Tala estaba en la alcoba de mamá. Don Domingo, como impaciente, sobre el «centro» del recibidor puso unas jeringuillas y aguja. Tala le trajo agua y la pusieron a hervir encima de un algodón. Pron fin llegó papá con unas cajas envueltas en papeles de cristal, y don Domingo llenó la jeringuilla y pasaron todos a la alcoba.

Cuando marchó el médico de la casa ya se veía luz del día por las rendijas de la ventana. Tala llevó a papá una taza de café y no pareció ocurrir nada más.

Yo me volví a la cama, que ya estaba fría. La claridad que entraba por las rendijas me daba mucha tristeza y me puse a pensar si mamá se moriría. Y nada más pensarlo, e imaginarme yo solo en la casa con Tala, con papá y con mi hermanillo, me dio un ahogo y empecé a llorar por lo bajo...

Y ya se oían los gallos: primero uno, luego otro y después muchos lejanos. Y pasaban por la calle las carretillas que llevaban la fruta al mercado, y los carros y las mulas que iban a la labor. Y luego comenzó a sonar la esquila de la torre, ésa que toca a misa de alba, que es una misa muy fría a la que sólo van las viejas que no pueden dormir... Y yo no sabía dónde estaría Dios en aquellas misas tan frías; pero al acordarme de Dios, y de si se moriría mamá, empecé a rezar muy despacio la oración de San Jerónimo, para que le diese gusto a Tala, que me la había enseñado y que tanto lloraba la pobrecilla por mamá.

Me quedé un poco adormilado y soñé cosas de mucha tristeza, que no me acuerdo, pero en todos los sueños estaba mamá con la boca tapada, como la abuela Manuela cuando murió y le taparon la boca... Y me dio mucha

alegría cuando Tala me despertó para tomar el desayuno
e ir a la escuela. Estaba muy seria y no me dijo nada.
Yo tampoco le dije. Me vestí de prisa, me lavé y salí
al comedor para tomar el desayuno. Allí estaba papá
leyendo el periódico... y no me dijo nada tampoco. Luego
Tala me llevó a la alcoba de mamá. Sobre la mesilla había
cajas y frascos y mamá estaba muy pálida, pero tranquila,
y me miraba con sus ojos azules muy abiertos y de mucha
pena. Yo no sabía qué decirle porque iba a llorar y no
quería, pero por fin le pregunté que si se levantaba o no.
Y me dijo que no, que estaba cansada y que se iba a quedar en la cama aquel día. Mi hermanillo, que todavía dormía en la alcoba de mamá, estaba en la cuna con los ojos
abiertos, con muchos colores, y rascándose la melena
rubia. Luego mamá me besó con muchas ganas, como
cuando se iba de viaje... Al hablar tenía la voz un poco
cansina, pero nada más... Y yo deseaba no irme al colegio y estarme allí, pero no me atreví a decir nada...
Y sobre el embozo de la cama vi una gotita de sangre
que se asomaba un poco, y unas gotas también en la almohada.

... Cuando la Tala me abrió la puerta de la calle para
que me fuese al colegio, llegaba otra vez don Domingo
en su berlina verde, y me dio unos golpecitos en la cara,
y me dijo: «Adiós, bonito.» ... Ya no parecía tener cara
de sueño.

En la calle había mucho sol y yo tenía que ir con los
ojos casi cerrados... y fui andando muy despacio, al lado
de la pared, pensando cosas de mucha angustia.

## Segundo

En la «Glorieta» tocaba la música todos los jueves por
la noche. Y los de Bolós, y Marcelino, y Salvadorcito y
yo, nos íbamos allí en seguida de cenar, pues como era
verano nos dejaban salir... Pero esperábamos para marchar a que pasase la banda tocando el pasacalles aquel
que decía: «Somos los negros de la ciudá de New York»,

y luego no sé qué del «Ku-Klux-Klan». La banda salía
de la puerta del Ayuntamiento, que estaba en la plaza,
y formados los músicos en tres hileras, venían trompe-
teando toda la calle abajo, rodeados de chiquillos, que
correteando y saltando a su lado, levantaban una polvisca
que llegaba a las luces. Delante, venía el maestro, que se
llamaba don Santos, y el pobrecillo, para no ahogarse con
la polvareda que armaban los muchachos, iba tapándose
la boca con un pañuelo, y de espaldas a los músicos, me-
neaba de cuando en cuando la batuta en el aire y sin volver la cabeza, como si fuese arreándolos. El músico del
bombo, que era Felipe, llevaba siempre a su lado a Rubio,
el de los platillos, que como no sabía música, o sea solfa,
tenía que ir junto a Felipe para que éste le diese con el
codo cuando había de empezar o terminar el chin-chin...
El más alto de los músicos era Vicente, que tocaba el
requinto, y se le veía la cabeza por encima de toda la
banda, como si fuese asomándose o le llevasen en hombros.

Así que la banda llegaba a mi puerta, echábamos nosotros a correr delante, e íbamos haciendo cabriolas junto
a don Santos hasta llegar a la «Glorieta»... Allí daba
gusto entrar después de la polvisca de la calle, pues estaba
muy regada, y los pinos, los rosales y los evónimos daban
frescor y olían muy bien. Además había allí muchas luces
y en el centro estaba la fuente de «Lorencete». Este era
un pescador de caña que estaba sentado en el centro de
la fuente, con un sombrero de paja, del cual salían chorri-
tos de agua para arriba. Y alrededor había una verja, y
entre la verja y la fuente, claveles rojos plantados en el
suelo.

Los músicos se ponían, haciendo corro, en el paseo de
dentro, que era el más ancho, y ponían los papeles sobre
unos atriles de varillas doradas, muy finas, y tocaban «La
verbena de la Paloma» y otras cosas bonitas. Cuando tocaban, el maestro don Santos, a veces, se ponía muy enfadado y se le salían los puños, que eran duros. Y otras
veces se ponía suave, con cara de mucho gusto, y no se
le salían los puños, sino que cerraba los ojos y se balanceaba para uno y otro lado, como si volase. Alguna vez,

una de esas mariposas que se llaman de la luz, se ponía a dar vueltas locas alrededor de la bombilla que alumbraba a don Santos, y como le hacía sombra en el papel, don Santos se enfurecía y subía mucho la batuta por ver si espantaba la mariposa al tiempo que dirigía, pero unas veces la espantaba y otras no.

Y mientras tocaba la música, y mientras no también (porque descansaba mucho, sobre todo cuando no estaba allí el alcalde, que era Carretero), las mozas y los mozos iban y venían paseando por los cuatro paseos de la «Glorieta», y las viejas y los viejos se sentaban en los bancos; y los chicos correteábamos por todos sitios, haciendo rabiar a Marcelino, que era el guarda, que tenía muy mal genio, y llevaba gorra de plato con estas letras doradas: A. M., que quieren decir, según mi papá, «Alguacil Municipal» y no «Afuera Marcelino», como yo pensaba... Y tenía también un látigo muy largo con el que nos pegaba en las piernas, si le arrancábamos hojas, flores o nos saltábamos las verjas de la fuente...

La última pieza que tocaban siempre los músicos era el chotis de «Don Quintín el amargao». Ese que dice:

> *Y si un día se levanta de mal talante*
> *se le oyen las voces en Alicante.*
> *Don Quintín es un majalandrín,*
> *don Quintín, el pobre está amargao...*

Y cuando acababa la música nos volvíamos despacio, cansinos y sin ganas ya de nada.

... Y aquel jueves, cuando llegué a casa, vi que estaba la puerta abierta de par en par. Y en el portal estaban las vecinas... Y el médico don Domingo estaba cerrando su maletín. Y papá y los abuelos estaban en la alcoba de mamá. Y cuando llegué todos me empezaron a acariciar y hablaban entre sí, pero ninguno me decía nada. Yo tampoco dije cosa alguna, pero en seguida comprendí que debía pasar algo de pena.

Sí recuerdo que Tala estaba sentada en la escalera con cara de haber llorado y que tenía sobre las rodillas a mi hermanillo, que dormía como un lirón: con la cara colo-radota, la melena rubia revuelta y, como siempre, los de-dos dentro de la boca. La Tala, en su congoja y como distraída, de cuando en cuando le acariciaba los muslillos a mi hermano... Y como de pronto empezase a llorar y dijese que quería ver a mamá, todos empezaron a hablar entre sí con misterio, y al oírme, papá salió, me tomó de la mano y me llevó a la alcoba para que la viese, según pedía.

Había un papel verde puesto en la luz de la mesilla de noche, y tardé en verle la cara a mamá, que la tenía medio cubierta con unos paños de aguas calientes que le iba poniendo una mujer que era de otro pueblo... Y yo no sé si era porque lloraba o porque le goteaba el agua de los paños, el caso es que mamá tenía los ojos muy hú-medos... Papá me inclinó sobre ella para que la besase y me fuese a acostar, y lo hice, pero ella no me dijo nada, ni me besó tampoco; sólo hizo mirarme con sus ojos azules de mucha pena... Cuando la besé noté que tenía la cara blanca y fría. Debía ser por los paños que le estaban po-niendo.

Cuando se marcharon todos los vecinos, me acostaron. Pasé una noche muy mala, porque de nuevo me di en imaginar la muerte de mamá y la tristeza que ello me daría.

A la mañana siguiente, en seguida de vestirme fui a la alcoba de mamá, pero mamá no estaba en la cama. Me fui al comedor. Y allí estaba mamá. Sentada junto a la mesa, con la boca, y un ojo, y toda una media cara muy torcidos... por eso que se dice parálisis. ... Y al verme comenzó a llorar, pero no lo podía hacer bien, ni hablar tampoco, porque cuando fue a decirme «mi chiquitín», como solía, no la entendí, pues lo dijo con palabras muy gordas y flojas... Y tampoco podía abrir bien la boca, ni cerrar el ojo de aquel lado. Me senté junto a ella, y mi-rándola muy serio, acabé por llorar, y ella, llorando tam-bién, apretábame junto a sí... Y papá, vuelto de espaldas, miraba por el balcón y a lo mejor lloraba también, pero yo no lo vi.

Luego entró Tala y trajo en una bandeja una caja grande de polvos y un espejo. Y mamá se miró en él y de nuevo empezó a llorar. Después, mojó la palma de la mano en aquellos polvos, y comenzó a darse masaje por todo el lado de la cara que se le había torcido...

Y desde entonces, todos los días se daba de aquel masaje... Así meses y meses.

## Tercero o el viaje

Mi hermanillo estaba sentado en la mecedora de rejilla meciéndose, mientras miraba en el cielo las golondrinas, que aquella tarde chillaban mucho. Y como sus piernecillas no le llegaban al suelo, las movía un poco de cuando en cuando, como tijeras; otras veces se llegaba con el dedo a la nariz, pero siempre sin dejar de mirar al cielo. No tenía el niño ganas de jugar, ni de reír, ni de llorar.

La Tala planchaba sobre la mesa de pino, muy seria, y de vez en vez, suspiraba muy hondo, y levantaba la cabeza como si se ahogase, y más de una vez la vi pasarse el pañuelo por los ojos. La Tala planchaba camisas y probaba la plancha con el dedo mojado de saliva, que hacía: pufff. Un poco apartado, para no darnos calor, estaba el anafre.

... Yo me pasé toda la tarde recortando unos cromos. Estábamos todos debajo de la parra de uvas de gallo que hay en el pardín, junto a la escalera de hierro... Cuando venía un poco de aire caían hojas secas de la parra, grandes como manos abiertas; a veces caían sobre el planchado, y entonces Tala las empujaba al suelo sin mirarlas. También, cuando venía un poco de viento, el humo gordo y negro de la chimenea de la fábrica de alcohol se deshacía, y al poco, se volvía a formar como chorro.

De la calle venía el ruido de las prensas y destrozadoras de los jaraíces, y el traqueteo de los carros. Las gallinas de la abuela, sueltas por el patio, picoteaban la hierba pajiza con movimientos aburridos.

Desde por la mañana, que se habían marchado los abuelos a Madrid para ver a mamá, no hablábamos en casa. Tala suspiraba y lloraba; nosotros callábamos por los rincones y las mecedoras. Y es que la noche antes había venido un telegrama azul, y por la mañana se habían ido los abuelos y los tíos..., y ocho días antes papá se había llevado a mamá en un coche para que la curasen los médicos, porque llevaba todo el verano en la cama. Y desde que el telegrama llegó, el abuelo, que era el padre de papá, estuvo diciendo: «¡Válgame Dios!»

Cuando ya no se veía, Tala nos dio de comer en la cocina y en seguida nos acostó.

Yo me pasé toda la noche llorando, porque bien me sabía lo que pasaba o lo que estaba muy cerquita de pasar. Mi hermanillo dormía con los dedos en la boca. Me oyó Tala llorar, me despertó y me preguntó qué cosa me pasaba. Yo le dije no sé qué de mamá, y ella me dijo que rezase. Y yo lloré más. Entonces se despertó mi hermanillo y se me quedó mirando fijamente, un poco asustado, y al momento, sin decir nada, comenzó a llorar también. Se levantó Tala, le hizo carantoñas, y empezó a moverlo, pero él lloraba más y llamaba a mamá... Luego, poco a poco, fue amortiguándose y quedó otra vez dormido con la cara muy relejosa de lágrimas. A mí me besó Tala en la frente y me dijo que durmiese también.


Por la mañana Tala lloraba mucho más, y con otro telegrama azul en la mano, que no hacía más que leerlo, nos vistió unos mandilones negros. Yo, con la tristeza y con la gongoja de verme con aquella ropa tan fea, no pude desayunar. Tala procuraba no mirarme. Mi hermanillo, de cuando en cuando, se miraba el mandilón negro, se lo tocaba, y luego nos miraba como pidiéndonos cuentas de aquello; esto lo hacía muy calladito, aunque a lo mejor, de pronto, daba una voz... o se dormía, porque en todo aquel día durmió mucho. A cada nada se quedaba dormido. Luego se despertaba de golpe otra vez y se nos quedaba mirando, como asustado…, y así todo el tiempo.

… Tala, muy en secreto, me dijo que mamá se había ido con Dios a la Gloria.

… Y todo mi empeño a partir de entonces era el recordar cómo era mamá cuando la vi por última vez… Y apenas la veía muy tapada con su abrigo negro, muy cubietras las piernas, con una manta a cuadros, sentada en el auto cuando se fue por la mañana temprano de hacía ocho días. Me besó y me dijo: «A ser bueno, chiquitín.» … Tenía las manos muy blancas y largas aquel día y me besó con la boca algo torcida. Al arrancar el auto, miró por el cristal trasero, dio con la mano en él y arañó con la sortija en el vidrio.

Desde que Tala me lo dijo me quedé un poco más tranquilo, pero me pareció que el mundo estaba completamente solo. El patio y el comedor y la sala y el corral, todo me llenaba los ojos de lágrimas.

… Yo me metía en las habitaciones que estaban solas y pensaba cómo era mamá.

Por la noche paró el auto en la puerta de casa. Sin pensarlo salí corriendo a él, como si viniese mamá. Primero bajaron los abuelos y los tíos, que me besaron y se entraron en seguida; luego llegó papá, que venía de luto y con mucha barba. Nos abrazó a los dos hermanos a la vez y se sentó en la escalera del portal, poniéndonos a cada uno en una rodilla, y juntándonos las caras con la suya, que pinchaba, comenzó a llorar muy fuerte y mucho… Yo no había visto nunca llorar a un hombre. Mi hermano, al llorar, chillaba muchísimo, como si le pegasen… y no sabía por qué lloraba; yo, sí. Luego llegó la abuela y nos separó.

Cuando nos iban a acostar, por la puerta que da a la sala vi sobre una silla la maleta abierta con las ropas de mamá, las que se llevó… Aquella fue la mayor impresión. ¿Dónde y con qué la habían enterrado?

Cuando creí que mi hermanillo se había dormido ya, oí que me preguntó:

—Pepi, ¿y mamá?

—¡En el cielo! —le dije, enfadado de que no se hubiese enterado aún... Y al poco noté que dormía.

# La oración de San Jerónimo

Nos acostábamos a las diez en invierno y a las doce en verano. La Tala en la cama de hierro, yo en la de madera. Y entre los dos había un biombo de tela amarilla con pájaros azules y rojos de colas muy largas. Y un globo rugoso pegado al techo, que daba luz azul de la que es buena para los dormitorios. Y la Tala se desnudaba detrás del biombo y desde allí me decía: «Vamos a rezar la oración de San Jerónimo.» Y algunas noches a mí me daba gusto, pero otras no, porque es muy larga y la Tala no quería que me dejase ni una sola palabra. La rezábamos con la luz apagada…, y nada más llegar la oscuridad, a mí se me ponía delante de los ojos un redondel verde que se alejaba en seguida dando vueltas, y luego volvía haciéndose más verde; y así muchas veces, hasta que chiquitito se iba para no volver. Y la Tala, con su voz de flauta de caña, dale que dale a la oración. Y yo la seguía de esta manera:

> *San Jerónimo bendito,*
> *santo de la «inopotencia»,*
> *el que llevare consigo*

> *la oración de tu clemencia*
> *estará libre de los peligros*
> *que caigan sobre la tierra...*

Y yo oía que Tala, mientras rezaba, se iba quitando las horquillas del moño, que dejaba sobre la mesilla. Y a lo mejor usaba el vaso de noche, y entonces alzaba la voz para disimular; y a lo mejor miraba debajo de la cama por si había ladrones y yo se lo notaba porque al agacharse se le ahogaba la voz.

> *El que adora a Dios con Fe*
> *gozará la Gloria Eterna.*
> *Oíd, devotos; oíd,*
> *cristianos contemplativos,*
> *del más piadoso Santo,*
> *del corazón compasivo.*
> *Oigan todos los mortales*
> *porque a todos los convido,*
> *porque tenemos que ir*
> *vivos y muertos al Juicio...*

Y cuando se echaba en la cama, antes de apoyar la cabeza, palmoteaba la almohada muy fuerte para mullirla. Y si era invierno, resoplando se tapaba la cabeza de golpe, y yo se lo notaba en la voz que se la tapaba también; pero no se tapaba la oreja, porque si yo dejaba de rezar la oración, como hacía algunas veces por probar, se daba cuenta y me reñía.

Y alzaba mucho más la voz, como diciéndomelo a mí, cuando llegábamos a lo de

> *¡Quién San Jerónimo fuera*
> *para poder explicar*
> *lo que padecen las ánimas*
> *que en el Purgatorio están!*
> *¡Allí claman y suspiran*
> *metidas en aquel fuego,*
> *arrojadas por el suelo*
> *en aquel fuego infernal!*

Cuando era verano, dejábamos abierta la ventana, porque es bueno para la tisis, y desde mi cama se veía el mirador de don Sabino, que tenía forma de casita, con los cristales de arriba verdes. Y se veía un poco cielo con estrellas y nubes que iban y venían. Y cuando era sábado, pasaban los gañanes cantando flamenco y tocando bandurrias. Y a lo mejor, ladraba un perro... o dos. Y entre el mirador de don Sabino y el cielo, estaba el tejado, rizado, negro... Algunas veces la Luna entraba en la alcoba, y daba sobre el biombo de los pájaros azules y rojos.

La Tala, mientras duraba el rezo, se rebullía mucho en la cama, y yo no sé qué hacía para suspirar muy fuerte y muchas veces sin dejar de hablar. Eran suspiros de mucha pena cuando decía:

> *El pariente llama a la parienta,*
> *el hermano a la hermana,*
> *el marido a la mujer*
> *y le dice de esta manera:*
> *Esposa del corazón,*
> *¿cómo de mí no te acuerdas?*
> *Cuando en aquel mundo estaba*
> *y me daba algún dolor,*
> *¿qué diligencias no harías*
> *para llamar al «dotor»?*
> *Y si hoy me vieses aquí,*
> *entre tanto fuego arder,*
> *¿qué diligencias no harías*
> *por no verme padecer?*

Cuando la Tala ya no podía resistir el sueño, yo se lo notaba porque se le iba la voz lo mismo que el redondel verde que yo veía al acostarme, pero en seguida le venía más fuerte, como arrepintiéndose... Y también, cuando le llegaba tanto sueño, se rascaba la cabeza con mucha rabia, que sonaba: ras, ras, ras. Y además, cuando llegábamos al final de la oración que ahora voy a decir, aunque yo me saltase alguna palabra o le hiciese remedos con la voz, no me lo notaba, porque ella estaba ya «con el tío de la arena». Y el final era este:

> Estas son claras razones
> de la Sagrada Escritura:
> que con misas y limosnas
> nuestras penas serán puras. Amén.

Y la Tala daba un ronquido flojo con el «amén», y luego otro más fuerte; y ya estaba dormida... Y yo, entonces, ya tranquilo, me ponía a pensar en cosas de guerras y de barcos.

## La matanza

El día antes de la matanza, siempre era sábado y jugando por el patio veíamos hacer los preparativos. En
el porche, la abuela y las chicas fregaban la máquina de
hacer chorizos y los lebrillos y las orzas y los barreños.
En medio del patio, la Tala lavaba la mesa de matar.
Y luego llegaba un carro con las aliagas para chamuscar
el guarro cuando estaba muerto. Y en seguida que llegaban las aliagas iba el abuelo a verlas y decía que eran
peores que las del año pasado, que habían costado más,
que no sabía dónde íbamos a parar y que aquello era el
«acabóse». Luego llegaba un carro con las cebollas de
matanza, ésas que son como bombas antiguas, y que sirven para rellenar morcillas. Y el abuelo tomaba una cebolla en la mano y decía que eran hermosas y baratas,
porque se las había vendido su amigo, el de la huerta de
«Matamoros»...

... Caía la tarde detrás de la chimenea alta de la fábrica
de alcohol, que echaba un humo negruzco y pesado como
un chorro de morcillas. Y, de cuando en cuando, íbamos
a ver el guarro, que andaba hociqueando en la pocilga.

Y nos daba algo así como lástima que el pobre no supiese que al amanecer lo iban a matar... como a los hombres que condenan a muerte, que también los matan por la mañana, que debe ser la hora buena para matar a la gente y a los guarros... Y yo pensaba entonces, mirando al gorrino, cómo la gente muere o la matan sin que se entere, sin notar nada antes, sin presentir nada... Porque la muerte, como dice Tala, es algo que llevamos detrás de la oreja, y como va detrás y no pica, no la vemos ni la sentimos... aunque falte un día para llevarnos.

... Y volvíamos a jugar al patio deseando que llegase pronto el otro día.

Luego salían los operarios de la fábrica y hacían corro en torno a mi abuelo para que los invitase a la matanza. Y mi abuelo los invitaba, pero la abuela gruñía porque decía que así todo el gorrino se iba «en presentes»... Y empezaban a discutir cuántas arrobas tendría el marrano, y como no se ponían de acuerdo, iban a verlo a la pocilga... Y el pobre guarro seguía allí, hociqueando, sin saber por qué mala causa era toda aquella visita. Luego, un operario que era francés y se llamaba «Franquelin», decía que no iba a cenar aquella noche, para venir mañana a la matanza más hambriento. Y Luis, que era un aprendiz pálido que no comía casi nunca porque sus padres eran muy pobres, cuando los demás hablaban de lo mucho que se iba a comer allí al día siguiente, bajaba los ojos y reía un poquillo por lo bajo, con vergüenza.

Aquella noche nos acostábamos toda la familia en casa de los abuelos, y decíamos a las muchachas que nos llamasen temprano, cuando fuese el matador... Y la cena se hacía insípida pensando en el gorrino del día siguiente.

Y por la mañana temprano, que hacía sol casi siempre, salíamos a desayunar a la mesa grande del comedor de la abuela, y allí estaba el abuelo tomando el café y con la radio puesta... Y daba gusto oír la radio tan temprano, porque se oía muy bien y los que hablaban tenían la voz de recién levantados. Y decían con mucha claridad las noticias. Así: «Ayer tarde, S. M. el Rey recibió en el Palacio de Oriente al nuevo embajador de Alemania, que iba acompañado del jefe del Gobierno, señor Marqués de Estella, y el introductor de embajadores...»

Y cuando llegaba el matador, el abuelo mandaba que lo entrasen en el comedor (y yo creía que vendría también con el introductor de embajadores...). Entraba llevando colgada del brazo una cesta muy larga, cargada de ganchos y cuchillos, que él llamaba «la herramienta». El abuelo lo invitaba a una copa de aguardiente, que era bueno para «matar el gusanillo». Luego, liaban un cigarro y hablaban de cuántos cerdos se matarían aquel año en el pueblo... Después nos íbamos todos a la pocilga. Pero desde hacía mucho tiempo, en la cocinilla de los gañanes las mujeres cocían agua y fregaban los cacharros... La abuela, en las mañanas de matanza, siempre se ponía en la cabeza un pañuelo blanco para que no le cayesen canas en las morcillas... A los chicos nos daba miedo entrar del todo en el corral del guarro y nos quedábamos en la puerta... Y el matador, con el gancho en la mano, corría detrás del guarro llamándolo: «Marrano, marrano», hasta que lo enganchaba en un rincón. Y comenzaba a tirar de él andando para atrás, apoyándose mucho en los pies y poniendo cara de mucha fuerza. Y su ayudante, cogía luego al gorrino por el rabito por si se quería escapar. Y el gorrino, con los ojillos entornados por el dolor y la boca a medio abrir y babosa, chillaba de una manera que daba miedo... Y era porque entonces comprendía que la muerte se le había salido ya de detrás de la oreja... Y yo temblaba al pensar lo terrible que debe ser que entre dos hombres cojan así a uno para matarlo, que sabe que no tiene escape ni por el cielo ni por abajo, que no hay más que dejarse hacer, porque la fuerza es algo muy serio... y no queda hacer más que chillar... porque eso da miedo a quien lo oye y a lo mejor sirve para ahorrar otra muerte por miedo de oír chillidos así otra vez... Pero los matadores de oficio deben aguantarse muy bien el miedo a los chillidos. Y es que los hombres malos lo son porque saben no hacer caso de nada.

Cuando llegaba al corralazo, el guarro ya iba casi entregado, y no hacía tanta fuerza como antes... Iba más bizco y no chillaba tan seguido. Y es que hasta a esos momentos tan últimos se acostumbra el cuerpo cuando no ve cómo salir de ellos. Luego, en el mismo corralazo, en la mesa de matanza que estaba bajo la parra, lo echaban encima. La chica venía corriendo con un cubo, que ponía debajo del cuello del gorrino, y el matador le metía por allí un cuchillo muy largo. Y el gorrino, después de chillar muy fuerte un momento, respiraba muy hondo, y quedaba como descansando... Ya no hacía más que respirar a golpes fatigados; algunas veces movía una pata o intentaba cabecear. Y la sangre, por el lado del cuchillo, salía gorda, con mucho humo, a mucho chorro, sobre el cubo, en el que la chica batía y batía para que no se cuajase... Y el guarro se iba quedando poco a poco vacío de vida, hasta estar como dormido, que era cuando ya casi no caía gota de sangre en el cubo.

Entonces comenzaban a encender ramas de aliaga, como si fuesen antorchas, y las pasaban sobre los pelos del guarro para quemarlos. Y olía muy mal... El humo azul de las aliagas subía hasta la parra, y luego, más azul, hasta el cielo, donde ya no se veía. Cuando terminaban de chamuscarlo, lo raían con cuchillos viejos hasta dejarlo mondo y limpio.

... Y a mí me daba qué pensar aquello de que los cerdos, que son animales tan guarros, no los laven hasta que se mueren. Y es que, como dicen los santos y Dios, «a uno, cuando va al infierno, le obligan a hacer todo lo que no quiso hacer cuando vivo». ... Aunque eso de morirse es un trago que no creo que les guste más que a los viejos. Pero el guarro no era viejo, porque sólo tenía once arrobas, que entre gorrinos debe ser la edad de la escuela...

... Y cuando pasaba esto de mondarlo, el guarro ya parecía muerto del todo... Yo pensaba la cosa tan seria que es la muerte, que a un cuerpo tan vivo y tan gordo lo deje quieto y hueco como a un tubo..., que ya no es nada. Que todo lo que se movía, hacía y pensaba, se le ha ido no se sabe cómo ni dónde.

Luego lo abrían en canal... y ya no puedo decir por
orden cuántas cosas pasaban, pues empezaban a sacarle
tantas cosas de dentro al guarro, que echaban humo y no
olían bien, y se las llevaban las mujeres en cubos y lebrillos con tanta prisa, que era muy difícil fijarse. Si sé
que lo hacen todo con los brazos remangados.

Luego, colgaban al guarro de una viga del porche, con
la cabeza para abajo, y allí se quedaba tieso todo el día,
con aquella raja tan grande en todo lo largo de la barriga,
y un plato debajo del hocico por si goteaba alguna sangre
descuidada... Y entonces nos habían dado la vejiga, que
es cuando se hincha como un globo sucio. Primero la salá-
bamos con ceniza para que se secase, y luego, inflada, la
atábamos a un carrizo, y así jugábamos con ella. Yo nunca
me fijaba bien de dónde le sacaban la vejiga al guarro,
y cuando se lo preguntaba al abuelo, él y el matador se
reían y a lo mejor me decían mentiras como que era el
fuelle de los p... Si se lo preguntaba a las chicas se reían
más que el matador, y una, poniéndome la boca en la oreja, me dijo que era una cosa que yo no sé lo que es,
pero que se dice con un pecado muy gordo, de ésos que
se llaman tacos. Y se reían mucho todas de mí porque
yo ponía cara de no entender.

Luego nos asaban unos somarros, que son trozos de
cerdo muy pringosos que hay que tomarlos con vino,
según decía el abuelo.


Ya pasadas las doce, llegaban los operarios a comer.
Y comíamos todos juntos en el jaraíz, haciendo corro a
una sartén muy grande de gachas de hígado, que es lo
que se come en las matanzas, y luego guarro frito, y luego
naranjas, café y copa; y mientras la comida, se bebía
mucho vino con la bota de cuero, que siempre andaba por
el aire.

Y cuando todos habíamos terminado de comer, Franquelín todavía iba por las gachas, cuya sartén tenía ya él
solo entre las piernas. Comía a dos carrillos y con los
ojos entornados, como el gorrino. Y aunque no era man-

chego, sino francés, sabía muy bien cortar el pan para pincharlo con la navaja y sacar en él las gachas como si fuera cuchara. Todos reían mirándolo comer... Y Luisito, el aprendiz pobre, cuando le preguntaban si había comido bien, se reía un poco y bajaba los ojos.

Terminada la comida, los hombres echaban chistes y las mujeres se iban en seguida a la cocina para seguir guarreando. Franquelín pedía el postre, y luego, con el cinturón colgado al cuello, porque ya no le alcanzaba ningún ojo para ponérselo, de gordo que estaba, se iba a pesar a la báscula del porche pequeño, y todos, riéndose, iban detrás de él por ver lo que «había hecho».

La tarde solía ser bastante aburrida. Nos cansábamos de jugar por el patio, y de cuando en cuando íbamos a la cocinilla a ver a las mujeres hacer chorizos y morcillas. O íbamos al porche a ver el gorrino ya tieso, o al jaraíz a ver a los oficiales y al abuelo jugar al «mus», que es ese juego de las «chinas» y de los «envidos» y de una palabra más fea que es «órdago».

El sol se iba subiendo poco a poco por la parra arriba, luego por los tejados, como gato; luego por el puro de la chimenea, hasta perderse. Y todo lo dejaba callado... Y ya habíamos roto la vejiga, y estábamos cansados, y habíamos merendado cerdo, y cenaríamos cerdo, y ya todo el año cerdo, porque de él se come todo, desde las orejas hasta el rabo..., menos la vejiga, que es viento puro.

Ya casi de noche, bajaban al guarro y lo hacían cuartos, que es quitarle los blancos, descuartizar las costillas de las chuletas... Se iban los oficiales... Las mujeres iban a dar los «presentes» a los vecinos... Y nos acostábamos rendidos, desilusionados, tristes.

Y cuando mamá le decía:

—Ramona, ¡vaya unas formas que tienes de contestar!

Ella torcía el morro a escondidas, como diciendo: «Yo contesto como me da la real gana.»

Y cuando mamá le decía:

—Ramona, ¿cómo vas tan corta, mujer? ¿No te da vergüenza?

Ella, al entrarse en la cocina, se cogía dos puñados de falda y se la subía hasta más arriba de las ligas rojas con cenefas, y hacía un dengue.

Y cuando mamá le decía:

—Ramona, no digas estas palabrotas, y menos delante del niño.

Ella, cuando estábamos solos, me acercaba la boca a la oreja y me decía los cinco pecados peores: el que empieza por C, el que empieza por P, el de la M, el de la L y el de la O, que no es O, sino H.

Y como un día se enfadó mamá mucho con ella porque me había llevado a ver un muerto (que fue la telefonista pequeña), la Ramona, a los pocos días, tomó venganza de mamá e hizo lo que voy a contar. Le dijo:

—Señorita, ¿quiere usted que el niño venga conmigo a cantarle las flores de mayo a la Virgen, a casa de mi prima?

Y mamá dijo que sí. Y fuimos.

Pero cuando llegamos a una casa vi que no había flores, sino un hombre muerto, que era tío de la Ramona. Aunque me entró de sopetón en la habitación, no me llevé gran susto. Era un cuarto encaramado con uvas y pimientos secos colgados de las vigas. El muerto estaba tumbado en la cama con la boca abierta, la barba blanca muy crecida y la cabeza un poco torcida para arriba, como los futbolistas cuando rematan de cabeza.

Me extrañó que allí no llorase nadie, a no ser un muchacho de cosa de ocho años, que, solo, sentado en el suelo, en un rincón de la cocina, lloriqueaba muy cansino llamando a su abuelo.

A pesar de lo que decía mamá, no me daba mucho miedo el muerto, aunque sí me fijaba mucho en él.

Y llegó una mujer muy moza y dijo que si querían que ella amortajaría al difunto. Porque había hecho promesa a Dios de amortajar en un año a todos los muertos que pudiera. Y dijo que se «hinchaba» a amortajar, porque la muerte no se daba abasto aquella primavera a quitarle vecinos al pueblo.

Le dijeron que sí, y ella entonces se puso muy mandona. Dijo que lo primero que se debía hacer era afeitar «aquel hombre»... A mí me sonó mal, no sé por qué, el que le llamasen «hombre» al muerto.

Y uno de los que allí había sin llorar dijo que se le avisase a Porras, que se daba mucha maña para rapar difuntos. Pero otro dijo que cobraba ocho duros y que ésos eran muchos cuartos para un afeitado..., aunque fuese el último.

Entonces la amortajadora dijo que si le daban de merendar, aunque no fuese más que una salsilla de tomate, pan y vino, que ella lo afeitaría.

Le contestaron que sí y la mujer pidió paños. Y mientras se los traían, dijo que cuál clase de mortaja le iban a echar, si traje, hábito o sudario.

Una mujer gorda, que era la nuera del muerto, dijo que le podían echar el traje ceniciento. Pero uno de los mozos dijo que el traje cenizoso era para él.

—Pues no le vamos a echar el traje negro, que está nuevo.

—Desde luego que no —dijo otro mozo—, porque ése lo gasto yo.

Entonces empezaron a hablar del hábito, pero la amortajadora les echó las cuentas de que les costaría diez duros. Y acordaron que sábana, pero no de las bordadas, sino de las morenas que se trajo el «Chato» de la mili. Y empezaron a sacar sábanas morenas del arca, pero no se entendían, porque las mozas que allí había, conforme las miraban, decían: «¡Qué lástima de sábana!», y se las guardaban ellas.

Le preguntaron por fin a la amortajadora si valdría una que estaba hecha un mengajillo.

Y dijo que bueno. Que todo sería que tuviese que ir el difunto con los cueros en las tablas, porque el roto de la sábana morena le iba a llegar desde «el pescuezo hasta la canal».

Y la amortajadora, mientras hablaba lo de las sábanas con las otras mozas, iba dándole jabón de afeitar al difunto. Y para no manchar, le habían puesto en el cuello, a modo de paño, un mandil de rayas blancas y azules. Dijo luego que la navaja que le habían dado no cortaba muy bien, pero empezó a tirarle con mucha fuerza, y a trancas y barrancas le fue quitando el pelo, aunque se dejaba mentiras y desolladuras blancuzcas.

La amortajadora dijo, cuando terminó el afeite, que para hacer las cosas ella se «apañaba» mejor en el suelo que en alto. Y dispusieron de bajar el colchón.

La Ramona no me soltaba de la mano, no me fuese a escapar.

Alzaron los cobertores, le sacaron al cuerpo los calzoncillos, que eran largos y con cintas, y la camiseta, que era de surquillo.

Quedó desnudo, con mucho pelo grisantón y una fajilla de lana roja en el vientre, que dijeron que se la dejaban. Parecía —tan torcido y caprichoso como estaba de postura— que lo estaban manteando. Entre cuatro, cada uno de un brazo y de un pie, lo alzaron para ponerle debajo la sábana rotilla que llamaban sudario... Y cuando lo tenían así alzado, para trasladarlo de la cama al colchón que habían echado en el suelo, una vieja que había detrás de mí mirándolo todo, dijo:

—Bien preparado estaba el hombre. No tendría recochura la pobre Justa, que en Gloria esté—. Y unas cuantas que había por allí se rieron. Pero yo, como era tan niño, no le saqué sustancia al dicho.

En un santiamén, la amortajadora lo lió en aquella sábana, haciéndole tantos pliegues y cosas, que lo dejó como monje vestido de blanco. Todo lo prendió muy bien con alfileres, menos el roto de la sábana, que cayó —como dijeron— «entre el pescuezo y la canal».

En éstas pasaron la caja, y al verla, la amortajadora dijo que era muy honda para tan poco calibre de muerto. Y mandó que le pusieran de colcheta unos papeles de periódico.

Luego, entre dos mozos, uno que le tomó de la nuca y el otro de los pies, le echaron en la caja.

Alrededor de la cara le ataron al muerto dos pañuelos, atados por un pico, como si le dolieran las muelas, para que le cerrasen la boca. Y como los ojos se le querían entornar, la amortajadora le puso los dedos sobre los párpados y los tuvo así un rato aprentando con fuerza.

Y como no había un rosario en toda la casa, entre las manos le pusieron al difunto una estampilla con una Virgen y un Niño.

Al poco le quitaron los pañuelos y dijeron que se había quedado tan ricamente. Otra mujer dijo que estaba durmiendo propiamente. Un viejo se agachó a besarlo y dijo que pocos quedaban en el mundo tan machotes como el pobre. Y empezaron a besarlo muchos y muchas, y cada uno le decía su cosa.

En la cocina, el muchacho seguía con su llantina, sin que nadie le hiciese caso.

Le encendieron dos cirios, retiraron la cama, y la gente empezó a salir del cuarto.

Yo, al darme el aire, sentí que la cabeza me daba vueltas. Dije a la Ramona que tenía angustia, y entre ella y otra moza, amiga suya, de dos empellones me sacaron al corral. Me encajaron en un rincón y allí di muchas arcadas, pero sin echar una sola gota.

—¡Cobardón —me dijo—, si no tienes nada!

La Ramona se apartó un poquitín, y enfrente de mí y sobre las losas comenzó a orinar. La otra hizo igual, y las dos se reían y me decían cosas, pero yo no quería mirar. Y luego la Ramona le dijo a la otra que una gitana le había dicho que la quería un mozo con el culo «retorneao».

Yo, sin saber por qué, empecé a llorar y dije que en llegando a casa le iba a decir a mamá que me había llevado a ver un muerto. Entonces la Ramona se acercó a mí y me empezó a retorcer el brazo hasta que grité mucho. Y me dijo:

—Si dices algo a tu madre, te retorceré así el brazo hasta arrancártelo de cuajo, ¡so mocón!

La otra moza, que estaba ajustándose los pantalones porque había tardado más en hacer «pis», le dijo a la Ramona:

—No seas mala sangre, mujer, y deja en paz a la criatura.

Y por el camino de casa me fue haciendo muchas caricias y besuqueándome para conformarme, y además me decía todo lo que había que contar a mamá que había visto en la Cruz de Mayo.

Cuando a los pocos días echaron a Ramona de casa porque todo se supo, yo me quedé tranquilo; pero algunas noches soñaba que me retorcía el brazo, y que entre su amiga y ella, en pantalones y en aquel corral de la casa del muerto, me degollaban.

# El Ford

Yo creo que cuando nací ya estaba en casa el Ford color verde aceituna. Por las tardes de verano, en medio
del patio, Emilio —que era el chófer— lo lavaba con
una esponja y una gamuza de esas que cuando se mojan
brillan y están muy suaves, y cuando están secas, se ponen
duras como un cartón. La abuela también ayudaba a lavarlo, porque quería que tuviese mucho brillo. Y cuando
ya estaba limpio y seco, quedaba en el centro del patio
brillante como un jaspe, dándole el sol en el parabrisas
con muchos reflejos, y en el tapón del motor, que era una
mujer con alas, niquelada, que mi tío la llamaba Victoria,
y decía que era de Samotracia, que es un pueblo de los
que ya no están en el mapa.

Estaba el Ford tapizado de cuero negro con botoncitos
redondos de vez en cuando, haciendo bullones. Y no
tenía cristales, sino celuloides de esos con los que hacen
las gafas de juguete y las púas de tocar las bandurrias.
La bocina era muy hermosa, con la pera negra y tan gorda
que yo no podía abarcar con la mano, y para tocarla tenía
que tirarle pellizcos... y su forma me recordaba una cosa

que no quiero decir. La trompeta de la bocina era muy larga y niquelada también, y sacaba un sonido muy señor, al decir de mi tío. También tenía el Ford un claxón, que era un botón que estaba debajo y a la derecha del volante, y al apretarlo sacaba un sonido bronco..., como si carraspease un hombre gigante. El volante era negro-azulado, bien redondo y suave; y debajo tenía dos varillas blancas que cuando se bajaban o subían hacían que el motor aprestase mucho. Tenía también el auto aquel, tres pedales muy altos, un botón para arrancar, que era como un ombligo sacado, y un freno que el tío decía ser muy duro... Lo que menos me gustaba del Ford era la manivela, demasiado fina, y siempre colgante como el rabo de un perro.

Cuando se ponía en marcha, comenzaba a retemblar un poquitín todo él, y hasta no acostumbrarse, parecía que era uno el que tiritaba. Y eso sí, al arrancar, y cuando el tío le bajaba y subía aquellas varillas doradas de debajo del volante, soltaba el demonio del auto unas pedorretas muy graciosas que asustaban a las mulas y a los caballos.

En junto, la vista del Forinche era simpátaica. Era más bien alto y fino, como los chicos de quince años, o las potrillas, o los buches, o los galgos jóvenes. Y yo no sé qué compostura tenían los asientos y los respaldos, que desde fuera, los que iban detrás parecían demasiado tiesos, como si llevaran corsé o fueran sentados sobre el borde de alguna cosa. Por la trasera tenía un cristal grande y cuadrado, que era por donde los que se iban decían el último adiós con la mano..., y en este cristal había puesto mi tía un monito de lana colgado de un cordoncito, que iba siempre bailando cuando el auto marchaba, y si corría mucho, el muñeco se volvía loco de tanto zarandeo. La toldilla era brillante, negra, de cuero fino de zapato.

Cuando yo montaba en él para ir a la huerta o Argamasilla, disfrutaba mucho viendo cómo se asustaban las mulas y los caballos, y cómo los carreros nos echaban maldiciones cuando pasábamos... Y también que gustaba el ver a los árboles quedarse atrás, y los perros que ve-

nían ladrando envueltos en una nube de polvo, hasta que
se cansaban y quedaban parados, meneando la cola y mirándonos con la lengua fuera, resollando y con los ojos
vencidos... Y es que el hombre, por lo que inventa —como
decía el abuelo— es el mayor animal de la creación y
vence a todos. (No estoy muy seguro si decía «el mayor
animal» u otra cosa parecida, pero yo lo entendía muy
bien.)

Cuando atravesábamos la llanura a la caída de la tarde
y el sol nos daba de frente, hacía tantos brillos en el parabrisas y en las conchas de las cortinillas, y en los niquelados, que parecía que íbamos metidos en una bombilla...
y por ello todos nos poníamos la mano sobre los ojos y
nos picaban las narices y estornudábamos. Y si el sol nos
daba de lado, brillaban mucho los pendientes y los collares de las mujeres, y la sombra del auto, muy raquítica
y muy estirada, con nuestros cuerpos dentro muy largos
y muy salidos, nos seguía todo el tiempo, sobre los surcos
de la tierra, o los montones de piedras, o los árboles, o
las fachadas de las casas..., subiéndose por ellas.

Cuando acabábamos el viaje, el Ford parecía cansado.
Estaba lleno de polvo, echaba humo por el radiador, donde tenía la Victoria, y quemaba por todas partes. Si entonces, como solían, le echaban unos cubos de agua en
las ruedas, el auto parecía agradecerlos y sentirse mejor...

Yo le tenía mucho cariño, porque el pobre Ford hacía
todo lo que podía por darnos gusto... y, sobre todo,
cuando le metían por barbechos y eriales para demostrar
que era duro, el pobre cumplía muy bien, y con su paso
borriquero y sus pedorretas, se saltaba todos los obstáculos como podía y sin quejarse jamás.

Cuando llovía, el pobre Ford también pasaba lo suyo:
iba por barrizales y baches, con el parabrisas y las cortinas de concha cuajados de lágrimas; resbalando a veces, de barro hasta las puertas, pero sin pararse, como
un valiente... Luego, cuando se quedaba en la cochera,
a mí me daba lástima dejarlo tan solo, tan helado, tan
«custrío» de barro, tan derrotado.

Muchas veces oí contar en casa las dos grandes aventuras del Ford, que ocurrieron cuando yo no había nacido o cuando era todavía muy tierno. La primera fue cuando, recién comprado, lo conducía mi abuelo, que como era muy nervioso y «de otros tiempos» (pues sabía conducir muy bien tartanas, tílburis y hasta jardineras de yunta), no guiaba bien el auto y chocó con un carro. Y ello le dio tanta rabia, que se bajó, le dio una patada al pobre Ford y lo dejó solo en medio de la calle. Tuvo que ir mi tío a recogerlo, y desde entonces ya no condujo más el abuelo, pues decía que «aquello no era para él».

La otra aventura fue cuando el tío José y el otro tío y papá, en vez de ir a Manzanares para matricular el auto, se escaparon con él hasta Madrid y se corrieron la gran juerga. Las mujeres siempre contaban esto con cara de un poco disgusto, y ellos se reían mucho porque aquello había sido «una hombrá». Y hablando de este percance fue cuando yo empecé a darme cuenta de que a las mujeres les gustan de los hombres las cosas que dicen que no les gustan, y de que los hombres, como lo saben, muchas veces hacen algunas cosas, no porque las deseen mucho, sino porque saben que a las mujeres les gustarán, aunque luego digan que no. Y es que, como decía el abuelo, la mujer es un hombre a medio hacer..., o como decía Lillo: entre el «sí» y el «no» de una mujer no cabe un soplo de aire... Y lo que yo sacaba de todo esto es que las mujeres no son hombres, ni chicos, ni gatos, sino como las nubes, que no son nada y toman la forma de todo.

Mi hermanillo, al Ford le llamaba el «pabú», y es que lo que más le chocaba era la bocina. Muchas veces me preguntaba yo cómo le habría llamado al Ford si no tuviese bocina.

Mi hermanillo, siempre que iban a subirlo al Ford temblaba, yo no sé si de gusto o de miedo, pero luego, durante el viaje, ya no temblaba, aunque sí iba como soliviantado, con los ojos muy abiertos mirando a todos sititos y fijándose mucho en las trajines de mi tío, que conducía. Pero cuando se paraba el Ford, mi hermanillo

parecía descansar y se bajaba de él con ojos más confiados..., pero al regreso, vuelta a temblar y vuelta a soli-
viantarse. Nunca conseguimos que se durmiese en un
viaje.

Mamá montaba en el auto tranquila, pero con una cara
de resignación, como diciendo: «¡Que sea lo que Dios
quiera!»..., y cuando veía otro auto venir de frente, aunque disimulando muy bien, miraba hacia delante con un
pelillo de miedo en sus ojos azules.

Mi tía y sus amigas, en cambio, iban en el Ford como
en su casa: moviéndose mucho, riéndose y hablando a
voces con mi tío... Hasta sacaban la cabeza por las ventanillas, miraban hacia atrás, cambiaban de sitio, se hacían
cosquillas, o decían: «Venga, Pepe, más deprisa»... Mi
abuelo iba en el auto muy serio y satisfecho y sin guiar
—eso sí—, pero pensando para sus adentros que por
aquel invento el hombre era el mayor animal de la creación, como él decía (o cosa así).

Años después, en casa compraron otro coche más moderno, y el Ford lo vendieron a un alpargatero, que hizo
de él una camioneta, porque «era un motor muy bueno».
Pero yo, aunque el auto nuevo era mejor, cada vez que
veía por la calle a nuestro medio Ford —pues el otro
medio era carrocería— sentía bastante tristeza y se me
despertaban muchos recuerdos buenos... Y entonces caí
yo en la cuenta de que las personas mayores son menos
cariñosas que los niños y que toda su ansia es tener cosas
mejores.

Y pusieron en las bombillas y en los balcones de la alcoba de mamá papeles colorados; y colocaron cada una de nuestras camas a un lado de la cama grande porque los dos hermanos teníamos el sarampión. A mí me alcanzó un jueves y a él un viernes... Mi cama era la que estaba al lado del balcón, y la suya junto al armario; pero como la cama de mamá, que estaba en medio, era más alta, yo no veía a mi hermanillo... Sólo el piecero de su cama, que se retrataba en el espejo de la coqueta... Todos los muebles de la alcoba eran altos, color corinto, con incrustaciones de laureles, de armas, de liras y de laúdes barrigudos... Y sobre la mesilla de noche, que estaba a mi lado, había un reloj que no se paraba nunca. Y unas veces casi no se oía, pero otras se oía tanto que parecía que latía toda la alcoba, y el armario, y el lavabo, y las descalzadoras tapizadas de azul..., y el jarro del lavabo blanco y gordo, y las sienes.

Como era invierno, por el balcón se veía un cielo muy feo. Por las tardes tocaban las campanas a Gloria, porque todos los días se morían niños del sarampión. To-

caban horas y horas. Y algunas veces se oían las campanas, pero no se oía el reloj, y otras al revés, y otras las
dos cosas... y además un organillo que se paraba en la
esquina de la confitería todas las tardes a tocar el «Adiós,
muchachos, compañeros de mi vida»... Lo tocaban todas,
todas las tardes. Y cuando se iba, todavía seguía yo oyén-
dolo... Y creía que aquellos muchachos que se iban éramos
nosotros: mi hermanillo y yo. Y luego decía el tango,
que iba cantando una chica, «barra querida de aquellos
tiempos». Y yo no sabía que sería aquella cosa de «barra
querida»... y miraba al toallero, que eran dos barras de
cristal. Y es que, entonces, yo nada oí bien, ni nada veía
bien, ni nada entendía bien, pues en mi cabeza todo daba
vueltas, colorado como el papel de las bombillas y el balcón, y todo me sonaba a campanas, a reloj y a organillo.
¡Sobre todo el organillo! Y sonaba al anochecer, cuando
subía la fiebre y nos ponían el termómetro, y lo miraban
a la luz del balcón y decían: treinta y ocho y medio, treinta y nueve y medio... «Adiós, muchachos, barra querida...
de aquellos tiempos...» Tin, ton... Tic, tac, tic, tac.
    Y todos los días, por el espejo de la coqueta, pasaban
muchas veces papá y mamá, la Tala, la abuela, el abuelo,
y nos miraban, y hablaban entre sí, y nos tocaban la frente.
    Las manos de don Domingo, el médico, estaban muy
frías y daba gusto. Cuando nos tomaba el pulso sacaba
un reloj finito de oro y lo miraba muy serio, pero yo, por
más que aguzaba, no conseguía oír el reloj de don Domingo: no lo dejaba oír el de la mesilla, que era más
gordo... Y si yo movía las piernas o sacaba los brazos,
don Domingo me decía: «Niño, no hagas banderas.» Y yo
no sabía por qué cosa sería aquello «hacer banderas».
    De noche, venía la criada de la confitería a ver cómo
estábamos, y la de Bolós, y la de Salvadorcito... Ellos
también estaban con el sarampión... Toda la calle estaba
con el sarampión, menos la nena del organillo.
    ... A veces, no sabía yo si es que veía a papá y a mamá
y a toda la gente en el espejo de la coqueta, o es que
lo soñaba, o es que los recordaba de antes del sarampión... Me pasaba igual con el «Adiós, muchachos», que

no sabía cuándo lo estaba oyendo y cuándo no. Y unas
veces me creía que sí, que estaba en la cama, pero otras
no, sino que volaba por encima de la plaza, y que en
medio de ella estaba León, el policía, con el sable colgado y comiéndose una lechuga hoja a hoja.

Una tarde, estaba tocando el organillo en la esquina
el «Adiós, muchachos», y de pronto se paró... y es que
pasaba un entierro... que fue el de Salvadorcito. Y oí
muy bien cómo los curas cantaban al pasar bajo mi balcón; sobre todo oía muy bien a Paco, el sacristán, que
tenía una voz muy retumbona. Y de pronto me estremecí
porque la banda de música comenzó a tocar la marcha
triste que tocan en las procesiones, y era que iba la banda
en el entierro, porque el padre de Salvadorcito era teniente de alcalde. El entierro tardó en pasar mucho, mucho, mucho, y ya cuando no se oía nada del entierro,
siguió el organillo con su «Adiós, muchachos», por donde
lo había dejado... Pero yo no supe que aquel era el entierro de Salvadorcito hasta luego, muy después, y siempre pensé que la banda lo que iba tocando entonces era el
«Adiós, muchachos».

Todavía tardaron muchos días en quitar los papeles
rojos de los balcones y las bombillas. Cuando nos pusimos buenos, ya se había ido el organillo, de modo que
nunca pude verlo, ni a la nena que cantaba.

Me lo propuse muchas veces, pero me daba vergüenza, y hasta aquel sábado no dije que sí. Y siempre me lo decía el mismo chico: uno de la boina con el rabo largo, que no me acuerdo cómo se llama, y arroncaba mucho la voz para contar lo que enseñaba la Bernarda por una perra gorda.

Quedamos en ir con él, Jesusito, Marcelino, Salvadorcito y Villena. Comí muy nervioso y distraído, mirándole las faldas a la chacha cada vez que entraba a servir la mesa e intentando recordar a la hermana Eustaquia, cuando una siesta la vi hacer aguas en la mitad del corral.

Hasta las cuatro de la tarde que quedamos junto a la gasolinera de la plaza, anduve como culillo de mal asiento y sin ligar conversación con ninguno de casa.

Para disimular mejor nuestra aventura no nos fuimos por la calle del Campo y el paseo del Cementerio, que era el camino derecho, sino por la de San Luis, y luego, a cruza eras, hasta bien detrás del camposanto, que es donde estaba el cuartillejo de la Bernarda. Pero no llegamos derechos al cuartillejo como yo pensaba; que nos apostamos detrás de una parcilla, como a doscientos pasos de él.

Desde allí se veía al Calichero, o sea, al marido de la Bernarda, a un lado de la puerta, sentado en un serijo y haciendo pleita. Y al otro, en una silla bastantico alta, a la propia Bernarda tejiendo calceta. Delante de las cales y la cortina de saco de la puerta, los dos estaban en lo suyo, como si no se conocieran de toda la vida.

Aunque no hacía frío, el cielo estaba nublasco y el campo sin colorines.

Pasamos un buen rato en cuclillas, tras la parcilla, como si estuviéramos en la guerra, oteando el campo y esperando el momento de atacar, que tenía que decirlo el chico de la boina con el rabillo largo, que era nuestro capitán y había hecho aquella descubierta otras veces.

Cuando vio que no pasaba nadie por las eras y ni siquiera por la carretera de Argamasilla, nos hizo una señal con la mano, y poniéndonos en pie, saltamos la trinchera y fuimos derechos hacia la puerta de cuartillejo.

Yo me notaba sofocado por todas mis partes. Así que estuvimos a ocho o diez metros, el capitán nos dijo que nos detuviésemos y él siguió hasta plantarse mismamente delante del Calichero. Este lo miró haciéndose de nuevas, aunque bien que nos columbró desde que asomamos por aquellos linderos. Dejó la pleita, se puso de pie, puso la mano para que le echase la perra gorda, y lo acercó hasta la Bernarda. Esta, sin levantar los ojos de su labor, empujó con la espalda el respaldo de la silla hasta quedar recostada en la pared. En seguida el chico de la boina del rabo largo se puso de rodillas, justamente enfrentico de ella. Y el Calichero, después de echar una mirada rápida por todo el contorno, levantó las faldas de su mujer, como si fuese el paño negro de una máquina de retratos al minuto. Y lo dejó mirar un ratillo... Mientras, ella seguía con su labor, tan recostadilla en la pared, como si la cosa fuese ajena.

Cuando acabó su contemplación el amiguete de la boina del rabo largo, el Calichero bajó las faldas de la Bernarda, y quedó junto a ella en espera del segundo mirón, que fue Salvadorcito.

A mí me tocó el último. Salté la parcilla temblando, entre las miradas de los veteranos. El Calichero, siempre inspeccionando el campo, me puso la mano. Le eché el patacón. Como notó que era nuevo en el miradero, me apretó el hombro para que me arrodillase. Y tomando las sayas con las dos manos, alzó suave las cortinas del teatrillo, hasta dejarme encarado con la cuña de los muslos —tenía los senojiles muy bajos— que acababa en un hondo oscurísimo... Apenas empecé a acomodar los ojos a aquel Montesinos, bajó el telón y me dijo:

—¡Espabila!

Volví colorado, no muy cierto de haber visto algo contable. Los amigos me miraban con la risa maliciosa.

—Hale, vamos —dijo el de la boina del rabillo largo.

Cuando pasaba la parcilla volví la cabeza, el cuartillejero ya estaba otra vez en el serijo, haciendo su pleita. Y la Bernarda, con la silla vertical, dándole a las agujas en espera de nuevos miradores.


Para acabar la tarde, detrás de un bombo nos contamos lo que vimos, y Jesusín, que era el más desarrollado, a petición del chico de la boina con el rabo largo, haciendo grandes esfuerzos y poniéndose muy colorado —él de pie y nosotros sentados— entre la envidia de todos, consiguió enseñarnos una gota blanca de su hombría.

... Ya digo que, aunque no hacía frío, el cielo estaba nublasco y el campo sin colorines.

Cuando la Tala me abrió la puerta de la calle para que
me fuese a la escuela, casi topé con dos señores que venían hacia casa. Uno era bajo y regordete, sin corbata y
con boina muy ancha; el otro era alto, elegante, con bo-
titos blancos, una Kodak colgada del hombro y una gorra
de visera, blanca. Yo creí que serían viajantes de los que
venían a vender a papá pasas de Málaga y no pensé más...
Y por la acera que daba el sol, me fui para mi escuela,
que era la «del Pósito».

Tenía yo entonces unos zapatos de esos que son de
dos colores: negros por lo más bajo y grises de ante por
donde los cordones; y como hacía mucho sol y yo llevaba
los zapatos muy lustrados —porque Tala los limpiaba así
de bien—, iba por el camino fijándome cómo brillaban
con el sol..., sin acordarme para nada de los viajantes.
Y al entrar en la escuela, que era baja y húmeda y siempre
olía a orines, me dio lástima dejar el sol en la otra acera,
y dejar también el bonito juego de mirarme los zapatos,
tan brillantes.

Y como siempre pasaba por las mañanas, al entrar en la escuela, el maestro estaba poniendo una cuenta de dividir en la pizarra; y yo, sin fijarme si el divisor era de tres o cuatro cifras, desde mi pupitre miraba con tristeza por la ventana el soletón que daba en la acera de enfrente... y entonces sí me acordé de la gorra de visera blanca que llevaba el señor viajante alto.

En un rincón de la clase estaba enrollada la bandera nacional con mucho polvo encima, y en un cuadro con el cristal roto estaban pintadas las cabezas de las razas humanas, que son cuatro: blanca o rostros pálidos, roja o indios, negra o africanos y amarilla o chinos..., y cuando con mucha pereza comenzaba a copiar con tinta violeta la cuenta de dividir, que era de las penosas de cuatro cifras, vi que entraba la Tala en la escuela. Por el pasillo que dejaban los pupitres venía un poco azorada, mirando muy fijamente al maestro que, empinado en la tarima, la esperaba muy serio, escudriñándola por cima de los lentes.

Habló la Tala con el maestro, y éste, con cara de pocos amigos, me dijo que me marchase con la chica, que me llamaba papá. ... Y es que el maestro se enfadaba cuando salíamos alguno de la escuela tan temprano, porque a él le daba también envidia el sol de la calle, y el de la glorieta, y el de la plaza. Recogí los libros muy contento, haciendo guiños a los que se quedaban, y en cuanto estuvimos en la calle le pregunté a Tala que por qué cosa me sacaban de la escuela. Y dijo que porque había venido un tío mío de América (raza roja o indios), que era el viajante de la gorra blanca y la Kodak colgada al hombro. Y me dijo además que el otro viajante de la boina era también tío mío, pero no de América, sino de un pueblo que se llama Las Labores, y que era hermano del de América. Y como yo no sabía nada de estos tíos, Tala me dijo que no eran carnales, sino de los que son primos de mamá. Y aquello de que mamá tuviese un primo en América, a mí me gustó mucho.

Cuando entré en el comedor de casa, todos se quedaron mirándome con cara de gusto, y los dos tíos me besaron y me acariciaron el pelo. Sobre la mesa camilla de las faldas verdes había pastas, merengues, caramelos y botellas de vino; y como la mesa estaba al lado del balcón, entraba mucho sol, que daba sobre las copas, sobre las botellas y sobre los caramelos rojos, verdes, amarillos y blancos... Todo brillaba mucho. A mi hermanillo, que estaba sentado sobre las rodillas de papá, muy pegado al balcón, también le daba el sol en su melenaza rubia y en la cara, y por eso guiñaba sus ojos azules, tan grandes. Y sobre la bandeja, que parecía un hornillo encendido por tanto brillo, revolaban nuestras manos al tomar pastas y merengues y copas.

El tío gordo de Las Labores reía mucho, y hablaba de norias, de huertas y de su hijo Jerónimo; y el tío de América, riendo menos, hablaba de coches, de máquinas y de nombres raros que sonaban bien y tenían algo de otro mundo más bonito. Y luego el de América sacó un paquete de muchos colorines con cigarros de tabaco amarillo y con escudos dorados, que todos miramos con mucho respeto. Y cuando papá y el de Las Labores comenzaron a fumar, muy atentos al gusto del humo, empezó el aire a oler muy bien, como huele en esas casas elegantes en las que da vergüenza entrar... Y entonces se pusieron a hablar de tabacos, sobre todo de una que se llama «vuelta abajo». Y yo me daba en pensar en qué se diferenciaría el tabaco vuelto hacia abajo del vuelto hacia arriba.

A todo esto, mi hermanillo no quitaba los ojos de la bandeja, y cuando los mayores parecían distraídos, después de espiar miedoso con sus ojos azules, tomaba un merengue y se lo comía de prisa, como si se lo fuesen a quitar..., y le quedaban boceras y pegotes en la nariz, que luego se lamía. Y si alguna vez lo sorprendían y le decían que no, con los ojos llenos de lágrimas decía:

—«Name»..., «name».

Mamá sólo tomaba pastas, pues los merengues le daban vergüenza, por si le dejaban boceras, como a mi hermanillo.

Luego, el tío de América sacó las fotografías de su mujer y de sus hijos, y dijo que uno se le había muerto del Mal de «Po» (que es un río de Italia y que yo no sabía que fuese tan malo). Después sacó un mechero, y una pluma, y un reloj, y luego enseñó la corbata, que se sacó del chaleco... Y todo aquello costaba pesos, que no son pesetas, sino mayores.

Por fin dijeron que se marchaban, porque tenían que ir a Socuéllamos a ver otros tíos. Papá les dijo que tomasen más de la bandeja, pero dijeron que no y se fueron.

Cuando volvimos de despedirlos de la puerta de la calle, mamá, mirando la bandeja, dijo que no habían tomado casi nada, a lo que mi hermanillo preguntó:

—Porque son tontos, ¿eh, papá?

... Y ya no era hora de volver a la escuela.

# La prohibición

*A Pedro Laín Entralgo*

La primera vez que me llevaron a Madrid fue para que los médicos del corazón viesen a mamá, que cada día nos miraba con los ojos más pensativos. Nos llevó el tío Luis en el coche por aquellas carreteras solitarias, y nada más llegar al paseo del Prado, un guardia nos paró por no sé qué, y tres o cuatro mozas con acento madrileño de aquel que cantaban en los chotis, empezaron a darle la razón al guardia, que nos apuntó en un papel sin quitarse el cigarrillo del rincón del labio.

Venían con nosotros el abuelo Luis y su amigo Lillo, para asistir al entierro del que fue diputado republicano por la provincia de Ciudad Real en los ominosos tiempos liberales. Y todo el camino estuvieron recordando los discursos de aquel prohombre, mientras mamá, con la cara de miedo que ponía siempre que montaba en el automóvil, miraba los árboles y las casas camineras que pasaban corriendo hacia las espaldas del auto. En Aranjuez nos paramos a tomar un refresco en la «Rana Verde», y el abuelo contó unas anécdotas muy tranquilas, de un pintor que hablaba en catalán y que por lo visto se llamaba Rusiñol.

Nos hospedamos en el Hotel Central, que estaba en la calle de Alcalá, casi casi en la Puerta del Sol, y era donde paraban todos los tomelloseros un poco señoritos. Y así que nos destinaron habitación, mi hermano y yo nos asomamos al balcón para ver los coches que pasaban por la calle principal de Madrid... Y contamos hasta diez autos y un tranvía en diez minutos justos, cifra que nos pareció tan grandísima, que luego en Tomelloso se la estuvimos repitiendo a los compañeros de la escuela qué sé yo el tiempo... Porque en aquellos tiempos en el pueblo había sólo veinte coches, según decía papá: el de Peinado, el de Bolós, el de Florentino Olmedo, el de don Jesús Ugena, el de la Loló, el de Marcelino el de la confitería, el de Angel Soubriet, el de los Comptes, los de los Torres, el de los Camachos, el de los Espinosas, el del abuelo, que era un Ford modelo T, y algunos otros que no me acuerdo ahora.

Y fue en aquel viaje cuando papá nos llevó un domingo por la mañana al Retiro a oír tocar la banda municipal, en un quiosco que estaba entre los árboles, y que dirigía el maestro Villa, que era muy pequeñito, pero que todos decían que era muy bueno, mejor incluso que don Santos Carrero, el maestro de la municipal del pueblo. Y cuando en el descanso de la banda tomábamos unas gaseosas en el aguaducho con camareros blancos, se acercó a saludar a papá un señor muy elegante con bastón y una florecilla en el ojal, que nos dijo cosas muy amables. Y luego nos asomamos al estanque, que estaba lleno de barcas, con mocetes en los remos. Y vimos también un corro de soldados que, riéndose mucho, le daban a la rueda de una barquillera. Yo no sé qué tendría aquella mañana que todavía la recuerdo como un enjambre de luces, de flores y de aguas, y con la música allí alta, entre las hojas de los árboles que ponían sombras en los papeles blancos de solfeo que miraba el maestro Villa. Por lo visto, aquella tarde íbamos a ir al teatro, pero antes teníamos que recoger al abuelo y a Lillo, que habían ido a doblar la tarjeta y dar el pésame a la viuda del diputado republicano por la provincia de Ciudad Real, en los ominosos tiempos liberales... Pero yo no sé ahora distinguir muy bien la puerta de la casa del médico donde estuvimos por la mañana, y la puerta de la casa del diputado donde estuvimos por la tarde. Las dos me parecen en el recuerdo igual de barnizadas. Pero en la casa del diputado había un ascensor muy grande, que a mí me parecía un armario que subía y bajaba despacísimo.

Y de pronto salió de la casa del muerto un hombre bajito, con los ojos como entornados y una boquilla con cigarro bien mordida, que nada más verlo le hizo pronunciar a mi padre:

—Ahí va don José Ortega y Gasset, el mayor cerebro de España.

Y yo lo miré muy fijamente a la cabeza, más bien grande y con sombrero gris, a ver si comprobaba desde fuera el tamaño de su cerebro que decía mi padre, que hasta que se perdió de vista lo estuvo contemplando con cara de mucho arrobamiento y veneración... Porque yo creo que lo de Unamuno fue en otro viaje, al año siguiente, cuando entramos una noche en el café de la Montaña, que estaba casi debajo del Hotel Central, y vimos a un señor con el pelo cano que, sentado solo, leía un periódico muy grande con los labios contraídos. Mi padre y yo nos quedamos fijos en él unos segundos, pero él no se percató de nosotros ni de nadie, y seguía con los ojos sobre aquel periódico tan grande, que casi ocupaba todo el mármol de la mesa.

Desde el portal del diputado liberal muerto, vimos al abuelo y a Lillo —poco después de salir don Ortega y Gasset— bajar en aquel ascensor tan despacioso, que mi padre dijo que era hidráulico, pero muy seguro. Descendían los dos muy serios por amor al muerto, pero al mismo tiempo complacidos por ir en aquel ascensor tan grande, con cristales anchísimos y unas lunas detrás, en las que se reflejaban las espaldas de los descendientes... quiero decir de Lillo y el abuelo. Había en el portal una mesa con hojas de papel, donde firmaban y dejaban las tarjetas dobladas las visitas que subían, las que bajaban y las que no subían ni bajaban, porque sólo iban a echar la firma o a doblar la tarjeta.

Lo que yo no sé es por qué estuvimos aquella tarde tanto rato en la puerta del diputado muerto después de bajar Lillo y el abuelo Luis. Debía ser porque se quedaban hablando con gentes que iban y venían al pésame. Pero mis ojos en ningún momento se apartaron de aquel ascensor que se demoraba tanto en asomar y desasomar por aquella jaula de hierros negros que lo amparaban. Y además me daba en pensar cómo bajarían al día siguiente al muerto colocado en el ascensor tan brillante de lunas y cristales.

Y poco antes de ir al teatro merendamos en la confitería la Mallorquina, y por primera vez en mi vida vi gentes muy finas, que a la vez que comían los merengues, bebían copitas de vino dulce y se limpiaban con servilletitas. Mamá, la pobre, como se cansaba en seguida, se sentó; y la recuerdo mirándome con sus ojos azules, tan grandes, y comiendo el merengue en aquella tarde tan hermosa de sol. (Cuando se sentaba, cruzaba los pies, y la falda, más bien larga, le caía mucho, casi hasta los tobillos, cubiertos con aquellas medias negras de seda; y los zapatos muy brillantes.)

No recuerdo nada de lo que vimos en el teatro, ni si estuvimos en butaca o en platea. Sólo a Lillo a mi lado, riéndose mucho y con la gorra de visera puesta encima de los muslos.

Y fue después de la cena, en el comedor del hotel, cuando el abuelo se enfadó muchísimo recordando lo que le había pasado con la mujer del diputado muerto. Por lo visto, después de saludarla, dar el pésame a todos y decir que habían venido del pueblo sólo para acompañarlos y asistir al entierro de aquel diputado republicano de la provincia de Ciudad Real, como el bueno de Lillo pidiese ver el cuerpo presente de su correligioiario y amigo, la señora les dijo: (Fíjate qué respuesta, decía el abuelo mirando a mamá.)

—No, por favor, que está muy poco favorecido.

—Te parece si, la tía puñetera, impedir que pasásemos a ver al difunto —repetía el abuelo sangrando de indignación— porque estaba muy poco favorecido. Pues cómo coño va a estar un muerto de casi veinticuatro horas. Y como si a nosotros nos importase o nos dejase de importar la hermosura del pobre diputado, cuando lo que queríamos era darle el último adiós por el mucho bien que hizo por la provincia y especialmente por nuestro Tomelloso... Y cuando parecía que había olvidado ya lo que dijo la diputada y la conversación tomaba otros caminos, le volvía la indignación, y mirando por cima de las gafas, tornaba a la carga con razones como éstas:

—Y es que de verdad hay muy pocos prohombres que encuentren mujeres de sus hechuras y talento. Que sólo abundan las coseras y enhebragujas, incapaces de entender las elucubraciones del hombre algo más que mediano. ¡Dichosas mujeres! —repitió sin reparar que estaba allí mamá, mirando al suelo con sus tristísimos ojos azules.

... Y todavía cuando ya nos íbamos a acostar y apareció por el comedor don Eustasio, el dueño del hotel, el abuelo le refirió la prohibición que les hizo la señora del correligionario republicano de ver el cadáver de su esposo, «porque estaba muy poco favorecido».

A las doce, papá nos sacó al balcón del comedor para ver bajar la bola del reloj de la Puerta del Sol, y el abuelo siguió hablando con Lillo y don Eustasio de las virtudes del diputado republicano durante los tiempos liberales, pero ya no volví a oírle nada de la prohibición que les hizo la señora del etc., etc.

# Desde el balcón

*A Erín, Pepe y Antonio Bolós,
testigos de mi calle.*

Cuando volvía mi padre del trabajo a eso de la una, si
hacía buen tiempo, nos asomábamos al balcón del comedor. El se ponía de brazos sobre la baranda, y mi hermano y yo, a su lado, metíamos la cara entre los barrotes.
Si el sol venía muy derecho, mi padre se bajaba un poco
el sombrero sobre las cejas, y a lo mejor ponía un pie
sobre los hierros, como si fuese a montar en bicicleta.

La gente que pasaba por la acera del sol, que caía debajo de nuestro balcón, no nos veía. Pero nosotros sí que
les veíamos el cogote, o el pliegue del sombrero, o el pañuelo de la cabeza, o el redondel negro de charol si eran
guardias civiles o carabineros de aquellos que llevaban
una gorra alta, llamada «ros», y les ponían una pluma
muy alta los días de fiesta nacional.

Daba gusto ver a los sujetos acercarse por la acera del
sol hasta que se ponían bien debajo de nuestro balcón,
y entonces mirarles a lo alto de sus cabezas. A lo mejor
algunos se paraban a hablar allí debajo y los veíamos mover las manos. Y una vez uno sacó un reloj y, desde arriba, recuerdo la esfera blanca y la cadena.

En la acera de enfrente daba la sombra y muchos de los que pasaban saludaban a mi padre:

—¿Qué, tomando el sol un poquito?

—Ea.

Desde nuestro balcón, hacia la derecha, se veía la plaza como un escenario lleno de sol, moteado de figurillas, es decir, de hombres que parecían muy pequeños desde donde estábamos. Al fondo, la fachada del Ayuntamiento y la fuente de cemento con sus chorros cansinos, de los que bebían los pobres forasteros que venían por las vendimias.

Hacia esta hora salían los empleados del Banco Central, que estaba un poco más allá, en la acera de la sombra. Y se les notaban ganas de estirar las piernas y a lo mejor de tomar una caña. También cerraban el comercio de Belda a aquellas horas, y un dependiente que parecía gordo, se quedaba siempre en la puerta como no sabiendo para dónde tirar. El hombre, luego, sin venir a cuenta, se sacudía los bordes de los pantalones y, claro, echaba a andar como siempre, hacia la plaza.

En la casa de enfrente vivía Miguel Bolós, y a través de los cristales de su mirador lo veíamos ir y venir, paseando. A lo mejor se paraba ante los cristales y echaba una ojeada a la calle, pero en seguida volvía a sus paseos. Seguro que no se asomaba a su mirador porque a aquellas horas no daba el sol.

Yo no sabía lo que pensaba mi padre con el sombrero sobre las cejas y el cigarro en la boca. A lo mejor no pensaba en cosa fija y se limitaba a saludar a los que pasaban y nada más. Aunque algunas veces se descuidaba y decía alguna frase para él solo, a media voz.

Había momentos en los que se quedaba la calle completamente desierta. Entonces se oía más el bullir de las golondrinas que tenían el nido en nuestro tejado, justo encima del balcón. Y algunas veces alzábamos los ojos mi hermano y yo por si les veíamos asomar las cabecillas... Sí; había momentos en los que se quedaba la calle completamente sola, pero pocos, porque en seguida aparecía alguien que venía de la plaza hacia la glorieta, o al revés.

Si mi padre estaba de humor, nos contaba algo de cuando él era chico. Y otras veces canturreaba unos compases de zarzuela que siempre repetía.

Desde el balcón oíamos que la Chon ponía la mesa, siempre dando golpes con los platos, los vasos y los cubiertos. Mi madre se quedaba sola en la cocina, allí, en la otra punta de la larga galería.

A la una y media mi padre entraba y ponía la radio de pilas. Y así que sonaba lo suficiente —primero hacía muchos pitidos— y decían aquello de: «E. A. J. 7. Unión Radio Madrid» y empezaban a explicar noticias del Gobierno, mi padre se volvía al balcón, y como estaba abierto de par en par, se oía muy bien lo que le pasaba al general Primo de Rivera. O aquel anuncito tan gracioso que decía: «Junto a Segarra, todo el mundo callao.»

Hasta que por fin, a eso de las dos, cuando ya le habían hecho la entrevista a Carmen Díaz y todo, llegaba la Chon con la fuente de la comida y mamá detrás. Lo notábamos muy bien por el son de los dobles pasos y el olor de los vapores del guiso, que llegaba hasta las mismas barras del balcón.

—Cuando queráis —decía mamá.

—Ha llegado la «comedia» —decía papá.

Y casi siempre ocurría esto en el momento en que Vicente Pacheco, que también vivía enfrente, pero en el piso de abajo y tenía un comercio de tejidos, salía a la puerta de su casa, y después de encender un cigarro y guiñar los ojos un par de veces, se iba hacia el casino con pasos muy tranquilos por la acera del sol, si era día fresco.

Al entrar en el comedor, mi padre se quitaba el sombrero y lo dejaba sobre una silla.

Comíamos con el balcón entornado. Mamá contaba cosas de la mañana. A ratos no hablaba nadie y sólo se oía la radio, que, como digo, de vez en cuando hacía unos pitidos suaves. Y luego, cuando no hablaba nadie y la radio se terminaba, sólo se percibía el ruidete de las golondrinas del nido que estaba encima del balcón.

Poco antes de las tres, papá se volvía a poner el sombrero para ir al casino. Mi hermano y yo, con los cartapacios colgados del hombro, lo acompañábamos hasta la esquina de la confitería de la Mariana. Allí torcíamos por la calle de Belén hacia las escuelas del Pósito, y papá seguía solo por la acera del sol, camino de la plaza.

# El perchero de árbol

En la alcoba de mis padres había un perchero de árbol. Estaba en el rincón opuesto a mi cuna, entre el balcón y la puerta de «la alcobilla». Los ganchos curvados
del árbol, durante el día, sin nada colgado, eran como los
cuernos de un antílope disecado.

Mamá dejaba toda la noche una mariposa encendida
sobre la mesilla. Aquella mesilla altísima y de patas finas.
Aquella mesilla adolescente y espigada. Dentro de la taza
ancha, mediada de aceite, mezclado con algo de agua, la
mariposa flotaba toda la noche con aquella llama triste
que parecía que daba muy poco resplandor, pero que al
apagarse las luces eléctricas, resultaba que no. Y toda la
enorme alcoba quedaba de un color aceite crudo, sobre
todo el techo y la parte alta de las paredes. A los zócalos
y al suelo no llegaba casi claridad. Al amanecer, conforme
empezaba a llegar la luz del alba por las rendijas del balcón, la luz pajiza y tristísima de la mariposa se achicaba,
y apenas se apreciaba su reverbero un dedo más arriba
de la taza ancha. Y ya bien cuajada la mañana, cuando
me levantaba para ir a la escuela, la mariposa, un poco

renegrida, seguía con su lucecilla color ánima del purgatorio. Algunos días se les olvidaba apagar la mariposa, y quedaba con su luz inapreciable sobre la mesilla. Y a eso del anochecer, poco a poco, volvía a crecer su luz de pinocha seca por las altas paredes de la alcoba. Claro, que cuando así ocurría, mamá, a la hora de acostarme, echaba más aceite, y ponía una mariposa a estreno, bien rígida y encerada. Por lo visto encendían aquella mariposa toda la noche para que no me diese miedo, para remediarme la angustia si me despertaba en la oscuridad de la noche altísima. Pero, luego, toda la vida, no recordé lo oscuro, sino la luz muertil de aquella taza de la mesilla de noche de las patas larguísimas, como los galgos recién nacidos.

Pero lo que yo quería contar ahora era lo del perchero, lo que pasa es que la pluma se me ha ido demasiado rato a lo de la mariposa en la taza.

Al acostarme, como dije, los ganchos estaban vacíos, y caracoleros y cornelinos, hacían sombras sobre las paredes del rincón. Y en ese rato que está uno en la cama sin dormirse, mecido por las olas de la modorra y de la vigilia, clavaba los ojos en el ramaleo de los ganchos y de sus sombras, imaginándome un ciervo u otro animal más sanguino, que a veces parecía rebullirse un poco.

Mamá, antes de acostarse, se acercaba a la cuna, me daba un beso, me remetía la ropa, y al desnudarse, colgaba su bata en el perchero, tapando un gancho o a lo mejor dos. En el gran espejo del lavabo de la alcoba, que estaba justo enfrente de su cama y de la mesilla de noche de las patas larguirutas, se reflejaba la taza con la mariposa. Pero parecía otra. A ver si me explico, parecía otra que la que se veía mirando directamente a la mesilla. Parecía otra más bonita porque se esfumaba espejo arriba un licor misterioso de luz. Y me recordaba, en alegre, cuando el abuelo acercaba la cerilla a una bebida que hacía con ron y no sé qué más, y el vaso echaba una llama recortada del mismo color del caramelo. Por el contrario la luz de la taza —no del reflejo de la taza en el espejo del lavabo— me hacía pensar en la iglesia, en ciertos altares muy oscuros, que sólo tenían una lamparilla así.

Me despertaba siempre cuando mi padre llegaba del casino bien pasada la media noche. Que aunque entraba despacio, siempre hacía ruidetes y le daba a la puerta de la alcobilla de una manera que me despertaba.

Para desnudarse, mi padre se ponía junto al perchero de árbol... Bueno, primero se asomaba a mi cuna y yo me hacía el dormido, y después se iba junto al perchero. Antes de empezar el desnudo dejaba el sombrero en la parte más alta del árbol, en aquel boliche en forma de berenjena. Luego la chaqueta y la camisa. Y entonces empezaba a rascarse con los dos brazos cruzándose el pecho, y los costados. Y a lo mejor, mientras se rascaba, se paseaba un poquito, que su sombra oscurísima se veía ir y venir muy despacio por las paredes, como el que piensa mucho. Y a lo mejor, también, mientras se rascaba, tropezaba la punta de su zapato con el orinal de porcelana que estaba debajo del larguero de la cama de matrimonio. Y al tropezar la punta del zapato con el orinal de porcelana, hacía un ruidillo y mamá suspiraba. Luego mi padre se sentaba en la cama para descalzarse, y siempre siempre, un zapato por lo menos, se le caía, daba un golpe, y mamá suspiraba otra vez. Mientras estaba sentado, de espaldas a la cuna, quitándose los zapatos, yo veía la forma de su espalda cubierta con la camiseta y el pelo tufoso y despegado, porque también se había rascado un poquito la cabeza. Por fin, otra vez de pie, colgaba los pantalones en otro gancho del perchero más abajo que sostenía la americana y la camisa. Ya al pie de la cama, antes de echarse, volvía a rascares otro poquito con los brazos cruzados ante el pecho, y por fin, después de bostezar, se metía bajo las mantas o entre las sábanas solas, según el tiempo. Mamá suspiraba otra vez y la sombra de los dos cuerpos arrebujados se veía como una cordillera en la pared.

Pero una noche, y es a lo que iba, el sombrero, la chaqueta y la camisa, quedaron con tal compostura colgados en el perchero, que hacían una sombra en la pared a la luz de la lucecilla de la mariposa que estaba en la taza de la mesilla de las patas altiruchas, que era totalmente como

la de un hombre misterioso, vampiro y draculatorio de las
películas de Frankestein y otros monstruos horrendos.
Y yo, que solía dormirme en seguida que mi padre dejaba
de hacer ruidetes y de rascarse con los brazos cruzados
sobre el pecho aforrado con la camiseta fina de verano o
gorda de felpa, según el tiempo, me desvelaba, porque
empecé a imaginarme que el hombre del sombrero iba y
venía por la habitación con aire misterioso, y que algo
se acercaba a la cama de mis padres y le hacía algo a mi
mamá, porque ésta suspiraba y daba gritejos cortados
que sólo podían ser de miedo... Luego, si me fijaba bien,
resultaba que no, que el hombre estaba quieto, metido
en su sombra. Con aire aquilino, de vampiro cruento,
pero quieto. Pero si se me volvía a ir la conciencia un
poco, creía verlo otra vez dando vueltas por la habitación
en busca de las sangres de los que dormían. Y en uno
de esos momentos en que pensé que el hombre del perchero de árbol llegaba a mi cuna, mamá dio así como un
quejido, y asustado, alcé un poco la cabeza, y vi que de
verdad parecía que querían matar a mi mamá, que lu-
chaba con ella bajo las ropas, mientras papá debía dormir
más allá, hundido al otro lado de la cama, tal vez ron-
cando tranquilo. Y angustiado, me incorporé con los ojos
muy abiertos y grité:
    —¡Mamá!
    La pobre de un salto, azoradísima se tiró de la cama
y vino hacia mí con los pelos en la cara.
    —¿Qué te ha hecho? —le pregunté—. ¿Qué te ha
hecho el hombre del perchero?
    Madre me besó mucho y me dijo que nada, que debía
estar soñando, que no había ningún hombre. Y estuvo
un rato largo con la cabeza reclinada junto a la mía a ver
si me dormía. Y luego, al cabo de un ratillo, cuando me
creyó tranquilo, se volvió a la cama y habló luego en voz
baja con papá. Pero estuve desvelado casi hasta el amanecer, vigilante, por si el hombre del perchero volvía a
atacarles.

Yo debía estar malucho aquel día, porque me recuerdo sentado en el balcón, con un «tebeo» delante, en esas horas de la tarde que no hay nadie por la calle. Los niños no habían salido de la escuela, los hombres trabajaban en sus tajos y las mujeres todavía no habían tenido tiempo de salir de compras o a arregostarse en la puerta de su casa. A lo mejor se asomaba alguna un momento, con el mandil cogido de un pico, miraba hacia la plaza con cara de pensar en otra cosa, y cerraba rápida.

El sol andaba medianero y en todo había una calma desusada. Bandadas de pájaros callados y un perro cojo caminaba a duras penas, apoyándose de cuando en cuando en la pared.

Yo recordaba conversaciones cansinas, y no sé qué cara que vi una vez asomada a la ventana del comedor de abajo.

Todas las casas parecían deshabitadas. Con las puertas cerradas hacía mucho tiempo.

Y me llegó también de pronto a la memoria una gallina sola, en un corral grandísimo, que con el cuello vuelto se picoteaba las plumas.

No pasaba un alma por la plaza. Y estoy seguro, que un cura, arrimado a la puerta del casino, miraba al silencio con el sombrero sobre la nariz para evitarse brillos.

Y recordé un corderillo sucio que hubo en la finca y mataron en la Pascua sin decirnos nada. Y el pelo suelto de una mujer que vimos peinarse hacía mucho tiempo en el trascorral de su casa.

Debían estar ya azules las piedras bajas de la iglesia y, seguro, que un niño novillero se orinaba en el hito del pretil con un chorrete que el sol agujaba de reflejos.

En la cocinilla de abajo estaba el arcón de pino en el que mamá guardaba la silla de montar que fue del tío Higinio. Y colgadas de las vigas las anillas quietísimas, en las que hacíamos ejercicios los jueves por la tarde.

Hay tardes así, echadonas y calladas, en las que uno se distrae de la lectura y recuerda muchos trozos de cosas o palabras, de conversaciones; o ropas interiores de mujeres puestas a secar. O aquellos perros ligados que perseguía un guardia con el sable desenvainado. Tardes color olivar. Tardes con uvas de gallo y una vocecilla muy lejana.

Vicente Pacheco, el comerciante de enfrente de casa, salió a la puerta de la tienda a enseñarle el color de una tela a la parroquiana. Y luego, antes de entrarse, quedó un momento como sorprendido de aquella tarde sin ruidos ni figuras.

Y que había protestantes en el pueblo. Y que a un niño herido le habían hecho una transfusión con sangre de cordero. Y que las furcias iban todos los jueves a la Casa de Socorro a que les reconociesen la vejiga de la orina. (Llegaban del bracete, culeando mucho, y unos viejos sentados en los bordillos les decían obscenidades anticuadas.)

En la paz de mi balcón, tras al persiana caída y el «tebeo» sobre los muslos desnudos de mi infancia, oí de pronto que unos ruidos muy recios cuarteaban aquel estar de la tarde. Se me estiraron los ojos y los oídos y vi allí, en una esquina lejana, en una esquina todavía color gualda, un hombre arrodillado que golpeaba el suelo con un mazo de madera. Y daba voces. Los mancebos de la bo-

tica salieron a la puerta, y noté que se movían las persianas. El hombre, se levantó por fin y siguió su camino
hacia mi casa, con pasos blandos y bailones. Llevaba blu-
són azul, gorra de visera y un bigote blanquísimo. Haciendo molinetes con el mazo y unos traspiés de risa. Mi
madre, con el peinador sobre los hombros, se asomó conmigo:

—¿Pues qué pasa?

Le señalé al hombre de los mazazos.

—Ah, es Rosario el Cubero. Siempre está así... Una
vez nos regaló una liebre.

—¿Por qué se enfada tanto contra el suelo?

—Está borracho.

—¿Y el día que nos regaló la liebre no estaba borracho?

—No... Cuando murió el abuelo lloró mucho el pobre... Estuvo en casa de cubero muchos años.

En los ojos de mi madre había ahora fotografías antiguas. Se le notaban en aquel mirar y no mirar, en no sé
qué humo que cruzaba el azul de sus pupilas.

Pasada nuestra casa Rosario se había caído otra vez,
martilleaba el suelo y voceaba rabioso, como si llamase
a alguien que estaba debajo de la tierra. Yo ahora le veía
por detrás los pantalones de pana clara, las suelas de los
alpargates y el mazo de madera que alzaba y bajaba delante de su cabeza.

De pronto noté que la calle había tomado otro color.
Y es que con los mazazos de Rosario se había acabado
la tarde. Salían los chicos de las escuelas. Cabezas en los
balcones. Dos carros, una bicicleta. El sol en los aleros.
Niñas con delantales blancos comían bocadillos. La gente
hacía corro a Rosario. Sonó, como liberado, el reloj de
la torre.

—¿Y por qué os regaló la liebre?

—No me acuerdo, pero era muy hermosa.

Entre dos hombres se llevaban a Rosario el Cubero.
Se deshizo el corro.

La gente comentaba:

—«A sus años».

—En la cocina tienes la merienda —dijo mi madre al entrarse.

La tarde ya era otra cosa. Todo era ir y venir. Ruidos y bicicletas. Siempre bicicletas. Hasta los pájaros piaban sobre los cables de la luz que cruzaban la calle.

Y con el ruido de los mazazos en la cabeza que nunca he olvidado, por la oscura galería, andando muy despacio, me fui hacia la cocina.

# La temporada

Siempre la veo —es el recuerdo que más me visita— por la calle de la Independencia arriba, embalada sobre sus botitas negras de pana lisa. Y con el pelo blanco bien recogido atrás, tan restirado, tan sincero. De mediana estatura y delgada. De luto desde que antaño murió su hijo Victorio y su madre, y más antaño su padre... y San Antón, el del gorrino color caramelo. Casi en la esquina se paraba un momento con las Corraleras. Hablaba rápida, nerviosa, más atenta a los textos secretos de su cabeza que a la sustancia de la parla ocasional. Tras de sus chicos ojos claros siempre había un romance que no decía. Una canción sin orillas que tal vez no atinaba a escuchar entera. A sus andares el aire se apartaba, porque iba segura a su pacífico destino.

Cuando mi madre estaba sentada a la puerta de la casa, la tía Edelmira también se detenía. Y si yo estaba a su par, como solía, en mi butaquita de mimbre, tan serio, tan fijo en las incomprensibles caras de las gentes, en las increíbles formas de las cosas, ella, la tía Edelmira, hermana del abuelo paterno, preguntaba:

—¿Está enfermo el chico?

—No.

—Como está tan serio.

Y hablaban. Con los movimientos radicales de sus manos de hueso. Tan segura. Tan especiera en detalles y conductas. Mi madre siempre acababa riéndose. Y le ponía su mano suave sobre el hombro eléctrico. Y a la tía le daba gusto aquella cordialidad. Pero yo desde mi butaquita de mimbre me daba cuenta de que nunca estaba del todo en lo que decía, que mientras miraba fija y clarividente con un ojo azul, el otro lo volvía hacia el huerto interior de su magín, hacia la musiquilla secreta que no acababa de darle la cara.

—¿Seguro que no está enfermo?

Me daba una manotadilla en la cabeza y se despedía con un giro brusco, igual que el abuelo. Y tomaba el tole tole calle de la Independencia abajo hasta la puerta de las Corraleras. Superada esta etapa, como una golondrina bajera, doblaba rauda la esquina de la calle del Infierno, donde vivió su mocedad de asceta.

A mamá le quedaba la sonrisa largo rato. La quería mucho. Yo pensaba en sus pies tan delgados, tan nerviosos, siempre enguantados en aquellas botas negras de pana lisa.

—¿Por qué dice que si estoy enfermo?

—Ya sabes, como es tan nerviosa, no concibe que un niño pueda estarse tan quieto como tú.

Ella vivía en el pueblo de al lado, pero con frecuencia venía a pasar unos días junto a su hermano. Los domingos por la tarde gustaba de quedarse sola en la casa. Pero no se sentaba junto al jardín, como la abuela. Ni debajo de la parra, como el abuelo con su amigo Lillo. Ni en el cierre, como la tía; ni en la ventana del gabinete, como su nieta Juanita cuando era moza. Se sentaba, caprichos, en el comedio del patio anchísimo. Parecía caída del cielo sobre su silla bajita de rejilla. Yo la vi alguna vez allí, en el centro del ejido, sola, entre las tinas de chopos o de pinos recién aserrados; de espaldas a la fábrica vacía, de cara a la portada cerrada. Sin oír otro ruido que el cocear en la cuadra de la yegua «Lucera», la carcamusa leve y cristalera del chorro de la fuente que ocultaba la yedra en el jardín o el grito lejano de chicos domingueros, aburridos. Si tocaba la banda en el paseo de las Moreras, siempre bajo la dirección de don Santos Carrero, a lo mejor llegaba hasta el patio de la casa algún compás desperdigado del pasodoble zarzuelero. Allí estaba en su silla hasta la trasnochada, como raya negra entre las calles o una golondrina desairada. Allí cosía sus costuras, recontaba sus muertos, y ella, Edelmira, le contaba a Edelmira sus pesares.

—A la tía no hay quien la entienda del todo —solía decir la abuela, su cuñada—; es tan suya, tan resuya, que siempre parece un poco forastera.

Cuando a la tía Edelmira le decían que la abuela comentaba estas cosas de su condición, encogía las narices, fruncía los labios, y cambiando el tercio, saltaba: «Pues como te iba diciendo...»

La vi por última vez cinco o seis años antes de su muerte. A los ochenta años se retiró de la vida junto a la chimenea del comedor de su hija, en el pueblo de al lado. El comedor era la pieza de respeto en aquella casa de mujeres relimpias, enemigas del polvo, de la mancha y de los bichitos repugnantes.

Cuando fui era feria. Y me dijeron: «Pasa a ver a la tía Edelmira.»

Sentada a la par del fuego, con la ventana a las espaldas, con los ojos entornados, miraba las ascuas. Las manos de hueso, cruzadas sobre el mandil azul oscuro que amparaba su halda.

—Mira quién está aquí: tu sobrino nieto.

Me acerqué a besarla y me tomó la cara entre las manos. Se quedó mirándome un buen rato con aquellos ojos pequeños, claros, sin punto de fijeza. No sé si quería cerciorarse de que era yo o me tenía en aquella observación para desperezar sus recuerdos. Tal vez buscaba en mí la causa de aquello que siempre le pareció mi enfer-

medad. Luego de un rato se le arrugó la piel en forma
de sonrisa, y con aquel arranque nervioso que todavía le
quedaba me besó muchas veces, con hambre, con hambre
repetida... Aún siento el frío de su nariz en la mejilla.

Me senté a su lado. Mi mano quedó entre las suyas.

—Qué bien estás, tía. ¿Qué haces aquí? ¿Por qué no
estás en el patio o en la calle? Ya comenzó el verano.

—Estoy aquí todo el día para rezar. Para rezar por el
abuelo, por tu madre, por tu padre, por los tíos, por ti,
por mi hija, por mi yerno, por mi nieta, por la abuela,
por las Corraleras... Por todos mis vivos y mis muertos.

Y se quedó prendida de las brasas, con la boca plegada,
casi ausente, como solía.

Al cabo de un rato, cuando le dio la gana o concluyó
una procesión de su cerebro, volvió a hablarme con tono
confidencial:

—La vida es una temporada. Y la mía, aunque está
viva todavía, ya se ha «acabao».

—A lo mejor vives muchos años.

—Sí, pero ya se ha «acabao». Ya no quiero saber nada
de nada. Sólo rezar. Aquí.

Y hablaba todavía con aquella energía de sus años
fuertes.

Yo contemplaba sus ropas tan limpias, de un negro me-
tafórico: el blanco puro de su pelo. Su piel vencida, pero
limpia y rosa como una flor antigua entre las hojas de
un libro. Y miré el brillo del suelo y de las cristalerías
de los chineros. Las cortinas, como recién estrenadas. El
fuego, tan recogido y limpio. Y recordé las veces que dormí la siesta en aquella casa, cuando íbamos por la feria,
entre unas sábanas únicas, con olor de membrillos y romero. En una penumbra graduada por unas manos con
pulso de párpado. La cal del patio sin mota ni cuarteo.
Los tiestos repintados de almagre. Los rosales sin hoja
seca ni brizna baldía. Las jaulas de los pájaros tan fro-
tadas. Los botijos y cántaros con mantelillos albos. Las
sartenes sin sombra. Aquellos refrescos de limón o vinagre al acabar la siesta como si fueran los primeros de
la creación. La vajilla —espejo— sobre el mantel de hilo.

La frasca del vino. La manera de cortar el melón. Tanta pureza. Todos los objetos parecían tener miedo de mancharse; sometidos a la magnífica tiranía de la pulcritud. Los seis ojos de aquellas tres mujeres vigilaban «los átomos del aire», los ademanes y descuidos de los que éramos de otro natural. En los veranos, a la caída de la tarde, las mujeres regaban la puerta, y cuando había volado el aliento cálido de la evaporada, se sentaban ante las cales puras, con una placidez de palomas cansadas de volar.

—Qué gusto da de veros tan tranquilicas, aquí sentadas —les decían algunas al pasar.

—¡Ea! —y las tres mujeres se miraban entre sí sin decirse nada, siempre sorprendidas de la impresión que daban a los demás.

Recordaba yo todas estas cosas en aquella última visita, y la Edelmira, como adivinándome el pensamiento, dijo de pronto sin dejar de mirar a las brasas:

—Quiero que en seguida que me muera me envuelvan en una de esas telas de plástico translúcido que hay ahora. No quiero que la gente me resobe. Ni que me echen lágrimas encima. Ni que se me paren moscas. Ni que me caiga polvo cuando barran la habitación la mañana de mi entierro.

—Pero luego, en la tierra... —le dije, confieso que con cierta crueldad.

—Yo no estaré allí —replicó con firmeza—. Estaré arriba, con los muertos. Poniendo en orden aquello. Arrimándole el cenicero a tu abuelo, que siempre esturrea las cenizas. Limpiando las jaulas de las cordornices. Barriendo el ejido que nos toque en suerte. Dándole sidol a los metales y limpiándole la cocina a tu abuela..., que vaya cómo lo hacía todo de ligero...

Unos años después me llegó carta de mi padre:

«... Ayer enterramos a mi tía Edelmira. Por fin acabó su 'temporada', como ella decía. El velatorio y entierro fueron un ejemplo de asepsia nacional. No dejaron que desfilara la gente por la cámara mortuoria como es costumbre. Iba envuelta en un plástico transparente para evitar las miasmas, y el crucifijo de plata que llevaba entre las manos brillaba como una estrella. Tampoco la destaparon en el cementerio... A estas horas ya tendrá 'nuestro' ejido del cielo como los chorros del oro.

A pesar de las bromas, estoy muy triste. Durante mi vida no he conocido a ninguna mujer tan perfecta y tan responsable. Tomó la vida como un servicio, sin la menor concesión a la vanidad o al egoísmo. Fue un ejemplo de limpieza material y moral para nuestra familia. Acuérdate de ella.»

… El primero —mejor dicho, la primera— fue la abuela Manuela. De su muerte sólo recuerdo una anochecida, cuando el médico, al lado de la cama, le hacía señas muy tristes a mamá con la cabeza.

Por lo visto, la pobre abuela Manuela era bizca, pero no tengo la imagen de sus ojos, ni de su cara, ni de su tipo. Sólo, no sé qué sombra cariñosa, qué palabras recordativas junto al balcón del comedor y un pañuelo negro a la cabeza. Pero aquella anochecida, que debió ser la última, el médico, don Alfredo, puesto delante de la cama, me tapaba la imagen de la abuela y no pude verle los gestos de la agonía. Luego, eso sí, durante mucho tiempo, la alcoba vacía —que era aquélla que estaba al lado de la cocina— y la cómoda sola y cerrada. El único retrato que queda de ella, cuando moza, está tan alejado por el color del tiempo, que no se ve si es bizca y si lo que tiene en la mano es un libro o un cuadrillo de santos, con su marco.

… El segundo muerto fue mi hermano Isidorín, que acabó al segundo verano de su vida, por una de aquellas cacurrias que les daban a los niños en los tiempos de la monarquía. Siempre lo recuerdo caído, con los ojos apagados y sin ganas de ser niño. Mamá se pasaba las horas mirándolo echado en su cuna, con las piernecillas delgadas y la cara despidiente.

Una siesta que mamá estaba muy cansada, se acostó un poco en las alcobas de abajo, y nosotros nos quedamos con la chacha Ramona al cuidado de Isidorín, que no sé porque le pusieron la cuna en el comedor de arriba siendo verano. Nos pusimos alrededor con intención de animarlo con carantoñas y decires, pero él nos miraba con aquellos ojos tan grandes y alejados. Como si fuese a otro al que hacíamos y decíamos. Cansados, por fin, de tan poca respuesta a nuestros mimos, nos pusimos junto al balcón, dejándolo solo. Y cuando pasó un buen rato —yo creo que fue la misma siesta que la chacha Ramona nos enseñó el mollete para que jugásemos a ponerle inyecciones— de pronto se oyó una pedorreta muy lastimosa en la alta cuna de mimbre. La Ramona, después de hacer oído, le quitó el culero al pobre Isidorín, y le vimos todo manchado de un verde enfermizo. Y mientras lo limpiaban, nos miraba con aquella triste indiferencia que tanto apenaba a mamá.

Cada vez que venía el médico, cuando al acabar la visita papá lo acompañaba a la puerta, yo lo veía mover la cabeza con mucho desánimo y ponerle a papá la mano en el hombro con cariño...

En el corral, la cuerda de tender la ropa siempre estaba llena de aquellos culerillos, cuyo tinte verde no quitaba del todo el jabón y la lejía, ni los polvos azules.

Rara era la noche que en el silencio de la alcoba grande no se oía alguna pedorreta tristísima, que obligaba a mamá a tirarse de la cama para cambiarle el culero al hermanillo y ponerle la mano en la frente a la luz de la mariposa que ardía en la taza con aceite sobre la mesilla.

Y algunas noches, mamá se quedaba junto a Isidorín horas y horas mirándole el dormir o, lo que era peor, aquellos ojos sin mensaje... La recuerdo entre sueños, en camisón, reclinada sobre la cuna, como si quisiera revivirlo con su aliento y su caricia.

Sólo quedó de él una fotografía en la que mi padre, de pie en la escalera de nuestra casa de la calle de la Independencia, lo tiene sobre su brazo derecho. Se le ve al pobre Isidorín una piernecilla delgada y, sobre el cuello de su vestido blanco, la cara murriosa y distraída entre el largo pelo rubio.

De pronto, una mañana, no nos dejaron salir al comedor, ni nos llevaron a la escuela. Desayunamos en la alcoba y oíamos los pasos de mucha gente por la galería... Ni mi hermano ni yo preguntamos a nadie lo que pasaba, porque cuando uno es niño tiene mucho miedo de que le digan lo que él sabe... si lo que sabe es malo. No sé dónde comimos, dónde dormimos ni dónde pasamos el día. Sólo recuerdo que todos nos miraban con tristeza, como si estuviésemos tan enfermos como mi hermano.

A la mañana siguiente, cuando nos llevaron a casa, unas mujeres sacaban muchas sillas del patio. En el comedor de arriba, mamá nos sentó a los dos sobre su falda, esforzándose por reírnos, mientras papá, sin dejar de fumar, iba y venía con la cara muy seria. En la que fue alcoba de la abuela, junto a la cómoda, pusieron un baulete muy limpio, donde estaban todas las cosas que fueron de Isidorín... Y alguna siesta, entre cortinas, yo vi cómo mamá, con manos de caricia y los ojos tristísimos, sacaba aquellos trajecitos blancos que casi nunca le puso; aquellos zapatillos negros con correa, que tiene en la fotografía donde está con papá y unos cuantos rizos de pelo guardados en una cajita dorada con tapa de cristal.

Todavía algunas noches, después de morir el hermanillo, mamá se despertaba sobresaltada y gritaba:

—Voy en seguida, hermosete.

Y yo, que a lo mejor estaba despierto, la veía entre las penumbras que hacía la mariposa de aceite, incorporarse sobre la cama, mirar hacia el sitio donde estuvo la cuna, y luego reclinarse sobre su almohada haciendo algún ruido de lloro... Y es que la pobre, como oí que un día le confesaba a la tía Josefica, algunas noches, entre sueños, creía escuchar las pedorretas tristísimas del ido.

# La muchacha de casa

Cuando papá y mamá marcharon a Madrid para que los médicos curaran a mi hermanillo el que se murió, me quedé solo con Társila, la muchacha. Comíamos y cenábamos en casa de la abuela y veníamos a dormir a la mía.

Apenas salieron de casa mis padres, camino de la estación, Társila se entró en la alcoba, y después de estar allí un rato, en el que suspiró mucho y muy fuerte, como si se descargarse de algo, salió al patio con la barriga muy gorda. Me miró de reojo por ver si me daba cuenta; y me di, pero ella se hizo la tonta y empezó a cantar.

—¿Por qué estás tan gorda, Társila? —le pregunté.

—Porque comí mucho potaje este mediodía.

Y no pensé más en aquello.

Cuando la misma noche salíamos de casa de la abuela para venirnos a dormir, nada más pisar la calle se nos acercó Facundo, el novio de Társila, que tenía patillas largas y andaba meneando mucho los hombros. Társila le recibió con morros, y no mirando al suelo y poniéndose tonta, como siempre hacía cuando llegaba él.

—¿Es que te has tragado la lengua? —dijo él.

Y ella no contestó.

—¡Que si te has tragado la lengua, te digo!

—No me he «tragao» «na».

—Entonces, habla como las personas.

—¿Has pensado ya dónde me vas a llevar? —dijo Társila, mirándole con mucha idea.

—¿Yo?, como no te lleve al cine...

—Pues eso se va a quedar esta misma noche «certificao».

—Ya han cerrado Correos.

Se callaron un poco, pero de pronto Társila empezó a sollozar.

—¡Vaya!, ya llegó el agua —dijo Facundo.

Társila me llevaba cogido de la mano y noté que la suya le sudaba mucho.

—¡Sinvergüenza! ¡Canalla!... Si no me llevas a tu casa, mañana voy con el cuento a la Guardia Civil.

—En mi casa no tienes tú nada que hacer, y en el cuartel de los guardias, tampoco.

—¡Canalla!... Si no eres más que un canalla.

Facundo tomó de pronto a Társila por el brazo y la paró en seco.

—¿Te quieres callar? ¡Mira que te arreo!

Társila agachó la cabeza y siguió llorando con más fuerza, pero sin decir esta boca es mía. Luego de un rato, muy mansica, dijo:

—¿Qué hago entonces, qué hago, Facundo?

—Calla que viene gente.

Esperamos que pasase un grupo de mujeres que venía por la acera y le habló con voz suave:

—¿Qué haces?... Ya sabes, lo que te tengo dicho.

—Sola en la casa, con esta criatura —y me señaló.

—Sí, allí. Mejor es que esté el chico solo... Ha habido suerte.

—Pero ¿quién me ayuda?

—Para eso no hace falta ayuda... Tú ya sabes mucho.

Társila seguía llorando cansinamente, mientras Facundo

le iba dando unos consejos con medias palabras que yo no entendía.

Pasábamos junto a un hombre que estaba parado en la esquina con una carretilla de gaseosas. Nos paramos y Facundo compró una. Se la dio a Társila, que sin rechistar, entre sollozos y lágrimas, bebió unos tragos. Luego me la arrimó a mí a la boca.

—¿Quieres tú, jaro?

Bebí un trago. Luego se enjuagó él con un buche de gaseosa y escupió. Pagó y seguimos.

En la esquina de la confitería había parada una pandilla de mozos tocando guitarras y bandurrias. Llegamos a mi puerta, abrió Társila y nos quedamos asomados hablando con Facundo.

Társila, con ojos de macoca, miraba a los bandurristas.

—Son los del «Galápago» —dijo Facundo—. Me dijeron que vendrían por aquí a darte la murga.

Uno de los bandurristas volvió la cabeza, vio a Facundo y dijo a todos:

—¡Eh, chicos! Si están ahí «El Chani» y su novia.

Vinieron todos hacia nosotros sin dejar de tocar. Casi en las mismas narices empezaron a tocarnos un pasacalles muy ligero. Társila casi se reía.

—¿A que no me habéis traído la pandereta? —preguntó Facundo «El Chani» a uno. Y éste, sin dejar de tocar, dijo que sí con la cabeza y señaló a un muchacho. Facundo le tomó la pandereta que traía el chiquillo en la mano y con muchas alegrías comenzó a tocar. A veces me daba a mí con el parche en la cabeza y otra le dio a Társila. Luego hizo una seña a todos con la cabeza y echaron a andar calle abajo con sus pasacalles. Iban envueltos en una polvareda, rodeados de chiquillos, moviéndose salerosos al son de sus instrumentos. Cuando doblaron por la calle de la Paloma, nos entramos. Társila hablaba sola y entre dientes.

Yo dormía en una habitación y Társila en la de al lado. Nos acostamos, y a través del tabique oí cómo Társila suspiraba con satisfacción, como hizo en la siesta cuando se quedó gorda. Me dormí en seguida... Soñé con un

globo muy gordo de goma roja. Lo llevaba Társila en la
mano. Yo quería quitárselo y no podía. De pronto llegó
Facundo, le acercó el cigarro y explotó, y riéndose se
marchó tocando la pandereta entre muchos bandurristas
cojos; sí, todos cojeaban hacia el mismo lado.

Me desperté asustado: Társila gritaba mucho; se que-
jaba como si la estuviesen matando. No sé el tiempo que
llevaría durmiendo. La luz del cuarto de la chica estaba
encendida; lo veía por las rendijas de la puerta. Algunas
veces callaba un poco y se le oía resollar secamente, pero
en seguida volvía a los gritos. Yo temblaba de miedo y
no sabía qué hacer. Pensé en levantarme, pero no me
atrevía. Calló un momento, y quejándose más bajito, noté
que se tiraba de la cama, y como arrastrándose, llegó a mi
puerta y echó el cerrojo... De miedo me castañeaban los
dientes. Pensé si la habrían atacado ladrones, como los del
«Crimen de Cuenca» de unas coplas que tenía la Társila
y que decían:

> Metieron a la criada
> desnuda en la carbonera,
> y le hicieron de beberse
> la pringue de una pringuera.
> A un Santo Cristo de palo
> le dicen cosas muy feas,
> y al hijo del señorito
> le caparon con dos leznas.
> .......................................

Aunque el miedo era tanto, estaba atento a todos los
ruidos. La Társila no dejaba de quejarse, pero como pasaba el tiempo sin otra novedad, acabé por dormirme,
hasta que de pronto volvieron los gritos, más fuertes que
nunca, como si la mataran de verdad. Comenzaba a cla-
rear el día. Por ello tal vez me atreví a llamar tímidamente a Társila, pero no contestó. Siguieron luegos unos gritos imposibles, pero se calló de golpe... Pasó un ratillo y

comenzó a oírse como cuando los gatos mayan de noche
y parece que lloran... O como cuando llora un niño chiquitín.

Luego oí cómo Társila se bajaba de la cama quejándose mucho y abría la puerta de su cuarto; salió y abrió
la puerta del corral. Me incorporé sobre la cama por si
pasaba ante mi ventana, que daba al corral. Y cruzó. Iba
liada en una manta hasta la cabeza y tambaleándose. Me
tiré de la cama y pegué la cara a la persiana de la ventana... Társila estaba junto al pozo y tiró a él, cerrando
los ojos, un lío blanco. Se esperó a que sonase, y volvió
apoyándose en la pared, blanca como la cal, con los ojos
hinchados. Al llegar a su cuarto se echó en la cama sus-
pirando muy fuerte.

Cantaban los gallos y se oían ya por la calle los primeros
carros.

Volví a dormirme. Cuando desperté era ya casi mediodía. La puerta de mi cuarto seguía cerrada. Társila
roncaba en el suyo. No sabía yo qué hacer. Por fin decidí
vestirme. Lo hice despacito, despacito, atento al menor
ruido. Después me llegué a la puerta medianera y llamé
con los nudillos.

—Társila... Társila.

Al cabo de un rato contestó con muy poca voz.

—Calla, Juanito, es temprano todavía.

—Tengo ganas de desayunar —dije.

Volví a llamar y al fin abrió, liada en una manta como
antes y quejándose mucho. Se echó en la cama otra vez.


Ya no era hora de ir a la escuela. Fui a casa de los
abuelos a desayunar. Cuando me vieron llegar solo se
alarmaron mucho y me preguntaron por Társila. Dije
que se había quedado en la cama. La abuela dijo que
era una fresca y mandó a su muchacha a ver qué sucedía. Yo me fui con ella. Una oscura curiosidad me im-
pulsó.

Cuando llegamos estaba la puerta abierta y dentro del
cuarto estaba Facundo hablando con ella, que seguía en

la cama y lloraba mucho. Al entrar no nos hicieron caso y siguieron hablando. Facundo, muy enfurecido, la llamaba criminal. Y ella le contestaba llorando:

—Si me lo dijiste tú. Facundo; si me lo dijiste tú.

Facundo, casi atropellándonos, salió de pronto. Llevaba cara de malo de película.

Me dijo la chica de la abuela que me fuese a jugar y se quedó hablando muy en secreto con la Társila, que no dejaba de llorar.

—¡No será porque no te dije que tuvieses cuidado con él!

Yo, aburrido de no entender nada de aquello, comencé a jugar en mi patio con una pelota.

Sí sé que al poco rato comenzó a llenarse la casa de gente. Vino el señor juez, con su bigote blanco, y el señor secretario, don Enrique, muy elegante; y dos policías, y unos hombres con unos ganchos que empezaron a meterlos en el pozo y a tirar luego de ellos. Los guardias se quedaron en el portal para que no entrase más gente.

El juez y el secretario hablaban con Társila, que no dejaba de llorar y decía sus palabras entre hipos...

De pronto se oyó hablar mucho a las gentes que estaban en el corral, y decían:

—¡Ya le han sacado..., qué guapete era..., pobrecillo...! ¡Criminales!

Llegaron mi abuelo, mis tías y mis primos y me sacaron de allí.

Supe después que Társila estaba en la cárcel... Y siempre que pasaba por la plaza miraba a las ventanitas del sótano del Ayuntamiento por si veía a la muchacha de casa que estaba allí, no sabía por qué.

Y como era por la noche y había llovido, el suelo de asfalto brillaba mucho, como una mesa barnizada. Y se reflejaban en él las luces de los semáforos: verdes, rojas, amarillas; y los farolitos rojos que llevan detrás los autos, los tranvías, los autocares y las motos... Y las letras de muchos carteles luminosos que estaban en el aire encendiéndose y apagándose, también se reflejaban en el asfalto negro, mojado. También brillaban sobre las aceras los zapatos muy limpios de algunos hombres.

Pasaban muchos autos muy de prisa, todos con el hombre que guía, muy serio; y algunos, además del hombre que guía, llevaban una señora también muy seria, que miraba hacia adelante muy fija... Menos una, que era señorita y no iba seria, sino que fumaba y echaba el humo por el cristal, que estaba bajado. Y algunos hombres de los que guían autos iban así, con un codo fuera, como si supiesen guiar muy bien y les diese igual ir de una manera que de otra. Y a los guardias que van en motos y llevan chaquetas de cuero, les brillaban las luces de los otros coches en las espaldas..., pero no se volvían a mirar, porque tenían que ir muy serios mirando a los otros guardias que tocan el pito cuando quieren que se pare todo el mundo.

En los escaparates de radios, de cuartos de baño, de aspiradores eléctricos y de todas esas cosas limpias y brillantes, había luz de esa que es de «neo» y que tiene un color feo, como de muerto. Los aspiradores, las radios y los cuartos de baño, en esa luz, parecen muertos, y quien los mira también. Además, tiene uno miedo de que esas luces de «neo» se pueden apagar de un momento a otro y todo se quede también en una oscuridad pálida, de muerto.

Algunas veces venían tantos autos, tantos tranvías y tantos autobuses, que no se veía nada más que el casco blanco del guardia, que movía mucho los brazos, y en vez de hablar, y en vez de respirar, tocaba ese pito que les meten en la boca cuando les hacen guardias. Pero otras veces, de pronto, no venía ningún auto, ni tranvía, ni autobús, y el guardia no sabía qué hacer, y miraba a uno y otro lado, como buscándolos, y se ponía triste y nervioso, porque no tenía trabajo... Hasta que de nuevo venían muchos vehículos de una vez, y el guardia, alegre, comenzaba a tocar el pito y a menear los brazos por todos lados... Y ningún auto, ni tranvía, ni autobús puede atropellar al guardia, porque les saca multa, y si atropellan a uno que no es guardia, no les sacan multa, y se los llevan en una ambulancia de esas que tocan mucho la campana y atropellan mucha gente por el camino, para luego volver por ella.

... Y cuando se mira para arriba en esa calle, parece que no hay cielo. Sólo se ve un callejón oscuro, sin estrellas, ni luna, ni nada.

A veces pasan señoras muy guapas, con muchas pieles y muchos colores, y los hombres que están parados o que van andando, se vuelven para mirarlas, como si llevasen algo colgado detrás, que yo no veo... Y junto a estas señoras pasan chicos y mujeres que van voceando periódicos, y no se vuelven para mirarlas. Les debe ocurrir lo

que a mí, que tampoco les ven nada por detrás a esas señoras.

Por las ventanas de los «cafeses» se ven muchas señoritas y señores que toman cosas y que ríen mucho,
y es que allí debe de vivir la felicidad.

Pero por la calle..., si uno se para en cualquier sitio,
nadie lo mira ni le dice nada. Y si uno se muriese allí
parado, nadie le diría nada. Y a uno le dan ganas de llamar a mamá..., porque si uno se está quieto, o corre, o
grita, o da voces, nadie le dice nada... Y a uno, entonces, le dan ganas de sentarse en el suelo y empezar a llorar
por si alguien se compadeciera.

Y es que el mundo y el «país», como dice papá, son
así. Hay campos llanos y grandes donde no hay autos,
ni nada; pero donde uno puede estar contento y merendar riéndose mucho, y, sin embargo, hay calles de éstas
tan grandes, tan repletas de gente, de autos y de luces de
«neo» donde uno llora solo, y no puede merendar de ninguna manera... Y hay campos donde se ve un cielo muy
gordo, con muchas lunas y muchas estrellas, que se gui-
ñan mejor que los anuncios..., y calles como éstas, donde
el cielo es un callejón negro con chispas de tranvía que
asustan.

A papá le gusta el campo y a mamá las calles como
ésta, por los escaparates... Yo no sé cómo se casaron.
Y es que el cura, cuando casa, no debe de preguntar a los
novios si les gusta el campo o les gustan las calles...
Y aunque lo preguntase, el novio no diría la verdad, porque va de etiqueta, y a un hombre de etiqueta no le debe
gustar el campo... Y es que el «país» es así, como dice
papá.

... Si en las esquinas de esta calle, en vez de samáfo-
ros hubiese zarzales con moras gordas y negras, de esas
que parecen racimos de uvas enanos, la gente estaría mejor. Y la señora de las pieles, y el de los periódicos, y el
guardia, y el que guía el auto tan serio, y las del bar y el
«botones», que va siempre corriendo y diciendo: «Vaya
gachí», se pararían juntos a coger moras..., pero en las
calles de este «país» no se puede coger nada, todo es de

los guardias, y tiene uno que ir solo por la calle, llorando
y con las manos en los bolsillos. Y es que en el campo,
como también dice papá, parece que la gente está deseando verte, y desde muchos pasos atrás ya se te acerca
con los ojos clavados. Pero las personas de esta calle lo
miran a uno, cuando lo miran, como si fuera transparente
y no lo viesen de verdad.

## La invención del paraguas pequeñito

Y un día el cielo amaneció sucio y entelarañado de gris. Desde el balcón se veía las nubes plomizas pasar veloces, una tras de otra, a no se sabe qué cita lejana... Y algunas mujeres apercibidas, llevaban impermeables de papel de caramelo y paraguas al brazo. Y muchos hombres gabardinas y paraguas. Todos llevaban paraguas. Todos iban dispuestos a abrirlos en cuanto el cielo cumpliese su promesa. Y algunas veces caían gotas finas, y la gente, tímida, miraba hacia arriba. Unos abrían los paraguas; otros no. Algunos los volvían a cerrar en seguida; otros seguían con ellos abiertos, con cara de valientes.

Todo esto lo miraba el niño desde su balcón.

Luego arreció más el chispeo, y por las aceras iban y venían paraguas negros, rojos, verdes, amarillos; brillantes, oscilantes, moviéndose de arriba abajo, de derecha a izquierda para dejar paso a los que venían por la misma acera. Por la calle estrecha y triste, paraguas y más paraguas. Una obsesión de paraguas... Pero los niños no llevaban paraguas. Iban de la mano de su padre o de su madre cobijados bajo el paraguas grande. Algunos niños llevaban impermeables con capirote. Otros iban solos, tristones y harapientos, sin impermeable, sin paraguas de papá ni de mamá... Pero ninguno de los niños que pasaban por la calle llevaba paraguas. Y el niño del balcón quería imaginarse cómo sería un paraguas pequeñito, de niño. No había visto nunca un paraguas de niño. ¿Sería tal vez como esos rojos, verdes y amarillos de las señoritas? Sí y no. Sí, por el tamaño del puño; por lo demás, no. Los paraguas de niño debían ser de otra manera... más pequeña. Porque a los paraguas de señorita les pasa lo que a las señoritas: parecen pequeñas y luego no lo son.

Cuando llegó su papá (también con paraguas negro y gabardina verde) el niño le pidió en seguida que le dibujase un paraguas pequeñito, de niño. Y su padre, sin dudarlo un momento, con un lápiz rojo y en el margen de un periódico, le pintó el paraguas...

Pero no, no; el paraguas pintado no era de niño, no valía. Aquél no era un paraguas pequeñito.

El papá, riéndose, decía que sí, que sí era pequeñito. Que apenas tenía medio dedo de largo. Pero el niño bien veía que aquel paraguas dibujado de menos de medio dedo de largo, parecía grande; era paraguas de hombre... Su papá le pintó hasta cinco paraguas y todos le resultaban grandes.

El niño, y con razón, se quejó a su mamá.

—No me quiere pintar un paraguas de niño.

—Si paraguas de niño no hay —contestó ella.

—¡Ah! ¿Es verdad que no hay paraguas de niño, papá?

—No. Ya has oído a tu madre.

Claro, ya sospechaba él. Por eso no lo podía pintar su padre, que pintaba tan bien... No, no había paraguas de niño, como no había panes de niño, ni plazas de niño, ni tranvías de niño... Claro. Luego... ¡él había inventado el paraguas de niño! Sí, sí, no cabía duda. El lo había inventado. Bien que lo veía él ahora en su imaginación. Era..., bueno, bien sabía él cómo era. Entonces, ¿había que llegar a hombre sin ver en su vida, sin tener en su vida un paraguas de niño? Sí. No cabía duda.

Una idea le asaltó de pronto: cierta vez dijo a su papá que le pintase un martillo de niño... Y se lo pintó. Pero pintado parecía grande... y martillos de niño sí que había. El mismo tenía uno que clavaba y todo.

Con la cara pegada a los cristales estuvo toda la tarde, aguardando ver pasar un niño con paraguas de niño...

Era ya casi de noche cerrada cuando paró un coche lujoso frente a su casa. De él salió una señora con un paraguas grande, rojo, que abrió al pisar el asfalto..., y detrás ¡una niña con paragüitas... pequeño, pequeño! ¡Allí estaba!

—Pero, ¡quiá! —dijo el niño del balcón cuando se fijó mejor—; aquello no era un paragüitas de niño, aquello era... otra cosa. Parecía de nata o de merengue...o de caja de niño muerto. Aquello era un paraguas de niña, un paraguas estúpido... Aquél no era paraguas de niño, que no existía, ¡que lo había inventado él!

... Y se imaginaba a sí mismo por la calle paseando con un paraguas de niño. Tenía el puño de color caoba y unos anillitos dorados. Y yendo abierto veía pendulear la gomita que sirve de broche cuando se enrolla. Se imaginaba también el patio de recreo de su escuela, lleno de niños con paraguas pequeños. Desfilaban cantando con los paraguas abiertos. Y el maestro iba delante con un paraguas grande y horrible... Luego se deshizo la formación y todos empezaron a dar carreras y a saltar, llevando en sus manos los paraguas de niño. Algunos simulaban batirse con los paragüitas cerrados.

Mamá, ¿para qué queremos esa *miss* que dice papá
que va a venir?

—Para que te enseñe inglés, hijo.

—¿Para que me enseñe inglés?

—Sí.

—¿Es un libro una *miss*?

—No, hijo. Una *miss* es una señorita inglesa.

—¡Ah! ¿Y en este pueblo hay muchas *misses?*

—No. La que te va a traer papá será la primera.

—Qué gusto. Yo sólo tendré una *miss* que me enseñe
inglés. Ni Pepito, ni Jeromín, tienen *miss*.

—No, no la tienen.

—Qué gusto... (pensativo). Pero si la *miss* sólo habla
inglés, ¿cómo la entenderé?

—También habla español. Posee las dos lenguas.

—¡Ah!, posee las dos lenguas...

La madre y el hijo están sentados en el hueco de un
mirador que da a la calle. Llueve constantemente, tami-
zadamente. Las aceras de cemento, largas, estrechas, brillan como raíles del tren laminados. El centro de la calle,

empedrado, está cubierto de charcos, de charcos de agua turbia, amarillenta, con pajas, con papeles, con cáscaras de naranja. De cuando en cuando, rompiendo los sucios espejos, pasa un carro de labrantín. La mula, acobardada, brillante por la lluvia, con las orejas flojas, anda filosofante. El carrero, arrebujado en su manta, deja ver solamente sus ojos, tristes, turbios como el agua de los charcos. Los pocos transeúntes pasan rápidos por las aceras, esquivando el agua de los canalones.

La madre cose. El niño, con la cara pegada a los cristales, sueña, mira a la calle, medita..., pregunta.

En la fachada de enfrente, despintada y sucia, hay junto a la puerta de la calle, un brochazo de pintura roja, desvaída ya por el tiempo. Desde que el niño fue consciente de sus sensaciones visuales, lleva viendo ese brochazo. ¿Qué forma tiene? ¿Qué quiere representar ese brochazo de pintura roja? Tiene una forma curva, amplia. Pero el niño no ha dado todavía con lo que quiso representar su ejecutor. ¿Es una «E», es una circunferencia medio borrada, una «C»?... ¿El qué? El dueño de la casa de enfrente se llama Sebastián, pero una «S» no es.

El niño vuelve a su tema. Deja de mirar el pintajo.

—¿Y cómo son las *misses,* mamá?

En este momento el abuelo entra también en el mirador. Bajo su poblado bigote, medio cano y medio rojo, esconde la punta del puro apagado. Tras las gordas gafas de oro, mira el cielo, sólido, grisáceo, feo.

—Mamá, ¿que cómo son las *misses?*

—Hijo —dice el abuelo—, son altas, feas, zancudas, «escurrías» de nalgas y altas de cuartillas, como el caballo de la noria.

—¿Sí, mamá?

—Di que no, hijo. Las hay también rubias, guapas, graciosas, como las artistas de cine.

—No hagas caso. Todas son huesantonas, con las piernas de palo, con gafas y feministas.

—¿Qué cosa es feminista, abuelo?

—Ya tendrás la desgracia de saberlo.

—Abuelo, ¿y dónde tienen la otra lengua?

—¿Qué otra lengua?

—La otra. Mamá dice que las *misses* poseen dos.

La madre se ríe sobre la costura. El abuelo, haciendo un milagro de equilibrio, enciende el puro sin prenderse el bigote.

—Pareces tonto, hijo. Tu madre quiere decir que habla dos lenguas.

El niño, un poco corrido por la fuerte respuesta del abuelo, casi haciendo pucheros, vuelve los ojos a la calle, mira hacia la fachada de enfrente, donde el brochazo rojo. Y piensa: «Yo no soy tonto. Sé que en algunas paredes los mozos escriben: 'P... la fulana.' Pero ese brochazo no es 'P', tiene la panza hacia el otro lado... Una vez el abuelo le dio una bofetada con la mano vuelta y le hizo daño con aquel grueso brillante que llevaba en el dedo 'chico'. (De reojo mira la mano del abuelo, morena, amarillenta por el tabaco, enganchada ahora con el pulgar del bolsillo del chaleco...) Brillante... no, 'B' tampoco es eso del brochazo.»

—Qué bien le irá este temporal a la tierra— dice el abuelo.

—Sí —afirma la mamá.

... «No... 'C' tampoco es.»

Un chico, haciendo equilibrio sobre unas piedras, intenta cruzar la calle.

... «Como las *misses* son zancudas, según el abuelo, cruzarían bien la calle.» «... Aquel brochazo lo pintarían en el carnaval o por ahí... El Domingo de Ramos, que es cuando hacen eso...», sigue pensando el niño.

El abuelo entra en el comedor.

Comienza a anochecer.

—¿Verdad, mamá, que será guapa mi *miss*?

—Sí, hijo.

—Si no, se reirán mucho mis amigos de mi *miss*.

—Claro..., ya verás cómo es bonita.

—Yo no la quiero zancuda.

—Ya verás si lo es —dice el abuelo desde dentro.

El niño vuelve a recordar la bofetada de antaño. No lo vio, pero está seguro que al girar la mano para pegarle, el brillante dibujó en el aire un arco de fulgor.

¿Ha soñado más veces con el brillante que con el brochazo rojo de la fachada frontera? No, no puede decirlo el niño, pero ambas imágenes ocupan frecuentemente el maquinar de su cerebro... El pintajo que no descifra y aquel violento brillante que tampoco descifra.

Surgiendo de la penumbra del comedor, el abuelo sigue hablando con voz agria.

—No me gustan las inglesas, y menos en mi casa... Piratas... La rubia Albión... Drake... Fariseos con flema. No me gustan.

—Está bueno, papá; el marido lo quiere así y no vamos a rectificarle. Hoy la vida se concibe de otra forma. Con ingleses y todo.

—... Tu marido no sabe una palabra de historia.

—Tal vez...

El niño abraza a su madre, y besándola en la mejilla, le dice al oído:

—Mamá, ¿verdad que sí sabe historia papá?

Y la madre, también muy bajo:

—Sí, hijo.

—La pérfida Albión —sigue el abuelo—. Bien hicimos en ayudar a los americanos en Saratoga. Será una antipática... zancuda, siempre con la Biblia. Paganizará al pequeño. Como si en España no hubiese buenos profesores.

—Ya está bien, papá.

—Ya está bien, hija... Odio a la pérfida Albión.

—Mamá, ¿la *miss* se llama Albión?

—No, hijo; se llama «Mery».

—... ¿Mery?

—Sí.

Arrecia la lluvia. El pitando rojo de la frontera pared se aviva con el agua. Sobre los turbios charcos de la calle se reflejan las luces amarillentas, eléctricas. Al encender de nuevo el puro en la oscuridad del comedor, brilla el diamante del abuelo. Brilla muy bien.

La lluvia tamborilea sobre el tejado de cinc del mirador. El niño mira a la calle con la cara pegada a los cristales. La madre, con la costura abandonada sobre el halda, calla.

... La lumbre del puro, de cuando en cuando, se aviva en la oscuridad.

## Captura del caballo «Lucero» y prisión del «Pernales»

El veterinario don Jerónimo Manzano fue tío carnal mío hasta el día de su muerte. Mientras vivió y alcancé a verlo —aunque yo era muy niño— le tuve en mucho aprecio y hasta soñaba en imitarlo paso a paso cuando Dios me diese más años. Hoy, lejos ya de aquella deslumbrante admiración, lo recuerdo con mucho cariño, y al pensar en sus cosas, una sonrisa de muy tierna comprensión me rebaña los labios.

Otra cosa no tendría mi tío Jerónimo, pero madrugador sí que era. Antes que se viese un pelo de sol sobre los tejados del pueblo, ya estaba el hombre en la plaza... tosiendo, carraspeando, fumando y hablando a voces con unos y con otros. Las beatas que iban a la primera misa, bien que veían a don Jerónimo con su prieto bigote borgoñés, su «queso» de paja amarilla, su cuello duro de picos redondos, corbata verde con alfiler de rubí y botas enterizas de color corinto... Era más bien alto, ágil de miembros y de naturaleza nerviosa... Para todo el mundo tenía su requiebro y su cháchara...; para el que iba de lejos, su despellejamiento, porque en tocante a lengua no tenía parejo.

Al cuajar la mañana, cuando sus dependientes abrían el banco de herrar y clínica veterinaria, que estaba en un rincón de la misma plaza, don Jerónimo entraba en su despacho, que estaba sucio y destartalado, y entre el microscopio, probetas y palanganillas, se tomaba el café y los churros que le traía su moza en una lechera de porcelana desconchada. Después de la colación, solía don Jerónimo enganchar en el tílburi de mimbre a su caballo «Lucero» y hacer con él las animalescas visitas que hubiese menester, o simplemente paseaba arriba y abajo el pueblo unas cuantas veces, hasta que, aburrido, volvía de nuevo a la plaza, estación más constante de su vida, y donde permanecía el resto del día, habla que te habla, sobre todo lo humano y divino que pasase por aquel corazón del pueblo... Y es que no es explicable la vida de mi tío sin la plaza como escenario... ni el caballo «Lucero» como animal de fondo.

El día que enterraron a don Jerónimo, cuando pasaban su cuerpo por la plaza de la Constitución, a eso del anochecer, yo, que aunque muchacho iba en el duelo, sentí una grandísima congoja por él, que nunca más volvería a aquel redondel municipal, donde había pasado lo mejor y más de su vida... «Este es el gobierno del pueblo», solía decir él de su plaza.

Pero lo del caballo «Lucero» es otro cantar. Don Jerónimo siempre tuvo caballo y blanco. Lo tuvo para hacer las visitas, según él; pero lo tuvo, y esto sobre todo —los demás veterinarios del pueblo hacían las visitas a pie—, porque después de desayunarse le entraban tales ganas de pasear arriba y abajo, que no podía remediar el enganchar su «arre» —como dije antes— y estarse un par de horas por calles y carreteras hasta que maduraba el día... Siempre tuvo caballo y blanco, y siempre le llamó «Lucero». Tres «Luceros» le conocí yo, pues aunque el gitano que le vendía la bestia le jurase que su mercancía nunca atendería por otro nombre que no fuese «Brillante» o «Corbeto», después de cruzadas las manos, «Lucero» se llamaba el jaco, mal de su grado y el del gitano, que así era de suyo mi tío Jerónimo.

El peor «Lucero» que yo le conocí fue el tercero y, ¡ay!, el último que gozó mi pobre tío. Era alto de marca, duro de perfil, «escurrío» de nalgas y largo de cuartillas. No resultaba caballo muy fino ni muy simpático; sin embargo, el veterinario gustaba de él, porque era «un caballo serio y muy poco amigo de confianzas»... Y este tercer «Lucero» fue el que le secuestraron una mañana de verano.

Cuando aquel día mi tío fue a abrir el herradero a los oficiales, se encontró con la cerradura saltada y el postiguillo de la portada entreabierto. Oliéndose la tostá, entró en la cuadra venteando a su «Lucero» y se la encontró vacía.

Unos minutos después el teniente comandante del puesto de la Guardia Civil y el cabo de segunda, se «personaron» en mi casa con el tío. Sacaron de la cochera el Forinche color aceituna y sin capota, que tenía mi padre, y montamos en él. Conducía mi primo, y yo no sé por qué me llevaron a mí.

El cabo, pelirrojo y con ojos de gorrino, iba sentado delante con mi primo. Yo iba detrás, entre el teniente y mi tío, que enrabiscado por el robo, no dejaba de soltar tacos a media lengua y amenazar con la mano a yo no sabía quién. Por cierto que, refiriéndose al ladrón, decíale, entre otras cosas de más monta, «gentuza», y lo decía con el mismo tono y rabia con que solía increpar a los socialistas, que eran sus peores enemigos. Pues bueno es saber que mi tío fue toda su vida un carca a marchamartillo. Por lo menos así lo decía él, aunque su «carquez» era muy especial, ya que no tragaba a los monárquicos, se reía de los carlistas, insultaba a los curas con muy puercas razones y en su vida fue a más misa que a la de casarse... Así es que sus sentimientos, que no ideas políticas, eran personalísimos y anárquicos, como los de todo buen ibero.

El teniente Corrochano, que así se apellidaba el comandante, era bajito, casi negro, y con menos chichas que un punzón. Tanto que el tricornio no se lo colaba hasta la nuca gracias a las gárgolas de las orejas. Las piernecillas —no muy derechas— le bailaban en los rollos de los leguis, como bastón en bastonero. Por lo demás, el teniente Corrochano era feo y siempre estaba haciendo guiños y meneos, como si una docena de sanguijuelas le estuviesen chupando por todo el cuerpo.

Nos asomamos a las tres carreteras del pueblo y preguntamos a las gentes que por ellas venían si habían visto un caballo de tales y cuales trazas. Como en ninguna nos dieron razón, nos metimos vereda adelante.

Ibamos a buen paso de Ford. Corría un vientecillo que levantaba los pelos, y además, como íbamos contra saliente, apenas podíamos abrir los ojos, por lo muy tendido que nos llegaba el sol. Mi primo tenía que empantallarse la cara con la mano izquierda para ver las revueltas y trías de la vereda... El teniente, con los ojos cerrados, seguía haciendo guiños. Y yo pensaba si haría igual dormido.

El Forniche sonaba bastante y echaba de cuando en cuando unas pedorreras por el tubo de escape, que asustaban a los pájaros del camino. El sol rebrillaba sobre el charol de los tricornios como sobre cristales. El llano se veía verdoso y fresco, cuajado de primavera todavía.

Sí llevaríamos media hora de vereda cuando un hombre que venía adormilado sobre un carrillo con toldo, nos dio razón de que a cosa de media legua habíase encontrado con un mozo alto, subido en un caballo blanco con las señas del «Lucero». Aseguramos la marcha, y ya con aquel aviso marchamos más confiados.

Yo iba deseando que acabase la excursión, porque mi tío, con tanto blasfemar entre muelas, y el teniente, con aquel no estarse quieto, me llevaban muy soliviantado, amén del cierto temor que yo tenía de que hubiese tiros en la captura del caballo.

De pronto el cabo señaló hacia la derecha. En efecto, atado a la ventana de una casilla que había en medio de una viña, a cosa de cien metros de la vereda, estaba un caballo blanco. Metieron el Forinche por la linde que dejaba una anchura regular y, antes que se apercibiese nadie, habíamos parado en la puerta de la quintería, con el teniente Corrochano a la cabeza, que se precipitó en la cocinilla o primera pieza de la casa, con mucho empuje y osadía... Mi tío, que había conocido a su «Lucero» al primer golpe de vista, quedóse fuera con él haciéndole caricias y comprobando su integridad.

Nada más entrar en la cocinilla nos dimos de manos con el cuatrero, que estaba sentado junto a la chimenea de campana tostando un trozo de pan que tenía pinchado con una navaja. Al vernos entrar, y particularmente a los guardias, se quedó lelo, temblón y más blanco que una cebolla. Así, de primeras, no le dijeron nada; todos nos quedamos de pie mirándolo. El, con la navaja y el pan pinchado en la mano, nos miraba también como si fuéramos apariciones. Mi tío, que entró en aquel trance contemplativo, rompió, al verlo, con estas voces:

—¡Si es el gentuza del «Pernales»!

El «Pernales» era un mozo más bien alto, fuerte, despeinado, con los ojos muy saltones, la boca torcida por un parálisis y sin pulgar en la mano derecha. Estaba en mangas de camisa.

Acudió el casero, y el teniente Corrochano, sin decirle todavía al «Pernales» esta boca es mía, pidió sillas para todos. El casero las arrimó, bastante medroso de que fuese a tocarle algo de lo que allí se estaba cerniendo.

Nos sentamos. Mirábamos todos al teniente con cierta expectación, aguardando algo muy teatral después de tanto silencio. El lo sabía y daba largas al negocio. Se puso luego a hacer un pitillo, sin pararse poco ni mucho en el «Pernales». Se veía que Corrochano estaba meditando un golpe de efecto que no le llegaba tan aína. Por fin, el cabo, más impaciente, preguntó:

—Mi teniente, ¿lo caliento algo?

El teniente meneó la cabeza muy serio, sin dejar de hacer guiños y mientras encendía el cigarro.

Después de las primeras bocanadas de humo, Corrochano se dignó dirigirse al cuatrero:

—La verdad, «Pernales», es que no vas a aprender en
la vida a ser ladrón. ¡Mira que venirte por la vereda!
Eso no se le ocurre a nadie.

Todos callábamos. «El Pernales» resollaba de miedo.
El casero trajo una bota de vino y unos cortadillos de
queso. Comenzamos a pinchar. El cabo le cogió el pan
tostado al «Pernales» de un manotón. Picábamos y go-
teábamos en silencio. Mi tío, de cuando en cuando, le
echaba un vistazo a su «Lucero», pues le preocupaba mucho el que sudando estuviese parado en la sombra. El
«Pernales», sin dejar de mirarnos con sus ojos turbios y
cobardes, resollaba como un perro cansado. Al cabo de
un rato, el teniente volvió a su cantinela:

—Muy mal ladrón eres, «Pernales»; eso de venirte por
la vereda no se le ocurre a nadie.

Al cabo de un buen rato, cuando consumido el queso
y floja la bota todos empezamos a decir cosas y a olvi-
darnos un poco de la situación, pues hasta el «Pernales»
parecía querer hablar, el teniente, con la bota vacía, se
levantó de la silla y le dio tres o cuatro botinazos en la
cara al «Pernales», que más por el susto que por el dolor, chilló como un gato.

Luego de esto volvió un silencio negro a la cocina. Al
«Pernales» le salía mucha sangre de la nariz y de puro
miedo no se determinaba a pasarse la mano por ella. Fue
en medio de este silencio y susto de todos cuando el teniente, con voz de hallazgo, dijo al casero:

—¿Tendrás por ahí una cuerda de cáñamo?

—Sí, mi «tiniente».

—Pues échala en remojo.

A ello se fue el casero y volvió al poco:

—Ya está, mi «tiniente».

Estuvimos todavía hablando un buen rato sobre la
«canalla», los «malhechores» y los socialistas. Y el pobre
«Pernales», mientras estas pláticas de entremés y espera,
nos miraba receloso, apenas sentado en el borde de la
silla, sorbiendo de las narices, que le manaban muchas

gotas de sangre, como un perro acorralado, y con todo el
miedo del mundo en sus ojos. Todavía le dijo el teniente
Corrochano otra vez aquello de:

—Parece mentira, «Pernales», y qué mal ladrón eres...,
etcétera.

Luego mandó el teniente que le trajesen la cuerda. Así
lo hizo el casero. Era bastante larga y delgada, casi guita.
El teniente, después de mirarle bien, se la dio al cabo:

—Atele las manos, pero a conciencia.

El cabo, que ya tenía ganas de acción desde que llegamos, le juntó las manos al «Pernales» en forma de
cruz, y ayudándose de las rodillas, le arriató las muñecas
hasta saltarle sangre por varios sitios. El demonio del
cabo, con sus manazas rojas y pecosas, no se daba paz a
atar. Estirando, estirando, se ponía colorado como can-
grejo.

Cuando estuvo todo hecho, el teniente se levantó con
mucha prisa y dijo que nos íbamos. Montaron al «Pernales» en el auto a fuerza de empujones. Y el cabo se subió
en el caballo. Emprendimos el regreso. La mañana estaba
ya más que en sazón. El auto levantaba mucha polvareda, y bastante detrás, entre una nube muy cerrada de
polvo, se entreveía al cabo sobre el caballo, con las piernas desmayadas por falta de estribos, y un lunar de reflejo en el tricornio. El «Pernales» venía con la barbilla
clavada en el pecho, la greña sobre la frente y retorcién-
dose por el mucho dolor que debía darle la guita mojada.

Mi tío seguía blasfemando a media voz y al viento,
ora contra esto, ora contra lo otro. Corrochano dormitaba al compás del traqueteo del auto y yo miraba de reojo
las sanguinolentas muñecas del «Pernales».

Muy detrás, muy detrás, como un punto envuelto en
sol y polvo, quedaba el cabo pelirrojo, montado sobre
«Lucero», sobre la reseca mesa de la llanura.

... Al entrar en el pueblo, la gente nos miraba de reojo, no sabría decir si con respeto o con miedo...

# El hijo del héroe

Era una noche de verano, y en el porche de las columnas de piedra que tienen dragones en los capiteles, estábamos mi madre y yo. Ella bordaba y yo jugaba con la gata Atenea... Mi madre, doña Mencía, bordaba con hilos pajizos y azules; Atenea era parda y también con los ojos azules.

La tarde estaba muy pesada y no se oía más que el lejano cocear de los caballos en la cuadra, el poco meneo de las hojas de la parra del porche y el chillar de las golondrinas en el aire.

Y yo, de cuendo en cuando, preguntaba a mi madre, doña Mencía:

—¿Dónde estará ahora don Rodrigo, mi padre?

Y ella, levantando los ojos del lienzo y mirándome con mucho amor, me decía:

—Matando moros.

Y como siempre me respondía de la misma manera, yo me daba en pensar cuándo descansaría mi padre don Rodrigo de matar moros y más moros. Y con este pensamiento le pregunté otra vez:

—¿Y cuando don Rodrigo deja de matar moros, qué cosa hace?

Y mi madre, levantando al cielo sus ojos un poco entristecidos, me dijo, después de suspirar:

—Piensa en nosotros.

Pero yo, por no sé qué aprensión, no veía claro aquello de que mi padre hiciese sólo aquellas dos cosas... de matar moros y pensar en nosotros.

Cuando ya iba oscureciendo, mi madre dejó de bordar y quedó mirando al ejido; yo dejé de jugar con la gata porque le brillaban mucho los ojos y me daba miedo..., y en un caballo, a todo galope, llegó el viejo escudero de don Acacio, quien dijo a mi madre que desde Madrigal se veía la polvareda de la mesnada de mi padre don Rodrigo que venía. Y como mi madre pusiese en duda la noticia, el escudero juró tres veces haber visto con sus propios ojos los pendones de don Rodrigo, que eran blancos con una copa rebosante de púrpura...

Y mi madre no sabía si reír o llorar, y al fin llamó a voces a la dueña y a todos los criados y les ordenó que hiciesen muchas cosas de cocina y dulces; y al escudero mandó darle por la feliz nueva dos maravedises de la moneda vieja.

Me vistieron un trajecillo morado con espadín damasquinado y me sentaron en la mesa, guarnecida de oros y flores. Y mi madre doña Mencía se puso su saya granate y una doble cadena de oro en el pecho... Y por todas las cámaras se oía el trajinar y rebullir de gozo por la llegada de mi padre don Rodrigo. Y mientras lo aguardábamos, mi madre, precipitada, con los ojos brillantes y la boca llena de agua, me contaba las muchas hazañas de mi padre... Cómo de un solo golpe de su espada tajadora partía en dos a un moro gigante; y cómo, cuando terminaba la lid, don Rodrigo había de mudarse de bridal, porque el brazo le quedaba tinto en sangre hasta el codo de tantas heridas como hacía en los haces enemigos...

Y como nos quedamos en silencio porque había pasado tanto tiempo de más y no llegaba don Rodrigo, mi madre, un poco pensativa, se asomó al alféizar por ver si venía..., pero con cara de resignación hubo de sentarse otra vez, y me contó de nuevo cómo don Rodrigo entró en Baena y los muchos moros que allí mató... Y yo, aunque no me cansaba de oír estas historias, notaba que las lámparas se menguaban mucho, que mi madre, impaciente y con la frente arrugada, hacía oído a cada nada, y que a mí me llegaba el sueño con mucha prisa.

De cuando en cuando, la dueña entraba en el refrectorio, nos miraba a mi madre y a mí con pena, hablaba unas palabras con ella y tornaba a salir dándole vaivén a la cabeza... Y ya muy luego, cuando habían despabilado cuatro veces las torcidas de las lámparas y el cuerpo, de puro sueño, se me tronchaba hacia todos lados, me dieron unas sopas de suero y me llevaron a la cama. Mi madre, doña Mencía, después de besarme, quedó de rodillas en su oratorio.

Y como yo le preguntase a la dueña mientras me acostaba que por qué no llegaba don Radrigo, mi padre, me dijo con cara de mucho retintín que «habría algara en Madrigal».

Caí dormido en la cama de tal manera, que la dueña hubo de llevarme la mano para acabar la señal de la cruz...

Y casi al alba, me despertó un grande ruido que hacían las voces de muchos hombres y el chocar de sus armas. Y conociendo que sería la mesnada de mi padre que llegaba, me levanté de un salto, me asomé al alféizar, y casi me asusté por la algarabía que allí se traían. Todos los hombres cantaban, brincaban, daban cuchilladas en el aire y movían las teas encendidas haciendo ruedas en el aire, como si quisiesen hacer eso que dicen que se hace uno en la cama cuando juega con tizones por la noche... En la noche tan oscura parecían endemoniados. Pero a pesar de todo, y por ver a mi padre don Rodrigo, me trasladé a las barandas del corredor por verlo entrar... y vi cómo lo pasaban entre dos mesnaderos, con la barba clavada en la loriga, la espada tajadora arrastrándole y

arañando las tarimas con los acicates. Mi madre lo aco-
rrió, y entre todos lo sentaron en un escabel alto, quitá-
ronle las armas, abriéronle el brial y él, como mal herido,
sacaba la lengua, se escupía muy de recio por las barbas
abajo y entre bascas, suspiros y langüetazos al aire, medio
decía unas palabras gordas que yo no sabía bien lo que
querían decir. Y me convencí que debían ser muy malas
heridas las que padecía, cuando vi cómo mi madre y la
dueña le ponían sobre la frente paños de agua fría, que
le escurría por toda la pelambrera de su cara.

... Y entre aquellas palabras que con lengua gorda mi
padre don Rodrigo decía en su agonía, pude alcanzar
unas que me extrañaron y me hicieron, amedrentado, ten-
tarme el escapulario de mi pecho. Y las palabras eran:
«Dios salve al Demonio».

Por fin, entre aquellos dos caballeros que lo trajesen,
mi madre y la dueña, se lo llevaron al lecho, sin que yo
viera sangre ni heridas por parte alguna... Todas las ropas y armas que le quitaron fueron sacando fuera. Y como
me pareciese que su brial tenía grandes manchas rojizas,
pensé otra vez en las malas heridas que debía sufrir, y
con tiento bajé y me acerqué a las ropas por ver la sangre aquella... Mi padre daba ahora grandes voces y todos
los criados de la casa entraban y salían en su cámara
llevando aguas y vinagres, de manera que nadie se paró
en mí. Tomé el brial entre mis manos, y como la sangre
aquella me pareciese demasiado ligera, la olí y me olió a
vino tinto..., cosa que no sabía explicarme.

No me atreví a preguntar nada por miedo a que me
riñesen y me volví a mi cámara de puntillas... Y en el
patio los mesnaderos seguían voceando y cantando, tirando por el aire las antorchas y diciendo también «Dios
salve al Demonio»...

Y yo no sabía qué pensar: si don Rodrigo estaba herido o no. Pensaba que no por la alegría de los mesnaderos, y creía que sí porque, según vi, con vino le debían
haber lavado las heridas... Y es que, como yo era tan
niño, no entendía nada de heridas ni de caballeros.

# Una tarde lenta

«Fue una tarde lenta del lento verano...»
A. Machado

Sí, fue una tarde lenta. De esas tardes acongojadas, anchas, sin orillas... remolonas. El era entonces un niño, un niño peinado con valiente tupé. «¡Qué lindo tupé te hace tu madre, hermoso!», le decían las mujeres. Y todavía creía que todos los hombres eran buenos; que siempre reían; que sólo se ponían serios para asustar a los niños malos. Y la tierra era redonda como una naranja. Los chinos estaban en un polo «achatado», y nosotros estábamos en el otro polo «achatado». El era entonces un niño.

Le habían comprado aquel mismo día un balón de reglamento, de cuero inglés, amarillo verdoso como una naranja en agraz. El niño, aburrido, aguardaba a sus amigos para estrenar el balón, allí, en su corralazo, ancho como la tarde. (Las tardes, para él, estaban solamente en su corralazo, acunadas, sumergidas. La tarde de afuera era de otra manera...) Pero los amigos no llegaban. Pasaba el tiempo y no llegaban. Se habrían ido a una era a patear una pelota recosida, ajenos al flamante balón verdoso que les aguardaba.

El sol se pegaba a los tejados en un beso apretado, tardo, elástico: rebañando las parras más altas, las chimeneas, el aguardillado. El niño se tumbó sobre la hierba, con el balón por cabecera, con las manos extendidas en cruz. Así, cara al cielo, el mundo cambiaba de sentido: veía las pancitas de los pájaros, que sobre los hilos del teléfono miraban inquietos, y decían su frase pulida y aguda. Muy apagados, llegaban las voces, los silbidos, los ladridos y los gritos de todo el pueblo. Cuando mirando al sol entornaba los ojos, veía estrellas, rayos y lunares de muchos colores, de muchos colores brillantes. De cuando en cuando, el paso de un carro estremecía el empedrado de la próxima calle. Luego, el silencio. Ese silencio largo y alto de las tardes de verano... Los amigos estarían en la era, jugando con una pelota recosida, despreciando aquel balón flamante, verdoso como una naranja en agraz.

Las niñas salían de una escuela próxima. Sus voces quebradizas rompieron el silencio. El niño, inmóvil sobre la hierba, se las imaginaba con sus batas blancas y lazos rojos; corriendo; estacionándose; dejando las cabás en el suelo para pintar una «marica» sobre el cemento de la acera... Una niña mayor, que ata los zapatos a la benjamina del colegio. En la ochava de la esquina, sobre la puerta de la escuela, estaban esculpidos en relieve una esfera armilar, una pluma de ave y un gran libro con las guardas de piedra. El sol que se iba, lamería en aquel momento aquellas figuras labradas.

El sol retorcía su último rizo sobre la chimenea alcoholera más alta. Se oyó un tiro lejano, blando, ancho como el trueno de un cucurucho de papel. Las voces de las niñas se alejaban. Algunas cantaban:

> ... *que mañana no hay escuela*
> *porque se ha muerto...*

A la calle volvía el silencio. Alguna niña rezagada voceó a otra: «María..., María..., "espera".» El eco, inopinadamente, repitió: «María..., María..., "espera".» Y el niño, excitado por el eco, dijo: «Balón..., balón..., espera.» (El eco, para él, era un hombre malo que remedaba a todos los niños, oculto tras una esquina de los arrabales.)

Los amigos estarían en la era. Mejor. El niño no valía para jugar al fútbol. Si hubiesen venido, se habrían gozado con el balón, y él, más débil, habría tenido que estar toda la tarde corriendo quiméricamente, corriendo tras la pelota sin conseguirla nunca: siempre huidiza, rebotando entre los pies de los otros, más fuertes.

Ya en los tejados, con caballete en forma de sierra, apenas quedaba una ligera atmósfera luminosa del sol naufragado.

Fue una tarde lenta. El silencio era completo en la calle y en el corralazo. Las golondrinas espirituales recortaban el cielo con sus vuelos ceñidos, vertiginosos, de saeta. Unas estrellas tímidas comenzaban a parpadear. Luego, por la calle frontera, se oyó el rodar de una gruesa llanta de carro sobre el empedrado. Estremecía los cristales y los hierros de las «lumbreras». El niño se imaginó al carretero que iba rodando el aro. Sería tal vez el viejo barbudo, el del mandil de cuero, el de la gorra visera..., el que tenía las barbas como el San Pedro de la Iglesia. Los carreteros —se decía el niño— fueron en sus tiempos niños muy aficionados a jugar al aro. Crecieron luego, hasta les salió barba, pero continuaron con su afición. El aro también creció, pero tanto, que fue mayor que el carretero... La horquilla, pequeña ya, por inservible, estaría oxidándose en un cascajal... El retemblar del anillo se perdió calle abajo.

El niño sintió que se dormía. Pero alguien le voceó desde la ventana:

—Hijo mío, que te vas a enfriar.

... Lejano, desde una calle de muy allá, se oía el tintín, tin-ton de una fragua. Ese melancólico martillear de los herreros en las tardes tranquilas. El niño, en el sopor de su modorra, quería acordarse del famoso cuento de los herreros tartamudos... ¡Ah!, sí... «El maestro herrero era tartamudo y el oficial herrero era también tarta-

mudo. Y el maestro sacó de la fragua un hierro hecho
lumbre, y lo puso sobre el yunque, y le quiso decir al
oficial que le ayudase a forjarlo, pero como el maestro
era tartamudo no acertaba, y decía:

—O... o... o...

Y el oficial, que era también tartamudo, no entendía
y decía:

—¿Qué... qué... qué...?

Y el maestro:

—Que... que... que...

Y el oficial:

—¿Qué... qué... qué...?

Y el maestro, enfadado, y colorado, y sudoroso, y re-
tirando de nuevo el hierro del yunque a la fragua:

—Na, na..., ya se ha enfriao.»

«Y es que el maestro hablaba algunas veces de corrido, como suele ocurrir a los tartamudos», pensó el niño.

La noche cerraba lentamente. El niño, ya frío, se levantó entre sombras, tomó el balón verdoso como una
naranja en agraz y se fue aburrido hacia la vivienda.

Los amigos estarían allá...

# The hall

Empezaron a alejarse las figuras que rodeaban su cama, entre una niebla rojiza. La lámpara de la alcoba parecía subir... irse al cielo. Algo sutil se escapaba de su carne, como una espita de aire. Así durante unos segundos. Luego un golpe seco entre sus sienes que le hizo incorporarse. Oyó que su mujer daba un grito. «Esto es», pensó.


... Y antes de acabar de pensarlo ya estaba en la plena luz. Era una luz silenciosa, amortiguada, sin procedencia. Se miró y no se vio, pero se sintió libre, con una extraña libertad, con una libertad absoluta.

Ante él había unas figuras como esperándole. Un grupo a la izquierda y otro a la derecha. Le miraban en silencio. Los fue reconociendo. Delante de todos estaba su madre, vestida de monja. No sonreía, pero algo había en ella que tocaba en sonrisa. Detrás, sus tíos, sus abuelos, los que sólo conoció por fotografía. El abuelo, de levita. Los tíos, rubios, con túnicas blancas. Le miraban. No le sonreían, pero algo había en todos que tocaba en sonrisa.

Un poco escorzada, su abuela, también vestida de monja. Ella sí que sonreía, tan menuda y morena.

En el otro grupo, su abuelo paterno y otras gentes que no conocía. Algunos con calzón corto.

Y vestido de largo, con una pelota celeste entre las manos, su hermano, el que murió pequeño. También sonreía sin dejar el chupito.

Entre todas estas figuras se destacó una que avanzaba hacia él. Era una chica joven, rubia, de ojos claros. Avanzaba sonriendo, como con coquetería. Llevaba un largo nardo dormido entre sus brazos. En seguida la reconoció. Pero ¿cómo estaba entre los suyos?... Avanzaba como hacía tantos años. Siempre estuvo así en su corazón. En su corazón la llevó secretamente, como el recuerdo de un hermoso día. A veces la ocultaba el olvido de unos meses. Luego, de pronto, se despertaba con ella, con su recuerdo, como si su recuerdo se hubiese rehecho durante el sueño... Siempre tuvo un retrato de ella oculto entre sus libros. Ella avanzó unos pasos, prometedora. Ahora sonreían todos. El debía tener un extraño semblante. Una especie de deber le obligó a mirar hacia abajo. Allí, su mujer, vestida de luto, recibía la visita de una amiga. Hablaban con cierta animación. En otra habitación, sus hijitos vestidos de luto, pálidos, jugaban aburridamente.

El sintió algo como ganas de llorar. Y así, amargo, miró hacia los que tenía ante él... Sonreían. Ella, con el nardo entre los brazos, avanzó unos pasos más.

El no sabía bien qué hacer, dónde mirar. Una imposible duda le daba un imposible pesar.

Ella avanzó otro paso. ¡Qué dulce sonreía!

Entonces él, en un último gesto defensivo, señaló hacia abajo. Pero en seguida su hermanillo, el de la pelota celeste, y su madre, vestida de monja, llegaron hasta él. Le tomaron de las manos. Le aproximaron a ella, que, poniéndose el nardo en el brazo izquierdo, le tomó con el derecho. Y empezaron a andar como en procesión: todos los seguían. Ella le sonreía como hacía tantos años, como no le había sonreído nadie, nadie, nadie.


... Ahora, con cierta valentía, volvió a mirar hacia abajo. Su mujer, vestida de medio luto, merendaba con unas amigas. Los hijitos, vestidos de claro, jugaban alegres en la gran primavera.

Tornó a mirar a ella. Y ella le miraba como nunca le miró nadie, nadie, nadie.


... Los habían dejado solos. Caminaban solos. Nunca supo de tal soledad, de tal soledad con ella.


Y entraron en un prado parecido a otro prado de hacía muchos años en una ciudad provinciana. Un prado como ninguno. Envuelto en la única sonrisa.

Calculo que llegué a la media tarde del día siguiente de saludar a Rosita. Y por esas inercias del cerebro, esté donde esté, más que en otras figuras señeras o inconmensurables, al poner allí el pie, el costado o el ala —que no lo sé muy bien— pensé que al que primero encontraría sería a Raimundo, el padre de Rosita.

Pero no fue así. Tuve que saludar antes a muchas gentes conocidas. Paisanos, familiares y amigos se acercaban a darme besos en las mejillas. Y, cosa rara, hombres celebérrimos de todos los tiempos, que yo conocía por cuadros, retratos o bustos, también me besaron. Sin duda que tienen bien en la memoria la gente que los conoce por lo que sea, aunque no tuvieran ellos tiempo de tratarlos. Yo, de verdad que no alcancé a ver a doña Isabel de Portugal, la mujer de don Juan II, a no ser esculpida en su sepulcro de la cartuja de Miraflores, que me dio un abrazo muy apasionado; ni a don Cosme Damián Churruca, ni a don Práxedes Mateo Sagasta, ni a Juanelo, ni a don Francesillo de Zúñiga. Sin embargo, ellos, nada más verme, venga de darme besos en la mejilla como si me conocieran de toda la vida. Como si supieran que yo los conozco por los libros y vinieran a agradecerme mi fijeza y erudición... No se me olvida el gusto que le dio verme allí a doña Beatriz Galindo, la profesora de latín, y de verdad digo que los pocos latines que tengo, ya en el borde de la memoria, los aprendí muchos años después de la época de los Reyes Católicos... Pero Raimundo no aparecía... Hombre, tiene explicación que don Leopoldo Alas, alias «Clarín», sobre el que escribí en tiempos, me abrazase y contase una anécdota teatral; o que Garcilaso de la Vega me obsequiase con un dátil, que para eso me sé sonetos suyos de memoria, pero afectuosidades como la de Suero de Quiñones me resultaban —y me resultan todavía— totalmente inexplicables.

Total, que hasta bien abierta la madrugada siguiente, que allí es muy templadica y suave, no encontré a mi amigo Raimundo, el padre de Rosita.

Raimundo y yo estudiamos juntos el bachillerato, vivimos en la misma pensión en los tiempos universitarios, fui a su boda, al bautizo de Rosita y a su entierro, hace ya veinte años largos. Fui lo que se dice un amigo de toda su vida. Pero Raimundo, al verme, ni me dio besos, ni me dio abrazos. Se limitó a echarme la mano con una media sonrisa bajo el bigote, que todavía conserva, aunque sin canas. Que fue canoso muy precoz. Como antaño, llevaba unos cuantos «tebeos» bajo el brazo. Siempre leyó «tebeos» y así vivió feliz, creyéndose que el mundo era una malva.

Y yo, como estaba impresionado, porque su hija fue la última persona nueva que conocí o mejor reconocí allí abajo, en seguida se lo espeté:

—Hace unas noches saludé a tu hija Rosita.

—¿Sí? ¿Dónde?

—En el baile de mi pueblo.

—¿Y qué hacía allí?

—Pues que estaba de animadora. Era la gran atracción.

—¿De... animadora?

Raimundo se puso serio y quedó mirándose los pies.

Y me di cuenta, claro está, de que al hombre no le había dado ni pizca de gusto la noticia. Pero ya no tenía remedio.

—Fíjate, fue todo muy gracioso —continué con aire de quitarle importancia—. Estaba yo con mi mujer y otros matrimonios y de pronto anunciaron su nombre artístico: Coral Lindo...

—Ah, chico, eso va en gustos.

—¿No te equivocarás?

—No, señor, que luego me fijé en los carteles.

—Bueno, sigue.

—Y salió una mujer estupenda. Yo no la conocí. Fíjate, dejé de verla cuando era una niña. Y como es tan guapa, y con un cuerpo tan rebién hecho, mis amigos y yo empezamos a hacernos lenguas de sus prendas, de su gracia, que la tiene por arrobas, de su buena voz y de la animación de sus movimientos. Ya te digo, una hermosura de mujer. Tan entusiasmados estábamos que nuestras cónyuges se picaron un poco, sobre todo cuando mi amigo Juan Antonio dijo que tenía muy hermoso el triángulo de escarpa. De verdad que es una chica estupenda.

—¿Y cómo iba vestida?

—Con pantalones dorados y una blusita corta del mismo género, que le dejaba al aire como tres dedos de vientre, con el ombligo comprendido.

—Vaya, vaya.

—Si te molesto no sigo.

—No, continúa.

—Bueno, pues la Rosita cantó muy requetebién el «Congratulation» y otras tres cosas. Llevaba un micrófono redondo y largo en la mano y se movía divinamente por la pista... Y fíjate, ahora viene lo bueno, cuando nuestras mujeres estaban ya de verdad molestas por tanto celebrar a tu Rosita, pues que de pronto, después de los aplausos, la chica se viene a nuestra mesa. Llega, se para y me larga la mano. «¿Cómo está usted?»

Yo me puse de pie, la saludé muy fino con cara inexpresiva. Ella me dijo quién era, porque bien claro vio que yo no me aclaraba. La presenté a todos y la invité a sentarse y a tomar una copa. No era para menos siendo tu hija. Toda la gente nos miraba. Ya sabes cómo son en los pueblos. Ella estuvo muy fina y muy corriente. Te recordamos con mucho cariño y me dijo que acababa en el pueblo al día siguiente y que ya se despediría de mí. Luego se fue con un hombre calvo, que según la cuenta era su representante. Eso fue todo... Al día siguiente, como comprenderás, no tuve tiempo de despedirme.

Raimundo quedó pensativo, mirando distraídamente los «tebeos». Por fin alzó sus ojos y me preguntó, dolorido:

—¿Y cómo trabaja en eso?

—No sé. Por lo visto estudió en el Conservatorio y quiere dedicarse al teatro o al cine. No recuerdo bien.

—Claro, las pobres quedaron en muy mala situación.

—Hoy la vida es más fácil.

—Oye... ¿Y tú crees que ella? Tú me entiendes.

—¿Que ella qué?

—Hombre, ya sabes, ese oficio...

—Ahora son otros tiempos. Tú es que te viniste en los años cuarenta, cuando todo el mundo era muy moral en España. Ahora hay mucha libertad de pensamiento. Sí, señor, ya no es pecado el bailar el agarrao.

—Bueno, pero tú no crees que ella..., vamos, que en ese oficio todo son peligros...

—Hombre, ya te digo, sólo hablé con ella unos minutos y delante de gente. No pude profundizar.

—Lo más seguro es que sí.

—Sí...

Ese representante que dices u otros, quién sabe.

—Sí..., es probable. Pero ya te digo, ahora son otros tiempos.

—Claro.

Y se puso a leer su «tebeos» sin volverme a dirigir la palabra. Yo esperé un ratillo, pero en vista de que nada decía me levanté.

—Adiós.

—Adiós —dijo sin levantar los ojos del «tebeo».

Y cayeron dos lágrimas por su mejilla hasta el papel de colorines.

Me fui arrepentido. Me había equivocado. Yo creí que allí se podía decir todo, pero resultaba que no.

Eché a andar y llegaron nuevas gentes a darme besos en las mejillas.

Eleni entró de niñera en noviembre del pasado año. Llegó reseca y negra por los soles de agosto, cuando estuvo espigando con su padre. Y por los soles de septiembre, cuando en la vendimia llevó «media espuerta» con su hermano. Debajo del uniforme azul pálido, con el cuello y los puños blancos, se removían sus huesecillos quebradizos. Los omoplatos le jugaban bajo la tela como aletas cortantes. Sumida la boca y descarnados los pómulos, la risa y la sonrisa no excedían el límite de sus ojos negros, brillantes, todavía no vencidos por el sol enemigo. Era el único resto infantil que permanecía en su rostro.

Recuerdo verla por las calles llevando en brazos aquel niño gordito de dos años, aquel niño sonrosado y feliz, crujiente de vida y alegría, que al moverse, bracear o abrazarla, la hacía tambalearse. Lo llevaba como si estuviera haciendo un traslado provisional, pesadísimo, en un espacio de tres o cuatro metros. Como si fuese en seguida a depositarlo en el suelo. Pero no, pasaba horas y horas con él, arrullándolo, cambiándoselo de brazo, posándolo un momento en el suelo para respirar, haciéndole cosquillas. El niño, cuando la sentía desfallecer, con los brazos dormidos y el gesto caído, tal vez sudando, le sonreía, le daba besos y la pobre chica, fortificada con aquellas caricias, olvidaba el dolor y continuaba el paseo con su carga... Alguna vez la vi sentada al pie de un árbol, apoyada en un tronco, disimulándose como podía con los vecinos de la glorieta, mientras el niño a su lado, sobre un periódico para no mancharse, jugueteaba con algo.

Otras ocasiones la vi en la casa acompañando a las niñas mayores, casi de su edad, en parte también a su cuidado, hermanas del niño gordo de dos años. Las niñas vestidas con lindos trajes y cintas al pelo se distraían con juguetes increíbles para la niñera. Juguetes mecánicos ingeniosísimos que a la pobre Eleni le producían un asombro impintable. La recuerdo con la boca abierta y cierto gesto de temor no fuese que alguno de aquellos juguetes diese de pronto un salto incontrolado y se le parase a ella en el hombro o le diese un porrazo en la cabeza. Ni siquiera la envidia apuntaba en sus ojos. Todo aquello le parecía inasequible, gajos de un planeta todavía no explorado... Alguna vez cuando los niños estaban en el colegio, se acercaba temerosa al anaquel de los juguetes eléctricos y como quien hace una experiencia peligrosísima, con tiento temeroso, siempre presta a soltar la presa al menor movimiento imprevisto, intentaba dar cuerda o conectar la corriente de aquel macaco que daba vueltas sin fin en un trapecio, del perro negro que andaba y de vez en cuando daba una imprevista pingota o en el coche de la «police» que tocaba la sirena, giraba y se encendía la luz de sus faros. Si Eleni conseguía poner en marcha el juguete, primero daba un leve respingo de susto, pero en seguida, confiada, miraba su trajín, con la sonrisa más inédita y entregada, con los ojos más alucinados y jubilosos que he podido ver. Posiblemente, Eleni, alguna noche cuando sus señores y los niños dormían, se levantaba pasito de su cama plegable, tomaba alguno de aquellos juguetes del cuarto de los niños, y lo llevaba a su cuarto para acariciarlo en silencio o ponerlo en marcha sobre su descolorida colcha de cretona.

Pero tal vez el gesto más conmovedor de Eleni se producía cuando veía a las niñas hacer con la «miss» sus deberes en inglés. Nunca se ha podido ver a un ser más anulado. Con los brazos cruzados sobre sus rodillas y los ojos muy abiertos, prudentemente apartada, sentada sobre una banqueta y la boca laxa, excuchaba los recitados y las conversaciones, como si aquél fuera el verdadero idioma de quienes saben leer y escribir. Otra vez que la «miss» explicaba a las niñas sobre un mapa, la pobre Eleni seguía el itinerario que marcaba el dedo de la profesora como quien ve escribir en el aire o papa moscas... A fuerza de fijarse y mediante el auxilio de las niñas, de sus niñas, consiguió aprender a escribir los diez números en una pizarra y a decir riendo: «¡Oh yes!»... Muchos días, mientras hacía sus faenas, solían oírla cantar en pleno goce de su reciente cultura británica: «¡Oh yes!»... «¡Oh yes!»...

Hacia la primavera, Eleni había tomado un claro color ciudadano, sus carnes aumentaron en tres o cuatro kilos hasta darle a su carita vivaz un suave contorno ovalado y a sus piernecillas, cierta dignidad. Si bien es verdad que su esqueleto, desmedrado por tantas privaciones propias y hereditarias, apenas había experimentado el menor cambio de calibre. Pero a medida que aumentaba el calor y maduraban las mieses en el lejano campo de Castilla, el optimismo de Eleni sufría prolongadas crisis de tristeza. Cuando oía hablar a sus señores del próximo veraneo y a los niños de las bellezas del mar y de la docilidad de las arenas para hacer con ellas toda clase de castillos, colinas y ríos con puentes de concha, sus ojos se apagaban pensando en no sé qué crueles rastrojos y su boca se reducía sintiendo ya la brasa agostina de la era. No sabía cómo era el mar, ni llegaría a saberlo, pero se lo imaginaba gozoso y sorpresivo, como aquellos juguetes eléctricos que ella manejaba en las soledades furtivas de su alcoba a la media noche. Como la risa que provocaba en todos aquel «¡Oh yes!» que cantaba cuando lavaba las braguitas de su niño gordo de dos años a quien ella «enseñó» también a decir «¡Oh yes!».

No, la cosa no se arreglaba con dinero. Era inútil pagarle la siega y la vendimia. Su padre no transigía. La necesitaba para sus combinaciones económicas y familiares. La necesitaba para mantener, digamos, la moral de su clan. No quería que mientras sus hermanos «se "despedazaban" contra las cebadas y las cepas, ella estuviera hecha una "señoritinga" por esos mares de perdición».

Y al comenzar junio se presentó el padre en el piso de los señoritos, con la gorra en la mano y un traje azul descolorido, sin mirar a nada ni a nadie. Reseco y duro, con la misma cara de una Eleni cuarenta años mayor, con barba y calva descolorida. Se presentó sin querer enterarse de nada ni tomar una copa, sin duda temiendo que la debilidad le venciese ante cualquier incitación. Era un Abraham consciente del sacrificio que se le había impuesto.

Eleni, después de besar mucho a todos los niños, salió sollozando. Su padre le llavaba puesta la mano sobre el hombro y caminaba mirando tercamente al frente. En la otra mano llevaba la pobre maletilla de cartón de Eleni. El niño gordo y rubio de dos años, desde el extremo del pasillo, despedía a su manera a Eleni, la despedía con la frase que él sabía muy bien que a Eleni le gustaba: «¡Oh yes!... ¡Oh yes!...»

Hace pocos días, exactamente el 14 de agosto. Eleni volvía desde el tajo para pasar la fiesta del siguiente día en el pueblo. Venía sentada en el tractor junto a su padre. Era ya muy de noche. Eleni, amodorrada, cabeceaba en su asiento. Debió quedarse totalmente dormida. Y en un brusco movimiento del tractor para eludir un bache o no sé qué accidente de la carretera, Eleni cayó de su asiento y murió entre las mismas ruedas del tractor.

Aquella misma mañana, el niño gordo y rubio, mientras corría por la playa jubiloso, momentáneamente añoró a su niñera y cantó varios veces: «¡Oh yes!, Eleni... Eleni. ¡Oh yes!»

# Himno al ahorro

*A mi amigo Emilio Alarcos Llorach*

... Y la gente creía que todas las escuelas nacionales del pueblo celebraban el día del ahorro porque acababan de poner en Tomelloso una sucursal del Banco Popular de los Previsores del Porvenir. Claro que también pudo ser, y es lo más seguro, que fue por decreto del Ministerio de Instrucción Pública. Pues como decía el abuelo, que siempre recibió muchos disgustos de los bancos, no iban a ponerse a cantar todos los mocosos a la vez porque lo dijese don Resucito García, que era el director recién nombrado de los «usureros del porvenir», como él llamaba también a este banco flamante.

Durante no sé yo cuántos días, a las diez de la mañana acababan las lecciones, y se concentraba «todo el alumnado» en el aula grande de la Escuela de las Huertas, para que don Francisco, que era mi maestro en la Escuela del Pósito, nos enseñase a cantar el Himno del Ahorro. Y es que don Francisco, además de ser muy buen maestro, sabía de solfeo y batuta. Y en largas hileras íbamos por las calles hasta la graduada de la calle de las Huertas. Y allí, apretujados en un aula anchísima que tenía mu-

chas ventanas que daban al patio de recreo y estaba lleno
de árboles densísimos y enredaderas cuyas hojas asomaban por los cristales más altos, entrábamos de dos en dos
con nuestros guardapolvos, los cartapacios colgados al
hombro, pisándonos, diciéndonos obscenidades y dando
capones a los de delante hasta quedar hechos una piña.
Y ya cuando estábamos en nuestro sitio, en el rato antes
de empezar a cantar, yo miraba aquel mapa tan grande
y tan antiguo, de tinte amarillento, que con letras muy
recomidas, en vez de decir Océano Atlántico, decía «Mar
Oceana». Y es que, como explicaba Jesusito, que era hijo
de un maestro y sabía más que los que no éramos hijos
de maestros, aquel mar fue hembra hasta los gloriosos
tiempos de la Dictadura, que lo declararon masculino como
todos los mares que bañaban la Península Ibérica... Porque, para Jesusito y su padre, todo lo bueno que había
en España lo había hecho la Dictadura de don Miguel.

El abuelo hacía bastantes chistes porque teníamos que
ensayar todos los días el Himno al Ahorro, pero al primo
y a mí nos daban mucho gusto aquellos ensayos, pues nos
pasábamos toda la mañana de choroviteo, sin tener que
salir a la pizarra ni estar toda la mañana sentados en
aquellos pupitres raquíticos de la Escuela del Pósito, que
tenían tantas iniciales de alumnos antiquísimos grabadas
a navaja sobre la tabla.

Y cuando los maestros nos dejaban colocados en aquella aula tan grande que digo, don Francisco se subía a la
tarima, vestido con su traje color café oscuro, el bigote
estrecho y algo canoso, la batuta y la partitura del Himno
al Ahorro que dejaba encima del atril. Se salían entonces los demás maestros que no tenían que cantar ni dirigir al patio del recreo; se hacía un silencio muy respe-
tuoso, y don Francisco, mirándonos con severidad por
encima de sus gafas con forma de uva, alzaba la batuta,
nos daba el tono y en seguida, primero los que estaban
más cerca de la tarima, con olas de voz muy suave, y
luego todos, empezábamos la letra y el son. Si la letra y
«las modulaciones de voz», como él decía, iban por buen
camino, a cada compás se le dulcificaba el gesto y había

momentos en que, entusiasmado, hacía como si volase muy
suave y enajenado... Pero si a lo mejor de pronto había
una metedura de voz o desfine, enfadándose mucho, daba
batutazos sobre el atril y decía:

—¡Fuera! ¡Fuera! Otra vez. Venga:

       ... *Grano a grano se llena el granero*

Y como el verso siguiente había que decirlo con música más calderona, como creo que decía él, para que no
nos olvidásemos del momento calderón, bajaba mucho la
batuta y la cabeza como si fuese a lanzarse al estanque a
la vez que cantaba:

       ... *Gota a gota la mar se formó*

Y yo al cantar aquello miraba de reojo la Mar Oceana, que está en el mapa pajizo, sin acabar de explicarme
cómo un mar tan grande podría haberse formado gota
a gota como decía el Himno del Ahorro.

Así que llevábamos un rato en aquella aula, empezábamos a sudar y a sentir hormiguillo en las piernas. A los
que les tocaba al lado de la ventana —yo lo conseguí
una vez— se sentaban en los poyos y cantaban más des-
cansados y fresquitos. Pero anda, que los que estábamos
de pie, llegábamos a sentir un ahogo tremendo, y sobre
todo, yo no sé por qué, cuando llegábamos a aquellos
versos que decían:

       ... *La lección del humilde hormiguero*
       *es hermosa y honrada labor...*

El día que conseguí sentarme en el poyo de una de
aquellas ventanas que daban al patio del recreo, como
estaba más alta, veía muy bien a los chicos que cantaban.
Y daba risa contemplarlos a todos tan serios, con las cabezas así echadas un poco hacia atrás, las bocas abiertas
y los ojos fijos en la batuta de don Francisco. De verdad
que no parecían los mismos. Yo estaba acostumbrado a

verlos reír, llorar, jugar, hablar o mirar a un lado y a otro, pero no así tan quietos, boqueando despacio, como si estuviesen masticando algo muy blandorro.

Los otros maestros que no nos enseñaban a cantar, mientras nosotros estábamos allí apretujados debajo de la batuta, se paseaban tranquilamente por el patio del recreo de la Escuela de las Huertas, fumeteando y contándose cosas políticas. Y a los que les tocaba sudar, porque no estaban en un poyo de las ventanas, les daba envidia ver el patio solo, con los maestros tan pacificados y sonrientes, haciendo hora bajo los pájaros que piaban entre las moreras o volaban bajo el sol y en la anchura del aire.

> *Porvenirrrrr...*
> *Y esta tarde se fue. Te.*

Y ninguno sabíamos por qué había que decir «Te» al acabar el verso, hasta que me lo explicó papá, y era porque al autor le salió más larga la música que la letra, y para emparejarlas, don Francisco nos mandaba que metiésemos aquel «Te», que no quería decir nada y venía a ser como los jipíos que dan los cantaores de flamenco cuando les falta verso, pero aquí en forma de «Te».

Luego ya, pasado el «Te», el cantar era más fácil, más de carrerilla hasta llegar a la parte que ahora voy a decir, cuando el maestro echaba un chito para que no gritásemos:

> *... Es hermoso llegar a mañana*
> *conservando un pedazo de pan...*

Claro que algunos graciosos, aunque a don Francisco le daba mucha rabia, para hacer juego con el «Te», al cantar este verso decían:

> *Conservando un pedazo de pan... ¡Pan!*

—¡No hagáis fantasías! —gritaba don Francisco mirándonos con los ojos fijísimos por encima de las gafas y dando golpes muy menudos con la batuta contra el atril.

... Ya digo que aquellos días fueron muy hermosos a pesar de lo apretujados que estábamos en el aula grande de la Escuela de las Huertas, y yo creo que me sirvieron para pensar por primera vez lo bueno que es en la vida poder hacer cosas distintas. Y también me sirvieron, sobre todo cuando me acordaba de los pupitres durísimos, para entender mucho mejor aquello que nos decía mi padre de vez en cuando: vosotros a estudiar para conseguir una profesión liberal y no tener que sentaros en «burós» y depender de señoritos y de jefes.

El día antes del «magnífico acto», don Francisco nos dijo que debíamos vestirnos de domingo y presentarnos a las once en punto de la mañana en el Teatro de Alvarez. Que irían todas las autoridades, y que al acabar nos regalarían a todos los escolares una cartilla de ahorros del Banco Popular de los Previsores del Porvenir con una peseta a nuestro favor; y el pueblo entero nos ovacionaría por nuestra invitación a la economía, que era la mejor lotería y yo qué sé cuántas cosas más.

... Pero por más que le doy a la cabeza no consigo recordar qué narices pasó para que llegásemos tarde al «magnífico acto» aquella mañana con sol de un domingo del mes de mayo, que por lo visto es el mes bueno para el ahorro y para todo. Lo cierto es que cuando entramos el primo y yo de la mano de mamá en el Teatro de Alvarez, los chicos de todas las escuelas nacionales del pueblo estaban ya subidos en el escenario con los trajecillos nuevos, sin cartapacios y cantando muy serios y responsables lo de:

> *Grano a grano se llena el granero,*
> *gota a gota la mar se formó.*
> *La lección del humilde hormiguero*
> *es hermosa y honrada labor...*

En el fondo del escenario estaban desplegadas las banderas nacionales de todas las escuelas, y sobre un telón, pintada, una hucha tan grande como aquel globo terráqueo que nadaba sobre la Mar Oceana en el mapa pajizo de la Escuela de las Huertas.

Y como todas las localidades estaban ocupadas, nos tuvimos que quedar de pie en la puerta del patio de butacas, bien cogidos en las manos de mamá que debía estar tristísima, pues lo regular es que fuera ella la culpable del retraso.

Y con los rostros muy compungidos mirábamos a todas las autoridades y señoras sentadas en las plateas principales con los pechos muy salidos, y a don Francisco con el traje oscuro que se ponía los domingos o cuando iban los inspectores de primera enseñanza, o sea del magisterio, dirigiendo con cara de mucha sensibilidad y dulzura a tantas docenas de niños serios con la boca abierta, pero contentos de estar interpretando sobre un escenario el Himno al Ahorro.

Mamá, sin mirarnos, nos puso las manos sobre los hombros, digo yo que para contentarnos un poco. Y cuando acabaron el Himno al Ahorro y los aplausos fueron tan atronadores que los niños de las escuelas públicas no tuvieron más remedio que repetirlo, mamá, bajando su boca hasta la altura de nuestras orejas, nos dijo:

—Venga, cantad. Si desde aquí también se puede cantar.

Y mi primo y yo, mirándonos con algún consuelo y sin alzar mucho la voz, hicimos un momento oído, y los alcanzamos cuando iban ya otra vez por aquello de

*Porvenir...*
*y esta tarde se fue... Te.*

Pero el consuelo se arrugó en seguida, porque así que nos animamos un poco y fuimos alzando la voz sin darnos cuenta, los que estaban sentados delante empezaron a volver la cabeza con cara de disgusto, y a chistar para que nos callásemos porque interrumpíamos «la armonía del orfeón colectivo», como dijo no sé quién. Y completamente avergonzados fuimos bajando la voz hasta quedarnos totalmente en silencio y llenos de indignación.

Mamá, la pobre, contrariada por lo mal que había salido nuestra colaboración desde la puerta del patio de butacas, volvió a ponernos las manos en los hombros y a apretarnos un poco como aconsejándonos resignación porque las cosas de la vida eran así.

Cuando acabó la pieza, se repitieron los aplausos y el director de la sucursal recién inaugurada del Banco de los Previsores del Porvenir, desde el palco que estaba pegado al escenario, saludó a todos con ambas manos, pidió silencio y dijo que se iba a proceder al reparto de las cartillas de ahorros a todos los alumnos que habían cantado en «honroso himno con tan finísimas melodías». Y en seguida los niños empezaron a bajar por las escaleras que habían puesto en los picos del escenario y conforme pasaban, desde los palcos proscenios les daban una cartilla a cada uno con una peseta ya ahorrada para toda la vida. Y después de coger el «delicado obsequio» venían en fila por los pasillos, con sus cartillas de ahorros en la mano y pasaban delante de mi primo y yo sin mirarnos, como príncipes de una raza superior que habían conquistado la hermosura de llegar al día de mañana conservando un pedazo de pan y teniendo en su casa un granero formado grano a grano y un mar hecho gota a gota... Y la leche que les dieron, porque quien había inventado que el mar se hizo gota a gota y que el porvenir se fue por la tarde con «Te» o sin «Te»... Y yo no sé qué pasó, pero al verlos pasar tan engreídos, mi primo y yo nos cabreamos juntos, que para eso éramos primos, y nos pusimos a acordarnos de la madre que nos parió a todos, y con gran asombro de mamá, que se avergonzó muchísimo y había dicho que iba a pedirle unas cartillas de ahorros a don Francisco para nosotros, ya que habíamos llegado tarde, comenzamos a tocarnos las braguetillas y a sacarle la lengua a toda aquella tropa de imbéciles que pasaba delante de nosotros sin mirarnos con las cartillas en la mano, como si fuesen los príncipes de una raza superior que hubieran conquistado la hermosura de llegar al día de mañana conservando un pedazo de pan y teniendo en su casa un granero, etc., etc., etc.

Cuentos republicanos

La mañana Domingo ... all a las mujeres las lindas hermanas y los hombres hermanos ... era fue amo de ... desierto ... me llevaba al deventrio de la Aoma del Purgatorio ... Aquella muy exta buligido sobre flores ... esta segunda dan 36 li agradecida conforme se mira ... Salpicas de esta comunicante salida. Ella son xo ha ... baja con up era de Damaso donde yo una burguine ... de nombre ffly may bien acabasaba en su natura ... le falça y va xoane sanguno déno dg fre osprelo hasta los que verun buisada largalisté.

Ibamos abou que no tiempo ... pasa sentarnos en el siño ... que quería Paulina ta, que era debajo del pulpito, porque ... era dura de oida ... sille como las palabras del predicador como xacetu, según dat la. Es decir que dia bien. Nos ... dab a tiempo a ver todo de la preparativo.

* la primerea vela frio pero a traches que se abre ... ba llegando up pochas las continuas y se ... contamista cho Guindo especial ... de templo y del dhara ... y su leuato siempre que se preparaba era dominano ... Sallet desalo ... mastillo... que llamad Cervantes ... glorias Madrapin...

# La novena

*A Eladio Cabañero*

La hermana Eustaquia... —allí a las mujeres las llaman hermanas y a los hombres hermanos—, que fue ama de cría de mamá, me llevaba al novenario de las Animas del Purgatorio... Aquellas que están bailando sobre llamas, en el segundo altar de la izquierda, conforme se entra.

Salíamos de casa con nuestras sillas. Ella, un reclinatorio con tapicería de Damasco dorado: yo, una butaquita de mimbre. Ella, muy bien arrebujada en su mantón de felpa, y yo, con el sombrero negro de terciopelo hasta los ojos y una bufanda larguísima.

Ibamos con mucho tiempo, para sentarnos en el sitio que quería Eustaquia, que era debajo del púlpito, porque era dura de oído, y allí le caían las palabras del predicador como gotera, según decía. Es decir, que oía bien. Nos daba tiempo a ver todos los preparativos.

A lo primero hacía frío, pero a medida que la gente iba llegando taponaban las corrientes y se sentía calorcito. Cuando ya estaba el templo casi lleno —y se llenaba siempre que el predicador era dominico— salían dos monaguillos, uno llamado *Cencerrilla* y el otro *Malaparte*,

131

y encendían las velas del altar de las Animas... (que quiere decir almas). Y llegaba el predicador acompañado del párroco, con las orejas y la nariz coloradas por el frío.

Cuando daban el último toque, largo, tristísimo, subía un cura de poca importancia al púlpito y rezaba un Rosario que daba mucho gusto oírlo, porque empezaba: «Santa María, madre de Dios, ruega por nosotros...», etcétera, e iba bajando la voz y achicando las palabras, de manera que cuando llegaba a lo de «nuestra muerte, amén», ya no se le entendía, pues más bien era suspiro o gargarismo suavísimo. Y, apenas hacía punto, toda la masa de feligreses —parece nombre de titiriteros— atacaba con gran fuerza el «Dios te salve, María», aunque en seguida empezaban a bajar, hasta concluir en unos calderones huequísimos, más ruidos que palabras, que se cortaban en seco, para dejar paso de nuevo a la voz del curilla, que ya había tomado fuerza... Y así estábamos dale que te dale hasta llegar a la letanía, que tampoco era leve, pero daba gusto porque cambiaba de tono, mejor dicho, de cantidad, y cada invocación del cura era respondida con un tiro de voces que querían decir: «ora pro nobis..., ora pro nobis». Y luego los requilorios y apostillas finales por el Papa, por el Rey, por el general y por las ánimas, hasta que el curilla hacía una flexión rápida y se iba del púlpito.

Entonces la gente empezaba a toser, a rebullirse en las sillas y a mover los reclinatorios, hasta que salía el predicador con su capa blanca como un ángel y, con mucha solemnidad, subía la escalera del púlpito, que crujía peldaño a peldaño.

Mientras el fraile, ya en el púlpito, hacía la genuflexión y se santiguaba rápido, se oían las últimas toses y descomposturas. Todavía el predicador con las manos en el paño blanquísimo del púlpito, mientras pensaba, había alguno que tosía o alguna que suspiraba. Por fin comenzaba con voz pianísima, como si no tuviera muchas ganas: «Amadísimos hermanos, dice San Pablo en su Epístola...», y soltaba un latín que yo estaba absolutamente seguro que no entendía la Eustaquia, a pesar de que miraba sin pestañear... Poco a poco iba entrando en voz, aspando los brazos y sacando el busto peligrosamente de la barandilla, y se desataba a decir cosas miedosísimas de las ánimas que están en el Purgatorio, de los pecados y de lo que le ocurrió a cierto pecador que él sabía. A veces se volvía hacia uno y otro lado, como regañándonos a todos, con las manos crispadas y los ojos desorbitados.

Cuando el sermón llegaba a aquellas gravedades no se oían toses ni crujidos, sólo suspiros hondos y tristísimos de las viejas:

—¡Ay, Dios mío!

—¡Ay, Señor!

—¡Que la Virgen nos lo evite!

Yo algunas veces volvía la cabeza sin que me viera la Eustaquia y veía todas las caras de las viejas embobadas, que recibían la luz de frente. Un huerto de caras tristísimas. Y en las naves laterales —no sé por qué se llaman naves— los hombres de pie, enracimados, con la cara morena y las calvas blancas de llevar el sombrero o la boina. De rodillas solamente estaban las hermanitas del colegio, en la primera fila. Yo me distraía a ratos en contarles las tocas blancas.

A veces venían ráfagas de olor malísimo, pero nadie decía nada. Yo miraba hacia atrás por ver quién había sido, pero todas las caras estaban tan serias que nada se les traslucía.

La hermana Eustaquia, aunque hablase el predicador, no dejaba de darle vueltas al rosario que tenía sobre el halda. Y cuando yo me distraía contando las monjas, o las velas, o encogiendo las narices por la peste que venía, me daba un codazo y me hacía señas con los ojos para que atendiese al fraile, que ya estaba contando con voz suave lo que le ocurrió a otro pecador antiguo.

Yo le hacía caso y volvía a mirar al predicador, que seguía con las manos por el aire bien enfaldadas en la manga perdida, y le veía subir y bajar el mentón, y los dientes de arriba, y sacar la lengua o, en un silencio, pasarse el pañuelo por las comisuras.

A veces me daba miedo de las ánimas y me imaginaba a mí mismo desnudillo, saltando sobre las brasas de una fragua, como aparecían en el altar segundo de la izquierda conforme se entra.

Cuando concluía el predicador, las cosas se aclaraban un poco. Empezaban a cantar las chicas del coro. Yo me volvía y las veía a todas con la boca abierta, y la toca blanca de la monja que estaba al piano, iluminado con dos velas. Y en el fondo del coro, entre sombras, los grandes pitos del órgano, ahora en silencio. Luego venía la reserva. Salían muchos curas y los monaguillos con ciriales, como en los entierros, y todos juntos cantaban ante el altar de las Ánimas... Quiero recordar que echaban incienso. Cuando la Salve estaba en los finales se oía el estruendo de los hombres que iban hacia la puerta y todos movíamos las sillas para prepararnos a salir.

La hermana Eustaquia me hacía besar la cruz del rosario y lo guardaba en su faltriquera. Luego me besaba en la frente (no sé para qué). Me abrochaba el abrigo entre los últimos rezos; me ceñía el tapabocas, y me daba el sombrero para que me lo pusiera nada más echar pie a la calle, porque antes era irreverencia. Se calaba el mantón, cogíamos las sillas, y arrastrando los pies detrás de las viejas, íbamos saliendo mientras los monaguillos, a la carrera, apagaban la cera.

En la plaza hacía mucho frío, pero la Eustaquia siempre se paraba a hablar con alguien del predicador. Y decían si había estado bien o mal y si era guapo o feo... El dominico también salía embozado en su capa para cenar en la casa del párroco.

Pegados a la pared y hablando del frío nos íbamos a casa a cenar. Y allí, el abuelo, que ya estaba con la servilleta puesta y era algo incrédulo, nos decía:

—¿Qué, habéis sacado muchas ánimas del Purgatorio?

Yo no cogía muy bien la intención, aunque sí le veía risa en los ojos y me ponía a pensar qué tendría que ver purgatorio con purga, mientras la Eustaquia rezongaba:

—Sí, sí; dígale usted esas cosas al niño, para que pierda la fe.

El bautizo

*A la memoria de la pluma de Julián Ayesta.*

El bautizo fue lujosísimo, de máximo pago, con los curas recibiendo en la puerta del templo. A toda orquesta. Además, por la tarde, que es la hora de las ceremonias extraordinarias. En el patio de casa de los tíos se reunieron todos los señoritos y señoritas del pueblo. El patio, lleno de sol, tenía en el centro dos palmeras muy gordas metidas en tiestos de madera pintados de verde. Mientras vestían al niño con la ropa de cristianar, las señoras y la tía, las señoritas y los señores, todos con sombrero, iban y venían alrededor de las palmeras. Los niños, endomingados, jugábamos al escondite. Entre las hojas de cuchillo de las palmeras veíamos cortadas las risas, el humo de los cigarrillos, los labios de carmín, el brillo de las joyas. Toda la espera breve de aquella tarde de sol, de un bautizo de sol, estaba cortada en mil jirones verdes por las mil cuchillas verdes de las palmeras enanas. Como a través de persianas caprichosas: los gritos, el perfume del agua de colonia añeja, los polvos de arroz, los cigarrillos turcos y *Camel* (o sea camellos); las narices, los ojos, las bocas, las abotonaduras, las puntas de los senos, los pendientes en el lóbulo de las orejas, los lunares postizos, los cuellos pelados a lo *garçon,* las risas que dejaban ver las lenguas húmedas, los culos unánimes bajo la seda, las miradas intensas que viajaban por las curvas, los grititos..., todo en cuñitas fugaces, todo pinchado y aserrado por las hojas de las palmeras. Había hojas de palmera que pinchaban sol y hojas que pinchaban sombra, hojas que pinchaban bocas carnosas de mujer y bocas barbudas de hombre. El tío —chaqueta negra con ribete de seda, pantalón a rayas— servía copitas de licor entre el sol y las palmeras (coñac para los caballeros, anís para las damas...). Vasos de agua en grandes bandejas plateadas. Las criadas reían en la cocina. Los niños venían de París a que los bautizasen en Tomelloso.

... Del bautizo: el recuerdo de mantillas blancas entre trajes oscuros. Zapatos brillantes sobre el tosco pavimento de la calle del Monte. Los niños, con zapatos blancos, íbamos cogidos de la mano. Gentes en las ventanas y en los balcones. «La iglesia hecha un ascua de luz» y «la toda orquesta». Suenan las pesetas sobre una bandeja. Un cirio. Un llanto. «Está muy fría el agua.» La sal y otra vez al sol.

Y después fuimos al fútbol (hombres fuertes que corrían en un teatro grande sin techo. Algo sin palabras). Sí, íbamos al fútbol porque jugaba Blas, el novio de Flor, la madrina del niño primo. Fuimos en coches brillantes, cargados de reflejos. Salimos al campo. Y todos decíamos: «Vamos al campo.» ¿A cuál campo? Ya llegamos al campo. Entramos con los coches cargados de brillos, de perfumes, de risas. Desde el coche íbamos a ver el fútbol. (Habíamos salido de un campo para entrar en aquel otro campo.) El sol nos daba de plano en los ojos. Nos cegaba. Alguien dio las entradas, desde los coches, al pasar por la portada grande del campo, que era como un corralón. Sol, sol, reflejos de parabrisas. ¿Dónde estaba el fútbol? Cuando abría un poco los ojos y miraba a lo que llamaban campo de juego, veía unos hombres a medio vestir de blanco, rodeados de sol, con pañuelos en la cabeza, masticando limón, que corrían. Otros a medio vestir con manchas rojas. De vez en vez unos golpes sordos. Gritos. Pitadas. Daba sueño.

— ¡Blas, Blas, mira Blas! —gritaba Flor haciéndose sombra con la mano en los ojos.

—Sí, aquel que despeja.

—¡Viva!

Los niños estábamos sofocados, rojos, intentando ver. El primo mayor se durmió tumbado en el asiento. «Que no les dé a los niños tanto sol en la cabeza.» Todos tenían sed. Gaseosas calientes de bolita, verdes, como las hojas de las palmeras.

—¡Blas, Blas! ¡Eh, Blas!

Pusieron los coches en marcha. «Que nos vamos ya, que es la merienda del bautizo.» ¡Adiós, Blas! La gente nos miraba mucho... ¡Qué lástima!, ahora que se podía mirar al campo. El sol se había puesto tras las bardas del corralón y los ojos descansaban, pero nos íbamos.

En el baile de la sala del piano, Aladino cantó el gran tango de «... la noche de Reyes, cuando a mi hogar regresaba, comprobé que me engañaba con el amigo más fiel... Los zapatos del nene; sin compasión la maté», o como quería la tía, que no le gustaban las muertes: «por compasión mas no la maté».

Inflaba las narices y movía los brazos y las manos como si fuera el amo del mundo. Su vozarrón salía por la ventana abierta de la sala como un chorro de agua ruidosísima. La luz de la pantalla roja que había sobre el piano le daba en media cara (se bailaba a media luz), cara roja de sello, y la otra mitad le quedaba en sombra, casi negra, pero también un poco roja, porque el rojo de la luz le daba la vuelta a la oreja y se mezclaba con la sombra negra.

Aladino era famoso calavera, porque había estado en París y un verano perdió mucho dinero en San Sebastián. Era, para colmo, amigo de Espaventa, y tuvo amantes que le dedicaron fotografías mostrándose desnudas.

Aladino, que tenía una gran voz, se sabía —lo que nadie— las letras enteras de los tangos en la versión arrabalera, no de Buenos Aires, sino de Montevideo, que, como él decía, «fue la verdadera y más genuina cuna de la canción criolla...». Por eso explicaba lo que era «tamango», «hierba de ayer», «china» y otras palabras oscuras que no recuerdo. También decía que era una «figura» muy buena aquello de «Cuando estén secas las pilas —de todos los timbres— que vos apretéis...».

Los niños estábamos sentados en el sofá y veíamos pasar las parejas ante el espejo de la consola. Las parejas entre el espejo y nosotros eran dobles, porque las veíamos de verdad y de reflejo entre las casi tinieblas rojas. (Y... José dio un beso pequeñito, casi de punta de alfiler, a su novia en la frente, y ella entornó los ojos como si tuviera sueño, y se le echó un poco sobre la solapa, y José le puso a ella también la cara sobre el pelo, cerrando los ojos, como si también fuese a dormir con aquella luz de sarampión). «... eran cinco besos que cada mañana... los alados cantan» (no los arados, como decía Marcelino, que los alados son los ángeles y los arados no); «... el músculo duerme, la ambición descansa». La voz de Aladino estremecía toda la sala y la luz roja de la pantalla hacía sombras siniestras por las paredes y los espejos, que parecía que querían luchar, porque «... un clarín se oye, peligra la patria, al grito de guerra los hombres se matan...».

Cuando acabaron los tangos, no sé por qué, encendieron todas las luces y empezaron a beber champaña —ese licor extranjero— y decían: «¡Viva el niño! ¡Viva Raúl!», y reían, y Aladino, felicitado por todos, tenía la camisa blanquísima, con los puños muy salidos. Y llegaron más señores, uno con gorra de plato, y empezaron a tocar pasodobles con muchos giros y figuras: «Marcial, tú eres el más grande; Marcial, tú eres madrileño...» ¡Viva Raúl!

Y abrieron la puerta de la sala que daba al recibidor y bailaban por allí también, y se asomaron las criadas y los abuelos. Todas las señoritas se ponían al piano a tocar pasodobles y se reía por todos los rincones de la casa encendida. ¡Viva Raúl! «Esta noche no tendremos ganas de cenar» (dijo la abuela, por ahorrar).

## El partido de fútbol

El primer partido de fútbol que vi fue aquel que me llevaron el día que bautizaron a mi primo, cuando me daba el sol en los ojos. Pero ése no vale. No vi el fútbol bien hasta que me llevó papá desde el Casino con otros amigos suyos y nos sentamos en preferencia.

A los toros se iba por la calle de la Feria y al fútbol por la calle del Monte. A los toros se iba detrás de la Banda Municipal, con velocidad de pasodoble; al fútbol, como dándose un paseo tranquilo.

Hacía mucho sol. Pasó un coche cargado de señoritas... Laurita, la tía y ésas, que nos saludaron con mucha algarabía.

A los toreros los llevaban vestidos, en coche. Van pálidos, con la cara seria. Los futbolistas —esto me sorprendió— iban de paisano, sin corbata, a pie, seguidos sólo de algunos chiquillos. Piñero, el pescadero, que era el gran delantero centro, iba en bicicleta de carrera por medio de las eras. Ricardo y Blas, que eran señoritos, en automóvil.

La gente iba a los toros congestionada, con los ojos bailando, buscando grandes sangres. Con vino y merienda... Al fútbol iban así como a tomar el sol, con idea de ir luego al cine... «por matar el tiempo». Eran grupos desleídos, calle del Monte arriba, sin mujeres, sin mantones, ni coches, ni caballos. (Cuando no se emplean caballos para ir a las casas, todo es aburrido, ésa es la verdad.)

El fútbol hace bostezar a los sanguíneos porque no había caballos. ¿Qué iban a hacer los caballos en el fútbol, si eran hombres los que trotaban? Tampoco había heroica bandera nacional, como en los toros. Y es que, como decía el señor veterinario, que era reaccionario, «el fútbol es natural de los ingleses, que gustan de cansarse corriendo detrás de las cosas inútiles y sin argumento». Los españoles prefieren los toros porque en ellos hay algo «práctico», hay drama.

Ya en el campo, nos sentamos en preferencia, que era primera fila a la sombra, como si fueran palcos de teatro. Detrás de nosotros estaban las gradas (clase media, honrado comercio y empleomanía). Enfrente, en general, al sol, la gente de la calle o vulgo, enracimados, detenidos por los palos que les apretaban la barriga. Era gente que daba lástima, siempre voceando, agarrada a aquellas maderas. Y como condenados, mentaban a cada nada a las madres de los «visitantes».

Me gustó mucho cuando salieron al campo, corriendo en hilera, los dos grandes equipos manchegos. El nuestro, merengue, y el Manzanares, de colorines. Salían con los puños en el pecho, a paso gimnástico, los calcetines muy gordos y los uniformes muy limpios... Parecía que todos tenían las rodillas de madera, menos el portero, que llevaba en ellas unas fajillas... y en la cabeza una gorra de visera. Las botas también parecían de madera, sin desbastar.

En el palco de al lado estaban Laurita, la tía y ésas, que reían mucho y hablaban de que algunos futbolistas eran muy peludos.

También fue bonito cuando echaron la moneda al aire y se dieron la mano. Y la hermana de Pablo, la guapa de la perfumería, le dio una patadita al balón y reía mucho. Le dieron flores y vino tan contenta. (La masa o plebe le dijo muchas cosas de sus cachos y no sé si de sus mamas o mamás, que no entendí.) Tocó el pito uno con traje negro —árbitro o *refrer,* no lo sé bien— y empezó la función, que consistía en correr todos para allá detrás de la pelota. Y de pronto todos para acá. Sólo se miraba hacia un costado del campo cuando había saque de línea, que es muy bonito, porque el que saca hace como si se estirase muchísimo y echa el balón a la cabeza de un camarada.

Sobre nuestras cabezas pasaban las voces de la gente, que parecía mandar mucho sobre los jugadores, aunque éstos yo creo que no hacían caso.

—¡Montero, corre la línea!

—¡Ricardo, que es tuya!

—¡Arréale!

Como corrían para allá y luego para acá, el público lo que tenía que hacer era lo mismo: volver la cabeza para acá y para allá. Y daba gusto verlos a todos como si fueran soldados: «vista a la derecha, vista a la izquierda». Y muchos le daban así a la cabeza mil veces, sin dejar de comer cacahuetes, como monos locos, que masticaban, escupían y siempre se arrepentían de mirar hacia donde estaban mirando.

A los porteros se les vía metidos en el marco grande, como figurillas de un cuadro descomunal, agachados, con las manos en los muslos, mirando los cuarenta pies que corrían detrás del balón..., que es una pelota cubierta con piel de zapato con cordones y todo.

El de negro —árbitro o *refrer*— corría también para uno y otro lado, pero con carreras muy cortas, sin fuerza. Toda su potencia estaba en el silbato, que cuando se enfadaba por algo lo tocaba muy de prisa y muy fuerte. Y cuando estaba contento daba unas pitadas largas y melancólicas. Cuando pitaba muchísimo y levantaba los brazos porque no le hacían caso, la plebe o vulgo de sol le decía los máximos tacos del diccionario: el que empieza por C, el que empieza por M y el otro de la madre.

Los que me parecieron más inútiles fueron los jueces de línea, que estaban la tarde entera corriendo el campo, sin hacer otra cosa que levantar la banderita cuando la pelota se sale, como si los jugadores no se dieran cuenta de que no había pelota tras la que correr.

Cuando jugaban cerca de nosotros —sombra, sillas de preferencia, señoritos—, se oían muy bien los punterazos que daban al balón, el resollar de los jugadores y el rascar de las botas sobre la arena y, sobre todo, lo que decían:

—¡Aquí, aquí, Muñoz!

—¡Centra!

—¡Maldita sea!

Al final del primer acto los jugadores parecían muy cansados. Llevaban los uniformes empapados en sudor, con refregones de tierra. Unos cojeaban, otros masticaban limón, otros llevaban pañuelos en la frente, y todos las greñas sobre los ojos. Tenían aire de animales muy fatigados, que no miraban a nadie, e iban como hipnotizados, como caballos de noria tras el balón, que parecía pesar más, trazaba curvas más cortas y, sobre todo, se iba fuera a cada instante.

Cuando se hacía gol, y se hizo muchas veces —no me acuerdo quién ganó—, los futbolistas del equipo que metía el gol se abrazaban fuertemente, como si fuera la primera vez que les ocurría aquello en la vida. Los que recibían el gol no se abrazaban, sino que volvían a su línea con la cabeza reclinada y dándole patadas a las chinas, muy contrariados.

Al acabar el primer acto, todos iban a la caseta descuajaringados, y les daban gaseosas, y se echaban agua, y resollaban.

Todos los hinchas y directivos iban a la caseta, así como el cronista local, *Penalty,* para mirar a «los chicos», que no hablaban, que sólo hacían que mirar con ojos de carnero y tomar gaseosa.

El segundo acto fue muy aburrido. Todo el mundo estaba ya cansado de mirar a un lado y a otro. El balón, sin fuerza, iba y venía a poca altura; a veces se quedaba solo, se iba fuera y así todo el tiempo.

Los espectadores hablaban más entre ellos, contaban chistes. Los de mi palco hablaban con la tía, Laurita y ésas; les daban caramelos y reían mucho. Y hablaban de ir al cine o hacer baile en una casa, que era lo bueno.

Cuando se puso el sol, los de general parecían más pacíficos.

El árbitro casi no se movía: se limitaba a pitar. A veces hacía unas pitadas largas, tristísimas, como las de las locomotoras a media noche.

Lo único impresionante de aquel segundo acto fue el penalty. Dejaron al pobre portero solo, destapado, y un enemigo, desde muy cerca, le dio una patada tan fuerte al balón, que el pobre portero seguía esperando el tiro cuando ya hacía mucho rato que el esférico descansaba en el fondo de la red. El portero se enfadó mucho y tiró la gorra contra el suelo y echó el balón al centro del campo de mala gana.

Yo estaba tan aburrido, que empecé a pensar en mis cosas: en el colegio, en Palmira, en los bigotes del general Berenguer, que vi en la portada de *Crónica* —«Un general que va a deshacer lo que hizo el otro general», que dijo mi abuelo—, y el Somatén, que ya no iba a desfilar más por las calles, según me dijeron... También pensaba en no volver al fútbol más en mi vida, porque no le veía argumento.

Cuando salimos, casi anochecía. Hacía fresco. La tía, Laurita y ésas habían decidido no ir a ver la segunda jornada de «Fanfán Rosales» e irse a bailar a la sala del piano de casa del abuelo.

La gente salía con ganas de andar. Los jugadores, derrengados, iban sin corbata, muy colorados. El jugador que cayó al suelo y empezó a retorcerse mucho con las manos en semejante parte y que hizo reír tanto a las señoritas, a pesar de que decían: «¡Qué pena!», salió cojeando, hecho una lástima.

En el automóvil tuvimos que ir muy despacio entre el gran gentío que caminaba con las manos en los bolsillos. Emilita, la hermana de Pablo, repartió las flores del ramo que le dio el capitán entre los hombres, y a mí me dio un beso. Dijo que eso era a mí solo. «Vosotros, claveles, claveles.»

A mis amigos del colegio, los que eran tan aficionados al fútbol, los pasamos con el automóvil. Iban tan ofuscados, que no me vieron. Hablaban todos a la vez, y Manolín, delante del grupo, imitaba a un jugador en no sé qué pase... Aunque los llamé, no me oyeron, que así eran de aficionados.


Cuando llegué a casa, rendido, me llevé la gran sorpresa de que el abuelo había vuelto de Valencia y me estaba esperando con un mecano que me había comprado en la plaza de Castelar. Como tardaba, se había hecho ya un puente colgante con muchas varetas rojas y verdes.

Me dieron de merendar y me puse a jugar con el mecano, mientras el abuelo explicaba a papá que en Valencia se respiraba república por todas partes y que en casa de Llavador había visto bordar a las «chiquetas» una bandera tricolor.

# El coche nuevo

Nos fuimos temprano a casa del abuelo, porque aquella mañana iban a llevar el «auto». Esperamos sentados en una pila muy alta de madera. El olor dulzón de los chopos recién cortados, con ramas todavía verdes, nos impregnaba las ropas. El sol llenaba todo el patio. Desde el taller llegaba el ruido de las máquinas. La impaciencia nos hacía hablar continuamente.

—¡A que va a ser mejor que el de don José!

—No; yo creo que va a ser igual que el del Gordito —lo dijo mi papá.

Lo que sabíamos seguro es que en todo el pueblo había sólo cinco autos, y con el del abuelo iban a ser seis.

Habían sacado los tílburis y la tartana de la cochera, que esperaba vacía, con las puertas de par en par, la llegada del Ford flamante.

—Verás qué susto se van a llevar las gallinas —decía Salvadorcito, mirándolas picotear por el patio, con jubilosa compasión.

La tartana y los dos tílburis estaban como desahuciados en los porches que servían de almacén de madera.

Colgados de las paredes de la cochera quedaron frenos, bocados, sillas y colleras de los caballos que, pensábamos, no era decoración muy adecuada para la residencia del Ford nuevo.

—Yo creo que el auto tendrá por lo menos dos bocinas —dijo mi primo.

—¡Qué barbaridad! ¡Dos bocinas!

—Sí, sí, sí, que me lo dijo el abuelo: una de aire y otra de claxon.

—Pero no son bocinas, ¡bocazas! Es una bocina y un claxon.

—Buenooo...

—Mi papá dice —interrumpió Salvadorcito— que con un coche se puede llegar hasta el fin del mundo que habitamos.

Se escuchó un bocinazo lejano.

—¿Oís?

Luego un petardeo que se aproximaba.

—¡Ya viene! ¡Ya viene!

Nos pusimos en pie sobre la pila de madera, sin atrevernos a bajar al suelo.

Más bocinazos, y por fin el Ford se cuadró muy lentamente frente a la portada para hacer la maniobra de entrar.

El reflejo del sol sobre el parabrisas nos deslumbró un segundo.

La abuela y la tía, que cosían en el mirador que daba al patio, abrieron las vidrieras de par en par, que nos lanzaron otro destello.

El Ford entró triunfalmente, como un tingladillo metálico, altirucho y vacilante.

Salvadorcito llevaba razón. Las gallinas salieron disparadas, derrapando al tomar curvas tan rápidas, con un ala desplegada y la otra barriendo.

Todos los operarios aparecieron en las ventanas del taller, y las barnizadoras en la puerta del jaraiz, que servía de obrador cuando no era vendimia.

Venía al volante don Antonio, el íntimo amigo del abuelo, que dio dos vueltas completas al patio sin dejar

de tocar la bocina, mientras el abuelo nos saludaba a todos
con la gorra en la mano. Por fin pararon en el centro del
patio y descendieron solemnemente. Luego, todos: nosotros, los operarios (sin respeto alguno), las barnizadoras,
la abuela, la tía, papá y el tío, avanzamos desde nuestros
sitios hasta rodear el coche Ford modelo T. Y mirábamos
en silencio aquel «portento del progreso humano». El
abuelo y su amigo Antonio sonreían superiores. El pobre
Ford negro (con el tiempo lo pintaron color aceituna)
aguantaba tantas miradas, protegido por sus reflejos y
misterio.

Sin darnos cuenta entraron varios vecinos y Lillo, el
amigo del abuelo, que era muy alto y siempre bromeaba.

El tío se puso en cuclillas para mirar el coche por debajo y todos hicimos igual, menos las mujeres.

—Por nada del mundo me subiría yo en eso —excla-
mó una vecina.

—Pues no dices mal —respondió mi abuela, a quien
parecía dirigirse la vecina, y que desde luego estaba dis-
puesta a subir a la primera insinuación.

Lillo, que era carretero, luego de mirar y remirar mucho los bajos del auto, dijo que si aquellas ruedas no serían pequeñas para tanto peso. El abuelo sonrió con su-
ficiencia y le preguntó si quería ponérselas de pinas. Don
Antonio añadió que los ingenieros americanos lo tenían
todo muy bien calculado.

Cuando los comentarios empezaron a decaer, dijo don
Antonio al abuelo:

—Venga, Luis; voy a darte la primera lección de conducir. Dale a la manivela.

Y el abuelo, muy diligente, se fue al rabito quebrado
que era la manivela. Don Antonio se subió al volante.
Todos nos apartamos un poco.

El coche, como respuesta a los esfuerzos congestivos
del abuelo, disparó unos tiritos, pero en seguida se calló.
El abuelo, casi enfurecido, volvió a darle con tantas ganas, que se le iban las gafas.

—Coño, coño —dijo Lillo.

Como el abuelo interpretase aquellas exclamaciones de
su amigo como acusación de menos valer, sin apenas tomar
resuello, volvió a girar el hierro con tal ímpetu, que el
auto empezó a temblonear y ya hizo un ruido continuo.
El abuelo se subió rápido y cerró la portezuela, poniéndose en actitud hierática. Don Antonio tocó la bocina de
goma, las mujeres dieron un grito y todos nos apartamos.

—Coño, coño.

El coche, muy despacio, comenzó a dar vueltas por el
patio. Don Antonio hablaba al abuelo con grandes voces
por el ruido del motor. Vimos en seguida que a cada nada
el coche cambiaba de ruido, se aceleraba, casi se paraba,
y era porque el abuelo ya iba aprendiendo a poner las manos en las cositas.

—¡Cuidado, Luis, que eres muy nervioso! —gritaba
la abuela.

Habían ido allegándose mucha gente de la calle y for-
mábamos un círculo muy grande de personas para ver
evolucionar el auto.

Una vez, el abuelo, que llevaba el volante cruzando los
brazos ante el cuerpo de don Antonio, hizo una mala
curva y asustó a todos los de aquel rodal.

—¡Luis!

—¡Coño!

—¡Ahí va, ahí va, abuelo! ¡Eres el más valiente! —dijo
el primo tan pronto vio que enderezaba el coche.

Entre la gente de la calle llegó la Antonia, la ciega,
que, después de escuchar un rato, le preguntó a Lillo:

—¿Cómo es? ¿Cómo es? ¿Como un carro?

—Sí, como un carro con cuatro ruedas pequeñicas.

—¿Y va solo?

—Solito, como un animal.

—¡Válgame Dios!


Cuando ya estaba el sol en lo más alto, dejaron de ensayar y entraron el auto en la cochera. Entonces la abuela
y las chicas se pusieron a lavarlo con unas gamuzas y agua
y a nosotros nos dejaron subir un ratito.

El abuelo y Lillo no se cansaban de mirarlo mientras lo lavaban.

—¡Coño, Luis, qué tiempos!

Entonces el abuelo —don Antonio, que era conservador, ya se había ido— habló del progreso de las ciencias, de Blasco Ibáñez, de don Melquíades Alvarez y de la democracia americana, gracias a la cual se hacían autos, y no en pueblos «retrospectivos» como España.

# El jamón

*A José Antonio Torres Torres*

El abuelo se cansó muy pronto de los autos y dijo que quería volver a lo antiguo. Que como disfrutaba él era con una tartana y un buen caballo, como toda la vida de Dios. Así, los domingos y días de fiesta podríamos salir de campo al río, al monte, a la huerta de Matamoros o a la de Virutas y asar chuletas con la lentisca y hacer pipirranas, freír carne con tomate, o conejo y pisto, a la sombra de un buen árbol.

«Que con el coche no se podía ir tranquilo, ni hablar a gusto, ni ver el campo a placer, ni liar un cigarro como Dios manda. Que el auto se quedase para los chicos, pero que él iba a comprar una tartana.»

Y como le habían ofrecido una en Almodóvar del Campo, le dijo a Lillo, que era su mejor amigo y muy entendedor de carruajes por su oficio, que nos iba a llevar el tío Luis a Almodóvar del Campo para ver la tartana, hecha en Valencia por el mejor fabricante.

Lillo se puso muy contento, porque le gustaba mucho viajar con el abuelo, y dijo que no teníamos más remedio que acercarnos a Tirteafuera, que está muy cerca de Almodóvar, para probar el jamón de su amigo Jerónimo, que era el que mejor sabía curarlos de todo el universo mundo. Que desde que probó dos veces en su vida el jamón de Jerónimo, ya no había jamón que le agradase. Porque, decía él y yo no lo cogía bien, que con el jamón pasa lo que con las mujeres: que el que cata una suculenta, todas le parecen remedos o semejanzas.

Nos llevó el tío en el coche, y no recuerdo por qué, tardamos muchísimo. En Almodóvar estuvimos dos horas o tres mirando la tartana y hablando con un hombre muy gordo, que era el dueño. A pesar de que nos invitó a vino y a olivas en una taberna, no se cerró el trato porque Lillo le dijo al abuelo que aquello era un armatoste que no valía dos gordas y en nada de tiempo y por muy poco dinero le iba a hacer una tartana preciosa, ligera y forrada de terciopelo rojo por los asientos y respaldos. El abuelo se entusiasmó con la idea y añadió que le iban a poner unas maderas muy buenas que tenía él guardadas desde no sé cuándo, y un farol eléctrico, y un cenicero, y una visera de lona verde.

Total: que nos fuimos a comer a Tirteafuera, a casa del amigo Jerónimo, que ya estaba avisado por carta de nuestra ida. Y pasamos junto al Valle de Alcudia, que es donde se concentran todos los ganados de España en no sé qué época.

Como dijo el abuelo que Tirteafuera era un pueblo de pesca, le respondió Lillo que allí lo bueno era el jamón de su amigo Jerónimo. Estaban las calles muy desiguales y feas y el auto andaba lentamente. Hasta el punto que hubo que dejarlo junto a la iglesia, que, no sé por qué mengua del pueblo, queda en una punta del lugar.

La gente se asomaba a las puertas y ventanas por ver a los forasteros, hasta que llegamos a la casa de Jerónimo, que nos esperaba sentado en su puerta fumando un cigarro hecho con papel negro, que al abuelo le gustó mucho.

Estuvimos largo rato en la puerta, mientras se saludaban y Jerónimo y Lillo hablaban de cosas antiguas. Le entregó Lillo una caja de puros que llevaba de presente y una botella de marrasquino, «que a Jerónimo le gustaba más que bailar el agarrao», según Lillo.

Entramos a la casa por una puerta muy baja, pasamos la cocina, en la que hervían muchos pucheros para nosotros, y llegamos a una especie de camarón de mucha luz y con varios jarrones colgados de las vigas. Y en una mesa de pino, una cazuela muy grande de barro llena hasta los topes de tacos de jamón muy cuadradotes y sólidos, junto a una bota de vino hinchada hasta reventar.

Nos mandó sentar el amigo Jerónimo con mucha prosopopeya y pidió a Lillo que fuera él quien tomara el primer tarugo de jamón.

Alargó su mano larguirucha con mucho tiento, casi temblando, y tomó un trozo muy oscuro. Se lo acercó Lillo a su nariz de alfanje, como si se lo quisiera comer por allí, y al oler entornó los ojos cual si le llegara el soplo mismo de la vida. Sin abrir los ojos se lo metió en la boca y empezó a masticarlo muy despacito muy despacito, mientras todos lo mirábamos en silencio y a media risa. Y comía remeneando tanto las quijadas y dando tales lengüetazos, que yo solté la carcajada; y luego el abuelo, y luego el amigo Jerónimo, y luego el tío, y luego la Gregoria, que entró y era la mujer de Jerónimo; y luego la Casiana, moza muy coloreada y gordita, que era una sobrina de Jerónimo que tenían allí recogida.

Cuando hubo tragado bien el jamón, Lillo abrió los ojos y dijo:

—Luis, volveros al pueblo cuando os cuadre, que yo aquí me quedo hasta el final de mis días.

La moza Casiana le puso la fuente de barro casi a la altura de las barbas a Lillo para que tomase otro trozo, y él, con el tarugo entre dedos, quedó mirando a la moza con aquel su aire de viejo picaresco y le dijo:

—Y además esto... Que aquí me quedo.

Casiana nos repartió a todos jamón y empezamos a masticarlo como en misa, porque nadie decía palabra. Yo noté que, de puro sabroso, le hacía a uno tanta saliva rica en la boca, que no había lugar a hablar, ni a reír, ni a otra cosa que no fuese concentrarse en aquella ricura que llenaba toda la boca, y se crecía, y hacía desear que no acabase nunca.

—¡Coño! —dijo el abuelo—. ¡Si llego a morirme antes de probar este jamón!

—Nunca lo comí igual. Ni vino quiero beber hasta el fin porque no me quite este gustazo —volvió a decir el abuelo.

—No ves, Luis, por no hacerme caso y no haber venido antes, lo que te estabas perdiendo.

—¿Y cómo lo cura usted? —preguntó el abuelo a Jerónimo.

Jerónimo sonrió y bajó los ojos.

—No te molestes, Luis, que no se lo dirá a nadie.

—Se lo diré a Casiana cuando vaya a morirme. Es el mejor capital que puedo dejarle.

Y ella se reía satisfecha con uno de aquellos taruguillos vinosos entre sus dientes blancos y parejos.

Comíamos jamón sin cesar, con la ayuda del vino, que no hubo forma de dejarlo mucho tiempo en el olvido.

Llegaron más hombres que había invitado Jerónimo y cayeron rápidos sobre el vino y el jamón, que, según decía uno, «era la mejor finca del pueblo». Se fueron calentando las risas y las palabras, hasta el extremo de que Lillo contó cosas picarescas que le habían ocurrido en unas posadas con el abuelo cuando iban por Cuenca y por Soria a comprar madera. Y con aquellas picardías, las dos mujeres se reían más, especialmente la moza Casiana, que se ponía las manos en los ijares y tronchábase. Una vez que bebió vino, con la risa se le fue la puntería, le cayó el chorrillo por el canal y dio un gritito. Nos reímos todos de la sagacidad del tintorro, y Lillo aprovechó para contar otra historia de una posadera que por las noches se arrimaba a la yacija de un arriero, su huésped, no por amor a él, sino por beberle de la bota que tenía siempre colgada junto a sí, llena de un vino de no sé qué partida de viñas de Manzanares, que son las mejores de la Mancha. Y como el arriero descubrió la maniobra entre sue-

ños, a la noche siguiente se ató la bota a la cintura por
ver si la posadera se atrevía. Y Lillo dijo que se atrevió.
Las mujeres volvieron a reír tanto, especialmente la moza,
que Lillo dijo «que a pesar de haber tanto sol, podría
haber aguas».

Sirvieron la comida en un mesetón muy grande, que
pusieron en la misma cámara, y menos las mujeres que
servían, comimos todos con mucha alegría, sin olvidar el
jamón, que abundaba en fuentes de barro sobre la mesa,
de manera que entre cucharada y cucharada, a manera
de entremés, acuñábamos un taruguillo de aquel jamón,
que, según Lillo, debía ser vitalicio. Hubo gallina en pepitoria, sopa, gorrino frito y unos melones tan babosos y
dulzones, que ni el abuelo ni Lillo sabían ya de dónde
sacar palabras para alabarlo, porque muchos requiebros
se los quedó el jamón, algunos la pepitoria, y bastanticos
el vino, que era del bueno de Moral de Calatrava, según
dijo Jerónimo, que comía con la boina arrumbada en el
cogote. Luego hubo café hecho en puchero, gordo como
chocolate; copa de marrasquino y puro. Y todavía, de
repostre, se empeñó en sacar Jerónimo unas uvas en aguardiente, casi rojo, que nos hicieron llorar de puro fuertes.
Ya a manteles vacíos, se sentaron con nosotros las mujeres y dijeron que cada uno debía decir un brindis, según costumbre de Tirteafuera en las comidas de varios.
Y como no hubo más remedio, cada uno dijo unas
palabras, menos los de Tirteafuera, que hablaron en verso,
así como las mujeres. Jerónimo se quedó para el último,
y todos le pidieron que recitase el «bota mía».
Jerónimo, sin hacerse rogar, tomó entre sus manos la
bota casi vacía, que batimos mientras el aperitivo, y mi-
rándola con mucha tristeza comenzó a decir:

Bota mía de mi vida,
dulcísima compañera,
a quien doy toda mi vida,          *(Y la abrazó como si fuese un*
mis sentidos y potencias.          *niño pequeño.)*

Bota, ya te vas quedando
como barriga de vieja:
floja, seca y arrugada,
sin sangre ni fortaleza.

*(Y la palpaba casi llorando,
metiendo los dedos gordos entre los pliegues del cuero.)*

Esto es mejor que toros,
que títeres y comedias.

*(Ahora la alzaba riéndose, con
los ojos entornados.)*

El vino se va a acabar.
Ya murió. Requiem eterna.

*(Y apuró unas gotas con deses-
pero. Luego la apretó entre las
manos y acabó tirándola sobre
la mesa con cara muy triste.)*

Jerónimo nos dio unas como suelas de jamón, para
que lo «probasen las mujeres», pero no consintió en que
se viniese la Casiana como quería Lillo.

# La frescachona

*A Fernando Guillermo de Castro*

Salvadorcito nos llevó de merienda a todos sus amigos a su finca «La Corneja», porque cumplía doce años. Fuimos en tartanas, una tarde de aire y sol friolento, cantando el «¡Ay!, chíbiri, chíbiri, chíbiri; ¡ay!, chíbiri, chíbiri, cho», y el tango «Plegaria» (murió la bella penitente, murió la bella arrepentida), y luego el «Himno de Riego» con la letra de Antoñito y no sé qué marcha a Fermín Galán y García Hernández.

Cuando nos cansamos del coro, el viejo que llevaba la tartana tomó la palabra, con voz rota y antigua, y nos contó el romance de cuando se cayó un cable de alta tensión y mató dos mulas en los Charcones, arrabal de Tomelloso, que decía así:

> *Las siete y media serien*
> *cuando Faustino llegó*
> *en casa Avelino Ortega.*
> *—Buenas noches nos dé Dios.*
> *—Asiéntate y ven a cenar.*
> *—De lo mesmo vengo yo...*

Y seguía con aquel lamento que hicieron las mujeres sobre los dos animalicos muertos por el cable «fratricida» y el cuadro tristísimo de la familia que quedaba desamparada con la muerte de las dos mulas americanas «que eran una bendición». En los versos postreros se pedía que todos los gañanes, caporales, zagales y temporeros fueran llorando al alcalde, «honra de la población», para que pidiese a «la Reina virtuosa» que mandase quitar del pueblo la «Hidroeléctrica de Buenamesón», del «avaro Romanones», y «volvieran los candiles y las linternas de antaño», porque:

*más valía andar en tinieblas*
*que ocurriesen tantos daños.*

El verdadero propósito de nuestra excursión, aparte de merendar un pollo frito, arrope con letuario y mostillo con almendras, era cazar pájaros con «gato» en los tejados de «La Corneja», donde, según Salvadorcito, llegaban a montones.

En seguida que pudimos, según nuestro plan, nos escabullimos de los mayores y, haciendo escala de la gavillera, subimos al tejado de la finca. Andábamos por el caballete encalado con mucho miedo, unos a gatas y otros doblados, con las manos prontas.

Salvadorcito, conocedor del tejario, iba delante con los gatos o ligas de alambre colgadas del cinto. Luego nos sentamos en el mismo espinazo del caballete, al pie del pararrayos, para explorar cuál sería el lugar más a propósito para colocar los cepos.

El grueso cable del pararrayos, que era por donde se deslizaban las chispas hasta el pozo, según dijo Marcelino, nos recordó el romance del carrero y la muerte eléctrica de los dos animalicos americanos, «bizarros como corceles e incansables del arado», que contó el tartanero de la voz reseca.

Desde aquella altura de tejas y cal, de blanco vibrante como ropa tendida, veíamos el paisaje. El monte bajo —jara, romero y tomillo— llegaba casi hasta la casa. Casi, porque desde su linde imperfecta hasta la puerta misma había un jardincillo de setos, chopos altísimos (aquella tarde meneados por el aire, meneados y silbantes) y una fuentecilla seca, con ranas de barro en los bordes, contrahechas con mucha propiedad. Por la parte trasera de la casa —«de la finca», que decía Salvadorcito con la boca llena— se veían los corrales del caserío, las galerías acristaladas, donde al amor del sol filtrado cosían unas mujeres, y las cuadras. Hacia poniente, la casilla de los peones camineros, la carretera como un cinto terragoso y blanco, y al fondo, entre color de nube y verde soñado, los montes de Ruidera. Aquéllos que dan abrigo y amparan las aguas verdes y reposadas de Las Lagunas, que pisan Ciudad Real y Albacete, ya en la misma frontera de la Ossa de Montiel.

Luego de una inspección cuidadosa, decidimos seguir caballete delante hasta el mismo hastial de la finca, donde hacía ochava aquel cuerpo del edificio... (Que aquí cuenta mi abuelito —decía Salvadorcito— cazó el general Prim, «el que mató don Amadeo de Saboya en la calle del Turco», que así andaba el condiscípulo de historia patria, luego de las enseñanzas de don Bartolomé.) Era, aquél, lugar propicio para colocar los gatos, según dictaminó el amito y los más peritos en cazas de cepo.

Instalados de la mejor manera, fuimos abriendo los cepos de alambre, les clavamos en la aguja, como cebo, un trocito de pan, y los plantamos en las canales, disimulados con hierba y tierra, que traía Pepito en un saco de calderilla que fue de la banca de su abuelo Bolós.

Situadas las trampas, nos tumbamos todos los cazadores en la otra vertiente del tejado, bien pegada la tripa a las tejas con verdín, y esperábamos los resultados cuando Salvadorcito gritó de pronto, señalando hacia abajo con gesto malicioso:

—Mira, mira, la Mamerta.

Vimos, debajo de nosotros, una mozona en cuclillas, con las nalgas al aire y la cara casi entre las rodillas. En su natural empeño, sacaba mucho la quijada de abajo o quijada maestra. El aire le alborotaba los pelazos negros del moño. Parecía, por lo inquieta, que le hubiera cogido en aquel lugar la precisión de tan fuerte manera, que no tuvo tiempo de llegarse hasta la corraliza donde moraban los patos, lugar señalado en el caserío para aquel linaje de solaces legítimos y de siempre consentidos por los moralistas más estrictos.

Casi en seguida, Pepito, que tenía los ojos veloces, señaló hacia otro lado, donde se veía a un hombrecillo —Rufo— en mangas de camisa y con boina, que, tras el esquinazo, miraba embravecido el quehacer de la Mamerta.

Cuando la moza acabó, y puesta en pie, con las piernas un poco abiertas, se ataba los bajos, el hombre se dio a vistas. Avanzaba lijando la pared, felino, deseando pasar inadvertido hasta hallarse más a tiro. Pero ella, que lo columbró, se bajó las sayas de un manotón y, de mal talante, echó a andar hacia el poniente de la casa.

—¡Espérate, frescachona! —gritó el hombrecillo, al tiempo que echaba a correr tras ella, ya a pecho descubierto.

La moza volvió la cabeza con cara de susto; primero apretó el paso, y al segundo tomó carrera también. Pero como viese que hombrecillo Rufo, más ingrávido y nervioso, la alcanzaba, decidió pararse en seco y darle cara.

Iba Rufo hacia ella con la boca abierta y las manos extendidas, como si deseara coger antes de llegar.

—Ahora verás, frescachona.

La moza, también con las manos hacia adelante, mordiéndose los labios y bien arrimada a la cal, esperaba el embite.

Rufo, estrategón de mozas bravías, la atacó por el flanco. Picó ella al volverse un cuarto, y cuando quiso percatarse, el hombrecillo se le había colocado entre hombro y pared, hasta pegársele a la espalda, bien incrustado entre los capiteles de las piernas. Siguió la lucha entre sordos bufidos y gritos yugulados. Todo el empeño de la Mamerta era desembarazarse de aquel pulpo que se le clavó en el lomo, y, forzuda, giraba y giraba por ver si salía lanzado el añadido.

Como la maniobra resultaba inútil, además de fatigosa, dada la adhesividad de Rufo, la mujer cambió de táctica y, avanzando y reculando, como meciéndose con ímpetu, daba feroces golpes contra la tapia al que tenía la mochila. No debía irle bien a Rufo con este tratamiento, porque presto se apeó de las espaldas, hasta quedar solamente abrazado a las piernas de la mujer.

Luego, súbito, sin que nuestros ojos alcanzasen los grados sucesivos de la maniobra, la Mamerta quedó acorralada entre la pared y la cabeza del hombre, que trataba de tumbarla tirándole de los remos. Fue entonces cuando ella consiguió atenazar, entre sus muslos de pilastra, la cabeza del hombrecillo, que desapareció entre la tolonería de las sayas... Y se la veía colorada de tanto apretar la cabeza intrusa. Temimos que la testa del pobre Rufo, encajada entre los sotavientres musculosos de la Mamertona, cascase como nuez.

—Lo va a ahogar —comentó Salvadorcito casi temblando.

Pero no, lo que hizo la mozona fue sacarse un alfiler matasuegras que llevaba en el toquillón, y con tal presteza se empleó en hacerle perforaciones en el culo al Rufo, que, bien engarfiado como estaba entre aquellas dos columnas de Hércules, no le quedaba otro desahogo que patear muy de prisa y escarbar como vaquilla. Eran sus piernecillas aspas de molino, que levantaban grisanta y espesa tolvanera. Ella no se cansaba de hacerle poros en las ancas, con más acelero que una máquina de coser. Era una furia.

Pasado un buen rato (los gritos que diera él no trascendían, quedaban arropados), resollando de fatiga y sudorosa por la dureza del trabajo, dio un panzazo hacia delante y el hombrecillo cayó al suelo hecho un muñeco, los ojos desorbitados, la faz encendida y boqueando de asfixia. Que a punto estuvo de morir por tan acentuada proximidad de lo que quiso tener a mano.

La Mamerta marchó respirando con mucha fuerza, flébil de piernas, e intentando arreglarse las greñas caídas. Marchaba sin volver la cabeza, al filo de la tapia, segura de que el enemigo no reanudaría el torneo.

Rufo, al cabo de un buen rato, una vez recuperado el aliento y la visión, intentó levantarse, resoplando y con las dos manos sobre aquella parte que le quedó criba. Perdido el sentido de la orientación y con gesto de lloro, miraba hacia uno y otro lado, sin saber por donde ir. Con otro esfuerzo dolorosísimo se agachó para recoger la boina, que le quedó en el suelo luego del morque.

Fue entonces cuando Salvadorcito le voceó:

—Anda, Rufo, ¿no querías frescachona? ¡Toma frescachona!

El hombre buscó con los ojos quién profería las voces, hasta que nos vio encaramados en el caballete. Nos miró un buen rato, como si no comprendiera bien. Y por fin, sin decirnos nada ni hacer gesto, marchó hablando solo, con pasos muy cortos, doblado y con las manos en el mismo lugar.

# La muerte del novelista

*Para Antonio Buero Vallejo*

El gabinete de la casa de los abuelos siempre me recordaba una granada abierta, muy madura, ya casi morada. La tapicería de las sillas, el papel de las paredes, la lumbre de la chimenea, las solemnes cortinas que paliaban la ventana poco luminosa, todo era de tintes rojizos, cárdenos, grosellas, tostados, que mezclados daban aquella sensación de granada madura.

Ya a primeras horas de la tarde, en aquel gabinete parecía anochecido. Jamás el día llegaba entero a aquel habitáculo propenso a las sombras delgadas, tintas; a los resoles suavísimos. Hasta los viejos retratos colgados de los muros o sobre la campana de la chimenea, nada fáciles de ver a la perfección, despedían reflejos sanguíneos como si sus cristales y superficies patinadas fueran de rubí.

Todo tenía allí cara de tarde intemporal, de tarde sin reloj, de sueño de sueños. Conversaciones antiguas que uno no recordaba en la calle o en otras habitaciones meridianas, allí tornaban a la memoria suavemente. Las risas y los perfiles de otras gentes que fueron, que fundaron la casa, que sintieron amores ya transportados en los lomos aristados de la muerte, se evocaban con facilidad en aquel gabinete granado.

Las mujeres, cuando cosían entre los pliegues rojos de las cortinas unas telas blancas, rosadas por el ambiente, como el hilo, como la aguja que parecía encendida, solían recordar a aquella buena Ursula, amiga de la tía, que murió tan joven, con el pelo negro, copioso y destrenzado sobre el embozo blanquísimo. Y al tío José Luis, aquel del bigote rubio y la corbata blanca que murió de amor por Carmen. Y aquel pintor de Valencia, con perilla y melena, que venía muchos ratos a sentarse solo en el gabinete y ver las luces rojizas «que él no sabía pintar» —según decía—. Y le gustaba mirarse sus manos blanquísimas, rosadas por las luces de aquel gabinete prodigioso.

Yo, lo que recordaba, eran noches de cena especial en aquel gabinete recogido; la mesa bajo la lámpara con tulipa roja; el humo de los habanos que subía hasta perderse entre las flores del papel del techo, y el aroma del café y del coñac. En aquellas sobremesas, el abuelo solía contar cosas de caza menor, o de pájaros excepcionales que cantaban hasta morir, o de escopetas riquísimas... O a veces se hablaba de los republicanos de Valencia y de Madrid, de la libertad, de la fraternidad humana. Y se citaban frases célebres de tribunos, dichas en mítines apoteósicos, en la huerta de Valencia.

Cuando aquella mañana volví del «cole», me pareció oír la radio en el gabinete. Me extrañó a aquellas horas de trabajo, ya que el abuelo era el único que la manejaba. Entré suavemente. Los que allí había ni se dignaron mirarme, a no ser papá. Todos, tristes, estaban atentos al altavoz en forma de bocina de saxofón negro (aparato superheterodino).

El locutor hablaba con tono doliente; con esa voz de nariz que se pone cuando se quiere parecer triste y no se está. De vez en cuando se debilitaba la audición y oía un pitido estridente o «ruido atmosférico». O lo de «E. A. J. 7, Unión Radio, Madrid». A mí todo aquello me decía: «Edificio Madrid-París. Superheterodino, Frente a Segarra, todo el mundo Callao.»

El abuelo, vestido con el guardapolvos de estar en la fábrica, miraba con tristeza sus manos ensortijadas. Papá y el tío, de pie, también con guardapolvos, escuchaban en silencio. Valdivia, el gran republicano amigo de papá, se mesaba la melena, ya canosa, y sus ojos parecían enrojecidos. Su gran chalina negra era una mariposa muerta sobre su camisa blanquísima.

Yo quedé irresoluto junto a la puerta. El locutor callaba ahora y se oía un disco, que, según me dijeron luego, era la voz del prohombre muerto, que hablaba en valenciano. Valdivia, con disimulo, se limpió una lágrima. Las colillas yacían apagadas en el cenicero. En el fondo de la casa cantaba la criada, ajena al dolor del gabinete. Tras los visillos de la ventana se veían pasar los transeúntes —sólo la cabeza— sumergidos en la vibrante luz del mediodía.

Acabó el valenciano, y otra vez habló el locutor. Dijo primero no sé qué de las pastillas de la tos y continuó hablando del novelista. Enumeraba nombres de sus obras que yo había visto leer al abuelo junto a la chimenea del comedor: *Arroz y Tartana, La Barraca, La Catedral...*

El locutor empezó a hablar de otras cosas. Y Valdivia, con tono doliente, se refirió a cuando él estuvo en Formentor con el maestro, de los libros que le dedicó, de las fotografías que se hicieron. Aquella relación, en el gabinete de tonos cereza, daba más lástima que en otra habitación de la casa.

Se oyó lejano el toque de la campana. Salían los operarios de la fábrica. La radio tocaba el chotis de *La Verbena de la Paloma*. El abuelo cerró. Todos salimos del gabinete. En el patio de cemento que había antes del jardín estaban unos cuantos operarios. Parecían esperar algo. Al verlos, el abuelo, papá, Valdivia y el tío quedaron parados en la escalinata de hierro.

Uno de los operarios, que era valenciano, preguntó si por fin había muerto el maestro.

Entonces, Valdivia bajó un escalón más y les habló emocionado, moviendo mucho los brazos cortos y gordos... «España ha perdido uno de sus más grandes hombres —le entendí entre otras cosas—. La causa de la libertad sufrirá con su falta...»

Todos escucharon con ojos tristes, cuyos párpados y cejas estaban empolvados por el serrín.

Durante mucho tiempo me dio respeto pasar al gabinete, pues tenía la impresión de que allí había estado «*corpore insepulto*» —que quiere decir sin enterrar— el gran hombre y novelista, junto con el de Ursula y el de tío que murió de amor y el pintor que se miraba las manos al reflejo granate.

Lo único que recordaba no lo podía decir, no se fueran a reír de mí. Sólo me acordaba, y que esto quede entre nosotros, que tenía el ombligo frío... También, un poco, de que la noche estuvo metida en viento. Recuerdo el son de los chopos y el correr cercano del río embravecido.

De cuanto hablaban a mi alrededor o de lo que me preguntó el señor juez, sentado al lado de mi cama, no entendí una jota. No sé si es que yo estaba tontaina o que preguntaba con palabras tan suaves que yo no les cogía el hilo.

Lloraba mamá furtivamente. Vociferaba papá, pero yo no sabía por qué. Y buscaba en los ojos de todos, ya que nada me decían, las palabras, la razón de todo aquello.

El médico, después de darme vueltas y vueltas —no me miró el ombligo—, salió con papá y el juez y no me dijo nada. Ni que yo sepa me recetó nada. Se limitó a darme una palmadita en la mejilla.

Como me acostaron en la cama grande de mamá (de caoba, con una marquetería muy fina, según el abuelo),

veía en el espejo de la vestidora, casi con susto, el tamaño de mis ojos —siempre me dijeron «ojazos»—, agran-
dados muchísimo entonces por unas ojeras como pétalos
de pensamientos.

Sentir, tampoco sentía cosa alguna, a no ser molimien-
to, zumbar de cabeza y sed.

Gentes entraron y salieron en casa todo el día. No llegaban hasta la alcoba, pero oí los pasos y las medias palabras.

Luego, un ratito se quedó mamá sola conmigo, y con
los ojos rojizos y la voz tiernísima (esa voz que sólo le
oía otra vez, cuando se murió la abuelita y me consolaba;
voz casi aliento, casi suspiro, casi beso), me preguntaba
cosas buscándome las respuestas más en el fondo de mis
ojos que en los labios... A ella sí que le dije lo del ombligo, porque no se iba a reír de mí, pero no otra cosa...
Y sentía no fuese a creer que quería ocultarle algo, pero
de verdad de verdad que no recordaba cosa especial...
Quedó luego un rato mirándome en silencio. Por fin, me
miró el ombliguito, sonrió, me dio un beso en la frente
y marchó preocupada.

Durmió junto a mí aquella noche. Sé que no pegó un
ojo. Una vez, entre sueños, pensé que me susurraba algo
al oído. Abrí los ojos, pero no era ella. Eran como sombras de palabras oídas muy cerca la noche anterior. Lo
sé porque entre ellas, entre aquellas palabras confusas
que parecían frotar mis orejas, como ruido de caracola,
percibía el rumor del río y el otro más blando de las hojas
de los chopos.


Cuando volví al colegio, los chicos mayores me miraban maliciosos, se reían entre ellos, se daban codazos.
Musitaban.

Lo comenté en casa, y me mudaron en seguida de colegio y durante mucho tiempo nadie me volvió a hablar
más del asunto.

Pero aquí, en la cabeza, me queda el peso de saber qué fue «aquello». De cuando en cuando me ando barrenando y barrenando, sin sacar en limpio cosa mejor.

Un día fuimos al río, y cuando estábamos tumbados al sol y mirando los árboles y oyendo el agua, volví a pensar en «aquello», aunque el ombligo estaba caliente y bien encogido en su caracola... Bueno, lo que sí recuerdo es lo que pasó aquella tarde, antes; que eso lo sabe todo el mundo. Estuvimos en aquella fiesta del caserío. Y que unas mujeres y unos hombres que trabajaban allí, a otros niños y a mí nos dieron de beber limonada. Nosotros jugábamos a que estábamos borrachos y bailábamos en una cocinilla donde estaban todas las cosas de comer y beber, entre un coro de risas. Muchas gentes bailaban y cantaban fuera, pero después... nada.

Otro día me encontré a un niño que estuvo conmigo aquella tarde en el caserío. Le recordé aquel día y él empezó a hablar, pero sólo me ha contado mentiras, y debe ser porque le hicieron la trepanación... «Que nos vestimos de vaqueros y que toreamos. Que él mató tres toros y yo una vaquilla. Luego, que llegaron los guardias y que nos llevaron a todos por no tener permiso. Y que ni se acuerda de beber ni de que yo bebiera... pero que yo maté muy bien la vaquilla.»

Encontré por Pascua a un niño mayor del colegio antiguo, de los que se reían de mí, y también le he preguntado. Durante mucho tiempo se estuvo mordiendo las uñas y no me dijo nada... Pero luego se ha reído misterioso enseñándome sus dientes horribles, y cogiéndome del cuello, con muy mala idea me dijo: «Anda, cuéntame, cuéntame...» Y me quería llevar a un rincón oscuro para que le contara, pero me ha dado asco su risa y el olor de su boca y me he ido corriendo. El se quedó haciéndome gestos feos.

Y ya me dio miedo volver a preguntar a nadie más y he decidido callarme y callarme. Y olvidar «aquello» de que no me acuerdo. Y no mirarme más el ombligo cuando me baño, que es lo que me vuelve a esta preocupación... Pero no puede ser del todo. Porque hay gentes que me miran de arriba abajo. Noto luces oscuras de ojos que me siguen y manos húmedas muy cercanas… Sí, he decidido olvidar y sufrir en silencio, que día llegará en que recuerde, o entienda…

# Juanaco Andrés, el que llegó de México

> *«Cuando mangués*
> *que a tu lado*
> *se prueban las ropas*
> *que vas a dejar.»*

Por todo el pueblo se cundió la llegada de Juanaco, el que marchó a México (ahorita se dice Méjico) hacía qué sé yo los años, cuando era un mocete (no más) que no quería ser soldado. Le tocó a Africa y después de pensarlo bien, en vez de *pa* Larache marchó *pal* Nuevo Mundo, en un barco pequeño «que vaya usted a saber lo que llevaba, porque en todo el pasaje no vi más que *azofaifas* cargadas de colorete y morenos encadenados, que cuando los sacaban a cubierta gustaban de darse baños de sol en la verga. Y uno de ellos que se quedó suelto, le dio tal bajonazo a una de las del trato, que tuvieron que darle un costurón, como rota en parto, y ponerle cataplasmas qué sé yo cuántos días hasta que pudo abrir el ángulo de andar y moverse sin apoyos».

Unos decían que Juanaco traía oro y otros que venía limpio. Lo cierto fue que mientras la travesía de vuelta murió su hermana, que era la única familia que le quedaba en el pueblo. La pobre vieja se quedó dormida junto a la lumbre, bien asentada en una silla baja, «y que si le dio un mareo o que si se murió en el sueño», lo fijo es

171

que dobló sobre la hoguera, y cuando la hallaron le faltaba medio cuerpo, que le comieron las llamas. El entierro —ya debía andar Juanón Andrés por las Canarias— fue sólo del medio cuerpo de abajo, porque del de arriba apenas hallaron unas muelas negras y un como sebo que chorreaba por las baldosas del hogar. «Que si no llega a armarse aquella peste a asado en todo el barrio y buscamos la humareda, se habría ido en forma de humo toda entera, camino del cielo, por el cañón de la chimenea. Había la pobre enjalbegado la casa, echado cinta y comprado dos jamones para esperar al indiano, y ya en pleno descanso la alcanzó la muerte.» Juanaco llegó al pueblo —así lo contaban los mayores— sin parientes que lo acogiesen ni amigos que lo esperaran, pues todos los que fueron de su trato murieron al andar de tantos años.

Cuantos lo esperaban en la estación, que no eran pocos, eran vecinos y curiosos que ni de vista lo conocían.

Dicen que cuando bajó del tren se quedó con las cejas arrugadas mirando a los que esperaban, sin saber si el recibimiento era por él o por otro que venía detrás.

Cuando entró en conversación con aquellos ajenos y le contaron lo de su hermana, dicen que se sentó, sin responder, sobre una valija grande de las que traía y así estuvo qué sé yo el tiempo sin decir palabra, con los ojos mirando hacia Argamasilla y el labio de abajo muy sacado. Que luego echó a todos con cajas destempladas y que bien entrada la noche lo vieron bajar por el Paseo de la Estación, solito, cargado de bultos y hablando en voz alta a medio lloro. Sólo el «Curilla loco» iba tras él, predicándole resignación cristiana, pero sin atreverse a arrimarse mucho, no fuera a darle un valijazo en la coronilla.

Yo tardé en verlo muchos días… Era un hombrón con grandes bigotazos blancos, patillas de hacha del mismo pelo y una cadena gorda en el chaleco. Andaba con un sombrero grandón y paso así balanceante, como si fuera a caerse o a darle un empujón al primero que le viniera con bromas… Era un viejo duro y algo torcido, que echa-

ba los pies para adentro; unos pies grandísimos y altos,
como de madera. Y lo vi sentado en la puerta del Casino,
con la barbilla clavada en la manaza, y el sombrero en
el cogote, mientras el «Curilla loco» le hablaba casi en
la oreja, muy de prisa, muy de prisa.

Varios amigotes hicimos corro ante él, que nos miraba sin vernos, con unas cejas blancas y casi tan grandes
como el bigote. Era tan alto, aun sentado, que la silla y el
velador del Casino parecían de juguete. Por todos lados le
salían rodillas, pies, manos y sombrero. El «Curilla loco»,
a su lado, venía a ser un guacharrillo de cuervo que le
habían dejado cerca y que se rebullía nervioso porque no
podía picarle la oreja.

Ocurrió que de pronto alguién llamó al Curilla a un
lado y Juanaco se quedó solo mesándose el mentón con
una mano ancha como un soplillo. Levantó los ojos hacia
nosotros, anchísimos y azules «como un nublazón», según
él decía, bajo aquellas cejas de cola de caballo, y azorados
íbamos a tomar soleta, cuando él nos llamó con una voz
gorda y cansada:

—Chamacos, venid junto a mí, que os convido a un
refresco.

Sin poderlo remediar, tal era su seguridad, nos fuimos
junto a él. Nos hizo sentar, llamó al camarero y pidió
zarzaparrilla «para estos chamaquitos tiernos como flores». Eso nos dijo con aquel acento tan raro. Y que íbamos a ser sus amigos; que tenía que «platicar» mucho con
nosotros, porque él tuvo allá un hijito de nuestra estatura
que está *muertito* junto a su mamaíta en un pueblo oscuro
que llaman… no sé cómo. Dijo que su chamaquito sabía
de cuentas y leer de corrido; que cantaba el himno nacional y ayudaba a misa, pero que luego se le llenó la
panza de *parásitos* hasta ponérsela muy gorda y así murió,
comido por dentro, porque ninguno de aquellos cabrones
—quería decir médicos— supo dejárselo limpio y lúcido
como antes. Que su chamaquito se llamó Juanico, y que
reía así, enseñando unas mellicas. También que imitaba
el chillar de no sé cuántos pájaros; y que para el día de
Reyes del año que murió iba a regalarle un *poney* blanco

con manchas tostadas. Se calló de pronto, se pasó la manaza por las narices y al poco empezó a hablarnos con tono más alegre de indios bravos y «corajudos» (estoy seguro que fue eso lo que dijo y no el pecado que quería Salvadorcito); de *pelaos,* que por menos de un pimiento le daban a uno con el *guango* en la cabeza y lo dejaban tieso; y de un volcán; y de caballos sin silla y de otras «pláticas» que nos parecían de cuento. Al final dijo que fuésemos por su casa «al salir de la lección», que nos enseñaría muchas cosas y nos regalaría juguetes y dulces que había traído de allá para los niños buenos de su pueblo.

Nosotros fuimos algunas tardes a su casa, pero nos teníamos que volver porque no nos hacía caso. Siempre andaba allí jugando a las cartas con «todos los golfantes del pueblo» —como decía el abuelo— y ni mirarnos. Daban voces, puñetazos en la mesa y bebían vino tinto y fumaban sin cesar, pero ni palabra. A lo más que llegó fue a darnos un revólver, muy grande, descargado, para que jugásemos allí en la cocina, sobre una manta que tendía en el suelo. Cuando nos cansábamos, marchábamos y ni se enteraba si estábamos dentro o *afuerita,* como él decía.

Se fue pasando de moda y sólo se le veía en las tabernas bebiendo y jugando o por medio de la calle, ya de noche, haciendo eses y cantando cosas de allá.

Un día se armó un gran escándalo, porque lo llamaron los republicanos para que les diera una conferencia de lo buena que era la República que él había visto en Méjico, pero llegó medio templado y empezó a decir cosas en contra. «Que aquello de allá era una República de mierda, y que lo que hacía falta en Méjico y en España era mucho palo. Que él era católico a machamartillo, "que si no iba a misa era por costumbre" y que estaba con los ricos de todas todas. Dijo lo de las Carabelas, lo de los Reyes Católicos y lo blandos que habían estado los gobernantes con los *pelaos* de allá y con los puercos indios. Y que si en España no volvían los militares a tomar el timón de la nave, que nos íbamos a comer los unos a los otros, porque el pueblo español era muy bravo a la hora de arrear, pero, a la de pensar, no teníamos brújula. De modo que, palos y catecismo, y el que no trague, a la hoguera, que lo que sobra es carne humana y no es cosa de perder la paz y el orden por dejar que hablen unos cuantos que llenan la cabeza de pólvora a los *pelaos* y creen que todo el monte es orégano. Que él sabía mucho de eso porque lo había visto en Méjico, y que los republicanos españoles se envainasen la lengua, diesen la patada a don Niceto y llamasen rápido a los generales del Rey y al Rey mismo, porque España no era país para andarse con finuras, como es, por ejemplo, Inglaterra...» Cuando añadió que los republicanos que lo oían eran unos simplones ilusos, se armó tal gresca y tempestad de insultos, que el pobre Juanaco tuvo que salir por pies para que no lo «criminasen», como él decía.

Como habían pasado muchos días sin que fuésemos por su casa, sobre todo después del escándalo reaccionario ya contado, un día que nos encontró por la calle nos llamó con aire cansado (estaba muy pálido, con los bigotes caidísimos y la voz honda, como fatigada) y nos hizo caricias y nos rogó que fuésemos aquella tarde por casa, que nos iba a contar una historia que le había pasado a él cuando la revolución de Pancho Villa y que aunque no se acordaba muy bien, creía que había matado un par de hombres que le atacaron por un camino...

Nos puso la cosa tan bien, que apenas salimos del colegio y sin decir nada en casa, nos plantamos donde Juanaco.

... Pero en el patio, junto a la parra, estaban tres de los que solían jugar con él a las cartas hablando muy serios con don Gonzalo, el médico, que movía la cabeza mirando hacia el suelo y diciendo que no había nada que hacer y que llamaran al cura.

Dos mujeres de la vecindad llorisqueaban en la puerta del comedorcillo, y un olor como de hierbas y malvaviscos cundía por toda la casa.

Nos colamos, sin que nadie nos lo impidiese, hasta el cuarto de Juanaco, que lo separaba del comedorcillo una cortina verde. Allí, sobre una cama de hierros dorados y boliches gordos como piñas, estaba con la cabecera muy empinada. Tenía los ojos bien abiertos, pero una respiración malísima y el color amoratado. Tan mal respiraba que casi sacaba la lengua por el camino del aire.

Al ver que nos asomábamos nos quiso echar una risa, que bien se lo noté, pero tanto trabajo le daba la fatigosa respiración que no pudo cumplir su propósito más allá de una leve mueca.

Al cabo de un buen rato vino el «Curilla loco» y nos hicieron salir del cuarto para la confesión.

Todos esperamos en el patio de la parra el buen rato que tardó el cura. Cuando salió, nos hizo un gesto lamentable y marchó sin decir nada.

Volvimos todos al cuarto y ya, a pesar del poco tiempo, Juanaco parecía más oscurecido. Si bien conservaba los ojos abiertos, tenía en la piel de la cara como unas escamas moradas de muy siniestros indicios. Además, ya se le oía mucho como un ronquido incansable.

Una mujer habló de la conveniencia de ir pensando en la mortaja, «para que fuera bien *apañao*», y apenas dicho, no sé qué pasó, que todos empezaron a abrir las cómodas, los baúles y las taquillas y a sacar cuantas cosas de aquella casa no estaban a la vista. Las dos mujeres especialmente escarbaban rapidísimas entre las ropas y cosuchas. Todo lo miraban y hacían apartijos de cuanto les parecía mejor. Los tres hombres también habían empezado a probarse chaquetas y botas altas, a comprobar el peso de unas espuelas de plata enormes; a palpar la cadena gorda del reloj, y, sobre todo, con muy poco disimulo, a ver dónde guardaba «la plata» el Juanaco. Parecía aquello cosa de teatro, porque en un instante todos y todas estaban a medio vestir, probándose las prendas del indiano y de la hermana muerta; despreciando las que creían malas y arrebatándose unos a otros las que les parecían más codiciaderas. Las dos mujeres tiraban tan fuerte de la misma faja de seda rosa, que se rajó con un quejido metálico. Pero estaba claro que por más que removían no daban con lo que todos de verdad buscaban.

A todo esto se oyó como si los ronquidos fueran mayores, y al mirar vimos que Juanaco, con los ojos más abiertos que antes y las manos extendidas hacia el rincón donde estábamos los muchachos, que nada tocábamos, quisiera decirnos algo. Pero en seguida, rendido por la fatiga, volvió a caer sobre la almohada, aunque sin cerrar de todo los ojos, que seguían atentos a la operación... Los hombres aquellos y las mujeres, pasado el breve susto, volvieron a sus probatas y rebuscas.

De pronto se escuchó como un chorro de monedas que caían al suelo y todos, después de mirar un segundo hacia donde venía el ruido, fueron hacia allí. Se armó tal riña sorda, tal desconcierto de empellones, gritos y codazos que alguno empujó a la mesilla de noche, que se vino al suelo con todos los frascos y pócimas que tenía sobre su mármol· Cada cual buscaba las perras por su lado· Juanaco volvió a incorporarse con mucha energía, como rabioso. Subió los brazos a lo alto, gritó algo muy fuerte, que no se entendía bien, pero que terminaba en «tías... ¡¡¡tías!!!, ¡¡¡... tías!!!» Y cayó muerto de golpetazo.

Todos aquellos hombres y mujeres, a medio vestir, quedaron como espantados, con las monedas en la mano. Por fin, una mujer empezó a llorar y luego las otras. Y yo también lloré.

## Comida en Madrid

*A Jesús Fernández Santos*

Aquella noche, cuando acabaron de armar los muebles en la casa de aquellos señores de Madrid, los tres operarios y yo esperábamos en el recibidor, mientras el abuelo hablaba con los clientes.

Los operarios estaban cansados. Llevaban las herramientas en una maleta grande de madera. *Visantet* bostezaba y le lloraban los ojos. Franquelín aguardaba sentado, con la mejilla descansando en la mano. Arias estaba más entero.

—¿Qué, nos vamos de juerga esta noche, Franquelín?

—No. Esta noche, no. Debo dormir. Mañana será ella.

—Y tú, *Visantet,* ¿vienes a lo que tú sabes?

*Visantet* se ruborizó, echó una media risa y dijo que no con la cabeza.

—Pues el menda, si Dios quiere, va a darse un rapivoleo por ahí. Con suerte, a lo mejor cae algo que llevarse a la boca.

En el recibidor había un cuadro de cazadores y un tresillo negro con tapicería de Damasco verde sifón.

La señora de la casa y el abuelo aparecieron por el pasillo hablando muy despaciosamente· El abuelo le contaba cosas antiguas, haciendo muchas pausas y dando nombres de personas muertas o viejísimas... Que si don Melquíades, que si Castelar y Sorolla. La señora escuchaba con una sonrisa caramelosa, sin cansancio. Era una señora rubia y blanquísima, como un limón. Por lo sedosa, decía Arias que tenía en todo el cuerpo carne de teta. Y era verdad. Me parecía una teta alta y rosácea, casi brillante. Envuelta en una bata clara se llevaba toda la luz por donde iba.

Se despidió de todos y a mí me dio un beso glotón y húmedo.

—«Buenas noches, doña teta. Que usted lo pase bien.» (Iría diciendo Arias para sus adentros.)

El abuelo estaba contento porque los muebles le habían salido muy buenos. Y habían gustado mucho a los señores, que le llamaron «artista»... «Y habían pagado sin regatear y no como hacían los del pueblo.»

Camino del hotel, el abuelo iba haciéndose lenguas de la señora, de lo buena y lo amable y lo guapa que era. Y por escucharle endábamos muy despacio, parándonos a cada nada.

Franquelín lo oía bostezando. Y Arias, el encargado, dijo:

—Son los mejores muebles que hemos hecho en nuestra vida. Hemos tenido potra en todo... Así da gusto trabajar... Claro que la señora lo merece... ¡Qué formato tiene, maestro!

*Visantet,* que llevaba la maleta de la herramienta al hombro, estaba impaciente, chinchado por el peso. Cuando estuvimos en la puerta del Hotel Central —los operarios se hospedaban en la Posada del Peine—, el abuelo les dijo con mucha prosopopeya:

—Mañana, a las doce, nos veremos en el café María Cristina· Comeremos juntos en un buen restaurante· Os invito.

Los tres, *Visantet* con su maleta, se perdieron entre el gentío de la Puerta del Sol.

Antes de las doce llegamos el abuelo y yo al café. El, con cuello duro, piedra en la corbata y la capa azul con embozo granate. Pidió cerveza y patatillas y se puso a ojear el periódico, que era *El Liberal.* Yo miraba por los ventanales el ir y venir de la gente. Luego, el mármol de la mesa donde se veía escrita una cuenta de sumar muy larga.

Mientras leía, de vez en cuando, hacía comentarios en voz alta:

—«Atiza, otro granuja.»

—«Muy bien dicho, sí señor.»

—«No sé dónde vamos a parar» —y se quedaba moviendo la cabeza.

Luego pasó una mujer que debía ser muy guapa. Así, gitanaza, y con las tetas altísimas. El abuelo la miró por encima de las gafas, e hizo el mismo gesto que cuando dijo: «No sé dónde vamos a parar.» Al ver que yo lo observaba volvió a *El Liberal.*

Pasó una mujer que le ofreció lotería y después de darle muchas vueltas al número compró un décimo. Y mientras se lo guardaba en la cartera, con mucha pausa, me contó otra vez cuando hacía muchos años le tocaron en Valencia diez mil pesetas. (Con las que hizo la casa nueva.) Así que cobró extendió todos los billetes en la cama, y llamó a la abuela, que estaba en el recibidor.

—«Mira, Emilia·»

Y que la abuela dijo:

—«¡Oh!, qué hermosura.»

Y empezó a tocarlos, porque nunca havía visto tantos billetes juntos.

Llegaron los operarios, muy majos y rozagantes. Arias, rechoncho, con su capa y pañuelo blanco cruzado al cuello. Franquelín, a cuerpo, muy desgalichado su corpachón, con una corbata de lunares anudada como Dios quiso. La gorra de visera negra la llevaba muy hacia una oreja. *Visantet,* con el traje atusadillo, boina, corbata desfilachada y sin recuerdo de color fijo.

Venían satisfechos, sonrientes, gozando del ocio. Pidieron cervezas y más patatas y contaron, riéndose mucho, que les habían picado las chinches y anduvieron toda la noche a zapatazos con ellas. Y algo de un tratante con una moza que se armó la gresca por la honradez o qué sé yo.

—Vamos a comer en un sitio muy bueno —dijo el abuelo con mucho énfasis—... En casa de Botín.

—Ya dice el nombre que ahí se debe comer muy bien —dijo Franquelín—. ¡Botín, Botón, Botán!

—Ya veréis.

Tuvimos que esperar para salir del café, porque pasaba una manifestación de obreros y estudiantes con pancartas. Todos gritaban a la vez. De golpe se veían todas las bocas abiertas. Luego se cerraban unos segundos y en seguida volvían a abrirse y a gritar. Poco a poco, aquella gran cuña de gente se encajó en la Puerta del Sol.

El abuelo quedó dándole a la cabeza y dijo:

—Veréis cómo estos locos acaban con la República.

—Maestro, usted es un burgués y no comprende la injusticia social —dijo Franquelín·

—Qué burgués ni qué cuernos —dijo encrespado—· Mira mis manos. Toda la vida trabajando... que es lo que hace falta. Con el trabajo se arregla todo. Y no haciendo el vago como éstos.

Como después de esta discusión el abuelo quedó muy serio, Arias, para suavizar un poco la cosa, nos invitó a unas copas en una taberna que había de camino.

Desde Sol llegaba el eco de los vivas: «¡... vá!, ¡... vá!». Desde la taberna hasta Botín, el abuelo, que le gustaba mucho escucharse, nos fue contando las veces que él había estado en Botín: con Melquíades Alvarez y otros políticos para darle un homenaje; y con Gasset, para algo parecido. Y contó lo que comieron, plato por plato, y que les trajeron vino de Rioja, pero don Melquíades exigió que fuese manchego, que manchegos eran cuantos le festejaban. Y cómo todos le aplaudieron aquel rasgo de hombre público.

Al entrar en Botín nos dio una oleada caliente que olía a comidas ricas y picantes, humos de asados, vapores de sopas.

—Este olor alimenta —dijo Franquelín aspirando.

Nos sentamos a una mesa que había un poco arrinconada, y el abuelo pidió la carta. Se caló las gafas «de cerca» y empezó a leerla con gran calma. Los tres operarios, con los brazos cruzados sobre la mesa, lo escuchaban como el más sugestivo mensaje del mundo.

—Bueno, ¿qué queréis?

—Yo carne —dijo Franquelín.

—¿Y antes, qué?

—Carne.

—Bueno, lo que tú quieras, pero ¿qué carne?

—Pollo, lomo y chuletas. Esos tres platos quiero· Ni más postre, ni más *ná.*

El camarero anotó con una media sonrisa.

Luego pidió Arias y luego *Visantet,* ruborizándose mucho:

—Paella.

—A éste le tira la tierra —comentó Arias.

—Buena idea. A nosotros, paella también —dijo el abuelo, consultándome con los ojos.

Para hacer boca pidió vino de la tierra y cangrejos.

Franquelín y Arias reían tan fuerte que los señores que había por allí tan elegantes, tan bien comidos y tan medidos en el hablar, volvían la cabeza con gesto de extrañeza.

Aunque el abuelo nos recomendaba moderación, ya que «por morenas y por cenas están las sepulturas llenas», ellos cada vez comían más, reían con más estridencia, se bebían los vasos de vino de un solo trago y se limpiaban con el dorso de la mano.

Sólo *Visantet* comía muy en silencio y con la cara muy pegada al plato.

—Esto es vida —decía Franquelín tirándole al cerdo—. ¿Verdad, *Visantet?*

Y *Visantet* sonreía como triste, con la boca llena.

—Mi programa de vida ya lo sabe usted, maestro —decía Arias—: trescientas libras trescientas mil veces, doscientas niñas de doscientos meses, comida la que yo quiera e ir a la gloria en primera.

—No está mal —dijo Franquelín—, pero muchas niñas son.

Así que nos descuidábamos, el abuelo empezaba a contar cosas antiguas. Nos callábamos, y ellos creo que se aburrían un poco. Por eso, en seguida, aprovechaban la ocasión para cortar con algún chiste y reírse muchísimo.

Como los vecinos de mesa se habían dado cuenta de que Franquelín sólo comía platos de carne, no dejaban de mirarlo y comentaban.

Tomamos café y copa y luego unos puros de seis reales que eran un fenómeno de gordos· El abuelo, como siempre, cortó la punta del puro con unas tijerillas y metió un poco en la copa del coñac. Con el resto de la copa, poco café y mucho azúcar, hizo un «carajillo».

Franquelín fumaba echando la cabeza hacia atrás y el humo a lo alto.

Entonces, Arias, con los ojos entornados, como mirando hacia la antigüedad, contó cuando una vez estuvo parado en Linares y no pudo comer en dos días, a no ser una torta y una onza de chocolate que le quitó a una niñera del cesto, mientras le daba palique.

Franquelín recordó que había estado preso en Rabat por asuntos políticos y durante varios días no le dieron de comer. Cuando lo soltaron y llegó a su casa, de tanta ansia al ver la comida se le llenaba la boca de agua y no podía probar bocado.

Como era sábado, el abuelo les dijo que él y yo no nos íbamos al pueblo hasta el domingo por la noche, pero que ellos se marcharan aquella tarde si querían. Franquelín dijo que si tuviera dinero se quedaba a los toros del domingo para ver a Marcial.

—¿Y usted? —preguntó a Arias.

—Yo tengo la misma enfermedad.

—¿Y tú, *Visantet?*

Bajó los ojos y sonrió ruborizado como siempre.

Entonces, el abuelo sacó la cartera con mucha parsimonia y dijo:

—Por eso que no quede.

Tomó un billete de veinte duros.

—Aquí tenéis cincuenta pesetas que me dio la señora para vosotros y cincuenta que os doy yo. Vuestro es el mundo.

Se pusieron contentísimos y el abuelo les dijo cómo debían repartírselo, pero ya no me acuerdo de detalles.

Se despidieron de nosotros en la Puerta del Sol. Todavía me parece verlos perderse entre la multitud.

Franquelín, con las manos en los bolsillos, dando unos pasos muy grandes. Arias, muy chuleta, con la capa terciada. *Visantet* con las manos en los bolsillos de la chaqueta, estrechita y mustia. Parecía que iban a comerse el mundo.

Como hacía fresco, el abuelo me llevaba cogido de la mano bajo el embozo de la capa. Paseábamos despacio. Me enseñó lo bonita que era la calle del Arenal a la caída del sol. Todos los edificios parecían tintados de un violeta intenso y la gente muy silenciosa y como desvaída. Vimos el Palacio, que el abuelo llamó «borbónico» de muy mala gana. Y dijo algo así como que ya habíamos dejado de ser súbditos de aquellos señores.

Volvimos por nuestros pasos. El abuelo parecía algo indeciso. Tomamos un espumoso en la callé de Alcalá, y por fin dijo:

—Te llevaré al Circo Price.

Echamos por la calle del Barquillo y me dijo unos versos de Zúñiga riéndose:

> *Nació Bartolo Guirlache,*
> *si es cierto lo que me han dicho,*
> *en una confitería*
> *de la calle del Barquillo.*

—Hace unos años —continuó el abuelo—, toda esta calle estaba pavimentada con tarugos de madera.

—¿Sí?

—Sí. Y sonaban los cascos de lo caballos: pla, pla, pla.

## Paulina y Gumersindo

*A Ignacio Aldecoa*

La fachada de la casa era una baja pared enjalbegada
y un portón ancho. Nada más. Detrás del portón, un corralazo con higuera y parra, con pozo y macetas y, cosa
rara, un bravo desmonte velloso de hierba, solaz de las
gallinas· Refiriéndose a él decía Paulina: «Cuando hicieron la casa y la cueva, hace milenta años, quedó ese
montón de tierra. Como le nació hierba y amapolas, mi
padre dijo: "Lo dejaremos." Y cuando nos casamos, Gumersindo dijo: "Pues vamos a dejarlo y así tenemos monte dentro de casa".» En el fondo del corralazo, en bajísima
edificación, la cocina, la alcoba del matrimonio, la cuadra
de «Tancredo» y un corralito para el cerdo.

Algunas tardes, muchas, íbamos con mamá o con la
abuela a visitar a la hermana Paulina. Si era verano, la
encontrábamos sentada entre sus macetas, junto al pozo,
leyendo algún periódico atrasado de los que le traían las
vecinas; o cosiendo.

Al vernos llegar se quitaba las gafas de plata, dejaba
lo que tuviese entre manos y nos decía con aquella su
sonrisa blanca:

—¿Qué dice esta familieja?

Siempre me cogía a mí primero. Me acariciaba los muslos y apretaba mi cara contra la suya. Recuerdo de aquellos abrazos de costado: su pelo blanquísimo, sus enormes pendientes de oro y la gran verruga rosada de su frente… Olía a arca con membrillos pasados, a aceite de oliva, a pasiaje soñado. Y me miraba más con la sonrisa que con sus ojos claros, cansados, bordeados de arrugas rosadas.

Mientras los niños jugábamos en el corralazo o hacíamos alpinismo en el pequeño monte, ella hablaba con mamá. Gustaba de recordar cosas antiguas de gentes muertas, de calles que eran de otra manera, de viñas que ya se quitaron, de montes que ya eran viñas, de romerías a vírgenes que ya no se estilaban. Y al hablar, con frecuencia levantaba una ceja, o el brazo, como señalando cosas distantes en el tiempo. Y al reír se tapaba la boca con la mano e inclinaba la cabeza («qué cosas aquellas, hija mía»). Si contaba cosas tristes, levantaba un dedo agorero y miraba muy fijamente a los ojos de mamá («… aquello tenía que ser así, tenía que morirse, como nos moriremos todicos»).

En invierno nos recibía en su cocina, bajo la campana de la chimenea, vigilando el cocer de sus pucheros. La llama, que era la única luz de la habitación si estaba sola, despegaba brillos mortecinos de los vasos gordos de la alacena, de un turbio espejo redondo, del cobre colgado. En el silencio de la cocina sólo vivía el latir del despertador, que acrecía hasta batirlo todo cuando había silencio, y llegaba a callarse si todos hablaban. «Si se para el despertador, lo "siento" aunque esté en la otra punta del corralazo o en casas de las vecinas», decía la hermana Paulina. En las noches más frías de invierno lo envolvía con una bufanda, no se escarche· «Cuando no está Gumersindo, es mi única compañía. Me desvelo, lo oigo y quedo tranquila.»

Si hacía frío, jugábamos en la cocina sobre la banca, cubierta de recia tela roja del Bonillo, o en la cuadra de «Tancredo».

Al concluir una de sus historias, quedaba unos instantes silenciosa, mirando al fuego, con las manos levemente hacia las llamas... Pero en seguida sonreía, porque le llegaban nuevos recuerdos y, meneando la cabeza y mirando a mamá, empezaba otra relación. Si era de gracias y dulzuras, nos decía: «Acercaros, familieja, y escuchar esto», y tomándonos de la cintura contaba aquello, mirando una vez a uno, otra a otro y otra a mamá... Y si era de sus muertos, concluía el relato en voz muy opaca. Se recogía una lágrima, suspiraba muy hondo: «¡Ay, Señor!», y quedaba unos segundos mirándose las manos cruzadas sobre el halda... Mamá le decía: «¿Recuerda usted, Paulina?...» Ella sonreía, movía la cabeza y se adentraba con sus palabras añorantes en los azules fondos del recuerdo.

Como se hablaba tanto de república por aquellos días, una tarde nos contó cuando la primera República. Aquélla en la que fue el tío-abuelo Vicente Pueblas alcalde. Se reunió con sus concejales en el Ayuntamiento a tomar la vara, y lo primero que acordaron fue rezar un Tedéum de gracias por el advenimiento. «Te aseguro que si viene ahora, no cantarán un Tedéum.» Y a la salida de la iglesia, el abuelo Vicente echó un discurso desde el balcón del Ayuntamiento viejo, besó la bandera e invitó por su cuenta a un refresco en su posada.

También nos contaba la «revolución de los consumos». Desde las ventanas de la casa Panadería dispararon «al pueblo indefenso», que luego asaltó los despachos y tiró los papeles. Mataron a tres. Por la noche llegó la tropa desde Manzanares e hicieron hogueras en la calle de la Feria. Y los del Ayuntamiento y los consumistas huyeron entre pellejos de vino, e hicieron prisión en el Pósito Nuevo.

Otras veces contaba lo de la epidemia del cólera: «Los llevaban en carros (a los muertos), como si fueran árboles secos.» O cuando mataron a *Tajá* o a don Francisco Martínez, el padre de las Lauras. O lo del año del hambre, cuando «las pobres gentes se comían los perros y los gatos».

Cuando llegaba la hora de marcharnos, abría la despensa, y mientras buscaba en ella, decía:

—Y ahora, el regalo de la hermana Paulina.

Y mamá:

—Pero Paulina, mujer...

—Tú, calla, muchacha.

Y según el tiempo, sacaba un plato de uvas, o de avellanas, o de altramuces, o de rosquillas de anís, o lo mejor de todo, cotufas, que llamaba rosetas· A veces tostones, que son trigo frito con sal. O cañamones. Si era verano y teníamos sed, nos hacía refrescos de vinagre muy ricos.

Y al vernos comer aquellas cosas con gusto, decía sonriendo:

—¿A que están buenos? ¿Eh, familieja?


Durante muchos años los abuelos, y luego nosotros, los lunes por la mañana presenciábamos el mismo espectáculo. Desde muy temprano y con mucha paciencia, Gumersindo comenzaba sus preparativos. En la puerta de la calle estaba el carrito con «Tancredo» enganchado. «Tancredo» era un burro entre pardo y negro, con las orejas horizontales y los ojos aguanosos. Lanas antiguas y grisantas le tapizaban la barriga. En su lomo, de siempre, llevaba grabado a tijera su nombre en mayúsculas: «TANCREDO». Lo primero que colocaba Gumersindo en el fondo de las bolsas del carro era la varja. Luego las alforjas repletas, la bota de media arroba, el botijo, los sacos de pienso para «Tancredo», las mantas. Cada una de estas cosas se las iba aparando Paulina. El, silencioso y exacto, las colocaba en su lugar de siempre. Por último, ataba el arado a la trasera, revisaba el farol y quedaba pensativo.

—¿Llevas el vinagre?

—Sí, Paulina.

—¿Y el bicarbonato?

—Sí, Paulina.

—¿Y los puntilleros nuevos?

—Sí, cordera.

—¿Y las tazas?

—Sí, paloma.

Cuando estaba todo, Gumersindo miraba su reloj, se ceñía el pañuelo de hierbas a la cabeza y tomando de las manos a su mujer, le decía como cincuenta años antes:

—No dejes de echar el cerrojo por la noche, no vaya a ser que algún loco quiera abusar de tu soledad.

—Tú vete tranquilo —decía ella sonriendo—, que tu huerto queda a buen seguro.

Gumersindo se acercaba más, le daba dos besos anchos y sonoros y, sin atreverse a mirarla, nervioso, montaba en el carro.

—¡Arre, «Tancredo»!

«Tancredo» arrancaba, lerdísimo, calle de Martos abajo, y Paulina, acera adelante, echaba a andar tras él.

—Paulina, ya está bien —le decía él volviendo la cabeza.

Y la hermana Paulina, sonriendo, seguía.

—Paulina, vuélvete.

Pero Paulina continuaba hasta la calle de la Independencia. Todavía allí parmanecía un buen rato, hasta que las voces de él —«Paulina, vuélvete»— ya no se oían.

El resto de la semana, hasta el sábado a media tarde que regresaba Gumersindo, Paulina esperaba. Esperaba y preparaba el regreso de Gumersindo. Esperaba y recibía a sus amistades.

Gumersindo, en la soledad de su viñote, a casi diez leguas del pueblo, esperaba también, sin amistades a quien recibir. («Allí solico, luchando contra la tierra, el pobre mío.»)

Cuando el cielo se oscurecía, Paulina, desde la puerta de su cocina, venteaba con los ojos preocupados: «¡Ay, Jesús!» Los días de tormenta, pegada a la lumbre, rezaba viejas oraciones entre católicas y saturnales.

Nunca imaginaba a su Gumersindo amenazado de otros enemigos que los atmosféricos. Al hablar del cierzo, la nevasca, la helada, la tormenta o el granizo, los personalizaba como criaturas inmensas de bien troquelado carácter. El rayo, sobre todo, era, según Paulina, el gran

Lucifer de los que andan perdidos por el campo. «Santa Bárbara, manda tus luces a un jaral sin nadie; / Santa Bárbara, líbralo de todo mal, / quita el rayo del aprisco y del candeal; / mándalo con los infieles / a la otra orilla del mar·» O aquella otra jaculatoria, entre tradicional y de su propia imaginativa: «San Isidro, ampara a mi Gumersindo; / que el agua moje la tierra / y no arrecie en temporal; / la nieve venga en domingo, / en lunes llegue el granizo / a poco de amañanar; / San Isidro, a los pedriscos / ordénalos jubilar…»

Los sábados, hacia las seis de la tarde, Gumersindo asomaba, llevando a «Tancredo» del diestro, por la calle de la Independencia. Mucho antes ya estaba Paulina en la esquina con los ojos hacia la plaza.

—¿Qué hay, Paulina? ¿Esperando a tu Gumersindo?

—¡Ea! —contestaba casi ruborosa.

—Mira a Paulina esperando a su galán.

—¡Ea!

Así que columbraba el carro, Paulina no contestaba a los saludos. Sus claros ojos, achicados por los años, por los sábados de espera y los lunes de despedida, miraban a lo que ella bien sabía, sin desviarse un punto.

Entre la polvareda que levantaban tantos carros en sábado, aparecía la silueta de Gumersindo, delgadito, enjuto, trayendo del diestro a «Tancredo», que buen sabedor de sus destinos, andaba más liviano, con las orejas un poquito alzadas y diríase que una vaga sonrisa en su hocico húmedo.

Antes de que el carro llegase a la esquina de la calle de Martos, Paulina avanzaba por el centro de la carrilada hasta Gumersindo. Tomándole la cara entre las manos, lo besaba como a un niño.

—Vamos, Paulina, vamos. ¿Qué va a decir la gente? —decía él, tímido, empujándola con suavidad. (Él, que olía a aire suelto de otoño y a sol parado; a pámpanos y a mosto, si ya era vendimia.) Daba luego unas palmadas a «Tancredo»: «¡Ay, viejo!»

Se les venía venir calle de Martos adelante cogidos del bracete —como ella decía—, seguidos de «Tancredo», ya

confiado a su querencia. Siempre le traía él algún presente:
las primeras muestras de la viña, unas amapolas adelan-
tadas, un jilguero, espigas secas de trigo para hacer tostones, un nido de pájaros o un grillo bien guardado en la
boina. Cierta vez —siempre lo recordaba ella— le trajo
una avutarda, dorada como un águila, que apeó el propio
Gumersindo de un majano con un solo tiro de escopeta.

Desuncido el carro y «Tancredo» en la cuadra, Paulina
le sacaba a su hombre la jofaina, jabón y ropa limpia.
Con el agua fría del pozo se atezaba y aseaba según su
medida, mientras ella le tenía la toalla y se entraba la
ropa sucia. Luego, si hacía buen tiempo, se sentaban los
dos juntos a una mesita, bajo la parra, a comer los platos
que ella pensó durante toda la semana. Y comiendo en
amor y compañía, iniciaban la plática que duraría dos días.
El le contaba minuciosamente todos sus quehaceres y accidentes de la semana; en qué trozo de tierra laboró, cómo
presentía la cosecha, quiénes pasaron junto a su haza, si le
sobró o faltó algún companaje, si hizo frío, calor o hume-
dad· Si tuvo noches claras o «escuras», si habló o no con
los labradores de los cortes vecinos, qué le dijeron y cómo
respondió él. Dedicaba un buen párrafo al comportamiento
de «Tancredo»; si anduvo de buen talante o lo pasó mal
con los tábanos y las avispas· Si se le curó o no aquella
matadura que le hiciera la lanza la pasada semana. Si en-
grasó o no las tijeras de podar, y muy sobre todo, si le alcanzó el vino hasta la hora de la vuelta.

Luego le llegaba el turno a Paulina, que le daba las
novedades del pueblo durante la semana. Qué visitas tuvo
y de qué se habló. Repaso de enfermedades en curso,
muertos y nacimientos entre la vecindad y conocidos. Los
miedos que pasó ella el jueves, que es encirró el cielo o se
vieron relámpagos por la parte de Alhambra. La preocupación por si le habría puesto poco tocino en el hato o si
el vino se habría repuntado con la calina que hizo.

Durante los días que permanecía Gumersindo en el
pueblo, nadie nos acercábamos por casa de Paulina: «Como
está Gumersindo...» Se veía a la pareja sola, sentada en

la puerta si era verano, trabada en sus pláticas. Si en invierno, en la cocina, al amparo del fuego, hablaban mirando las llamas. Las historias de Paulina y Gumersindo
eran preferentemente de cosas sucedidas en otros años,
relaciones de personas muertas y hechos apenas conserva-
dos en la memoria de los viejos. O cuentecillos dulces,
pequeñas anécdotas, situaciones breves; a veces meras historias de una mirada o un gesto, de un breve ademán, de
un secreto pensamiento que no afloró. Pero ella, por lo
menudo y prolijo de su charla, les daba dimensiones im-
previstas. (Ahora comprendo que en todas sus historias
y pláticas había una sutil malicia, una delgada intención
que entonces se me escapaba. Años después, cuando mamá
me recordaba las cosas de Paulina, caí en la singular mi-
nerva de sus pláticas.)

Entre la muerte de Gumersindo y Paulina mediaron
pocas semanas. No podía ser de otra manera.

Un sábado, Paulina, desde la esquina de la calle de
Martos, vio enfilar el carro por Independencia, como
siempre, pero algo le extrañó. Gumersindo no venía a pie
con «Tancredo» del diestro, según costumbre de cincuenta
años· Impaciente, avanzó calle adelante. Se encontró con
el carro a la altura de la casa de Flores· Detuvo a «Tancredo». Gumersindo, liado en mantas, casi tumbado, asomaba una mano, en la que llevaba las ramaleras. Venía
amarillo, quemado por la fiebre, con los ojos semicerrados.

—¿Qué te pasa?

—Que me llegó la mala, Paulina… El cierzo de ayer
se me lió al riñón.

Lo tapó un poco mejor y tomó ella el diestro de «Tancredo». Caminaba con sus ojos claros inmóviles.

Los vecinos la preguntaban:

—¿Qué pasa, Paulina?

Ella seguía sin responder, mirando a lo lejos, bien su-
jeto el ronzal del viejo «Tancredo».

No permitió Paulina que nadie lo tocara. Ella lo lavó y amortajó. Ella, con ayuda de otras mujeres, lo echó en la caja. Ella, sin una lágrima, lo miró con sus viejos ojos claros desde que lo encamaron hasta cerrar la caja.

Fue un entierro sin llantos, sin palabras. En el corralazo aguardábamos los vecinos, mirando el pozo, la parra, la higuera, el desmonte cubierto de hierba tierna, el carro desuncido, descansando en las lanzas. Cuando sacaron la caja al coche que aguardaba en la calle, Paulina, ante el asombro de todos, echó a andar tras el féretro. Los curas la miraban embobados, sin dejar de cantar. Nadie se atrevió a disuadirla. Iba sola delante del duelo, con las manos cruzadas, pañuelo de seda negro a la cabeza y los ojos fijos en el arca de la muerte. Así llegó hasta la esquina de Martos con Independencia. Cuando el coche dobló hacia la plaza, ella quedó parada en la esquina y, como siempre, levantó el brazo·

Mamá y otras vecinas quedaron junto a la hermana Paulina, que seguía moviendo la mano, hasta que el entierro y su compaña desembocó en la plaza. Volvió entre los brazos de las vecinas completamente abandonada, llorando, al fin, con un solo gemido interminable, sordo, sin remedio, que acabó con su agonía muchos días después.

No sé por qué lío de herederos, la casa de Paulina sigue abandonada. Alguna vez me he asomado por el ojo de la cerradura y he visto el corralazo lodado de malas hierbas y cardenchas. Y por más que esfuerzo mi memoria, no consigo rememorar en él la dulce vida de Paulina, sino el quejido sordo, interminable, de animal herido, que sonó en aquella casa hasta el ronquido final de la dulce.

# El colegio de don Bartolomé

A las nueve de la mañana dejamos los abrigos, los tapabocas y las gorras en «el cuarto de las perchas» y con los libros bajo el brazo, ateridos de frío entramos en el salón de estudio del «Colegio de la Reina Madre», primera y segunda enseñanza. Don Bartolomé, embutido en su gabán azul, junto a la estufa, leía el *ABC* (periódico monárquico liberal dinástico). A cada «buenos días», don Bartolomé levantaba los ojos del diario, como si pasara lista a golpe de párpados. Cada cual en nuestro asiento, sacábamos los libros y comenzábamos a estudiar. Sobre la estufa hervía una lata de agua para evitar el tufo (lección de física). A las nueve y media ya estábamos todos los que debíamos estar aquel día. Don Bartolomé seguía con el *ABC*. Su pelo, entrecano y tufoso, asomaba sobre las hojas del diario («Elecciones municipales en toda España. Ha comenzado la campaña electoral con gran animación...»). Cuando el murmullo subía de tono, bajaba el *ABC* y asomaba la boca de don Bartolomé, que decía con voz tonante, biliosa:

—¡Silencio!

Tal vez don Bartolomé aprovechaba la operación para

encender un cigarro sin cambiarle el papel ni ensalibarlo.
Volvía a la lectura. El humo azul del cigarro y el humo
gris de la lata que cocía sobre la estufa, se alzaban soñolientos ante la ventana del «estudio». La verdad es que
el mejor silencio siempre era relativo. Un moscardoneo
incesante era el concierto normal del «Colegio de la Reina
Madre». Alguna vez sonaba un grito, una risotada, un ruido
bufonesco. Don Bartolomé dejaba el periódico sobre las
rodillas· Miraba hacia el lugar sospechoso. No preguntaba
a nadie. Le bastaba con su vista de viejo dómine. Al fin,
con el cigarro en la comisura y las manos atrás, iba derecho hacia el que rompió el relativo silencio. Se ponía delante. Quedaba quieto. En los ojos de don Bartolomé, una
luz de ira. Se quedaba quieto, mirando, mirando. El alumno, con los puños apretados en la sien, parecía estudiar
con mucha furia. (Temblaba.) Don Bartolomé seguía quieto. (Estos eran los verdaderos momentos de absoluto silencio en el «Colegio de la Reina Madre».)
    Había pasado demasiado tiempo. El alumno por fin
levantaba los ojos hacia el profesor. Unos ojos suplicantes,
llorosos. Entonces... don Bartolomé, rapidísimo, seguro,
le daba uno, diez, veinte puñetazos en la cara. Luego, ya
en plena rabia, le empujaba en los hombros, lo arremetía
bajo el larguísimo pupitre hasta sacarlo por el otro lado
y, a empellones, lo clavaba de rodillas sobre el suelo en-
tarimado.
    Don Bartolomé, impasible, con las manos entrelazadas
y el cigarro en la boca, volvía a su silla, junto a la estufa.
Tomaba el periódico· («El señor conde de Romanones ha
declarado a los periodistas...») Sólo se oían ahora en el
salón los sollozos del alumno castigado, que lloraba tapándose la cara con el libro abierto, y el hervir del agua
de la lata de la estufa.
    Las diez de la mañana· La hija de don Bartolomé en-
traba en el «estudio» con un plato de morcilla frita, un
tenedor negruzco, un vaso de vino y un trozo de pan.
Don Bartolomé dejaba el periódico, se sentaba junto a la
mesa del profesor que había más allá, y comenzaba a en-
gullir la morcilla frita. El humo de la morcilla acompañaba

ahora al humo de la estufa. Un tufo blanco y picante, de cebolla, llegaba a nuestras narices.

Mientras don Bartolomé comía morcilla, sin ponerse servilleta, la hija, con las manos sobre la mesa, nos miraba uno a uno.

—¡Qué buena está la tía!

—Me la llevaba a mi catre sin lavarla, tal como está.

—¡Qué tío más guarro! ¡Cómo come!

El que estaba de rodillas hacía gestos a don Bartolomé, tapándose la cara con el libro. Todos reíamos por lo bajo. César, que estaba siempre junto a mí, pintaba en su cuaderno una mujer desnuda dándole de comer a un gorrino y debajo ponía los nombres de don Bartolomé y de su hija.

Cuando don Bartolomé concluía su desayuno, volvía junto a la estufa, prendía otro cigarro, y tornaba al *ABC*. La hija, al salir, quedó mirando a Antoñito, el castigado, y vio los gestos que hacía tras el libro.

—¡Qué niñote eres! —le increpó.

Don Bartolomé asomó los ojos por cima del periódico y, después de dudarlo un segundo, decidió seguir leyendo lo de las elecciones municipales en toda España. (Al fin y al cabo pagábamos ocho duros mensuales. Algo había que consentirnos.)

En cualquier momento ya empezaban las clases. Don Bartolomé, tras el papel, decía:

—Geografía, primer curso. Empiece, Perales.

Perales se levantaba y empezaba a balbucear la lección. Con un ojo miraba al libro y con otro observaba si don Bartolomé bajaba el *ABC*.

—Siga, Martínez.

Martínez hacía lo mismo, pero además, con poco disimulo, gestos obscenos.

Luego gramática segundo. «Empiece, Sandoval. Siga, López.» Historia tercero. «Empiece, Delgado. Siga, Sánchez.» Agricultura de quinto. «Empiece, Peláez. Siga, Ramírez», etc.

A las doce, que ya había preguntado a la mitad de los cursos y concluido el *ABC,* nos mandaba al recreo.

El estudio de la noche —de siete a nueve— se hacía en el salón grande. Hasta las siete, desde las seis que acababan las clases, jugábamos en el patio del colegio, totalmente a oscuras· Carreras brutales entre los árboles negros. Defecaciones y onanismo colectivo en los retretes empantanados, pútridos. Oscuras riñas en un rincón· Y siempre, siempre, vocerío atronador. A lo mejor uno encendía una bengala. Gritos. O un cohete rastrero. Eugenio trepaba a un árbol y desde allí orinaba a los de abajo. Manolo, seguido de su panda, con una linterna encendida, buscaba a «la víctima» y lo apaleaban o le hacían los «galguillos»... Aquella tarde de abril los ánimos estaban exaltados por la política. Los hijos de los «carcas» más recalcitrantes, a la vista del resultado de las elecciones municipales, se habían declarado republicanos sin condiciones. No quedaba más monárquicos que *Toffe,* el hijo de don Bartolomé, monárquico liberal dinástico, incondicional de las instituciones tradicionalistas y «decadentes». Había sido declarado *Toffe* enemigo número «único». Y aquella anochecida se Procedió a la gran venganza. Todo había sido meditado de consumo por Manolo y su banda (*gánsters* de Al Capone) y Eugenio y sus bucaneros. Gentes de pistola automática y linterna, los unos; gentes de cuchillo y horca a bordo, los otros.

En el corralillo con porche lleno de basura hasta el tejado, se encendieron a la vez siete bengalas de a diez céntimos. Al ver las luminarias, verdes, rojas, amarillas, acudimos todos los del patio. Entre ellos, *Toffe*. Cuando miraba embobado las luces, los bucaneros por un flanco y los *gánsters* por otro, lo acorralaron. Manolo lo sujetó fuertemente por el cuello redondo del jersey de lana azul marino y le acercó una bengala a la cara.

—¿Renuncias a tu condición monárquica? ¿Quieres jurar la fe en la República?

—¡¡Jamás!! —gritó con las narices abiertas y los ojos hinchados de sangre.

—¿Prefieres entonces ir al cepo?

—¡Viva don Alfonso XIII, patrón de este centro docente! —volvió a gritar, desafiando la bengala.

—¡Al cepo, al cepo, al cepo!

Y con la cuerda de Eugenio fue atado a uno de los postes del porche, junto al basurero. Y se le amordazó metiéndole previamente una gran bola de papel de periódico en la boca. Quedó totalmente inmóvil. Sus ojos estaban llenos de lágrimas, de rabia.

En el patio se oyó la voz rabiosa de don Bartolomé:

—¡Niños! ¡Niños, al salón!

Hubo un momento de titubeo. Al fin, Manolo dio la orden:

—Venga, al salón. Y el que se chive morirá esta noche.

Salimos todos en silencio. Al vernos, don Bartolomé echó delante.

Cada cual ocupamos nuestro puesto con un silencio extraño. Don Bartolomé se sentó junto a la estufa, y cuando se cercioró de que todo estaba en orden, comenzó a leer un viejo libro de geografía, que siempre tenía entre manos.

Todos callábamos. Unos a otros nos mirábamos sin levantar la cabeza, de reojo. Era aquel un silencio rarísimo, inédito. Sólo se oía el hervir del agua de la lata que había en la estufa.

De pronto, don Bartolomé, que debió «oír» aquel silencio sin historia en la casa, dejó descansar el libro sobre los muslos y empezó a mirar hacia todos lados, con los ojos entornados. Más que mirar parecía oler con los ojos. Casi inconscientemente sacó un cigarro, le dio media vuelta entre los dedos después de haberle sacado las puntas, y lo encendió sin mojar, ni apenas poner ojo en la cerilla. Los paseos de don Bartolomé por el salón siempre eran peligrosísimos para la clientela. Andaba lentísimo, casi sigiloso, mirando uno por uno, con los ojos entornados, sin dejar de fumar. Su vieja nariz perdigonera no cataba la presa. Luego se quedó clavado en medio del salón, frente al sitio que solía ocupar su hijo Bartolomeín, alias *Toffe*.

—¿Y Bartolomeín? —preguntó a César.

César se encogió de hombros hasta casi hundir la cabeza entre las telas de su guardapolvos amarillo.

Don Bartolomé se fue derecho hasta la puerta del estudio, abrió y gritó:

—¡Paquita! ¡Paquita!

Mientras él gritaba mirando al pasillo, Manolo y Eugenio nos hacían a todos furiosos gestos para que callásemos, so pena de gravísimas penas.

—¿Qué, papá? —se oyó a lo lejos.

—¿Dónde está el nene?

—¿El nene?… No sé; estaba en el recreo jugando con los chicos… ¿Qué pasa?

—Nada.

Don Bartolomé volvió al salón. Sin titubeos se dirigió hacia Antoñito el gordo, ex «carca», que solía ir mucho con *Toffe*.

—Salga usted aquí al centro.

Antoñito pasó como pudo bajo el estrechísimo pupitre. Quedó casi firme ante el profesor. Respiraba ruidosamente por las narices. Le temblaban las carnes de sus muslos de miga. Don Bartolomé lo miraba en silencio, con fijeza de malo de cine. Antoñito comenzó a comerse las uñas y bajó los ojos.

(«Ya lo está sometiendo al terrible suplicio de su mirada de hombre cruel y déspota», me dijo el Coleóptero, con su voz de vieja folletinera. «No aguantará este tormento inenarrable...» «Es como si todos los buitres de las Colinas Rojas se posasen en sus ojos...» «Mira cómo le tiemblan los pernilillos... Si no canta se defeca.»)

Don Bartolomé puso a Antoñito ambas manos sobre los hombros.

(«Segundo grado del martirio· Ahora es cuando se siente que la columna vertebral se hiela y los testículos se sumergen en el cuerpo hasta la altura dorsal. Gravísimo.»)

Las palabras primeras de don Bartolomé salieron lentas, sílaba a sílaba, silbantes:

—¿Dón-de es-tá Bar-to-lo-mé-íííííííín?

Volvió a oírse, descarnando las palabras y zarandeando al gordo.

(«Tercer grado: flagelación silábica con babeo en la faz y maceración de las escápulas. Se siente en la cabeza la punzada de todos los cuchillos de Búfalo Bill.»)

Ya las manos de don Bartolomé habían asido las orejas de Antoñito y, moviéndole la cabeza con gran aire, le gritó como cristal sobre mármol:

—¿Dón-de es-tá Bar-to-lo-mé-ííííííííín?

(«Cuarto grado: roturación auricular. Se sienten en el fondo del cerebro todas las trompetas y fanfarrias del Juicio Final... y el galope crudelísimo de todos los caballos de los apaches en misión de guerra.»)

La voz de el Coleóptero era siniestrísima y su nariz afilada casi le picaba en la barbilla. Un como sudor frío le untaba las manos, que se frotaba pausadamente, casi con fruición, mientras me iba enumerando los grados del martirio bartolomeico.

Un extraño rumor se oyó en la sala. Luego un chorro. Don Bartolomé se apartó.

—¡Marrano!

(«Solución de la crisis por micción... Ya no canta. Todas las presiones de los cuatro grados desfogaron por el caño de la orina.»)

Antoñito acabó su desfogue bien despatarrado, con las manos un poco en el aire y haciendo pucheros.

—¡No se lo digo, no se lo digo y no se lo digo! —gritó como indignado consigo mismo.

Don Bartolomé comenzó a pegarle con toda su alma, con ceguera, puñetazos, puntapiés, tirones de pelos. Antoñito esquivaba como podía, retrocedía, se cubría la cabeza con las manos. Por fin consiguió clavarlo de rodillas sobre la tarima, empujándole en el hombro, y así fijada la víctima, siguió la paliza.

—¡Si no lo voy a decir..., si no se lo voy a decir! —continuaba Antoñito.

(«Alma estoica y resistente a pesar de su contextura pícnica. El verdugo, buen psicólogo, desespera; ya sabe que no conseguirá nada. Gran fase de liberación por el heroísmo una vez evacuado el miedo por el dicho caño.»)

Cuando don Bartolomé tomaba resuello, sudoroso, y Antoñito lloraba de bruces sobre el suelo, Manolo, el gran jefe, se levantó palidísimo:

—Don Bartolomé...

El hombre se volvió hacia él vacilante, como no sabiendo de dónde venía la voz, a la vez que se secaba con su oscuro pañuelo.

—Su hijo ha sido condenado al cepo por designio popular al no haber abjurado a su fe monárquica.

Don Bartolomé nos miró a todos como si no comprendiera, rascándose la cabeza. Antoñito seguía en el suelo con una especie de llantina mecánica.

(«Valentía tribunicia del gran jefe que echa su corazón a los buitres por salvar a la recia víctima. Final heroíco», añadió *el Coleóptero* inflando sus narices y rascándose con ambas manos su pecho estrecho, de teja.)

—Por no abjurar de su fe monárquica, ji, ji, ji, ji, —empezó a reír don Bartolomé con voz de cómico—. ... Pero ¿dónde está ese cepo?

Manolo alargó la linterna:

—Tome. En el corralillo.

Don Bartolomé miró la linterna sin saber bien lo que era y al fin se fue hacia la puerta con un medio trote… «Su fe monárquica…, su fe monárquica», repetía.

Apenas traspasó la puerta, Manolo dio la orden tajante:

—Muchachos: ¡huyamos sin dejar rastro ni lugar a la venganza de este colegio retrógrado!

Todos tomamos los libros casi al vuelo y salimos alocados por el oscuro patio.

*El Coleóptero* y yo esperábamos ocultos en una esquina la salida de Antoñito, que al cabo de un rato muy corto apareció sin prisa, limpiándose los ojos.

(«Gran ardid el de nuestro gran jefe. Hermoso gesto.»)

## La adhesión a la República
## en el colegio de don Bartolomé

Dos días después de la proclamación de la República se reanudaron las clases en el gran «Colegio de la Reina Madre», primaria y bachillerato. Por si acaso, las órdenes emitidas por los dos grandes jefes, Eugenio y Manolo, eran terminantes: «Entraremos todos a la vez· Nos reuniremos en la esquina del Casino de la Iberia.»

Y allí fuimos llegando a las nueve en punto de la mañana. Los dos grandes jefes, un poco apartados, nos miraban en silencio. El que más y el que menos lucía una insignia tricolor en la solapa. Antoñito llevaba una pistola de corchos de pólvora, para asustar a *Toffe* y a don Bartolomé. «Mi padre me ha dicho que los tueste», declaró. *El Coleóptero,* como un pollo de águila, sacaba la nariz y se frotaba las manos pensando en los acontecimientos próximos.

Por fin habló el gran jefe Manolo:

—Vamos al colegio como triunfadores. El Rey se ha ido y, por tanto, *Toffe* y su papá tienen bien poco que hacer en el pueblo. Que nadie desmaye. A la menor ofensa, destruimos el colegio.

Eugenio escuchaba con las manos en los cortos pantalones de pana, bien despatarrado y con el labio de abajo muy fuera, según su acostumbrado gesto de energía.

—¿Tú tienes que decir algo, Eugenio?

Este se limitó a mover la cabeza negativamente.

—Vamos —dijo Manolo.

Los dos grandes jefes se pusieron a la cabeza y todos fuimos detrás casi en formación.

Al llegar a la puerta del colegio nos detuvimos. *El Coleóptero,* sibilino, señaló el rótulo:

—¡Eh, han cambiado el título!

En lugar de lo de «la Reina Madre», ahora decía: «Colegio de Santo Tomás de Villanueva», primera y segunda enseñanza.

—¿Quién ese ese Tomás? —preguntó Eugenio a Manolo.

Manolo, a su vez, con la mirada preguntó a *el Coleóptero.*

—Es un antiguo escritor clerical.

Los dos jefes se consultaron con los ojos.

—Siempre será menos monárquico que la Reina Madre, cuando lo han puesto —dijo César.

En el patio del recreo estaba solo *Toffe,* jugando a las bolas. Al vernos entrar se impresionó un poco. Se decidió a sonreír y se nos aproximó con gesto maganto y suave. Nadie sabía qué decir. Por fin habló con voz falsa:

—Fijaos qué cantar he inventado —y cantó con voz ronquilla cierto soniquete de moda:

> *Después de las elecciones*
> *el Rey tuvo que marchar,*
> *por... que los republicanos*
> *siempre tienen que triunfar.*

El silencio acogió estas palabras. *Toffe* quedó sin saber qué añadir, con una sonrisa babosa que se le caía por la comisura y los ojos blandos.

Don Bartolomé apareció con el abrigo azul manchado y el *ABC* bajo el brazo. Se puso ante nosotros como para

echarnos una arenga. Instintivamente todos nos coloca-
mos tras los dos grandes jefes.

Iba a hablar cuando entraron los grandullones que es-
tudiaban el último curso y que hacían vida un poco aparte:
Cuesta, Olmedo, Onsurbe y Rossi. Venían fumando y
con aire también de vencedores.

Manolo, mordiéndose los finos labios, y Eugenio con
las manos en los bolsos y el labio inferior bien fuera, escuchaban con los brazos cruzados.

—Muchachos —dijo el «profe»—: en vista de los ven-
turosos acontecimientos ocurridos en España, hoy no habrá clase, sólo dos horas de estudio. Después, la casa os
invitará a un refresco.

Hubo algunos aplausos, no demasiados. Luego, don
Bartolomé apoyó cariñosamente sus manos sobre los hombros de los dos jefes y todos fuimos hacia el salón. Otra
novedad. El retrato de don Alfonso XIII había sido cambiado por un cuadro del acueducto de Segovia.

Don Bartolomé, según su costumbre, se sentó junto
a la estufa a leer el *ABC,* que venía todo de fotografías
de republicanos, y cada cual en nuestro sitio nos pusimos
a charlar sin ningún disimulo.

*Toffe* escribía nuevos versos alusivos al triunfo de la
República y los leía a los próximos.

A las diez llegó Paquita con la morcilla frita. Mientras
la comía papá, ella nos sonreía a todos con gesto meloso.

A las doce, en el comedor de don Bartolomé, que tenía
una perdiz disecada y un gramófono de bocina descomunal, nos sirvieron sidra achampanada y pastas de al-
mendra.

Mientras los grandullones bromeaban con Paquita, la
hermana de don Bartolomé, más vieja que él y antigua
profesora de música, tocaba en la habitación próxima el
*Himno de Riego* y a todos nos enseñaba la letra:

> *Si Riego murió fusilado,*
> *no murió por ser un traidor,*
> *que murió con la espada en la mano*
> *defendiendo la Constitución.*

*Toffe* y algunos ex carcas reían mucho en un rincón, rodeando a Antoñito. Preguntó don Bartolomé la causa y *Toffe*, todo gozoso, dijo que Antoñito había compuesto una nueva letra al *Himno de Riego*.

—A ver, que la cante —dijo ladino don Bartolomé—. Encarna, toca —añadió a su hermana la pianista.

Antoñito dio unos pasos al frente, se puso muy colorado y empezó a leer la letra al son que tocaba. Decía así:

> *Tarachum, tarachum, tarachunda,*
> *tarachum, tarachum, tarachum,*
> *tarachum, tarachum, tarachunda,*
> *tarachum, tarachum, tarachum…, etc.*

> *Ta chun, ta chun, tachunda,*
> *ta chun, ta chun, tachunda,*
> *ta chun, ta chun, tachunda,*
> *ta chun, ta chun, ta chun.*

El éxito fue tan grande, que todos acabamos cantando la letra, con sospechoso regocijo de don Bartolomé, que cantaba más fuerte que nadie con risa de conejo.

Cuando me pusieron en el colegio de segunda enseñanza, alguien me dijo señalándome a Servandín:

—El papá de este niño tiene un bulto muy gordo en el cuello.

Y Servandín bajó los ojos, como si a él mismo le pesase aquel bulto.

En el primer curso no se hablaba del papá de ningún niño. Sólo del de Servandín.

Después de conocer a Servandín, a uno le entraban ganas de conocer a su papá.

A algunos niños les costó mucho trabajo ver al señor que tenía el bulto gordo en el cuello. Y cuando lo conseguían, venían haciéndose lenguas de lo gordo que era aquello.

A mí también me dieron ganas muy grandes de verle el bulto al papá de Servandín, pero no me atrevía a decírselo a su hijo, no fuera a enfadarse.

Me contentaba con imaginarlo y preguntaba a otros. Pero por más que me decían, no acertaba a formarme una imagen cabal.

Le dije a papá que me dibujase hombres con bultos en el cuello. Y me pintó muchos en el margen de un periódico, pero ninguno me acababa de convencer... Me resultaban unos bultos muy poco naturales.

Un día Servandín me dijo:

—¿Por qué no me invitas a jugar con tu balón nuevo en el patio de tu fábrica?

—¿Y tú qué me das?

—No sé. Como no te dé una caja vacía de Laxén Busto.

Le dije que no.

—¿Por qué no me das tu cinturón de lona con la bandera republicana?

Me respondió que no tenía otro para sujetarse los pantalones.

Fue entonces cuando se me ocurrió la gran idea. Le di muchas vueltas antes de decidirme, pero por fin se lo dije cuando hacíamos «pis» juntos en la tapia del Pósito Viejo, donde casi no hay luz.

—Si me llevas a que vea el bulto que tiene tu papá en el cuello, juegas con mi balón.

Servandín me miró con ojos de mucha lástima y se calló.

Estaba tan molesto por lo dicho, que decidí marcharme a casa sin añadir palabra. Pero él, de pronto, me tomó del brazo y me dijo mirando al suelo:

—Anda, vente.

—¿Dónde?

—A que te enseñe... eso.

Y fuimos andando y en silencio por una calle, por otra y por otra, hasta llegar al final de la calle del Conejo, donde el papá de Servandín tenía un comercio de ultramarinos muy chiquitín.

—Anda, pasa.

Entré con mucho respeto. Menos mal que había bastante gente. Vi un hombre que estaba despachando velas, pero no tenía ningún bulto en el cuello. Interrogué a Servandín con los ojos.

—Ahora saldrá.

—¿Por dónde?

—Por aquella puerta de la trastienda.

Miré hacia ella sin pestañear.

Y al cabo de un ratito salió un hombre que parecía muy gordo, con guardapolvos amarillo y gorra de visera gris... Tenía la cara como descentrada, con todas las facciones a un lado, porque todo el otro lado era un gran bulto rosáceo, un pedazo de cara nuevo, sin nada de facciones.

No sabía quitar los ojos de aquel sitio... Servandín me miraba a mí.

Cuando el padre reparó en nosotros, me miró fijo, luego a su hijo, que estaba con los párpados caídos, y en seguida comprendió.

Servandín me dio un codazo y me dijo:

—¿Ya?

—Sí, ya.

—Adiós, papá —dijo Servandín.

Pero el papá no contestó.

—Lo van a operar, ¿sabes?

Ocurrió el primer día de aquel curso, que fue el último del «Colegio de la Reina Madre», porque al año siguiente pusieron el Instituto.

Don Bartolomé, después de repartirnos los libros flamantes que llegaron de Ciudad Real en un cajón grande, nos ordenó que nos estudiásemos la primera lección de todos los textos.

En el «estudio» había un gran silencio. Nos distraíamos en manosear los nuevos manuales, en ver las figuras, en forrarlos, en poner nuestro nombre.

· Don Bartolomé, luego de repasar las facturas de la librería con su hija, mandó sacar el cajón a los mayores y se puso a leer el *ABC* a la luz otoñal que regalaba la ventana.

De pronto se abrió la puerta del salón y Gabriela, la criada, gritó sin entrar:

—Ahí está una mujer que viene a poner a su hijo al colegio· ¿Entra?

Don Bartolomé dijo que sí con la cabeza, y con el *ABC* suspendido quedó mirando hacia la puerta.

Apareció una mujer atemorizada, muy rubia, algo entrada en carnes. Llevaba un niño de la mano, como de doce o trece años.

—Pase. señora —dijo don Bartolomé poniéndose en pie.

Cruzó todo el salón, muy seria, con la cabeza rígida, mirando hacia el frente. Al saludar a don Bartolomé, hizo así como una inclinación.

La hizo sentar junto a sí. El niño quedó en pie mirando hacia todos nosotros con sus ojos casi traslúcidos.

Ella empezó a hablar en voz muy bajita, casi al oído de don Bartolomé. (Uno de los mayores se ponía las manos en la boca para que no se le oyese reír.)

De todas formas, como el silencio era muy grande, ella cada vez hablaba en voz más queda.

—Diga, diga, señora.

Don Bartolomé se hacía pantalla en la oreja para oír mejor.

Luego se cortó la conversación. El profesor quedó pensativo, con la mejilla descansando en la mano. Ella lo miraba inmóvil, con las manos tímidamente enlazadas, diríase que suplicantes.

Don Bartolomé se rascó una oreja y, casi de reojo, echó una ojeada por todo el salón, especialmente dirigida a los mayores, que seguían riendo y cuchicheando entre sí.

Don Bartolomé, luego, levantó la cabeza hacia el techo, así como rezando, y, a poco, volvió a la conversación en voz muy baja.

Al cabo de un ratito más, ella sonrió, con los ojos casi llorosos. Abrió el monedero, sacó unos cuantos duros de plata y los dejó sobre la mesa. Don Bartolomé le extendió un recibo y se guardó los duros en el bolsillo del chaleco.

Se pusieron en pie. Don Bartolomé acarició la cabeza dorada del niño y le dijo que se sentase en un pupitre vacío que había junto a su mesa. La señora dio un beso al hijo, que se sentó en el pupitre cruzando los brazos sobre la tabla.

Don Bartolomé acompañó a la mujer, que iba sonriente, hasta la puerta del estudio. Se atrevió a mirar a los mayores y todo. Uno le sacó la lengua.

Como a la madre le llamaban la Liliana, al hijo le dijimos Lilianín... Su cabeza era como la de un angelote de madera antigua, policromada, un poco desvaídos los colores. Miraba con sus ojos azules muy fijamente, sin pestañear, al tiempo que sonreía casi mecánico, como si cuanto oyese fuese benigno y paternal. A lo que se le preguntaba contestaba en seguida, sin titubeos ni disimulos. Hasta cuando estudiaba álgebra sonreía angélico. Y decía las lecciones más obtusas con aquel aire sensitivo.

Durante los primeros días nadie le dijo cosa mayor de su madre. Pero tenía que llegar, porque en seguida, hasta los mocosos, nos enteramos de que «alternaba» en casa del Ciego. Y allí vivía con ella, y en su mismo cuarto. Lilianín.

El, si sabía sus males, los disimulaba o le parecían naturales, porque no tenía reparo en acercarse a todos, en entrar en conversación, en jugar a todas las cosas. Pero nosotros lo mirábamos como si fuera un ser de otra raza.

Nadie lo culpaba de estar entre nosotros, hijos de madre y padre. Las culpas eran para don Bartolomé, «que, por su avaricia, un día iba a admitir en el colego al *Tonto de la Borrucha*», como dijo uno.

*El Coleóptero,* con su sonrisa de bruja joven, gustaba de hacerle preguntas con retranca, que Lilianín respondía abiertamente. El fue el primero en informarnos de que Lilianín «lo contaba todo». («Vivía la vida lupanaria en toda su intensidad... Está al cabo de la calle del comercio de la carne... con esa sonrisa inocente. Sabe el oficio de su madre y le parece corriente. Este niño es completamente irreflexivo. Me ha dicho hoy...»)

Tanto bando puso *el Coleóptero,* que a todos nos entraron grandes ganas de preguntarle... Y un día, a la hora del recreo de la mañana, se formó un gran corro en el rincón del patio. Y no sé por qué, todos los del corro estábamos en cuclillas o sentados en el suelo menos Lilianín, que, en el centro, estaba en pie. Nos miraba sonriendo, como siempre, con sus ojos espejeantes y limpísimos de toda reserva.

Cada cual le hacía una pregunta en voz media, que él, en contraste, respondía a toda voz, como si dijera la lección, con orgullo:

—¿Y pasan muchos hombres al cuarto de tu mamá?

—Sí, muchos. Sobre todo por la noche.

—¿Y qué hacen?

—No sé. Se desnudan.

—¿... y luego?

—No sé. Yo me duermo.

—¿Y tu mamá qué les dice?

—Las habla de mí y de mi papá, que fue un novio que tuvo y nos dejó, y por eso ella vive sola conmigo.

—¿Y le pagan?

—Sí. Le dan mucho dinero.

Cada vez las preguntas eran más recias. Pero él sonreía igual.

Por fin, uno moreno, de muy mal genio, que luego lo mataron en la guerra, dijo mirándole a los ojos con cara de perro:

—Tu mamá, lo que es, es una puta.

Lilianín, riendo un poquito menos, movió la cabeza como diciendo que no, y luego, en voz más baja:

—Mi mamá es mi mamá y nada más.

Se hizo un silencio muy grande, de reproche al chico moreno, y por cima de todas las cabezas, la sonrisa de Lilianín.

Se oyó la voz de don Bartolomé desde la otra punta:

—¡Niños, a clase!

Fuimos callados, cada cual por su lado. Lilianín delante de todos. Don Bartolomé, que olfateó algo, le echó la mano sobre el hombro.

—¿Estás contento?

—Sí, señor.

—¿Se portan bien los compañeros contigo?

—Conmigo, sí, señor... Con mi mamá, no.

Don Bartolomé se volvió a todos, como si fuese a hablarnos. Con los ojos muy tristes nos miró con calma. Creí que iba a llorar. Estuvo a punto de despegar los labios, pero luego hizo un gesto como de arrepentirse.

Volvió a poner la mano en el hombro de Lilianín, y entramos en el salón de estudio.

Cada cual ocupó su puesto. Don Bartolomé tomó su viejo libro de geografía y empezó a leer junto a la estufa. Lilianín, en el pupitre más próximo a él, se aprendía las lecciones de memoria, mirando al techo y moviendo mucho los labios.

Nunca hubo mayor silencio en el estudio de don Bartolomé.

# El entierro del Ciego

*A José M.ª Jové*

Empezó el escándalo porque el Ciego dejó dicho a sus albaceas y otros contertulios de su agonía y muerte, que quería en su entierro la Banda Municipal. Y el alcalde se opuso. Lo dijo bien claro: «No quiero que mis músicos amenicen el entierro de un tratante de blancas.»

El Ciego lo repitió toda su vida. Casi nadie de los que frecuentaban su lupanar dejó de oírlo; y lo decía así que alguien canturreaba el tango famoso: «Cuando me muera, que me toquen el "Adiós, muchachos, compañeros de mi vida"; así me despediré de los que me acompañaron en los buenos ratos y de los que me dieron dinero a ganar.»

La burguesía y la clase pretenciosa aprobó la actitud del alcalde, aunque le criticaron aquella frase de «mis músicos». «Los músicos son del pueblo y no de él. Pues qué se habrá creído», etc. El estado llano, tal vez por ir en contra de los guardias, quería que fuese la Banda al muerto. «Que a los pobres ni nos dejan música en el entierro. Que hasta las últimas voluntades nos las capan», etc.

Los albaceas del Ciego y contertulios de su agonía y muerte, para cumplir el deseo del finado sin desobedecer al alcalde (si bien tuvieron muy malas palabras para su familia por línea de mamá y esposa, y sacaron a recuerdo lo putañero que fue hasta alcanzar la vara; y aun con la vara en el puño, sus resobineos con Carolina, la del carabinero), pensaron que fuera la Rondalla. Música era a fin de cuentas, y con tal que se ejecutase el tango, lo mismo daba con púa y cuerda que con viento y caña.

Pero estaba de Dios que el entierro del pobre ciego quedara mudo. Los curas se opusieron a la amenidad de la Rondalla Cultural Recreativa. No veían los del clero cómo casar la severidad de los latines responsorios con el ritmo pizpireto de la Rondalla, máxime con un tango golfo como base de repertorio. Y fue la negación del párroco la que de verdad encrespó los ánimos del pueblo. (Ya tenía el cura ecónomo muy mala prensa en aquel año 1931, por una serie de minucias que no vienen al caso, y aquella negativa colmó el cántaro.)

Por todos estos altercados con lo civil y lo canónico, el entierro provocó una gran manifestación, entre dolorosa y política, en las clases populares y putañeras del pueblo. Hasta el Colegio de la Reina Madre llegó el desasosiego y «los niños republicanos» —como nos llamaba la hija de don Bartolomé— decidimos hacer acto de presencia en el entierro, amordazado por el «despotismo y la intransigencia» —como dijo el semanario local en su sección de «Puyas».

La casa del Ciego y la de la Carmen eran las más famosas mancebías del pueblo. La primera se distinguía por la buena música, que dirigía el mismo patrón; y las agudezas de éste cuando estaba en vena. La de la Carmen, por el esmero en el trato y la simpatía que en la «alternacía» tenían las pupilas. El era hombre de romances, apotegmas, epigramas y muy sabedor de cante grande. Ella estaba más arrimada al cuplé y al baile moderno. Cuando recibía material nuevo mandaba avisitos a la buena clientela en tarjetas perfumadas. Para alabar las prendas de sus discípulas no había lengua como la de Carmen.

Las dos casas estaban en la calle de las Isabeles. Aquella que nace del egido donde ponen las atracciones de la feria. No lejos había otras casas de trato de menos historia y presentación.

Cuando llegamos a la calle de las Isabeles, ya había mucha gente. La puerta de la casa estaba abierta de par en par. Y en el patio, donde se alternaba en verano, bullían todas las mujeres del gremio de la ingle que en el pueblo había. Pintarrajeadas y con velillos partidos en la cabeza, más bien trozos de mantilla o de algún velo grande de viuda, ya que, a buen seguro, en el colegio de la fornicación de Tomelloso no debía haber velos suficientes. A pesar de que querían ponerse serias, por la gravedad de la ocasión, se les vertían risillas y gritos, y no daban paz a las posaderas sobre las sillas. Se rebullían sus cuerpos vestidos de vivos colores, en la cálida tarde primaveral soltaban un tufo de polvos, colonias gruesas y vino agriado, que trascendía a la calle. Sus caras eran flores de trapo con ojos turbios y bocas rotas. Ojos mal dormidos, desacostumbrados a la luz del sol.

De vez en cuando llegaban del interior los lloros perrunos y cansados de las «encargadas» y coimas de la reserva. «¡Ay, Jesús! ¡Lo que somos!»

Entre el personal macho, casi todo en pie en la puerta de la calle y en el salón de invierno, junto al organillo, abundaban los barberos, muchos de ellos músicos de aquellas casas en las horas libres y casi todos discípulos de bandurria, gitarra o laúd del Ciego. Que éste enseñó a mover la prima y el bordón a varias generaciones de tomelloseros. Como guitarrista en el género flamenco, y especialmente en acompañamiento, no había quien le quitase la palma al Ciego en toda la provincia. Hasta de Argamasilla y Socuéllamos venían barberillos en bicicleta para que él, que no veía, les diese luz de guitarra. Entre los entendidos tenía fama de mover la izquierda sobre los trastes como el mismísimo Segovia. Había chulos y queridones de las «sicalípticas», con pañuelo blanco terciado al cuello, gorra de cuadritos, y los dedos enguantados de nicotina hasta la primera falange; alguaciles y policías retirados, que recibieron buen trato y favor del difunto en años mejores. Y discretamente apartados, señoritos finos, que le habían roto muchas sillas y bandurrias en noches gozosas; que tiraron al pozo veladores, sostenes y botellas del «Mono» en madrugadas agrias, y alguno que cierta madrugada de enero lanzó una «azofaifa» a los charcos de la calle, porque no quiso bailarle el moro. En grupo aparte, con las caras largas y el pito en la boca o el puro entre dedos, la corte de los flamencos de todas las edades: los viejos, que sólo conservaban el compás o el canto por lo «bajini» para los cabales; los cuarentones, como Tizón, que todavía alzaban su voz con grietas en los ratos que estaban a gusto, y los mocetes de la última hornada, que cantaban a todas horas; amén del guitarrista señorito, que sólo tocaba cuando llegaban los Domecq o la *Niña de los Peines* y en sesiones privadísimas· En fin, allí estaban todos los productores del ramo de la fornicativa.


Apenas faltaban unos minutos para la hora del entierro, cuando abocó en la calle de las Isabeles un Citroën negro, enorme, como coche de toreros, que avanzaba muy lentamente entre el gentío hasta pararse frente mismo de la puerta del duelo. Era de *la Padilla.* Pepa *la Padilla,* famosa cupletista local, que venía ex profeso de Albecte, donde actuaba con su elenco. Su madre fue antigua pupila de la casa y junto al Ciego nació (había quien la creía hija de éste) y él la enseñó a cantar, a bailar y a tocar la guitarra, hasta que un buen día, con sus muchas influencias, la lanzó a los tablaos, donde andaba apaleando los miles de duros.

Pepa *la Padilla* bajó del auto como una marquesa. De luto hasta los pies, pero cargada de pulseras y collares. Llevaba un gran ramo de flores rojas. La acompañaban dos gitanos culichicos de su ballet; el «cantaor» Cañameras, natural de Pedro Muñoz, gordo, sin corbata y con las patillas muy bajas, un chófer de uniforme gris, con la cara trastornada por un costurón vinoso con traza de barboquejo.

Pepa *la Padilla* dio en seguida al duelo una categoría y seriedad que hasta entonces faltaba. Seguida de los suyos, y sin saludar a nadie, pasó desde el auto hasta la capilla ardiente. Nosotros, «los niños republicanos», aprovechamos el descuido para colarnos hasta la «cámara», como decía *el Coleóptero.* Al verla entrar en el patio se agitaron las furcias, se la comían con los ojos, llenos de veneración. Dos o tres se pusieron en pie y la besaron con repentina y cortesana mesura, como si aquélla fuese la ocasión de lucir las finuras y urbanidades que cotidianamente habían de olvidar por razones de oficio.

Los hombres, como a toque de corneta, volvieron los ojos a su paso en derechura al trasero, que era de aquellos gozosos y lozanos, con la canal maestra bien marcada, de los que solía llamar *el Coleóptero* «culos imperiales». «El mejor culo de Europa», dijo un decrépito, poniendo un ojo en blanco y sin quitar el otro de la diana. (Que según *el Coleóptero,* un peritísimo teórico en estas plásticas andantes, los había imperiales como aquél; dicharacheros y pendoncillos, como pitorros de botijo o clavel en el ojal; a la buena fin o confiadores, es decir, de *pa allá* y *pa acá;* de balandrán o planos, es decir, amarillos o a la inglesa —que así aseguraba tenerlos todos los de la Pérfida Albión—; de coronel o rígidos, como obra de tonelero; de mermelada o bombón, sin más referencia figurativa, y que parecían aludir a los de mocita en flor o de cuarto verdor, y, por último, «los tristes», culos sin sonrisa y de jeta larga, culos de menopáusicas y beatas correosas.)

Llegamos a la cámara, que estaba instalada en el dormitorio del Ciego. Unos paños negros cubrían el armario de luna con garras de bronce, y en un rincón, sobre la mesita redonda, estaba la guitarra en su estuche negro, ya gastado por el palpo lento y untoso del que fue su dueño.

El pobre Ciego, gordo, moreno, casi negro, con manchas verdosas en la nariz y la papada, verde, de bronce viejo, parecía casi dormido con las manos cruzadas sobre el pecho. Lo vistieron con terno marrón, botas enterizas de color sangre de toro, sortija de plata y cadena gruesa del reloj, que brillaba a la luz de los cirios.

Al entrar la cómica en la cámara, amainaron los llantos perrunos del meretricio jubilado, que circundaban el féretro· Todos dejaron de mirar al muerto por mirar a la viva frescachona, cuyas patillas de pelusa negrísima y rizada le caían hasta más abajo de los pendientes rojos. *La Padilla,* sin inmutarse, se acercó al cadáver, lo besó en la frente y dejó las flores con mucho amor sobre todo el cuerpo del difunto. Se hincó luego de rodillas a los pies de la caja y rezó largamente alzando mucho sus ojos enormes y oscuros. Persignada con mucha unción, volvió a su aire imperativo de mujer con muchas tablas, y dijo a las viejas que lloraban otra vez:

—*Hasen* falta más flores.

Se armó una rebatiña de correr sillas y taconazos. Empezaron a moverse las coimas como si hubieran recibido la orden del mismísimo muerto, cuando mandaba desde la tarimilla de la orquesta el gran rigodón de su negocio, y súbitamente empezaron a llegar flores por todos sitios. Venían las fornicarias con grandes brazadas de rosas, lirios y hasta yerbabuena y amapola, que, imitando los ademanes de *la Padilla,* esparcían sobre el cuerpo muerto. La misma *Padilla* les ayudaba a colocarlas con mayor simetría, hasta que quedó la caja completamente cubierta, sin más resquicio de muerto que su cara verdinegra y las puntas rojas de las botas… Todavía durante un buen rato siguieron llorando capulinas con flores, y *la Padilla,* con ademanes de *maître* de escena, ordenó echarlas a los lados de la caja y al pie de los candelabros. Luego se sentó en la silla más próxima al muerto y, clavando la barbilla en el pecho, quedó presa de una congoja sombría, casi irracional. Los «bailaores» y rufos que la acompañaron, con los sombreros de ala ancha entre las manos, en posición de en su lugar descansen y situados en el centro de la habitación, contemplaban entristecidos las muestras de dolor de «su figura».

Cuando corrió la noticia de que habían llegado los curas, se armó un gran alboroto. Arreciaron los llantos, empezaron los hombres a salirse a la calle, y un jayán con pañuelo negro al cuello, de cuatro empujones nos echó a la calle a los chicos que andábamos por allí curioseando.

El coche negro estaba en la puerta cargado de coronas: «Sus huéspedes que no lo olvidan», en una corona. En otra: «El eterno recuerdo de la Rondalla Cultural Tomellosera». Estaba la calle tan llena de gente que no hallábamos a los curas por ningún sitio. Nos abrimos paso a codazos, y ya casi en la explanada que servía de parque de atracciones en las ferias, vimos con sorpresa que los curas cantaban tímidamente en la esquina de la calle, casi a cien metros de la puerta de la casa. Don Leopoldo, el coadjutor; Paco, el sacristán, y Becerra, el monaguillo, latineaban mirando al suelo y casi vueltos de espaldas hacia la mancebía, como si enderezasen sus oraciones a otro muerto que no se veía. Sólo Becerra, descansando el cirial en tierra con cierto abandono, echaba reojos hacia la nefasta calle de las Isabeles, y casa del muerto Ciego.

Sacaron el ataúd sobrenando a hombros de seis lupanarios pálidos. Uno, con la colilla en la comisura del labio. Dos, con pañuelo blanco terciado. Otro, completamente doblado, cual si llevara encima el universo mundo. Apenas estuvo el féretro en el coche, los curas echaron a andar muy delante, conservando la distancia que se habían marcado.

Según la costumbre, los hombres, con su duelo, iban primero. Lo formaban los músicos de la casa y un hermano del difunto, que era guardia civil en Argamasilla. Detrás, las mujeres, y presidiendo, *la Padilla,* como una emperatriz entre velos y pulseras; adelantando el busto, y el paso bien marcado con aquellos miembros que Dios le dio. («No hay prenda como los muslos», dijo un doliente mirándole el aldear por aquellas alturas.)

Ellos, pálidos y delgados, iban fumando. Se les veían sombras de antiquísimas ojeras y las bocas torcidas de tanto pegarse al caso. Ellas, pintarrajeadas de carmín, en grupos, cogidas del brazo, con vestidos chillones y los medio velillos mal colocados. A pesar de que se proponían ir serias, sobre todo por imitar a *la Padilla,* se les escapaban ademanes disparatados, miradas furtivas, risas mal sofocadas. A las más viejas, las lágrimas les hacían surcos sobre los polvos y el colorete. Era una extraña multitud un poco circense, nerviosa, desacompasada, en procesión locaria.

Se comentó mucho en el pueblo la asistencia al entierro de algunos hijos de buena familia, grandes visitadores del barrio. Iban con su *canotier* y aire de estar muy por encima de los prejuicios de la masa.

Las gentes abrían calle a aquel entierro, cuyos curas marchaban casi a cien metros del muerto. Las mujeres decentes que presenciaban el espectáculo miraban boquiabiertas tanto puterío junto. Los hombres las chicoleaban y decían barbaridades importantes:

—Juana, «aspérame» esta noche.

Ellas se reían, hacían dengues y se daban codazos. Pero la mayor atracción para los espectadores era *la Padilla,* tan famosa y tan rica, dando solemnidad y señorío a aquel muerto en entredicho.

De pronto se vio revuelo en el duelo de mujeres. Algo habían dicho a *la Padilla* sus compañeras que le hizo detenerse, interrumpiendo el cortejo. Hacía oídos a lo que venían a comentar unas y otras. Se partió el entierro en dos partes. Curas, carro fúnebre y hombres se alejaban, mientras las mujeres se arremolinaban en torno a *la Padilla,* que escuchaba con los ojos muy abiertos y la boca fruncida. Por fin, con ademán autoritario, dio la cupletista orden de continuar, y a buen paso, se soldaron al resto de la comitiva.

Al llegar a la capilla, que está al principio del paseo del Cementerio, y apenas los curas echaron el último responso y se volvieron en silencio, *la Padilla,* con voz de flamenca que difícilmente sabe salir de su son, comenzó a cantar aquel tango:

> *Adiós, muchachos,*
> *compañeros de mi vida,*
> *farra querida*
> *de aquellos tiempos.*

Todos volvieron hacia ella la cabeza con estupor, pero al comprender la intención, y que iba en serio, primero las pelandruscas y en seguida los gamberros, encabezados por los señoritos del *canotier,* jubilosísimos, continuaron el cantar.

Arrancó el coche, y todo el duelo, a voz en grito, rompiendo cada cual la estrofa por donde no sabía más, hasta la misma puerta del Cementerio Católico, cantaron aquel son que tantas veces tocase el Ciego para la juerga de turno:

> *Adiós, muchachos,*
> *ya con ésta me despido,*
> *frente al destino*
> *no somos nada.*
> *Ya se acabaron para mí*
> *todas las farras...*

# Dibujo al aire libre

*A Rafael Azcona*

Desde que pusieron el Instituto, don Bartolomé andaba por todo el pueblo como un mono loco, raboteando. Y habla solo. «Me han quitado el pan de mis hijos.» Volvió a hacerse monárquico. Las aulas del Santo Tomás quedaron vacías, y él leía el *ABC* y se comía la morcilla frita completamente solo en el «estudio». Según *el Coleóptero,* sagaz espía de la banda de Manolo, a las horas señaladas, don Bartolomé salía al triste patio y voceaba: «¡Niños, a clase!» Lo decía muchas veces, y como nadie respondía, se entraba llorando. No le quedó más discípulo que su hijo *Toffe,* que declaró: «Antes la muerte que ir a ese Instituto de socialistas.» Y también volvió a su fe monárquica.

—Esta tarde traed un bocadillo, el block de dibujo, lápiz y goma. Iremos a dibujar al campo.

La señorita de dibujo lo dijo sin darle importancia, pero todos los de la clase nos miramos entornando los ojos, sin comprender del todo. Intentando componer esta novísima imagen en nuestro imaginero.

224

*El Coleóptoro* alzó los homóplatos, encorvó la cabeza
entre ellos, sacó el suplemento extraordinario de su nariz
y nos miró a todos como si algo le oliese mal.

Sólo Merceditas, tocándose uno de sus tirabuzones, rubio, poderoso y terso como el muslo de un niño, tomó la
cosa con naturalidad.

—¡Qué bien!

(Los papás, y especialmente las mamás de algunas compañeras, según se supo, interpretaron muy malamente
aquello de dibujar en el campo. Las ideas: chicos y chichas juntos; campo, lápiz, les trascendía a erotismo; a ne-
fastas consignas republicanas, masónicas, judaizantes...,
francesas, en una palabra. Una niña acudió a la cita acom-
pañada de su hermana mayor. Otra trajo una silleta de
tijera. El papá de Clotilde, bien apostado tras un cuartillejo, nos vigiló con sus anteojos toda la jornada.)

Cara al sol, en grupos familiares, subimos por la calle
de San Luis, tras la señorita, que nos enseñaba canciones populares:

> *Eres buena moza, sí,*
> *cuando por la calle vas.*
> *Eres buena moza, sí;*
> *pero no te casarás,*
> *pero no te casarás,*
> *carita de serafín,*
> *pero no te casarás,*
> *porque me lo han dicho a mí.*

Era una tarde de sol y refrío, entre febrero y marzo.
Tarde de medio gabán y nariz caldosa. Las golondrinas
andaban de valijas y la tierra a punto de romper la costra
inverniza. La cabeza se calentaba, pero con los pantalones
cortos, se pegaba a los muslos, como sable, un fresquillo
de menta. Los pañuelos que llevaban las chicas a la cabeza revolaban suavemente, iniciando salutaciones tímidas
a la primavera. Los perros barriobajeros, estirándose, bostezando y rascándose en las esquinas, se probaban el lomo
para las coyundas primaverales. Dos chicas susurraron elo-

gios a donde nacía la cola de un perrazo mastín con unas carlancas como el sol del purgatorio. Y pegada a la cal, recosía una vieja su falda bajera con la nariz pegada a la aguja.

Al final de la calle, las eras, con hierbas tiernas entre los cantillos rodados. Al fondo, al otro lado de la «estación vieja», el camposanto. Tras las tapias de cal vibrante asomaban las cruces más caras, los cipreses lentos y las espaldas de los peatones.

Desde la puerta del cementerio hasta la ermita de la Buena Muerte, el paseo de los Muertos, entre dos hileras de árboles tristísimos. Y al otro costado del paseo, las fábricas de alcohol con sus chimeneas y humos de vida, ajenos a la cercana muertería.

La señorita quedó mirando un momento hacia el cementerio. Todos esperamos como si fuera a decir algo. Pero no, de pronto se volvió hacia el otro lado y se puso la mano de visera, como buscando.

(Antoñito me dijo, imitando el palpala de la codorniz y señalando con los ojos la pechera de la señorita: «Chicastetas, chicastetas.»)

En medio de unas viñas antiguas había unos bombos negripardos. Viñas de liego, viejísimas, que asomaban sus cabezonas negras, atizonadas, hendidas, entre los grisantos pámpanos de varios años. La linde de la viña era un lomazo bien trepado de hierba nueva, con su miaja de amapolas y margaritas tempranas.

Allí nos sentamos en fila larga. Nuestras sombras quedaban a la espalda. Dijo la señorita que dibujásemos los bombos. «Son —dijo—, fijaros bien, como cerritos de piedra, pero huecos. Ved la puerta bajita por la que entran los labriegos para guarecerse de las inclemencias del tiempo.»

«(Labriego suena a espliego; gañán, a pan», dijo *el Coleóptero.*)

(Chicastetas. Chicastetas.)

—No hace falta dibujar todas las piedras superpuestas que forman el bombo, pero sí dar sensación de ellas con líneas más o menos imaginarias. Mirad.

Tomó un gran block y comenzó la señorita a hacer rayas muy de prisa.

Todos le hicimos corro.

—¿Veis? Ya está.

Y nos hacíamos lenguas de lo bien que estaba aquello.

—Así hay que hacerlo. Fijaros que los bombos son como galápagos grandotes, como bóvedas, como panzas.

—Sí, señorita; al final de la panza y la panceta, las mujeres fresón y los hombres corneta —dijo Antoñito en voz baja.

Y empezamos a dibujar. Y todos borrábamos mucho.

Y un niño hizo un bombo que cabía el cuaderno dentro, como una giba de camello.

Y otro, dos bombos pequeñines, como puntos.

Otro, preguntó si podía dibujar un perro.

Otro, un gañán saliendo del bombo.

Y Matilde, que si podía pintar a *la Canastera*.

Y todos se rieron mucho.


Corrió como un siseo confidencial entre los chicos que habíamos estado en el Colegio de Santo Tomás, antes de la Reina Madre, y todos los ojos fueron hacia un camino próximo. Venía don Bartolomé con el sombrero sobre las narices, las manos en los bolsillos del gabán azul y los negros zapatos puntiagudos. Parecía un paraguas semiabierto que avanzaba por el terrágueo. Un cuervo, una figura hecha de cagarrutas sobre las hierbas nuevas. Un exabrupto de la primavera, una mortaja desbandada. Un postrer excremento de muerto antiquísimo. (Debía traer la nariz morada y el colmillo amarillo.) Un intestino de bruja mal vestido. Un escroto de burro hecho figura.

—Toca madera —dijo uno.

—Llegó el juicio final.

Alguién avisó a la señorita, que continuó su trabajo sin hacer caso. El viejo daba vueltas como grajo a cierta

distancia de nuestro grupo. Andaba tropezando en piedras
y pisando margaritas. Se paró al fin. Alzaba el brazo. Algo
debía decir que se llevaba el viento. Se levantó el abrigo.
Un líquido brilló al sol. Volvió a levantar el brazo y vo-
cear. Y de pronto marchó casi corriendo, pisando los terre-
nos todavía húmedos, hacia el cementerio.

—Niños: cada cual a su dibujo.

Volvimos a solespones, cantando aquello de

> *El carbonero*
> *por las esquinas*
> *ve pregonando*
> *carbón de encina.*
> *Carbón de encina,*
> *cisco de roble,*
> *la confianza*
> *no está en los hombres.*

Un crepúsculo cárdeno, larguísimo y estrecho quedaba
allí, tras las altas chimeneas del alcohol.

# Las sandías

*A Eusebio García Luengo*

Con la primavera, llegaban las sandías de Valencia, caras, escasas y sin el sabrosón dulce de la tierra secana de nuestro pueblo. Eran sandías minoritarias y heráldicas. Sandías impopulares que la gente miraba casi con desprecio. En cuestión de sandías y melones siempre tuvimos un recio patriotismo. Todos los jugos de nuestra pobre tierra se virtuaban y conseguían máxima realización en el siempre impresionante —por su tamaño— fruto melonario.

La fiesta de las sandías, la gran inundación rosácea casi malva de las sandías despanzurradas, no ocurría hasta la llegada de las nuestras, de las grandes e incomparables sandías indígenas... Ya andado junio. Al filo mismo de las vacaciones. Las sandías y las vacaciones se esperaban, se apetecían, se soñaban juntas. La imagen de las vacaciones tenía el frésico color de las sandías; y las sandías eran la realización en figura imponente, verde y satinada de las vacaciones.

Cuando los calores apretaban y se abrían las ventanas de la clase y comenzaba la época de los galopantes repa-

sos; cuando las aulas olían a flor y a humanidad caliente;
cuando los escolares encerrados, atenazados por la vecindad de los exámenes pensábamos por vez primera en lo
hermoso que era el cielo, en los gritos de niños liberados
y callejeros que llegaban de lejos, y en los ladridos de
perros rabiosos, un día de esos llegaba algún niño corriendo sofocado, con los labios secos y los ojos brillantes y
nos decía:

—¡Ya hay sandías!

La noticia corría por todo el colegio, manchándolo de
pepitas negras, de grumos rosáceos, de medias lunas verdes, de gritos jubilosos. Y a la hora del recreo nos asomábamos a la puerta del «cole» y veíamos las mujeres que
venían de la plaza llevando bajo el brazo, apesadumbradas,
pero sonriendo, el inmenso fanal verde de la sandía... Las
que poseían cestas grandes, las llevaban dentro. Asomaban
bajo las tapas de la cesta de mimbre como cabezotas curiosas que querían otear la calle. Por la calzada se veían niños
comiendo rebanadas, la cara llena de refregones rojos.

—¡Ya hay sandías!

—Se acabó; nos escapamos del recreo. Es sábado y el
lunes ya no se acordará don Bartolomé. Hoy es la fiesta
de las sandías. Hay que avisar a casa para que lleven para
comer. Hay que probarlas. ¿Quién se viene conmigo?

Sólo formamos tres en torno a Salvadorcito, porque los
demás eran incapaces de comprender la poética y vital
arenga. Y sin más dilación salimos disparados por el portal
a la calle, en busca de la gran orgía de las sandías.

Desde siempre, los puestos de melones y sandías, que
son carros desenganchados apoyados sobre las varas, con
el montón de frutos delante, los colocan al principio de la
calle del Campo de Criptana. Junto al Juzgado y el Ayuntamiento, en la calle de los Muertos.

Llegamos los cuatro desbocados y vimos diez o doce
carros. La gente se agolpaba alrededor de los montones de
sandías. Los vendedores, jubilosos, voceaban, con la navaja en una mano y una sandía en la otra:

—¡A cata y cala!

—¡A perra chica el kilo!

—¡Han llegado las de Tomelloso!

—¡Mueran las de Valencia! —gritaba otro.

Las gentes señalaban en los puestos:

—Pésame ésa.

—Esta, ya verás, puro jarabe.

Cuando el melonero abría la sandía y salía bien roja, la enseñaba a todo el mundo, orgulloso. El sol hacía brillar casi como una luz aquella luna sangrienta. Las pepitas negras, húmedas, caían al suelo.

Los compradores tomaban entre sus manos las sandías amorosamente, sonriendo, como si fueran niños pesadotes, infladas sus carnes de jugos azucarados.

Como se parase una preñada ante el puesto que estábamos y mirase irresoluta la mercancía, el vendedor la voceó:

—¿Quieres otro?

La gente empezó a reírse y ella miraba a unos y a otros sin comprender. Por fin cayó en la cuenta, se puso colorada y marchó. Todos reían más.

Salvadorcito nos explicó el chiste que había hecho el melonero, y añadió que éramos tan tontos que creíamos que los niños venían de París.

—¡Sangre! ¡Sangre! —gritaba otro vendedor—. ¡Sangre fresquita! (Había metido la mano en la pulpa de una sandía aporreada y le caía el jugo cárdeno dedos abajo, entre los pelos negros de la muñeca.)

Sentados en el poyo de la acera, dos gitanillos descamisados comían vorazmente una sandía reventada que les había regalado un melonero. Hacían mil guarrerías, restregándose las cortezas por la cara, y sonreían. Las pepitas les caían sobre las camisillas rotas, sobre la carne cobriza.

Como un vendedor gordo viese a dos furcias morenas, con moño y vestidos de colorines y flores en la cabeza que iban comprando, les dijo:

—Venid a mi puesto, rosaledas. Esto sí que es carne fresca.

Ellas le hicieron un dengue. Y todos se rieron… Y Salvadorcito, que lo sabía todo, nos explicó lo de la carne seca y la carne fresca.

Por todas partes se veían ir y venir gentes con melones de agua. Algunos guardias municipales iban sonrientes con la primicia esférica entre las manos.

—Ahora la parten con el sable —dijo Marcelino.

—¡Qué va!, no ves que se oxidaría —respondió Salvadorcito, despreciativo.

Como entre todos juntábamos hasta un real, decidimos comprar una sandía al hombre gordo que dijo lo de la carne fresca.

—Pero no nos engañe usted —dijo Salvadorcito.

El hombre sonrió y buscó una verde clara con calvorota blanca.

—¿Esta? Es puro azúcar.

—Sólo tenemos un real.

—Vale.

—Partámosla en cuatro trozos.

La gente empezó a reírse.

El gordo partió la sandía en cuatro trozos con sólo dos tajos feroces y precisos.

—Cuatro corazones. Ahí tenéis.

Y llegaron a nuestras manos, casi temblorosas, aquellas cuatro lunas restallando reflejos rosáceos, crujientes, deslizándose las negras pepitas hasta el suelo.

Nos fuimos hasta el borde de la acera, más allá de los gitanillos, y empezamos a morder la primera sandía del año aquel, que se nos deshacía en la boca, nos chorreaba por los labios y las pepitas caían sobre el atadijo de libros que habíamos dejado en el suelo.

Y cada vez llegaba más gente a comprar sandías. Había corrido la noticia por el pueblo y venían de todas partes apresuradamente. Era buen año aquel. Las chachas, con las cestas. Las mujeres, enlutadas. Los gitanos. Los hombres viejos, con las blusas negras, husmeaban desconfiados. Los vendedores cada vez voceaban más.

Y por fin llegó y se plantó ante nosotros el padre de Antoñito, que era veterinario y tenía bigotes. Se plantó ante nosotros y empezó a mirarnos con cara de estar enfadado de mentirijillas. Llevaba un pantalón blanco con rayas negras, una chaqueta oscura y un sombrero de paja.

—¿Qué hacéis, barbianes?

Quedamos mirándole un poco asustados por si nos regañaba. Por fin habló Antoñito:

—Nos hemos escapado del colegio para comer sandía.

Y el señor veterinario empezó a reír escandalosamente.

—Pues, venga, comed, comed, hasta que os salgan pepitas por el ombligo.

Y reía más.

Y nosotros, jubilosos por su actitud, dábamos bocados desaforados a nuestras lunas de sangre.

Empezó a oírse una guitarra y la gente fue hacia allá. El veterinario miró con gesto despistado hacia el viejo que tocaba. A poco, una niña que había junto al viejo empezó a cantar con una voz muy aguda:

> *Marianita salió de paseo*
> *y al encuentro salió un militar,*
> *y le dijo vuélvase a su casa,*
> *que un peligro la puede matar.*

Conforme oía, el ceño del veterinario se fue frunciendo. Ya no nos hacía caso.

> *Marianita volvióse a su casa,*
> *y al momento se puso a pensar*
> *si Pedrosa la viera bordando*
> *la bandera de la libertad...*

—¡Uf! —gritó el señor veterinario—. República, republicanos... ¡Marianita Pineda de los...!

Y se volvió hacia nosotros con gesto furibundo y me miró a mí, que era de familia republicana (estoy seguro), y dijo:

—Os aseguro, niños, que como venga la República se acaba todo, hasta las sandías.

Y marchó con las manos atrás, disparado, entre la gente que se aglomeraba ante los puestos de melones, y ante el ciego y la niña.

# El Bugatti

Hacia media tarde oíamos lejano el intenso petardeo y salíamos corriendo a la puerta de la calle.

—¡El Bugatti!

—¡El Bugatti de Pablo!

Aquella tronata se acercaba, cruzaba por las cuatro esquinas como un relámpago amarillo, largo como un puro.

En la tarde de verano quedaba la peste de gasolina quemada, el humo denso que salía por el grueso tubo de escape y la polvareda, que parecía ir a la zaga del coche hasta el fin del pueblo.

Yo nunca había conseguido ver el Bugatti parado. Siempre fue la imagen fugaz del puro amarillo con una correa como el cinto de un hombre, ciñendo el capot.

Todos los demás que habían visto el Bugatti de cerca se hacían lenguas de sus hechuras:

«Tiene el volante tan grande como la rueda de una tartana.»

«Sólo caben dos, que van muy hondos.»

«Todo es motor.»

«Corre más que un avión.»

Los mayores decían que su dueño se había gastado media fortuna en el coche…, «total para matarse».

Y una tarde, cuando después de la siesta y merendados llegamos al patio de la fábrica del abuelo, nos quedamos clavados en el suelo por la impresión. Allí estaba el Bugatti amarillo, larguísimo, con su famosa correa terciada «para que no se saliese el motor si corría mucho», según Salvadorcito.

Cuando reaccionamos, echamos a correr hacia el auto. Jadeantes, nos detuvimos a cierta distancia.

«Mira cuántos relojitos tiene.» «Lleva fuera los frenos.» «¿Eh?, ¡qué gafas!»

Al cabo de un rato de cuchichear entre nosotros, prestamos oído a lo que hablaban Pablo, don Luis y papá.

(Por la cochera entreabierta se veía el pobre Ford, alto, torpe, doméstico.)

—Tendré que buscar un mecánico de Madrid, será lo más derecho —decía Pablo, mirando su auto con cara triste.

—Sí, porque aquí no entienden estos coches —añadió papá.

—Esto te lo arreglo yo en dos patadas —afirmó don Luis intentando abrir el capot, muy nervioso.

—Ya está Luis con sus cosas —dijo Pablo.

Abierto el capot, apareció el motor larguísimo, embadurnado de grasa.

Don Luis metía las gafas y la nariz, husmeando la avería, y con sus manos nerviosas tocaba por todos lados.

—Debe ser en la bomba de galosina —aventuró Pablo, mientras se coloba bien el lazo de la corbata blanca.

—Todo lo achacáis a la bomba de la gasolina —respondió don Luis, sin dejar de andar en el motor.

Cansados de mirar el auto y de oír a los mayores, nos fuimos a jugar a los porches. Olía a pino entre las sombras de la tarde. Y sentados sobre la pila más alta de madera, veíamos las estampas de Jesusín con mujeres desnudas muy gordas. Hablábamos en voz cada vez más baja. Luego nos repartimos las estampas.

Don Luis se había quitado la chaqueta y seguía enredando en el coche, casi sin ver. Papá y Pablo se habían ido. También marcharon los operarios después del toque de campana.

Jesusín se guardó todas las estampas y dijo de irnos. Pero Salvadorcito dijo que no. Que don Luis nos lo notaría todo. Y tumbados sobre los tirantes, medio adormilados, esperábamos que se fuese. De lejos llegaban voces confusas y el ruido de algún coche.

—Ya se tiene que marchar, que es de noche.

—¡Atiza! Si ha sacado la linterna.

Desde nuestro puesto se veía el ir y venir nervioso de la luz.

—Está guardando las herramientas.


Durante varios días, desde la mañana a la noche, don Luis aferruchaba en el auto, que había metido en el porche de enfrente del que olía a pino. De vez en cuando encendía un cigarro y se quedaba mirando su faena, con los brazos en jarras. Pero de pronto tiraba el cigarro a medias y volvía a inclinarse sobre el motor.

Papá, Pablo, el abuelo, el tío, o alguno de los que entraban y salían a la fábrica, se acercaban de vez en cuando por ver cómo iban los trabajos de don Luis .

Un día dijo Pablo al tío cuando salían: «Sería la primera cosa que arreglase en su vida.»


Aquella tarde, desde nuestro observatorio de las pilas de pinos de Soria, vimos que los obreros, al salir del taller, se reunían en grupo con papá, el abuelo, el tío y don Luis. Hablaban de los militares de Africa, de no sé qué levantamiento. Don Luis escuchaba sin dejar de mirar al Bugatti.

—Ha dicho la radio que ya movilizan las quintas —dijo uno.

—Se van a cargar la República.

—En este país siempre ganan las derechas.
—Eso ya lo veremos.


Como mamá no nos dejaba salir de casa, pasamos muchos días sin ir a la fábrica, pero nos asomábamos a la ventana del comedor de verano. Habían amanecido banderas rojas en todos los balcones y las contábamos y buscábamos cuáles eran las mayores y las más pequeñas. Las gentes, con los ojos recelosos, se asomaban a las puertas y miraban a uno y otro lado. Hacía mucho sofoco, pero no había sol. Desde casa se veía la plaza y la puerta del Ayuntamiento. A cada instante llegaban autos y hombres con escopetas y «monos».

—¡Dios mío! —gritó mamá, que estaba con nosotros tras la persiana.

Entre varios milicianos pasaban por delante de casa a don Luis, en mangas de camisa, lleno de tiznajos de grasa.

—Lo traen de la fábrica.
—Viene del Bugatti.


Cuando las cosas amainaron un poco y las banderas rojas de las ventanas se habían decolorado, volvimos por las tardes a la fábrica. En el porche estaba el Bugatti despanzurrado, el capot abierto y las herramientas por el suelo. En él hicimos nuestro escondite. Jugábamos a carreras; y al anochecer, allí veíamos las estampas de Jesusín... Fueron días maravillosos. Nadie se acordaba ni del Bugatti ni de nosotros. A veces sacábamos un mapa grande de carreteras y buscábamos Madrid.

Una de aquellas tardes, cuando estábamos más distraídos, se presentó don Luis muy pálido, y sin decir nada, empezó a remover otra vez en el motor del coche. Nosotros le mirábamos a ver cómo traía la cara un hombre que acababa de salir de la cárcel. Pero él ni nos hizo caso. Despacito, nos bajamos y marchamos a la pila de pino de Soria.

Pronto aparecieron papá, el abuelo y el tío, que lo abrazaron y hablaron un buen rato. Don Luis todo lo contaba como en chiste. Por fin desmayó la conversación y unos se volvieron al taller y don Luis se quedó junto al Bugatti.

Tuvimos que volver a la pila de pino de Soria a las anochecidas para ver las estampas de Jesusín. Todo parecía ya que estaba como antes para nosotros, aunque la gente cada vez hablaba más de la guerra. Hasta en nuestros juegos, algunas veces, salían nombres de políticos y militares o cantábamos himnos como si fuesen canciones de moda. *María de la O,* que fue la última canción que privó los días antes de la guerra, había quedado un poco descolocada por las músicas revolucionarias... Don Luis, sin perder tarde ni mañana, seguía reclinado sobre el Bugatti, cuyas ruedas estaban totalmente desinfladas (había quedado en zapatillas) y su color amarillo había perdido brillo. El polvo cubría la brillante tapicería de cuero y el salpicadero.

Cuando llegamos una tarde vimos gran animación en el patio. Varios milicianos estaban atando el Bugatti con una cuerda a la trasera del Ford. Don Luis, papá, el tío y el abuelo miraban hacer con los brazos cruzados. Pusieron el Ford en marcha, pero apenas podía tirar del Bugatti. Don Luis dijo que era porque estaban las ruedas desinfladas. Un miliciano intentó hincharlas, pero no sabía. Don Luis le quitó la bomba de la mano y las hinchó él. Terminó sudando. Luego todos se subieron en el Ford, menos uno, que tomó el volante del Bugatti.

El abuelo, como tímido, se acercó lloroso y le dio al Ford un beso en la toldilla.

Despacito, despacito, salieron del patio.

Don Luis se echó la chaqueta sobre los hombros y se miró las manos manchadas de grasa con un gesto escéptico. Luego de un silencio muy largo, durante el que todos estuvieron mirando por las portadas que habían salido los coches, don Luis dijo:

—No era la bomba de la gasolina.

El abuelo, papá y el tío se volvieron a la fábrica cabizbajos.

Don Luis, con las manos atrás y mirando al suelo, con el cigarro en la boca, marchó a su casa.


Luego nos dijeron que don Luis convenció a los del «Cuerpo de Tren» para que le dejasen arreglar el Bugatti.

# La guerra de los dos mil años

*Para mi hija Sonia. Tan nueva, tan lejana todavía de las extrañas cosas de este mundo, de esta guerra de los dos mil años.*

La vi pasar bajo la luz de un farol. El barrio viejo conserva faroles de traza antigua, ahora eléctricos. Faroles distanciados. Rodeados de un charco de luz redondo. Sale uno del charco y pisa cemento negro durante un largo espacio.

La vi cruzar bajo el farol, el charco amarillo de luz, y me pareció la estampa de un sueño muy repetido. Un escorzo familiar de mi magín, que desde mi infancia, vi descender muchas noches desde el techo de mi alcoba. Vi descender suavemente desde el techo blanco de mi alcoba, como suspendida de unos cordones, hasta posar blandamente sobre mí.

Primero su peso era leve, pero poco a poco iba macerando mis músculos, tapándome la boca y los ojos, oprimiéndome brutalmente mis vergüenzas, incrustándose por las rejas de mi esqueleto, hasta ser una cosa conmigo mismo. Entre los telones pardos del sueño la sentía navegar por mi sangre, caminar con calambres por los hilos de mis nervios, hasta quedar acoplada en mi cerebro como un nuevo tejido. Y besaba las telas suspirosas de mi corazón y cantaba suaves canciones desde las cavernas donde nace el eje duro, que a uno, a la vista de la gente, lo hace macho.

Así, enfundada en mí estaba hasta la prima mañana, teniéndome en vilo, meciéndome sobre las temblantes olas de su espasmo menudo y prieto.

Cuando faltaba poco para despertar, suavemente, iba saliéndose de mí su guante húmedo; escurriéndose la sentía irse como una sangría. Notaba cómo desenfundaba de las mías sus pestañas; su lengua. Cada cabello de su pelo de cada cabello del mío; y todos los rayos juntos de la luz de sus ojos de la celda entrevista de mis pupilas. Así debe sentir el que se muere la fuga de su vida. Al salir el cobijo de mi corazón y las cálidas nubes de sus pechos, me llegaba el fin de la madrugada.

La veía ascender de nuevo entre luces, apenas mostrándome otra cosa que su ondulado y desmayado escorzo, que su melena de gamuza mojada y el fúlgido brillo de sus muslos tatuados de aurora.

Pero la huida no era total, porque luego, durante muchas horas, ya de día, notaba en mi cerebro el eco de sus confusas palabras, de sus breves gritos... y la insistente y casi tétrica procesión de las imágenes que el beso de su cerebro me transmitía; que la cópula con su cerebro situaba en el mío. Como sueños con las cabezas cortadas, con los idiomas confundidos, con los ademanes cambiados de signo. Huellas de sueños, negativos de sueños, cabezas y colas de sensaciones... de sueños.

Si reconocí su escorzo al pasar sobre el charco amarillo la luz de un farol y me fui hacia él con cautela. Pero al salir del charco y entrar en el cemento negro, la perdí. Quedé parado mientras aguzaba la vista hacia todos lados, junto a la puerta antigua de un bar que tenía un farolillo rojo y un portero muy alto con uniforme verde y unos larguísimos reptiles dorados entre los hombros, que me miraba con los ojos muy abiertos como de vidrio. Y de la parte donde se abrochaba el pantalón le salía un anuncio luminoso que decía «Whisky girls».

De pronto vi que ella pasaba sobre el charco amarillo
de otro farol lejano, con su melena lacia y las manos en
los bolsillos del gabán. Fui corriendo hacia ella, pero había
vuelto a perderse. Y a pesar de la distancia recorrida volví
a hallarme en la puerta del «Whisky». Aquel extraño
escamoteo de la sombra de mi sueño bajo la luz de los
faroles, se repitió hasta cien veces. Y cuando la fatiga
me rendía, el portero de los reptiles dorados empezó a
rebuznar con tal ímpetu, que me tuve que refugiar en el
«Whisky» para que no me matase el dolor.

Pasé apoyándome en las paredes. Apenas había luz.
Entre una tiniebla grana oscura, alguna vez se veía el
brillo de una copa o de un zapato de charol. Alguien que
no pude distinguir, alzándome por las axilas, me llevó
hasta sentarme junto a una mesita pequeña.

Sonaba una música de *jazz* muy suave y rápida, cre-
ciente como la gimnasia de un espasmo muy intelectual.

Aquel ritmo corría por el suelo del bar como un hormiguillo; se subía por las piernas, se alzaba hasta detrás
de las orejas y producía una tranquila excitación que le
hacía a uno estar quieto, muy quieto, totalmente vacío el
cerebro, pero estremecido, agitado interiormente.

Acomodados los ojos a aquella tiniebla, empecé a vis-
lumbrar a los negros que tocaban, vibrándoles la cabeza
muy por menudo, cayéndoles unas babas azules; y los
ojos sin nube, como blancos tragaluces. Parecían todos en
cuclillas, soportando una paliza de finos látigos.

Los clientes, todos jóvenes, inmóviles, bebían lentamente, aspiraban los cigarrillos con una profundidad casi
mística, entornando los ojos. Alguna chica respiraba con
una dificultad mal disimulada.

Era la gran orgía quieta. Orgía de los nervios más menudos, de las glándulas más sutiles. Orgía inmóvil de las
telas del corazón y del cerebro.

Los camareros se escurrían silenciosos, como paños rojos
voladores, entre las mesas.

La pieza que tocaban los negros en cuclillas era inaca-
bable. Repetían la melodía, siempre con un breve matiz
nuevo, con vibraciones huidas y descabaladas.

Junto a mi mesa había otra completamente empotrada en un rincón. No me di cuenta que había alguien junto a ella, hasta que no se encendió la llamita de un mechero.

Era una mujer que encendía su pitillo. Fumaba despacio, con los ojos entornados y ambos brazos sobre la mesa. De vez en cuando tomaba un buen sorvo de whisky. Empecé a mirarla con insistencia aprovechando cada vez que chupaba del cigarro, única luz que permitía verla algo. No parecía participar del todo de aquella música que omnubilaba un poco. Tal vez la escuchaba como música de fondo de sus meditaciones.

Comprobé que en aquel lugar los lavabos estaban a la altura de la orquesta de negros. Y fue cuando aquella mujer que estaba junto a mí, sin haber dejado de tocar los negros, fue hacia allí. Y la reconocí en seguida por la manera de andar, de meterse las manos en los bolsillos, por el desmayo de la melena, por su aire de perro derrotado. Y sentí dentro de mí aquella extraña muerte-vida que mi cuerpo y mi imaginación alcanzaban en las noches en que ella me visitaba cayendo desde el techo de mi alcoba hasta encajarse en mi esqueleto.

Me levanté y fui tras ella. No pude evitar el quedar un momento observando a los negros de cerca, aquellos flejes vibratorios, flejes azules, color cuerda de reloj, totalmente música, lámina de música de fleje vibratorio, de fleje de coito sin fin, con babas azules, encías rojas, lenguas grises, y unos penes larguísimos, mansísimos, que les salían por debajo de la boca del pantalón y culebreaban bajo las mesas del local, bajo la alfombra que cubría el piso del local, bajo los pies de las mujeres y de los hombres, y luego, en apariencia dorada, se enroscaban entre las hombreras del portero.

La quietud, el silencio del auditorio, posiblemente obedecían a la sospecha de que se está pisando algo misterioso que respira al son de una música oradante, música que mansturba cabello a cabello.

Entré en el lavabo y vi a la chica ante el espejo, retocándose los labios con un pincel fino. Me recibió como siempre, con un «hola» opaco.

Luego: «en seguida termino».

Guardó por fin el pincel en el bolsillo de mano y salió delante, pero no por la puerta que daba al lugar de la orquesta, sino por otra que conducía a un pasillo estrecho.

Me hizo una seña para que la siguiera hasta el cementerio capitoné.

Por el pasillo hubo un momento en que ella se sintió mareada. Apoyó la cabeza en la pared y quedó con la boca entreabierta. Los ojos húmedos. Las manos extendidas como crucificada. No supe qué hacer.

Pasaron unos gatos fosforescentes que la miraron bajo la falda y siguieron su camino.

Pronunció ella unas palabras confusas y blandas que hablaban de su mente, del extraño carrusel de su cerebro; del texto de la Biblia que llevaba clavado en el espinazo con la primera comunión.

Luego, de pronto, sacudió la cabeza, se apoyó en mi brazo y seguimos. Llevaba la boca blanda, babeando como de besos y palabras oscuras; babeando entre mordiscos y evocaciones de su historia biológica.

Y andaba colocando los pies con cuidado; tal vez temía, todavía, pisar los *falos* de los negros que quedaron fuera culebreando bajo las alfombras rojas disparadas desde la orquesta a la barra del fondo.

## 2. El cemento capitoné

Al término del pasillo había un rellano oscuro. Ella llamó al timbre de una de las puertas. Se iluminó una mirilla. Un ojo grandísimo, abultado, de párpado inmóvil nos miraba con prolongada fijeza. Ella —no sé por qué— tardó bastante tiempo en decir, en voz muy baja, que abrieran. Sonó un carillón dulce y prolongado y por fin abrieron la puerta de manera muy tasada, para poder entrar de uno en uno.

En seguida tuve la impresión de que en sitios como aquél había estado en muchas noches inquietas. La que asomó por la mirilla, que llevaba una cofia amarilla y todos los dedos enfundados en gomas profilácticas, nos condujo a un gabinete de tapicerías moradas y muebles de madera amarilla. Nos rogó sentarnos en un canapé en forma de caracol. Ella miraba con aire aburrido. Sacó otro pitillo.

Yo contemplaba en el espejo frontero y negro nuestras siluetas que parecían situadas en el fondo de un corredor largo y mal iluminado.

Todo, y cada vez más, daba la sensación de que iba a quedarse en tinieblas de un momento a otro; pero siempre, en el último instante, aquella luz sucia parecía agarrarse a los muebles amarillos y tornaba a tomar aliento.

Por fin entró la encargada de la cofia amarilla y empezó a presentarnos chicas.

«Señorita Lolita. Señorita Cromañón. Señorita Kurvaleta. Señorita Rasputín.»

Entraban las chicas con sus pequeños girasoles de trapo sobre los pechos y las cabezas inclinadas como intentando oír unas voces próximas. Yo también hice oído y conseguí percibir palabras sordas y confusas que no musitaban las bocas de las caras de las chicas, sino las bocas de sus sexos. Y comprendía que decían frases ingeniosas, aunque no las entendía del todo, porque las mismas chicas se medio reían de las cosas que decían sus vergüenzas.

Cuando estuvieron todas, se quedaron quietas, exhibiéndose, y al acabarse las presentaciones el silencio fue mayor y el roce sordo de aquellas bajas palabras resultó más perceptible, aunque no más inteligible. Cierto que las chicas habían dejado de prestar atención a aquellas sovoces y esperaban mi elección simulando coquetería.

Ella me dio con el codo apremiándome para que eligiera una muy alta, un poco viril, que llevaba los muslos tatuados con algas y pies entrelazados. Su boca de labios finos se perdía en volutas indefinidas, de cuando en cuando visitadas por una lengua vibrante.

En seguida noté que las bocas de sus compañeras siseaban en son de protesta y envidia. Las chicas desechadas se salieron rápidas mostrando sus traseros parlantes. La morena elegida y tatuada me extendió la mano invitándome a levantarme del asiento.

Echamos a andar hacia el interior de la casa y ella nos seguía con aire desilusionado.

Entramos en una habitación casi suntuosa, pero con poca luz según es costumbre. Ella se coló en el interior, antes de que la tatuada pudiera cerrar la puerta. La tatuada creyó comprender y rubricó con su sonrisa. Pero ella sin hacer caso se limitó a hacerme una señal para que me fijase en las paredes de la alcoba.

Miré con atención y vi que todas estaban como tapizadas con capitoné, quiero decir con bultos y entrantes que en apariencia formaban una gama de rosas. Pero a simple vista no podía distinguir bien los leves dibujos que conformaban aquel capitoné irregular. Ella encendió unas luces centrales y todo quedó un poco más claro. La tatuada, con aire indiferente, había entrado en el cuarto de baño y se le oía chapotear y cantar.

Ella empezó a señalarme algo con el dedo sobre las paredes y a veces doblaba la cabeza para poder seguir mejor con la vista los contornos del dibujo de la tapicería.

Y comprobé en seguida que aquellos capitonés realmente formaban relieves de cuerpos humanos, de mujeres desnudas. Algunos parecían cuerpos frescos, recientemente incrustados. Otros, negros y apergaminados; incluso se adivinaban esqueletos mondos, pero que de algún modo conservaban huella de su oficio prostibulario. Eran muchos cuerpos cuidadosamente incrustados unos junto a otros sin dejar resquicio. Ella me indicaba con el dedo el perfil de cada uno. De los vientres, de los pechos, de las piernas. Cada pared era un macizo de prostitutas de varias épocas.

«Esta casa fue fundada en 1914, dijo la tatuada, entre su ruido de aguas.»

En el cabello de cada una, generalmente suelto, figuraba unos dibujos complicados y orográficos que hacían difícil seguir con la vista la línea de cada cuerpo. Pero así que conseguía uno aislar una figura, las demás quedaban más claras. Se apreciaban incluso las uñas y los labios pintados, lunares falsos, cabellos teñidos y manchas cárdenas en muchas partes. Las había con moño, con melenas a lo *garçon* y con todos los estilos de peinado que deformaron la cabeza femenina durante cincuenta años. Algunas tenían los brazos cruzados sobre el pecho, como con pudor. Otras sobre el sexo; o los brazos en alto, desperezándose, librándose de la vida, descansando al llegar al recibidor rel reposo.

El espacio estaba aprovechado hasta el máximo, ni un resquicio de fondo quedaba sin miembro o relieve. Ella me señaló particularmente un cuerpo cruzado por una larguísima cicatriz roja, que iba desde la yugular al vientre. Debía ser una mujer corpulenta, de gesto airado, con las narices muy abiertas y las manos enclavijadas al aire, como una danzarina frenética. «Esa fue Maruja la Ranchera— dijo detrás de nosotros la tatuada, desnuda con el cigarrillo en la boca y gesto de aburrimiento—. Murió en este cuarto apuñalada por su amigo. Era la encargada del *meblé* en aquel tiempo. Fue famosa cantando flamenco por lo bajini, pero tenía un genio de macho. Muchos hombres la temían.»

«Esa otra —dijo señalando a un rincón— es Conchita, la Mulata, que murió en la guerra.»

Se la veía de pie con las manos en la cabeza y un gesto de terror. Tenía la piel cobriza, los pechos breves y las piernas larguísimas.

Ella, de pronto, empezó a hacer oído como si llegaran ruidos lejanos. Yo la imité. La tatuada, al notarlo, enfurecida al parecer, se entró corriendo en el cuarto de baño y soltó todos los grifos. Y percibí un rumor como de voces apagadas, confusas, en coro sordo. Parecían monólogos de todas aquellas figuras incrustadas. Monólogos monótonos, como recitados muy sabidos. No se les veía mover los labios, pero se sabía muy bien de quién era cada voz. En seguida me di cuenta que «contaban su vida» de la manera imaginativa y melodramática que suelen hacerlo a su clientela: «Me quedé embarazada de mi novio cuando tenía dieciocho años. Mi padre me echó de casa. Me fui a la casa de la Paloma en Granada. Trabajábamos sólo por la comida.» Todas parecían tener la misma historia, con muy breves variantes. Algunas canturreaban con monotonía una canción frívola. Otras cantaban así como nanas de música y letra descoloridas.

Ella hacía oído de una en otra. Yo me cansé en seguida, porque el tono de aquellos monólogos subía y resultaba ya un poco mareante.

Entré en el cuarto de baño con la tatuada. Y vi que sentada sobre algo blanco son lloraba cubriéndose la cara

con las manos. Y de vez en cuando decía frases sueltas
que también formaban parte de la historia de su vida:
«A los dieciocho años me dejó el novio embarazada. Tengo
una niña muy mona.»

Entró ella con las manos en los oídos. Parecía que el
coro de las incrustadas ya era ensordecedor. Y empezó
a mirar al baño con atención a la luz de su mechero. Me
llamó en seguida. Y vi, al fijarme, que todo el baño tenía
también estampadas imágenes de mujeres desnudas. Que
también estaba hecho de mujeres.

Al observarnos, la tatuada se levantó como enloquecida
y empezó a enseñarnos todos los objetos del baño. Las
paredes, las toallas, el suelo y el techo estaban decorados
con pinturas de mujeres desnudas que poco a poco iban
tomando corporeidad.

Y nos quedamos sin saber por dónde andar ni dónde
tocar, porque por todos sitios había cuerpos desnudos en
bajo relieve que musitaban la historia de su vida.

La tatuada, que no pareció dar gran importancia a los
capitonés del dormitorio, ahora lo miraba todo con obsesión. Y quitó las sábanas de la cama y las puso al trasluz
y vio que estaban las mismas imágenes, el mismo tejido
macerado y explotado. Y todo cobraba cada vez más y más
sonido.

Y la tatuada iba de un lugar a otro con los ojos muy
abiertos, haciendo oído, sintiendo espantada la revelación
unánime.

Y luego salió de la habitación y desnuda caminaba por
los pasillos, llamando en todos los cuartos y dando voces;
unas voces patéticas. Y dejaban todas sus ocupaciones por
ver qué ocurría. Y la tatuada enseñaba obsesa las figuras
tan repetidas de las viejas camaradas que encontraba en
todas las paredes de la casa, en las colchas de las camas,
en los vasos de noche.

Y todos y todas miraban asombrados y escuchaban el
clamor coreado de la relación de «sus vidas». Que al
cobrar todo luz y sonido se veía y escuchaba cómo aquella
fábrica estaba hecha con carne de mujer descarriada.

La luminosidad llegó a ser muy intensa y todos y todas corrían enloquecidos entre luces y voces por aquel purgatorio, sin descanso.

La dueña, con collares de perlas, procuraba inútilmente tapar con su cuerpo aquella aparición de sus esclavas muertas. Y puso el gran tocadiscos, pero todo fue inútil.

Ella me sacó a la calle y desde ella el *meblé* de cinco pisos se veía como un gran fanal decorado con figuras luminosas. Las gentes se detenían ante aquel translúcido cementerio de putas antiguas. Algunos se persignaban, y otros, en medio del susto, señalaban la que fue su compañera en alguna ocasión.

Había una, «la Solapas», muy gorda, que duró mucho y fue calentísima en el trabajo, que aparecía en todos los sitios. Con su cuerpo había capitoneado grandísima parte del inmueble.

Me subió ella a una alta terraza donde llegaba el aire más limpio y empezó a señalarme cómo todas las casas de la ciudad se encendían y mostraban que todos sus muros estaban hechos con cuerpos incrustados de hombres y mujeres que relataban biografías parecidas. Ante aquella unanimidad del fenómeno, la dueña del *meblé* pareció aliviada y salió a la puerta de la calle tomándose una naranjada; y sonriendo señalaba las casas de la vecindad para que vieran que todo estaba hecho con material muy parejo.

Las gentes iban y venían alucinadas, como entre un incendio general, reconociendo a los incrustados, comentando sus caprichosas posturas. Se diferenciaban las figuras de las demás casas de las del *meblé* en que casi todas eran de hombres y mujeres vestidos. Hombres y mujeres vestidos modestamente que fumaban tabaco barato y tenían las caras rojas por el sudor y el esfuerzo. En las casas antiguas y palacios aparecían siluetas de hombres antiquísimos con trajes de época. Ni una sola piedra de la ciudad quedaba exenta de tan mágicas transparencias humanas.

Y hasta las doce de la noche no cambió el fenómeno. Entonces, además de las casas, muchas señoras y señores empezaron a notarse así como dibujos en la piel, a manera de tatuajes, que también representaban hombres y mu-

jeres modestos. Y todos se miraban y remiraban aquellas
presencias epidérmicas. Se desvestían para verse hasta
dónde les llegaban aquellos repentinos tatuajes, que no
perdonaban la tela del traje, el cuero de los zapatos, los
relojes de pulsera y los pendientes de las damas.

Y hacia las doce y media de la noche todos los tatuajes
de todas las cosas del mundo se iluminaron y empezaron
a contar su vida.

Y se veía a cada tatuado huyendo de sí mismo, y de las
cosas de su propiedad porque todas eran de carne; sepultura de almas y de cuerpos. Porque cada uno de ellos era
sepultura de muchas criaturas.

Y hacia la una todos los tatuados echaron a correr por
los desmontes de la ciudad hacia el campo como teas encendidas.

Y sólo quedaron en la ciudad hombres y mujeres oscuros, sin tatuajes, los que vivían de sí mismos, los que
vivían de sus manos, los que se prestaban y se vendían
para construir aquellas moles y cuerpos de los poderosos.

En los montes más altos de los linderos de la ciudad se
agruparon todos los iluminados y parecían cantar himnos
penitentes...

Los oscuros seguían por la ciudad viendo el espectáculo
con ojos melancólicos, reconociendo a sus padres y deudos
enterrados en los cuerpos de los grandes, en los edificios
y trajes de los grandes. Veían que toda su generación
había servido para alimentar grandes, para confortar grandes. Que eran de una raza inferior asimilable, de una triste
raza que sirve para alimentar a los orondos de todos los
tiempos.

Y se concentraban en grandes plazas y oían a algunos
oradores que decían discursos opacos, discursos de justicia,
discursos condenados a ser callados en seguida, no sabíamos cómo.

Los himnos que cantaban los encendidos en la colina
eran hipócritas, eran falsamente penitentes. Ella me dijo
que eran de aviso, de comunicación con los encendidos
de todo el mundo, con los antropófagos de todo el mundo.

Y en seguida me señaló a los grandes camiones de las bombas brillantes, que a toda marcha, como coches de bomberos niquelados, llegaban de todo el mundo hacia la colina donde estaban los iluminados, los grandes devoradores. Subían limpios los camiones niquelados tocando sus finas sirenas. Con su bomba llena de luz y de energía.

Y al verlos, los cantos de los iluminados se trocaron de pronto en cantos de júbilo, cantos de champaña, de puros humeantes y de muebles barrocos. Cantos de nuevos títulos nobiliarios y de derechos de toda la vida. Cantos que elogiaban la mantilla española y el rosario en familia. El santo rosario en familia. El santo y sacro rosario en santa y sacra familia de pura raigambre española.

Y de pronto hubo un estallido de campanas allá arriba, de cohetes, de palomas del espíritu santo, de palomas del orden, de la paz y de la justicia. De músicas triunfales gregorianas y militares escritas en los parches de los tambores de Felipe II y sobre las alas de sus compases, con el gesto tenso, los hombres iluminados que estaban en la colina, iniciaron el descenso a la ciudad bien guardados detrás de los grandes camiones niquelados, cuya luz apagaba todas las demás.

Y al ver la gloriosa caravana que bajaba ungida con todas las glorias y poderes del mundo, los hombres oscuros, sin luces en el cuerpo, que quedaron en la ciudad, comenzaron a deshacer sus modestos grupos, y, con la cabeza baja, lentamente se incorporaban a sus viejos, antiguos, históricos puestos de trabajo. Se incorporaban con la espalda desnuda para recibir el sello renovado de su raza sin himnos, ni grandezas, ni complutense, ni Reyes Católicos.

Y los camiones niquelados con la gran bomba entraron por las calles desiertas seguidos de los «iluminados», contentísimos, que se instalaban en las terrazas de los cafés, de los viejos casinos nacionales.

Y sacaban papeles, y planos y números para levantar nuevas torres y casas y alcázares. Y los capataces empezaron a sacar «oscuros» de sus casas y a ponerles instrumentos de trabajo en las manos, citándoles al divino San José como modelo.

Los camiones de la bomba estaban parados en la plaza, rascando sus níqueles con rayos de luz. E «iluminados» de todo el mundo llegaban en peregrinación para acariciarles la panza salvadora.

Volvimos a la casa del tapizado capitoné y ya estaba todo normal. Se habían apagado todas las transparencias. Los capitonés eran de seda sin figuras y las chicas trabajaban a toda marcha con hombres iluminados que entraban y salían.

La dueña, con más collares, merendaba pechitos breves que le servían en una bandeja. Con la mano libre acariciaba la maqueta de un camión niquelado con su bomba azul brillante que tenía sobre la mesa.

\* \* \*

Cuando todo volvió a su orden tradicional, todos consideraron que ya no era necesaria la presencia de los camiones. Y se preparó la gran despedida. Y ella, que era amiga de uno de los chóferes de los camiones niquelados, me propuso que nos fuésemos con ellos. Dije que bueno.

Por el camino pasaban muchos coches planos, anchos, de colores suaves, cargados de mujeres briosas y risueñas. Vestían trajes ligeros, sombreros de paja y pañuelos de colores vivos que flameaban al aire. Llevaban gafas ahumadas muy anchas. Algunas iban sentadas en el capot.

Había coches descapotables. Y sobre ellos hacían tertulia, bebían whisky, fumaban, sin dejar visibilidad a la que conducía, que voceaba enloquecida soltando el volante y mesándose la cabellera. Otras llevaban tocadiscos sobre el capot, e incluso bailaban de pie a su son. Era una caravana ensordecedora y prietísima, fulgente al sol de aquel día vibrante.

No se veía hombre alguno. En la rotonda donde confluían las cinco grandes carreteras del mundo, los coches formaban un carrusel inextricable.

Luego de varias vueltas, los miles de coches desembocaban en una carretera anchísima, de cien bandas, que parecía hecha de un cristal azul limpísimo. Esta caravana no se acaba nunca.

De vez en cuando se veía pasar un camión niquelado, único tripulado por hombres, que a todas partes llevaban la gran bomba. Los hombres que conducían uno, pararon y como dije nos hicieron lado a ella y a mí en la magnífica cabina llena de botones, resortes preciosos y luces intermitentes. Detrás se veía la bomba como una ballena fulgurante. No obstante el peligro de la carga, el camión iba a mucha velocidad, y todos sus tripulantes, según la costumbre, no despegaban los labios ni hacían otro ademán que mirarse el reloj que llevaban prendido sobre el pecho.

Luego de una hora de carretera, llegamos, entre selvas de coches aparcados por las colinas circundantes, sobre las siembras y maizales, sobre los ríos y las fábricas, a la gran pista donde se celebraba el acoso olímpico.

Todas las gradas —infinitas, largas— estaban abarrotadas de las mujeres que llegaron en los coches, que llegaban incesantemente. Mujeres casi todas guapas, de breves pechos y largos muslos que se movían nerviosas, comían bananas, bebían y fumaban sin cesar.

De sus bolsos de mano, grandísimos, sacaban objetos y volvían a entrarlos. Se pintaban los labios y los ojos. Sacaban la lengua. Ante los espejitos, se depilaban con pinzas crueles todos los rincones vellosos de su cuerpo y enseñaban mucho la dentadura de reír. Todas hablaban sin cesar. Y su conjunto formaba un oleaje nervioso, de olas cortas y saltantes, de movimientos breves y rápidos, de botes medidos. Entre las dos gradas frontales y altísimas, había una pista de arena muy ancha con grandes focos que se encenderían en el momento oportuno.

No pudimos enterarnos de la clase de *sport* que iba a cultivarse en aquella estrada, ya que nuestros acompañantes, los chóferes del camón niquelado, no hacían comentarios y aguardaban con una especie de aburrimiento. Podía pensarse en un desfile de modelos.

Tampoco aquellas masas de mujeres en pantalones o bikini parecían impacientarse porque la pista siguiese vacía tanto rato. Sin duda estaba prevista la hora del espectáculo y nadie pedía anticipos. Si observamos, que entre aquella turba de mujeres, casi todas jóvenes, dominaba gran democracia y camaradería. Las había de pelaje postinero y adinerado, aunque en traje de *sport;* y las había de medios pelos. Todas en buena armonía. Las modestas se comían con los ojos a las más finas; y éstas, entre ellas, hacían lo propio. Todas entre sí se constituían en espectáculo. Y realmente todas parecían unas, por lo que se movían, hablaban, fumaban, bebían, echaban humo y hacían pis en unas bolsitas de plástico.

Observaba yo de las mujeres que, vistas una a una, suelen resultar un espectáculo agradable; en aquel bloque millonario, formaban un hervidero desbaratado, de dinámica nerviosa y corta, vaivén continuo de cabelleras, bocas incansables y bomboneras, o culos zigzagueantes y risas de chirrido.

Por fin se encendieron los focos y una señora muy grande y musculosa anunció por el micrófono, con aire poco entusiasmado, que comenzaba la «competición».

Sonó un disparo. Las damas espectadoras en seguida reaccionaron, sacaron sus gemelos de carreras y comenzaron a seguir el acoso con cierto interés nada más.

Sobre la pista apareció una gran multitud de hombres que pasaban corriendo a paso gimnástico. Todos, de las más variadas edades, aparecían bien peinados y arregladitos, cada cual de acuerdo con su condición social, o por mejor decir, económica. Avanzaban, sonrientes, al menos al principio, a paso gimnástico. Parecía una carrera tranquila y muy política.

Casi todos sonreían y saludaban con gran corrección a los compañeros de pista que iban a su altura. También sonreían hacia las tribunas y gradas a sus mujeres que los miraban. Formaban una masa cada vez más apretada y tomaban la lejana y suave curva de la pista formando una masa de monótonos tonos grises y azules.

Durante una hora o poco más no acurrieron grandes novedades. Ante nuestros ojos, caballeros y más caballeros trotones, con sus zapatos bien lustrados y las corbatas al viento.

Pero poco a poco, aquella millonaria competencia empezó a relajar su compostura y perfil. Algunos corredores se aflojaban las corbatas, se limpiaban el sudor, ponían zancadillas a sus vecinos, se les veía seguir con especial furia al que iba más ligero. Se daban codazos y bofetadas sin disimulo, y de vez en cuando se armaban oscuros torbellinos, cerros espesos de hombres, que por equipos se mamporreaban entre sí y salían como podían.

A medida que se accidentaba la carrera, algunas señoras del graderío parecían alterarse un poco, aunque las más, aburridas, dejaban de mirar y se dedicaban a jugar a la canasta, a pintarse las uñas o a murmurar de las vecinas. Y murmuraban moviendo mucho la lengua y alucinando los ojos.

Pero alguna que otra se exaltaba demasiado, sobre todo si veía que su hombre flaqueaba. Y era de ver cómo los azuzaba: «¡Hala, Tomy!» (y entre sí: «Este desgraciado impotente que no vale lo que calza»). «¡Hala, Tomy»! O «¡Duro, Pierre!» («fracasado maldito que nunca dejarás de ser un oficinista de casa. ¡Qué ciega estuve yo en casarme con este bragazas y no con aquel fabricante de lubricantes!»). «¡Arrea, Iovani!» ¡Eres el más grande! ¡Esto es un hombre, aunque ronque de noche!» «¡No seas blando, Julio, y dale a ese capón en la cresta, que no te alcanza a un tobillo!» «¡Arrea, engendrador de rubios que tienes cintura de torero!» «¡Tomás, tuércele el cuello y tráemelo a mi halda!» «¡Ése te quiere perder por envidia!»

Algunas de estas damas, de pronto, suspendían su conversación y juego de canastas. Se ponían enormemente serias y quedaban mirando fijamente a uno de los que bregaban en la pista. Lo miraban vibrándoles las aletas de la nariz y con gesto reconcentrado como si pensaran en algo muy grave. Esta imagen se repetía mucho. Después de un rato de semejante meditación, la señora, sin oír consideraciones interiores ni públicas, se lanzaba gradas abajo a toda velocidad y cuando el hombre elegido iba a pasar ante ella, daba un salto a la pista, se bajaba los pantalones casi a manotazos, y tomándolo del cuello, lo detenía en su carrera y se lo copulaba ferozmente sobre la arena.

Los demás seguían en la brega y pasaban al lado de los copuladores sin apenas enterarse. Tampoco en la tribuna se apreciaba gran turbación. Cuando acababa la lucha amorosa, el caballero, más fatigado y disneico que antes, se recomponía como podía sus ropas y reiniciaba la marcha con intención de volver a ponerse en el lugar que tenía. La dama, muy seria, ordenándose el pelo y sin mirar a nadie, con aire de deportista levemente fatigada, volvía a saltar el graderío entre las más diversas actitudes de las demás mujeres. Algunas, las más, le daban una palmadita en la espalda y le decían: ¡Bravo, Juli! Otras la miraban con odio y resentimiento moral. Otras parecían no haberse enterado de nada.

Si se fijaba uno, veía que después que se lanzaba una mujer a la pista para la operación fornicativa, en seguida la imitaban muchas más. A partir de ese momento era muy frecuente ver repetirse la operación. Y en general, cosa curiosa, las segundas en el descenso procuraban copularse al que ya se había copulado alguna otra.

A medida que pasaban las horas el espectáculo era más pintoresco. La lucha de los hombres se agudizaba. De vez en cuando alguno caía muerto o mal enfermo por la fatiga o el infarto de miocardio. Se les veía desplomarse en la liza y retorcerse arrancándose las ropas.

En seguida salían enfermeras pulcrísimas que lo aupaban en una camilla y marchaban con él por puertas especiales. La esposa o aparcera del caído, una vez cerciorada de la baja, recogía sus bártulos con precipitación, tiraba la colilla del cigarro, suspendía la canasta o dejaba el whisky, y diciendo: «¡Qué mala pata!» «¡Qué fastidio!» o «¡Por fin la diñaste, desgraciado!» y marchaba a hacerse cargo de su víctima.

Hacia las cuatro o cinco horas de carrera, sonó una sirena agudísima y todos los corredores quedaron clavados en el sitio que les tomó el aviso. Se sentaban en el suelo bastante maltratados y sudorosos, y con toda precipitación salían miles de enfermeras con bandejas cargadas de platos fríos e insípidos que los pobres engullían a lo perro, mientras con la mirada turbia, y sin dejar de masticar, buscaban con los ojos a sus mujeres, que desde su sitio del graderío les hacían cucamonas. O les enseñaban el modelo de un figurín, la fotografía de un coche o de un lugar de veraneo.

Al cabo de un buen rato pudimos observar algunos casos no frecuentes, pero apreciables, de hombres que permanecían en el graderío, acurrucados entre las piernas de una mujer, y más o menos disimulados o malcubiertos con un echarpe o blusa. Las mujeres que así hacían, como cluecas, daban almendras a sus pollitos, les encendían cigarrillos, les pasaban la mano por el flequillo o les acariciaban el pelo del pecho, mientras con la otra saludaban al marido que jadeaba sobre la arena.

Detrás de las gradas, colgados del techo, había unos altos trapecios color de rosa que se balanceaban constantemente. Y se oían grititos confusos e insultos refinados. Sobre ellos había hombres de gesto melindroso y cabellos huecos; movimientos suaves y sostenes vanos, de palabras engañosas y lenguas viperinas, que saltaban de trapecio en trapecio, muchos de ellos vestidos con mallas muy ceñidas color salmón. Las mujeres apenas se volvían a verlos y si lo hacían se reían mucho. Estaban allí al margen de todo y dando consejos a voces a las mujeres.

Pronto volvió a tocar la sirena. Todos los hombres tiraron el plato y se reanudó la carrera, aunque bien es verdad que de manera muy desastrosa. Los empujones y bofetadas eran más frecuentes. Las zancadillas, líos, corros, víctimas, copulados, narices sangrientas, trajes destrozados, zapatos fuera, vómitos y sobre todo sudor estaban a la orden de cada minuto. El ánimo de las señoras también se irritaba más si veían que su hombre no corría lo debido; y les tiraban zapatos e intensificaban sus arrebatos. «¡Anda, desgraciao, que eres un desgraciao!» «¡Y como sigas así y sin darme en la cama lo que mi cama pide te vas a ir a la rica!» «¡Arréale fuerte que es rojo! ¡Que es negro! ¡Que es judío! ¡Que es fascita! ¡Que es un explotador! ¡Que es un pobre diablo! ¡Que es un ladrón! ¡Que es un intransigente! ¡Que se la santigua para mear! ¡Que no va a misa! ¡Que es un ordinario! ¡Que es un crítico! ¡Cómo vas a poder si tú no puedes nada so gallina, si eres igual que tu madre!»

Los así tratados volvían la cabeza hacia sus mujeres, sin dejar de correr, cobrar o pegar, y miraban con cierta sorpresa vidriosa, pero pronto se olvidaban del aviso y seguían la refriega. Algunos quedaban en calzoncillos por tanta furia, y trabajo, y otros hasta sin eso.

A última hora la pista ya no era de carreras, sino un circo cansado. Todo eran intentos de pegar no conseguidos, saltos en el vacío, grupos informes que mutilaban a un gordo. Viajes y viajes de enfermeras sacando cadáveres y heridos y sobre todo un vocerío ensordecedor. Había desaparecido aquella primera compostura y aseo y todos eran sombras de su amanecida.

Cuando acabado el acoso sonó la sirena final, los supervivientes de la jornada subieron por escaleras portátiles a las graderías en busca de sus mujeres. Algunos no las encontraban tan aína, porque habían desaparecido o se habían equivocado de hombre. Otras habían marchado. También ocurría que algunos se encontraban retenidos en su camino por mujer ajena, que se lo fornicaba en un par de saltos y luego lo soltaba con los bolsos vacíos y las ojeras de terciopelo. Cada cual al llegar junto a su mujer le daba un beso en la frente y el dinero que había cobrado por la jornada. Se duchaban y arreglaban un poco, tomaban una sopa caliente y se echaban a dormir, aunque muchos de ellos, antes de tumbarse del todo, eran fornicados por su mujer de manera consciente y machacona. Estos últimos trámites quedaban resueltos en media hora.

Después se hacía el oscuro total sobre las gradas, quedando sólo iluminada la pista, de pronto convertida en mercado universal, al que ascendían todas las damas a comprar las cosas que veían pintadas en las revistas o a sentarse vestidas de noche en unos cafés oscuros, con cenas y licores, para charlar con las amigas y luego seguir la partida de canasta que dejaron interrumpida en las gradas.

Todas llegaban cargadas de paquetes y cajas que desenvolvían ante los ojos de las amigas con mohínes expresivos de envidia, hipocresía o júbilo.

En las gradas se oía, como un concierto de violines, el ronquido de todos los varones en pijama.

Y detrás, en los trapecios rosas, todavía iluminados, los niñatos saltaban como monicacos dando gritos y agarrándose a los omóplatos, con los flequillos caídos y algunos con camisones de señora.

Desde una cucaña altísima ella y yo mirábamos el panorama. Los pobres hombres durmiendo sobre los graderíos. En el centro de la pista, las mujeres comprando, gastando, luciendo, enseñándose perros, cardenales del brazo, pecho con brocaduras, pelos postizos, coños que ladraban, neurastenias metidas en estuchitos, sueños de mamá y papa.

Al sur, los trapecios de los mariquillas que volatineaban bajo los reflectores. Al norte el bosque de las cunas. Al suroeste la calle de los viejos; y en la gran gleba, el resultado de todo aquello: Montones gigantescos de vestidos viejos, prendas interiores agujereadas, bolsos de señora vacíos, ligueros flojos, bidets rotos, medias anegadas de bisutería oxidada. Casquillos de tubos de carmín. Cajones llenos de bolsos vacíos. Bigudíes. Carteritas. Compresas. Televisores que bizqueaban. Tocadiscos que sonaban al revés. Ollas sin presión.

Yo veía todo aquello reflejado en los enormes ojos de ella, entre rejerías de coches desguazados. «Sí, míralo bien, decía ella, por esto trabajáis los hombres.» «Esto es la razón de las vidas. ¡Alégrate! Hay neveras que han costado una vida. Y coches cambiables por un infarto de miocardio.»

—¿No será que mandáis las mujeres y por eso estos fungibles son tan blandos?

Y empezó a reír tanto al oír aquello, que sus ojos se hicieron descomunales, como escenarios oscuros y poblados por puntos de luz en forma de osas menores y mayores. Ojos que caían sobre mí como toldos de seda negros, sin duda para que no viera por dentro de mí lo que decía. Yo retrocedí, espantado, por no perecer entre aquellas olas de ojos, y ella, riéndose, fue reduciéndolos hasta que se le quedaron del tamaño normal.

—Para consolarte, para llenarte de humanidad, vamos a ver el barrio de los viejos, de los niños y de las mujeres solas. Estos barrios están en los trascorrales de la pista. En ellos se invierte muy poco dinero. De verdad que los hombres no mueren por ellos.

Me decía esto sentada en lo alto de un muro muy blanco. Y de sus ingles, bordeando la boca de su braga, salían margaritas rosáceas; y por sus rodillas transparentes se veían salas del museo romántico, creo yo.

Y sin más detención nos fuimos hacia las tres calles en las que apenas se emplea dinero.

1.ª *de los viejos*

La calle está pintada de amarillo, ancha, desolada. Allí están los viejos de la ciudad, cada cual sentado a la puerta de su casa. A penas alcanzan a verse, vestidos de gris, con el pelo blanco.

Sobre las fachadas, agujeros informes que sirven de puertas y ventanas.

Lagartos bajo las tejas. A veces hay timbaleo de tejas. De tejas que se mueven sobre el lomo de su lagarto correspondiente.

Sobre la calzada de tierra oscura, huellas profundas de carros.

Los viejos soñolientos no piensan en el presente. El presente les parece un resto de tiempo sin significado. Una sala de espera amarilla sin salida. Y sienten transitar por el pasillo de su frente el cine de las alfombras marchitas. Se ponen las gafas para ver en la frente de los otros la misma procesión de jirones antiguos que ellos llevan en el bombo desbaratado de su memoria. Procesión de figuras flojas, sin osamenta; figuras acordeonadas y folludas, de hombres y mujeres, de viejos y jóvenes. Todos con la misma voz, con cardos secos en el sexo ya, y las mismas ideas de sermón de ébano.

Y entre los peleles humanos de sus sueños y recuerdos, la procesión de las cosas: coche abollado con las ruedas pinchadas; rotos los cristales, sordo el tubo de escape. Los animales esqueléticos con remiendos de madera. Aquellos briosos caballos ya radioscópicos. Los trajes solos por el aire. Trajes sin color, con los bolsillos fuera. Los sombreros sin copa, ala sola. Las herramientas de trabajo melladas, sin formas, astillosas.

Los recuerdos de ciudades achatadas, grises, sin relieve. Caravana que nunca terminaba de dar vueltas por las eras cenicientas de aquellas memorias. Sensaciones de amores, de cópulas viejas, lentejas secas y llenas de aire que flotaban por el aire sin peso ni color definido. Globos en forma de garbanzo gigante que chocaban con las espadañas de plomo. Muslos de patata y sesos como nidos de cigüeña, abandonados, en invierno. Bailes sin música con trajes antiguos y vestidos con larga cola de vinos espumosos. Camas que flotaban cargadas de muertos y parejas copulantes en extraña mezcla. Curas hinchados como globos que subían al cielo, mientras el monaguillo que hacía pis con una mano, los sostiene por la sotana con la otra. Bautizos de calaveritas. Cajones de dinero herrumbroso. Borracheras de tinto puestas a secar. Calzoncillos amarillos y largos, colgados en la veleta. Besos secos entre las hojas de los libros. Un batallón que desfila sobre una sartén gigantesca de rancho. Sobre un calvario de corazones vinosos una cruz gira como el faro de un puerto. Senda de camellos al amanecer.

Cuando bostezaban los viejos, en el fondo de sus gargantas aparecía un desgarrón que dejaba ver la pared amarilla en que apoyaban la silla.

Siempre había un viejo en vísperas de muerte, y en su frente, la pantalla de los recuerdos apenas tomaba color. Todo se reducía a unas ráfagas cenicientas, unos bultos apaisados, puntos negros, líneas en forma de muelles rotos. Y por las solapas de sus trajes, ya casi mortaja, pone la hora inmediata un hilo de saliva que dibuja cenefas cabalísticas, flechas indicativas hacia el corazón. Del corazón que prepara la maleta gozoso para su gran veraneo. Porque el corazón es el gran proletario de jornada continua.

Y quedan mirando a la luna porque en ella ven la imagen de su cara inmediatamente futura; la radiografía de lo que va a ser su cerebro.

Cuando llega a la calle amarilla el poniente de la anochecida, los cuerpos de los viejos flotan por el aire como trajes de espantapájaros, oseando las moscas de la muerte. A veces, en su vuelo, suben hasta los tejados y se asoman por las chimeneas para ver el hogar bullente que les trae un templado y redondo recuerdo de aquella infancia que quedó acurrucada, como un rayo de sol, en la otra punta de la vara.

A las viejas haldudas y con flores de papel en los aladares que sonríen de memoria, les transitan por los pechos fuelles, las libélulas de los nietecillos que fueron, y ya se afeitan. Las caricias tiernecillas, como parpadeos de hijos níveos, les pasean los callejones y zanjas del vientre, silbando temblorosas melodías de cuentos infantiles.

Los recuerdos de sus viejos partos, y de sus hijos tiernos merendando catas de miel, de vez en cuando les entornan los párpados o les silban rumorosos por la caña negra de sus tristes huesos.

Y cuando el levante de la anochecida eleva a las viejas hasta las antenas de la televisión, forman en el cielo coros de sombras pardas, entonando nanas cascadas que se traga la luna, que es la nana reina.

La calle de los viejos amanece llena de escudillas de estaño, de tapabocas de canas, de armaduras de gafas sin cristales, de dentaduras postizas melliconas, de muelas de oro clavadas en colillas de puro. De uñas con nicotina enclavijadas en la fotografía sepia de mujeres de fina cintura y grueso trasero. Papeles amarillos con fechas y citas antiguas; y guías de teléfono delgadas con números de cuatro cifras; y cubos de la basura llenos de suspiros fuellosos, de ronquidos, de ayes, de sueños delgados como trozos de celuloide coloreados de pardo; de incontinencias urinarias, de vagos nombres repetidos, de testamentos inválidos por estar escritos en solfa. Fotografías abarquilladas de muslos con canas y de calvas con pecas. Pendientes puestos en lóbulos de orejas fláccidas y estiradas como frutos secos.

### 2.ª de los niños

Desde el final de la calle de los viejos, bajamos unas escaleras, atravesamos a nado una piscina de leche color de rosa, y llegamos a la calle de los niños.

Era una calle estrecha, limpísima. Escalada. Las rejas negras. Macetas en las ventanas y un sol limpio, no ardiente. En las paredes, uno por fachada, estaban colgados los niños recién nacidos. Cada niño metido en una alforja de colores. Se les veía la cabeza y las manos rizadas. Sus llantos blandos, casi de contento, formaban un chorro de rumor suave por toda la calle. Entre sí, los vecinos de las alforjitas tenían como un diálogo de suavísimos gorjeos. Coloquio de blanda saliva, de labios solos, de lenguas casi líquidas. Cada alforjita de color verde, grana y amarillo sobre la cal.

Los niños parecían felices acunados entre sí, en la soledad, sin personas mayores delante, sin mujeres habladoras, sin hombres que escupen y huelen a tabaco. Niños que olían a flor y disfrutaban de la apacible soledad e intercomunicación que nunca gozó recién nacido. Sin pechos, sin cunas, sin besos sebosos. Solos, quietos, puestos al sol tibio, entre sus cálidas alforjitas de lana. En la calle deslumbrante de cal y sol sin calor.

Sin embargo, había unos guardadores casi imperceptibles. Dos pájaros rojos en cada fachada, sobre la ventana. Dos pájaros grosellas con las uñas clavadas en la cal, las alas extendidas como si estuvieran disecadas, fijas. Y no cantaban. No se estremecían. A veces estiraban las plumas, cautelosamente; las plumas del ala, y acariciaban con levedad el lugar del flequillo de los niños, la manecita curva y rosa de los niños. O sacaban su lengua capilar para alcanzar las gotas que destilaban los tiestos que coronaban las ventanas. Eran estos pájaros trasuntos uterinos de madres eternas, que llevaban en su plumaje el calor de la maternidad absoluta, la maternidad que no grita ni llora, que sólo es un suave y cálido suspiro.

La calle era interminable, rectísima. Un tubo de cal silencioso y brillante, sin sociedad de adultos ni de animales. Con el aire templado, ingrávido y transparente.

Cuando llegaba la hora en que los niños debían dormir su siesta, los pájaros rojos iniciaban pianísimo un canto ondulante a cuyo compás movían con pausa sus alas de leve abanico rojo. Al silbo, el sol bajaba su párpado siena, y los niños iban quedando dormidos con las cabecitas un poco fuera del bolsillo de la alforja. Cuando todos dormían los pájaros rojos callaban.

A la hora de mamar abrían la calle unas zancudas porteras con borla en la cola y cascabeles en las patas. Abrían la calle cerrada con una puerta de pino barnizado y los clavos rojos en forma de flor. Y a una señal, en tropel entraban las madres vociferantes, con los pechos fuera y la boca llena de palabras húmedas, de gritos y gangosidades.

Los pájaros rojos las odiaban y las temían. Y se tornaban violáceos, y se clausuraban en agudos agujeros del muro o tras las flores y hojas de las macetas.

Por toda la calle se oían gritos y suspiros, chupetones, aplausos de mamas, roce de besos, ansias biológicas que huelen y saben, que son puro latir de la carne.

Todo era un chapoteo de hembras, de carnes sin razón, en plena segregación humoral, en pleno cariño, instinto líquido.

Cuando se apagaban las luces de los pechos y los niños hacían las explosiones blandas de sus eruptos, volvían los pájaros a su lugar en la cal. A clavar las garras en la cal, a sacar sus lenguas rizadas y entonaban una marcha expeditiva y exigente.

Las madres los miraban con odio mientras se abrocha-
ban los corpiños, endurecían el gesto y marchaban arrastrando los pies como lija. Y volvían hablando todas a la
vez y moviendo mucho los brazos. Volvían a su solar de
mujeres solas, donde se deshacían a palabras, a llantos
y risas, a brochazos de carmín y a zurriagazos de compresas. Adonde dejaban el cielo garrapateado de ademanes vanos y nerviosos, mientras la leche volvía poco a
poco a henchirles los pechos y a respirar y dar avisos de
salida por los poros del pezón.

Y la calle de los niños volvía a quedar en paz, con
aire perfumado, en silencio, bajo la guarda suave y ru-
bricante de los pájaros rojos.

### 3.ª de las mujeres

Es la calle rosa de las mujeres solas. Calle llena de
curvas y vericuetos; de toldos celestes y ventanas extra-
vagantes con flores, collares y prendas interiores colgadas. Calles con tocadiscos zumbando y pavimentación en
forma de pasos de baile. Calles con bancos como bidets
y visillos hechos con medias de nylon. En las fachadas,
muchas rayas con lápices de colores en forma de puntillas y entredós.

Unos altavoces propagan gritos histéricos o llantos interminables, risas chirriantes. Y los tres ruidos configu-
ran una soguilla rubia que va por los cables del teléfono.

Tiran aguas por las ventanas, pelucas viejas, peines en-
redados y sobre los tejados pasan trenecillos cargados de
revistas de modas y de actualidad. Por el cielo globos de
cabritilla inflados con suspiros y por unas reguerillas dis-
curre la libido rumorosa y caliente, como vino añejo y
sin color.

Sacuden sábanas como pantallas de cine en las que se
ven culebrear espaldas sofocadas. Y vuelan pañuelos cuajados de besos de carmín formando letras mayúsculas.

En esas horas en las que nadie las mira, se sientan en
las puertas y las terrazas o en los gabinetes con los ojos

vacíos, hechas una cascada de carne, sin más contenido
que el suspiro. Casi pierden la forma del cuerdo y quedan como nubes lacias de color dorado o rosa; plantas
sin regar que repiten insistentes largos monólogos, largas
salmodias de palabras sin especial sentido.

Manos que se mueven en el aire. Se levantan, comen,
beben sin compostura, orinan sin sentarse del todo en
el vaso y se limpian las lágrimas solitarias con servilletas
de papel.

Duermen desvencijadas o canturrean horas y horas una
música tenue que las une al recuerdo de una mirada. Escriben cartas sin dirección y se vuelven los ojos hacia
dentro para mirarse la cámara del cuerpo o los tubos niquelados que conforman su cerebro.

Cantan delante del espejo, llorando; se odian los cabellos teñidos y se buscan ese defecto físico que cada una
lleva oculto y que le pesa como un sino.

A veces se ponen ante los ventiladores como si busca-
ran una idea entre sus aspas invisibles. Y toman libros
que acaban cayéndose de sus manos como polvos finísi-
mos de aserrín.

*

A la calle de las mujeres solas casi nadie quería ir.
Quedaba un poco alejada y había que hacer el camino
en una berlina tirada por modistas maricas que decían
muchas groserías. Ella se empeñó en que no me perdie-
ra el espectáculo y prácticamente me metió a empujones
en el coche. Las mariquillas desnudas daban saltos y hacían cabriolas a la vez que nos ponían de vuelta y media.
No se sabía si querían que llegáramos o no.

Teníamos hambre y en vez de limitarnos a tomar un aperitivo y continuar paseando por aquel gracioso pueblo hasta la hora del almuerzo, entramos a las doce de la mañana en un modesto restaurante y pedimos la comida. De manera que cuando todavía faltaban tres horas para la corrida, ya estábamos aburridos y soportando las miradas impertinentes del dueño del establecimiento, que deseaba la mesa libre para otros parroquianos.

—Se me está ocurriendo una cosa —dijo ella.

—¿Qué?

—Irnos a la plaza de toros. ¡Será estupendo verla vacía! ¡Totalmente vacía!

—No es mal programa.

—Podremos sacar fotos y película de la plaza sin gente; y de las primeras personas que lleguen. Así apuramos el espectáculo.

—Y luego habrá que quedarnos los últimos, para seguir apurando —añadí yo.

—¿Por qué no? Me gustaría saber quién es la primera persona que llega a la plaza y la última que sale.

—Ya lo sabes. Si hacemos eso, nosotros...

Ella sonrió. Se cargó las cámaras al hombro y salió mientras yo pagaba la factura.

La calle y las tabernas estaban llenas de turistas y público de feria. Había aparcados muchos coches a la inmensa solanera de la plaza mayor. Uno de éstos, muy grande y negro, estaba parado ante la fonda, en la misma plaza, bajo el soportal.

—Fíjate en ese coche —dijo ella.

—¿Qué le pasa? Debe ser el de los toreros.

—Sí, ¿pero no te da la impresión de que hace mucho tiempo que está ahí? Parece que no ha subido nadie en él hace años.

—Yo lo veo limpio y sin telarañas.

—No hace falta que esté sucio para que dé la sensación de deshabitado. Y ese coche lleva años deshabitado.

Lo miré con más atención, pero nada dije. Me encogí de hombros, la tomé del brazo y comencé a silbar un pasodoble torero.

La puerta de la plaza estaba entornada. Entramos empujándola un poco. No había nadie, al parecer, pero apenas dimos unos pasos, alguien nos voceó desde arriba, desde los tendidos.

—¡Eh!, ¿dónde van ustedes?

Yo extendí las dos entradas.

—Muy bien, pasen. Esa localidad es hacia la derecha. Todavía no han venido los acomodadores. Creo que tienen tiempo para buscar el asiento.

Teníamos una localidad alta, de tendido de sombra, de manera que gozaríamos de cierta comodidad, con la espalda apoyada en el antepecho de uno de los palcos.

Todavía había muy poca sombra. No se veía a nadie en ninguna localidad. Hicimos fotos desde distintos lugares, fumamos cigarrillos, cantamos a coro y volvimos a aburrirnos. La única novedad en más de una hora fue la entrada de un camión cisterna que regó copiosamente la arena de la plaza. Luego volvió la soledad. Me entró un medio sueño y me adormecí apoyando la cabeza en el hombro de ella, que me soplaba el pelo del flequillo, y se reía para sí. De todas formas no perdía de vista los vomitorios en espera de la llegada del primer espectador.

Roncaba de manera escandalosa y ella me siseaba. Por fin, faltaba poco menos de una hora para dar comienzo a la corrida, cuando por el vomitorio frontero, el de sol, apareció un grupo de hombres.

—¡Ya, ya, ya! —gritó zarandeándome al tiempo que enfocaba su tomavistas hacia los que llegaban.

—¿Qué? —dije restregándome los ojos.

—¡Que ya llegan los primeros!

—¡Atiza! ¡Si son curas! —dije poniéndome la mano sobre los ojos.

—¿Y qué importa?

Los cinco o seis curas, más bien jóvenes, tal vez seminaristas, saltaban ligeros por los tendidos de sol buscando su localidad que debía ser muy alta.

—No me explico cómo vienen tan pronto a la localidad de sol. ¡Se van a asar! —dijo ella sin dejar de operar con el tomavistas.

—Éstos han comido todavía antes que nosotros. ¡Mira, mira, mira!

—¿Qué?

—¡Más curas por aquella puerta! ¡Curas y frailes!

Simultáneamente por distintas puertas, de sol y sombra, llegaban más curas.

—¡A ver si va a ser una corrida en sufragio de las Ánimas del Purgatorio!

—No me extrañaría nada, porque ahora entran por todos sitios.

De verdad que era muy buen espectáculo. Por todas las filas de tendidos se extendían como chorros de tinta. Aparecían como una gran masa negra y parda en el recuadro oscuro de los vomitorios y en seguida se iban corriendo como regueritas por las filas circulares de los tendidos. Luego se sentaban y quedaban diseminados, en grupitos. Algunos, más orondos y pausados, se les veía situarse en los palcos. Allí mismo, junto a nosotros llegaron dos. Un poco más bajo, cinco o seis con pinta de aldeanos, rojos y crujientes. Los de sol se echaban la teja sobre los ojos y los frailes, sin cubrecabezas, se hacían gorros con papel de periódico.

Llegó un momento en el que no dábamos a basto a mirar la llegada de tantos sacerdotes. Las masas negras cada minuto aumentaban en progresión acelerada. Las calles del coso iban cubriéndose con un borrón espeso e imparable que encintaba todas las gradas.

Los que estaban próximos, unos con discreción y otros con descaro, nos miraban con cara de no comprender bien. Si se fijaba uno, veía que después que se lanzaba

—Tengo la impresión —dije casi al oído de mi compañera— de que nos hemos equivocado.

—En la propaganda no decía nada. Y por la calle no hemos visto un solo cura en toda la mañana.

—Tal como están las cosas tú y yo vamos a ser los únicos paisanos que presencien esta corrida.

—Ya te decía yo que aquel coche era muy raro.

—¡Qué tendría que ver una cosa con otra!

—Pregúntales a esos señores sacerdotes que tienes a tu lado qué significa esto.

—Yo, no. Pregúntaselo tú.

—Mira, mojas... ¡Y cuántas!

Lllegaban muchísimas, todas a sombra, corriendo muy nerviosas, unas detrás de otras, bajo sus tocas amplísimas.

—Desengáñate, esto no es una corrida, es un Concilio.

Ella cargaba de nuevo su tomavistas.

Yo miré mi reloj.

—Falta un cuarto de hora y aquí ya no cabe ni un monaguillo.

Oíamos unas conversaciones graves detrás de nosotros, en el palco. Pues resultó que estábamos ante el palco presidencial. Con los brazos apoyados en la baranda había dos obispos, y entre ellos, un señor cardenal con púrpura y unos anteojos colgados sobre el pectoral.

Miramos ambos, puestos de pie, al palco, y encontramos la mirada fría e inexpresiva de aquellos tres señores tan pálidos, con guantes rojos y anillo.

De pronto sonó la banda. Tocaba «Suspiros de España». Miramos hacia el lado de la música. Era una banda de curas también. Se les veía con los carrillos hinchados tocar sus instrumentos. El maestro —un franciscano— manejaba con gran brío una batuta dorada.

—Toda esta curia parece contentísima.

—¡Es verdad! ¡Cómo se mueven y gastan bromas!

Se les escuchaba reír muy nerviosos. Fumar mucho y beber cerveza.

—Diríase que tanto humo y tan azul parece incienso.

—Bobadas. Huele a tabaco —dijo ella.

Un canónigo muy vistoso y de tez sedosa que estaba al lado de ella, con un gesto muy cortés, si bien frío, le ofreció de beber en una copa muy alta y dorada. Ella me miró como consultando y bebió. Otro canónigo pequeño y nervioso me ofreció en otra copa dorada, a la vez que decía suavemente:

—*Gaudeamus*.

Sin saber por qué, y como no sé latín, ambos, casi a coro dimos las gracias en portugués.

—*Moito obrigados*.

Los canónigos de ambos lados, al oír aquello, sonrieron con cierto gesto de conmiseración.

—*Lusitani sunt*.

—¿Pero por qué has dado las gracias en portugués, majadero? —me dijo ella en voz baja.

—¿Y tú?

—¿Yo?

—Sí, señora. Tú... Bueno. Lo importante es que eso que hemos bebido era cerveza.

—Es verdad, era cerveza. Yo creí que iba a ser...

—No. Los católicos comulgan con una sola especie.

—Yo creo que lo hemos dicho en portugués —dije yo como meditando— porque en latín no se decía gracias.

Antes de que concluyese la frase, el canónigo que estaba a mi lado, me dijo.

—*Ago tibi gratias*.

—...M... *mmmmoito... obrigado* —repetí sin poder remediarlo.

Ella soltó la carcajada.

Llevanté los brazos con el gesto enfurecido y le dije sin querer creer lo que de mi boca salía:

> *«As armas e os barões assinalados,*
> *Que da ocidental praia lusitana,*
> *Por mares nunca de antes navegados,*
> *Passaram aunda além de Taprobana...»*

Su Eminencia el Cardenal que presidía, al oírme y luego ver que me cortaba, respondió, a la vez que llevaba el ritmo de los versos moviendo el índice:

> *«...Em perigos e querras esforçados*
> *Mais do que prometia a forca humana...»*

No pudo continuar su Eminencia porque uno de los obispos que tenía a su derecha le hizo una seña con la mano y le musitó algo en latín. Su Eminencia se caló muy bien sus gafas de oro, sacó un pañuelo de seda blanco y lo meció suavemente en el aire.

En seguida se escuchó el agudo quirio del cornetín, coreado de los timbales, que anunciaba la salida del toro.

—No ha habido paseíllo —dijo ella nerviosa y extrañada.

—Es verdad.

Se hizo silencio. Un religioso con aspecto de sacristán abrió el toril. Dejó la puerta de par en par. Continuaba el silencio. Y de pronto, un gran grito colectivo de júbilo. Todos musitaban con entusiasmo:

—*Taurus ¡pulcherrimus, quam pulcher!*

—¿Dónde está? —preguntó ella agarrándose a mi brazo.

—¿El qué?

—El toro.

—No lo veo.

—Pero... pero... pero...

Mirábamos atónitos al ruedo que seguía absolutamente vacío. El sacristán ya había cerrado el toril.

—¡Bravo!... ¡Muy bien!... ¡Vaya verónica! —gritaban en coros graves los asistentes...—. ¡Olé!... ¡Ay!... ¡Qué poco le ha faltado...! ¡Buen toro! ¡Pero que muy bueno!

Nos miramos sin comprender absolutamente nada. Y luego pasamos un rato meditando, intentando poner en orden nuestras ideas.

—Dime algo —me pidió ella.

Intenté hablar, pero no me era fácil, balbuceaba. Por fin dije asustado, más que por lo que allí ocurría, al oír lo que salía de mi boca:

> «*A teu pōrto seguros navegámos*
> *Conduzidos do interprete divino;*
> *Que pois a ti nos manda, está muy claro*
> *Que es de peito sincero, humano e raro...*»

—¿Qué te pasa?

Oculté la cara entre las manos.

—Oh, Deus... Deus —musité.

—¿Qué te pasa, amor?... ¿Qué te pasa, mi vida?

Me negué a hablar. Temía oírme hablar en portugués otra vez.

—¿Tú tuviste algún abuelo portugués?

—No.

Sonó otra vez el clarín. Picadores.

Levantamos los ojos, pero sin apartarnos, como estábamos, unidos estrechamente, abrazados.

En el ruedo seguíamos sin ver a nadie.

—¡Bruto!... ¡Fuera! —decían.

—¡Fíjate! —observó ella—. ¡Fíjate! ¡Si no miran al ruedo!...

—¡Es verdad!

Todos los señores sacerdotes comentaban, voceaban o callaban, pero no miraban al ruedo. Miraban al vacío O al cielo. Se movían hacia uno y otro lado. Incluso se

incorporaban, aplaudían, felicitaban a su compañero...
bebían cerveza, fumaban..., pero no miraban al ruedo.
Tenían los ojos perdidos. Inmóviles.

Encontramos en esto otra temerosa distracción. Y con
cuidado volvimos los ojos hacia arriba, a la presidencia.
Y vimos cómo el señor Cardenal, con las manos cruzadas
y los ojos cerrados, sí, cerrados, sonreía y hacía corteses
comentarios sobre cuanto parecía ocurrir en el ruedo,
con sus vecinos de presidencia.

—¡Banderillas!...—, gritaron al oír el clarín.

La barrera estaba absolutamente vacía. El ruedo continuaba solo, sin otra señal de vida que la raya del sol
que caminaba lentamente dividiendo el anillo en dos partes desiguales.

Ella sintió miedo de verdad. Un miedo inédito e impensable.

—Vámonos...—, me musitó al oído.

—Sí.

Sin pensarlo más nos levantamos e intentamos marchar hacia la próxima puerta. Fue inútil. Parecía como
si aquellos hombres, sus cuerpos y piernas fueran de hierro, pesadísimos, inmóviles.

No, no es que los señores sacerdotes se viese que hacían adrede oposición alguna. Seguían hablando entre sí,
riendo y comentando, pero no se podía pasar. Las rodillas de los de atrás parecían incrustarse en la espalda de
los de delante y no había forma de avanzar un paso. Tampoco los sacerdotes se dieron por enterados de que queríamos marcharnos.

Nos miramos entre sí, como cogidos en una trampa, y
volvimos a sentarnos. Como antes, cogiditos del brazo.

Otra vez sonó el clarín. A matar. Su Eminencia había
movido el pañuelo suavemente, mirando, sin dejar de sonreír, a la pareja que tenía bajo sí.

Debía ser muy buena faena, porque todos voceaban
mucho, aunque como siempre sin mirar al ruedo.

—¡Olé!... ¡Qué natural!... ¡Qué elegancia!... ¡Valiente como su madre!... ¡Olé!... ¡Qué cerca ha estado...!

La plaza, apretada de negro y de pardo, era un todo vibrante y enloquecido, con los ojos en el cielo o perdidos en el vacío.

—¡¡¡Así se mata!!!... —se oyó de pronto una voz unánime... ¡Muy bien! ¡De una sola estocada! ¡Sin necesidad de descabello!... ¡Sí, sí, sí, Eminencia!... *¡dues auriculas!*... ¡Bravo! ¡Música!

Las mulillas. Sonaron grandes ovaciones que debían ir dedicadas al toro. La banda inició briosa el último pasodoble de la tarde. Ese pasodoble del crepúsculo, que es la marcha fúnebre para el toro muerto sobre la arena.

Se vio cómo el sacristán de antes cerraba la puerta de los corrales. Las mulillas, con su arrastre, «debían haber entrado ya». Calló la banda y los aplausos fueron abatiéndose hasta lograrse un silencio completo, casi sobrecogedor. Y luego, no pudimos apreciar en virtud de qué misteriosa señal, todos los asistentes a aquella corrida sin toros ni toreros, se pusieron en pie. Al hacerlo, se escuchó un seco crujir de sotanas y de huesos. Y volvió el silencio. Todos aquellos religiosos erguidos, inexpresivos, miraban al infinito. Permanecimos sentados. Alguien nos tocó en el hombro. Volvimos la cabeza. Era su Eminencia que nos hacía una discreta señal para que nos incorporásemos también.

Se diría que todos aquellos señores reverendos oraban mentalmente. El sol se había puesto. De pronto pareció oírse una lejana y desgranada melodía que crecía acompasadamente. Eran campanas. Campanas melodiosas, lejanas, nostálgicas, de aldea perdida. Campanas cuyo son crecía y ensanchaba hasta cubrir como una cúpula sonora el anillo de la plaza. Así, en su punto de mayor intensidad, casi atronadora, pasaron largos minutos. Los cuerpos de los orantes vibraban como movidos por las ondas sonoras; se les veía con las mandíbulas enclavijadas y respirar con dificultad por la nariz. Cuando llegó un momento en el que pareció que ya no se podía soportar, el implacable campaneo comenzó a remitir, a alejarse, con la misma medida y blandura que llegó desde no se sabía qué recóndito campanario.

Cuando por fin dejaron de oírse, todos, sin comentarios, en silencio y orden casi militar, empezaron a desalojar la plaza.

\*

En menos de un cuarto de hora volvimos a quedarnos absolutamente solos, rodeados de cascos de botellas y servilletas de papel.

Cuando hacía un rato que habían salido las últimas monjas, cogidos de la mano, salimos también lentamente.

\*

En el pueblo, gran animación. Todas las calles, todos los bares estaban llenos de curas que bebían y comían; que comentaban en voz alta los lances de la breve corrida. No se veía un solo paisano. Sólo nosotros dos, acobardados y escurridizos.

—¡Lo mató de una sola estocada! ¡Es mejor que «El Cordobés»!

—*Ecce scientia atque sapientia* —comentó un canónigo con gafas.

—«¡Qué faena!»

—¡Qué faena de antología! ¡Créame su paternidad! —decía un orondo carmelita a otro, también gordo, que pinchaba sardinas asadas.

—¡Una tarde inolvidable!

\*

Cenamos como pudimos en el mismo restaurante. Poco a poco notamos que disminuía el ruido y las voces, que marchaban los religiosos, que el pueblo volvía a quedarse silencioso y solo. Pagamos.

En la plaza sólo quedaba nuestro coche y el que creímos de los toreros, parado en la puerta de la fonda.

El dueño de la tasca nos acompañó hasta la puerta.

—No entiendo nada de lo que pasa —le dije.

—Yo tampoco, señor. Pero no se preocupe, porque siempre fue así.

Vimos que el coche negro se le encendieron las luces y sonaron las puertas. Miramos atentamente. No había nadie dentro. El coche arrancó suavemente y enfiló hacia la salida del pueblo.

El tabernero, con gesto apacible, volvió a sonreírnos mientras hacía intención de entrarse:

—De verdad, señores, que siempre fue así.

Sin comentario alguno, como hipnotizados, nos dirigimos hacia nuestro coche que era el único que quedaba en la plaza.

## 6. Donde empieza el otoño

El paseo largo y recto había amanecido cubierto de hojas secas. Nadie sabía qué coro, qué hora, qué viento de despidos hubo en la noche pasada. Bien es verdad que en la tarde anterior las hojas secas, queditas en los árboles, estaban ya como ajenas, como regalos de papá Noel para llevarse en seguida, a punto de caer. Y no cayeron porque el aire más leve estuvo reprimido en el pecho del cielo en reposo.

Debió ser aquélla una noche de dulces planeos, de vuelos leves y rumorosos, de suaves meneos sepias, amarillos tostados, pasadas de tueste, tostadas crudas, tostadas agrias, tabaqueros, vinosos, vinosos de claro y de tinto; de vinagre viejo y nuevo.

Todo el paseo era un cañón de rojos y sienas. Un tapizado de manos caídas en suaves ademanes, manos románticas, dengues desmayos románticos. Manos lacias y amortecidas sobre la arena, sobre los bancos, sobre las regueras, sobre el agua queda de la fuentecilla que remata el paseo encapirotada con una Leda enana, cubierta por un cisne cigüeñero y ampuloso. Era el paseo en aquella amanecida un catalejo de barquillo, una flauta de caña con

284

sonidos apenas tactados. Parecía que el sol se había des-
escamado sobre el paseo.

Ella —única persona que se veía— parecía llevar mucho tiempo sentada en el banco. Quietísima, atornillada
por una angustia agorofóbica. Inmóvil estaba cubierta de
hojas. Parecía que no quería moverse para que no se le
cayera aquella gran hoja de mano abierta y color nuez
que se le colocó en la cabeza. Otra hoja curva y larga como
alfanje le apechizó. Y otras cinco o seis menudas y agu-
dicas como navajas, más golosas, le habían amuslizado...
Y la más valiente, acoñizado.

Estaba como si temiera que no ocurriera otro milagro
del otoño. Como si fuera su último otoño. Como si se
sintiera poseída por el lento compás copulativo del otoño;
por el último gancho de la existencia, acosada por una
nada absoluta, por una mentira universal, por el forro
definitivo de la calavera.

La luz del otoño sabe de amores solerosos, que acaban
con un acorde larguísimo, casi sin final. De voces y tré-
molos hondos de vida que se va, o se guarda en el calo-
friante estuche del invierno.

Allí estaba ella recibiendo la caída de la gran hoja del
verano que cubría su piel precoz. No había pájaros, ni
carros, ni coches por la carretera vecina. Ni banderas al
aire, ni niños con aros, ni bicicletas sin aire, ni obreros
parados, ni guardas florecidos, ni canciones desgarradas,
ni pujos pujantes y pujosos de la primavera y de la vida
sin freno.

No se atrevía a moverse, ni a acariciarse, ni a ponerse
bien la crencha del pelo, ni casi a parpadear. Sólo emitía
un suave canto gutural, un suave grito, casi suspiro de
miedo. Las pupilas tristísimas se le hundían entre los párpados dejando los blancos reflejos de la nada. Aquel suspiro de miedo era un silbido salido del último rincón del
cerebro, posible hilo heredado —llegado por los poros de
la tierra y de los siglos— de un canto juglar medieval, aso-
nantado en un monte provenzal, momentos antes de que
el músico agonizante tuviera que dejar su laúd y su muerte,
para cubrir a una dama color de vida, reblandecida y hú-

meda por el sol y el aroma de unas antiguas hojas caducas
que cayeron hace milenta años. Canción de dos filos bru-
ñidos e hilados que continuó vibrando en los cielos y en
los vientos, porque no acabó cuando llegó el alarido del
gozo encumbrado, ni la agonía inmediata del bardo. Ya
que hubieron de enterrarlo sin que dejase de salir de su
boca fieramente cerrada el fino grito entre melódico y cor-
tante que encerraba los dos momentos definitivos de po-
seer la última carne y la primera tierra.

*

Pero en la punta más lejana del paseo apareció el bulto
de un hombre vestido de marrón. Y ella, desde su banco,
escuchó empavorecida el estrepitoso crujir de las hojas
bajo aquellos pies.

Era un ruido ensordecedor, cósmico, de todo el verano,
de todos los veranos, hecho leña tronchada que se hincaba
en la tierra. Los crujidos, más intensos a cada paso, se le
clavaban en los más oscuros nidales del sentido. Temblaba
y sentía que le rasgaban la carne cortantes escalofríos.

El hombre vestido de marrón, luego de sus primeros
pasos, bravos, se sintió también ensordecido por el cata-
clismo que armaban sus pies y quiso moderarlos, andar
quedo y silente, como presintiendo la angustia de ella,
clavada en el banco lejano. Y era de ver al hombre procu-
rando andar de puntillas, en payaso equilibrio, haciendo
un gesto de terror y vacilando a cada crujido de las hojas
secas.

Y una bandada de pájaros renegros, con el pico amarillo
y las patas moradas, que dormitaba piramidal en el huso
siempre verde cansado del ciprés, desvelados por el ruido
de las hojas que cascaba el enloquecido hombre de marrón,
abrieron sus doscientos párpados de telilla roja y malva
para mirar a aquel borracho humano que no podría llegar
hasta ella, porque antes, el ruido de las hojas que pisaban
sus pies, le saturarían el corazón de agujas.

Al principio pareció que no comprendían bien, porque
era raza de pájaros friolentos y otoñales, pájaros duros

y jaques, capaces de sobrevivir al verano de Castilla. Pájaros que se alimentan del grano del trigo atizonado. Pájaros ascéticos, sin poder ni ansia copulativa, pájaros minerales, de cable eléctrico, de clavo raspado sobre vidrio; pájaros perdigones, fantasmas de los pajarillos de égloga.

Al fin de un tiempo, no pudieron soportar más el paso estrepitoso y agónico del hombre marrón, su angustia por acallar, sus gestos y muecas de martirio, y decidieron formar su falange dura y afilada y ayudar a aquel mortal y a la dama que ya mordía el forro de la angustia. Y ayudar a la naturaleza misma de aquel horrísono hundimiento del verano.

Y salieron juntamente del ciprés formando una corbata negra, ascendente. A cien metros de la punta del árbol triste-verde, consiguieron ordenar su formación en horquilla, de tenaza dura, negra y clavijera; y en picado, unificado el grito, cayeron sobre el hombre, casi muerto de fatiga, al no poder ahorrar el ruido de sus pisadas. El hombre, al sentir la flecha negra, aterrorizado, cayó de rodillas, con las manos orantes y bien fuera una lengua azulenca, tatuada con el escudo de los borbones. Y cada pájaro, indiferente, le pinzó un pellizco de ropa. Luego de un esfuerzo común consiguieron alzarlo un poco de la tierra. Pero poco. Apenas llegaba con las puntas de los pies al suelo. Así volando torpemente, a duras penas consiguieron llevarlo en vilo a lo largo de unos cuantos metros.

Ella, sin mirar, sintió un leve respiro en su pavor. No sabía qué pasaba. Sólo que no se oía el insoportable quebrar, el enloquecedor quebrar de hojas...

Y fatigados los picos babeantes cedieron, y el hombre cayó de bruces al suelo armando gran rotura. Quedó como muerto, marrón entre marrones. El jefe de los pájaros cipreses, lengua de alfiler, culillo de tachuela, recombino a sus huestes con órdenes cortantes. Todos los pájaros sacaron ánimo. Y se alzaron en vuelo unánime hasta cien metros. Cerraron sus filas en formación de horquilla y de nuevo bajaron, saeta, hasta el cuerpo del hombre. Pinzaron sus ropas. Lo alzaron y de nuevo comenzó el avance. El hombre daba zapatetas en el aire. Ahora se reía como un payaso, sin duda al ver sus calcetines amarillos follos y sentirse suspendido en el aire por cien alfileres. Y sobre todo por lo más importante: cesó el ruido de las hojas y ella, en el lejano banco, parecía más tranquila.

Seis vuelos contados, seis saltos fueron necesarios para que los pájaros consiguieran transportar al hombre hasta los pies de la chica. Seis alzadas y seis costaladas. Cuando fatigados los músculos de los picos dejaban caer al hombre marrón sobre los montones de vegetación seca, se producía un interminable estrépito leñoso. Y él caía flojo, como un pelele, con la lengua fuera y los ojos muy abiertos.

Por fin quedó sentado en el suelo, delante de la chica del banco, con el traje agujereado por los picos de los pájaros.

Ella permanecía quieta, encogida, mirándolo con ojos de tener lástima de sí misma, ojos oscuros, entre compasivos y huidores, entre llorosos y cargados de reservas, ojos que no son espejo, sino parcelas de cerebro sensitivo, asomadas a la calle. Ojos que son boca de laberintos inacabables. Ojos sospechosos de la vida y a la vez amantes rendidos. El miedo y la esperanza cambiaban sus luces en ellos con rapidez mecánica. Ojos como célula sensible que cualquier palabra, cualquier ademán, cualquiera suspiro hacía cambiar el color y tamaño de sus escamas oscuras.

Ella tenía también color de hoja tostada, de peca total. De bañada en vino leve y en agua pelirroja. Parecía vestida de Eva muchas veces; de Eva con las hojas cansadas... Y con sus flexibles labios apretados, con gesto de hacer memoria, seguía entonando aquel hilo de canción, aquel grito apenas sonante de tan complicada genealogía.

Los pájaros volaban ahora sobre ellos componiendo una negra tela de paraguas vibrante.

El, con gestos expresivísimos de augusto, recibía el olor de la muchacha. Olor a otoño, a hojas secas, a tierra cansada, a árboles inactivos, a naturaleza que descansa. Y alargó las manos hacia las rodillas redondas de ella. Ella permaneció inmóvil, cambiando con rapidez la expresión de sus ojos. Pero sí dejó de cantar. Le posó las manos sobre las piernas. Ella las unió y su cara tomó un suave color rosa que alcanzaba a los ojos. El la olía, olía sus piernas, la cúpula redonda de sus rodillas. Y levemente, en un desperezo de *ballet,* elevó una mano hasta la altura de los pechos de ella, breves, naturales, durmientes. Ella entre temerosa y llena de esperanza abrió sensiblemente sus narices y entornó los ojos.

La corona de los negros pájaros se puso nerviosa y comenzó a rotar con un trino unificado y bronco de canto gregoriano. Los ojos de todos los pájaros brillaban metálicamente y los picos componían una menuda sillería de coro. El hombre marrón intuyó el peligro, quiso tomar ventaja y se lanzó sobre el vértice de ella, pero los pájaros, súbitos, chirriantes, feroces, cayeron sobre la chica. Y la punzaron con sus cien picos y la elevaron en el aire, y la llevaban a buena marcha paseo adelante, mientras el hombre marrón arrastrándose quería mirar bajo la campana de sus faldas con un gesto desesperado. Pero los pájaros eran más veloces. No podía alcanzarlos. El caminaba ensordeciendo el paisaje, levantándose y cayendo. Dominaba un ensordecedor ruido de hojas secas. El cielo se había densado y todo era oscuro. Se levantaban graves tolvaneras y remolinos. Y se cerró todo el horizonte con cortinas de hojas, por ciclones de hojas de todos los árboles del mundo. Y él, cegado y aturdido, cayó al suelo con la boca seca, con las uñas aferradas al suelo, soportando un montón de hojas secas. Sólo le quedó fuera una mano con una cinta roja entre los dedos.

*

Cuando convalecía de aquel osceno abuso, que los pájaros celosos cometieron con su cuerpo, la metí en un avión camino de la Costa Brava. Aquel viaje nos deparó la suerte de ser los primeros mortales que vieron el avión inmóvil.

## 7. El avión en paz

Nunca supieron explicar bien los pilotos del Caravell de aquella línea regular cómo se produjo aquella exagerada desviación de su vuelo número XX del día 16 de abril de 1966. La tormenta, el viento que hubo aquella tarde no eran razón suficiente. Lo cierto es que fueron a parar a una cierta latitud totalmente infrecuentada en las rutas comerciales.

Esto fue lo sucedido. Cuando el comandante L., un tanto confuso, intentaba corregir el rumbo, el comandante T., segundo piloto —creo que se les llama así—, señaló con el dedo la presencia de un punto en el espacio, hacia el Oeste. El comandante L. aguzó la vista, pero no consiguió distinguir bien. Tomó unos potentes anteojos y luego de observar unos segundos, dijo sin quitárselos de los ojos:

—... ¡Es un avión! ¡Un bimotor, parece!... ¡Un bimotor muy antiguo!... ¡Un bimotor inmóvil! —gritó de pronto, separando los prismáticos de sus ojos y mirando con estupor a su compañero el comandante T. Este, por toda respuesta le arrebató los gemelos y miró con ansiedad.

—¡Atiza! —fue su comentario.

Ambos comandantes, luego de repetidos forcejeos para utilizar los prismáticos y cerciorarse de lo que veían sin creerlo del todo, coincidieron en que no soñaban. Y ya un poco reposado, el comandante L. ordenó al radio:

—Intente comunicar con el bimotor que tenemos al Oeste.

El radio, sin dejar de mirar hacia el Oeste con gesto de perplejidad, intentó la comunicación.

El comandante L., primer piloto, sin decir nada a su compañero, cambió el rumbo para aproximarse al supuesto bimotor inmóvil.

—¡Santo Dios! Parado en el aire —casi suspiró el comandante T.

—No hay respuesta —dijo el radio.

—Sí; parado en el aire como nada en el mundo —respondió el comandante L.

Con prudencia empezaron a dar vueltas cada vez más cerradas en torno al bimotor. El comandante L. no se despegaba los prismáticos.

—Las hélices están funcionando —añadió casi en trance de desmayo.

—¿No estaremos ya muertos, comandante? —dijo el segundo piloto T.

—Algo ha cambiado en el mundo. Radio —ordenó— comunícalo a Madrid. Cuando se les pase el susto hablaré yo.

—Dispuesto.

—¡Atento! Te doy las características y situación...

—No me fío de lo que ven mis ojos —dijo el comandante T. cuando acabó la relación su compañero.

—Yo sí. Me fío de mis sentidos. Tengo unos reflejos perfectos.

—Yo creo que también.

—Que si estamos delirando o intoxicados responden de Madrid —dijo el radio.

—Di que no estamos muertos, ni delirando, ni intoxicados. Añade que tiene los motores en marcha y no se mueve... Y que ahora mismo vamos a tomar fotografías de ese maldito bimotor para evidenciar lo que digo.

Mientras el comandante L. preparaba la cámara fotográfica entró una azafata en la cabina de mando. Venía palidísima, con los labios secos. No se atrevió o no pudo hablar durante un buen rato. Cuando el comandante dejó un momento de disparar la cámara, le dijo con voz muy apagada, y casi pegando su boca al oído:

—¿Qué pasa, comandante? Los pasajeros están inquietos.

—¿Por qué? ¿Por las vueltas que damos?

—Por eso y por el avión antiguo que está ahí parado.

—Bien, pásame el micro —dijo el comandante L., y en seguida:

«Señores pasajeros. Les habla el comandante L., primer piloto de este avión Caravell de la Compañía Iberia en su vuelo... No tienen por qué preocuparse. No pasa absolutamente nada que afecte a nuestra nave. No corremos ningún peligro. Todo va perfectamente y conocemos nuestro rumbo. Damos vueltas para observar el bimotor que en estos momentos queda a la izquierda de nuestra nave y que sin duda... por un incomprensible fenómeno de óptica parece inmóvil. Sólo me propongo identificarlos y aclarar esta aparente irregularidad. Dentro de breves momentos reanudaremos nuestro rumbo.»

—Mi comandante, dice Madrid que hable usted personalmente —dijo el radio, y pasó el micrófono a L. Este, después de escuchar por espacio de unos segundos, respondió:

—No, señor, estoy... estamos perfectamente. Toda la tripulación y pasaje vemos en estos momentos el bimotor inmóvil. Cuanto les ha dicho el radio es exacto... Sí, señor, sé perfectamente que esos bimotoros dejaron de hacer servicio en 194... No, no, señor. No sabía que exactamente este bimotor se hubiera dado por perdido · hace tantos años... No, no, señor, yo no afirmo nada, sólo transmito lo que estoy... lo que estamos viendo sesenta y cinco

personas en este instante... ¿Qué ese bimotor hacía la línea Burgos-Sevilla? No lo sabía. También ignoro por qué
está en esta latitud.

—No sé. Es otro misterio que ignoro. No me explico
cómo hemos podido perder el rumbo. Hubo algo de viento
y amenaza de tormenta, pero no bastan para justificar el
cambio... En el interior del bimotor van las luces apagadas
y no puedo ver si hay pasajeros o no. Lo que juraría es
que hay tripulación... No, insisto en que los estoy viendo
con mis prismáticos. No, no puedo aproximarme más...
No digo que unos motores puedan estar funcionando tantos años... Lo que digo, porque lo veo perfectamente, es
que esas dos hélices están girando... A la orden, señor.
Sigo mi rumbo. Corto.

El comandante L. tomó de nuevo el micrófono para
hablar a los pasajeros: «Señores, volvemos a nuestro rumbo. Desde Madrid enviarán para investigar sobre esta anomalía.»

*

Aquel mismo día varios helicópteros y cazas de las fuerzas aéreas, uno de ellos tripulado por las primerísimas autoridades aeronáuticas del país, llegaron hasta el enclave del
famoso bimotor inmóvil con el propósito de examinar
con el mayor detenimiento posible su increíble situación.

Más de dos horas duró la operación. El helicóptero
comando y toda la cuadrilla giraron una y mil veces en
torno al bimotor parado, examinándolo por todos lados
y aproximándose a él cuanto les era posible. Le hicieron
películas y fotografías con teleobjetivos potentísimos a
todas las distancias y en todas las posiciones.

De tan minucioso estudio solamente se pudieron añadir
las siguientes novedades a las ya comunicadas por el comandante L., descubridor del fenómeno. En efecto, había
tripulación, así como pasaje, aunque sus rostros no eran
reconocibles. Todos ellos aparecían totalmente inmóviles,
como muñecos. El traje de los pilotos, así como el de algunos pasajeros que lograban verse en cierto detalle, co-

rrespondía por su hechura y colores a las modas de hacía treinta años. Permanecían todos como en una instantánea, en el gesto y actitud que le sorprendió no se sabe qué extraña circunstancia. Uno de los pasajeros iba leyendo un *ABC* y otro llevaba un cigarrillo en la boca. La figura tal vez más anecdótica de todas y que apareció en fotografías de todas las revistas del mundo era la de una azafata que pasaba ante una escotilla con una bandeja en la mano. Era muy morena y su corte de pelo correspondía a la moda de hacía unos treinta años. En sus gestos, aunque estereotipados y quedos, los tripulantes y pasajeros no mostraban el menor asomo de inquietud o sorpresa.

También se confirmó plenamente que lo único que funcionaba de aquel varado avión eran los motores, y por consiguiente sus hélices, aunque la nave no cambiase su posición un solo milímetro. Al llegar la noche, se encendían las luces del interior del avión y en el transcurso de las veinticuatro horas no ocurría otra novedad. Sí se decía, aunque nunca pudo confirmarse, que a veces parecía captarse algo así como si una radio transmitiese himnos marciales.

En seguida X grados de latitud N, X grados de latitud E y 1.000 metros de altura fue la situación más famosa del mundo.

Helicópteros de todo el universo llegaban para contemplar aquel inimitable fenómeno.

Caravanas de aviones turistas, perfectamente reglamentados, y luego de pagar grandes impuestos, llegaban a cada hora para impresionar en sus cámaras o mirar por sus prismáticos aquel artefacto suspendido en el aire como una estrella fea.

Era curioso, pero la inmovilidad de aquel viejo aparato hecho para avanzar, como todo lo vivo o habitado del mundo, ocasionó la corriente de turismo más grande que se ha conocido en la historia.

Se hacían cábalas realistas y de ciencia-ficción para explicar el caso; saltaban hipótesis en todas las revistas, radios y diarios del mundo. Pero nada convencía de una manera satisfactoria, porque verdaderamente el *slogan* que

hizo tanta fortuna, «España es diferente», no podía cubrir
un misterio científico como aquél. «Por muy diferente que
sea España —razonaba con agudeza un eminente físico
español— no puede cambiar las solidísimas leyes de la
física. Y el hecho de que en los demás países —añadía—
no ocurra algo semejante no obedece a razones geográficas,
sociales o políticas, sino a su falta de suerte, de ayuda
providencial.»

Lo que sí tuvo lugar, en evitación de rumoreadas tenta-
tivas, fue el acuerdo internacional, aprobado en la ONU,
de prohibir terminantemente, bajo pena de muerte, el intentar cualquier agresión, empuje o movimiento que alte-
rase la pacífica existencia de aquel viejo, inmóvil y trepi-
dante bimotor.

Tardó en pasar más de un año, hasta que se autorizó a
una comisión internacional para que desde un helicóptero
dejase descender a las alas del avión inmóvil un hombre
que pudiera observar con detenimiento el interior. La
operación se hizo con sumo cuidado. Se alternaron en la
observación hombres de distintas nacionalidades y pericias.
El primero, naturalmente, fue español y represetante oficial del Gobierno. Pero no se sacaron de esta nueva batida
conclusiones de gran trascendencia. Sólo fotografías más
próximas, desde las ventanillas que caían sobre las alas,
que no ofrecieron particular interés, a no ser a los familiares que reconocían las efigies de aquellos que durante
tantos años habían dado por perdidos. Hombres de uniforme, algunos religiosos, paisanos con cara de españoles.
Pocas mujeres. También se pudo comprobar la fecha del
ABC que leía aquel que ya había sido visto desde lejos.

Otra nueva operación proyectada fracasó. Se trataba de
ver la forma de abrir las puertas del avión y entrar en él.
Pero no hubo manera. Todo estaba herméticamente cerrado como era de esperar. El Gobierno español se opuso a
toda clase de forzamientos. Y de ninguna forma se autorizó
a romper los cristales por temor a que el aire exterior
causase males irreparables.

Y así quedaron las investigaciones, no sabemos hasta
cuándo. La lista de toda la tripulación y pasaje perdidos

entonces se hizo famosa en el mundo. Los alumnos de física, bastante escépticos ya en cuanto al rigor de la disciplina, se aprendieron de memoria los nombres de aquellos pasajeros que esperaban que en un lejano futuro dieran la clave de tan desconcertante inmovilidad.

*

Los hombres de la patria y del extranjero poco a poco fueron perdiendo interés por aquel motor inmóvil, y sólo turistas de ínfima categoría lo visitaban rápidamente. El mundo entero se había acostumbrado a la anomalía, al fenómeno opuesto a todas las leyes de la física, con el que no pudo ni la leyenda inventada por no sé qué secta de que aquellos enlatados iberos estaban destinados por Dios a no recuerdo qué peregrina salvación del mundo. Todo quedó en las manos de la Providencia y del inescrutable destino. Y mientras tantos y tantos aviones españoles, aunque de patente extranjera, volaban; y tantos y tantos aviones extranjeros iban y venían, aquel viejo bimotor, aquel motor inmóvil, permanecía suspendido en el espacio sin explicación racional alguna.

La encontré sentada en su huerto. Apoyada en el tronco de un árbol, sobre las piernas bien unidas, vestida con pantalones, leía el viejo libro de Lucio Marineo Sículo, sobre la vida y hechos de los Reyes Católicos.

Y los ojos de Ella, aquellos ojos profundos y variantes como la vida misma, habían quedado inmóviles, fijos, sobre la contestación que dieron los judíos, a quienes con mala intención les preguntaban en qué empleaban el día del sábado sin hacer nada, guardándolo, y ellos, sarcásticos, contestaban: «que se limpiaban con los dedos las partes inferiores y torpes de su cuerpo».

El demandante, sin duda, tomando en serio la contestación de los judíos españoles, se alzaba con la siguiente imprecación: «Oh, gente muy necia y sin virtud. Respóndanme ahora los judíos más sabios y los grandes sacerdotes, si es mejor el sábado y día de fiesta que procurar la salud de los hombres y sanar enfermos y ciegos que poner los dedos en tan sucia parte del cuerpo.»

Ella sintió que un remolino de vientos históricos y de olor antiguo le envolvían los ojos, el corazón y los oídos, y que veía entre nubes violetas una judería provinciana, de Toledo o Ciudad Real o Segovia en sábado. Y veía muchedumbres de judíos con grandes turbantes de color y levitones. Magra la carne y seca la barba. Y judías gradisenientes de traseros abalconados o puntiagudos, con el vello subiéndoles por el perfil de la pierna hasta el mismo brocal de la gran sinecura. Opalandas amarillas bajo los tejadillos, en aquella tarde que vertía la lluvia de los canalones sobre el barrizal.

Judías maduras ya bien paridas, ya bien mordidas, que paseaban entre los gallos que picoteaban la inmundicia.

Judías maduras mordidas por el lagarto amarillo del gusto con muchas noches de grito y enclavije de uñas en el riñón del macho. Judías curtidas por la mucha costumbre del calambre súbito y latigante, con los huesos muy bien sonados por tanto retrepe y estire, por tan largas dislocaciones y cadencias.

Y judíllas en flor amarilla, con los pechos de punta de capirote, ropillas afresadas y nariz bien fuera, que paseaban los ojos suavemente, cautelosamente, por el ángulo de los zaragüelles y el pliegue de asentarse.

Y salían todas y todos a las puertas de sus casas a lavarse con los dedos aquellas partes infrasituadas. Y hacían ablución bajo los goterones de los tejados, en el abrevadero de la plaza, en las pilas de cada casa. Las veía ella durante las veinticuatro horas del sábado quitándose asteriscos de suciedad cansinamente, aburridamente con agua y jabón y los dedos puestos como en vihuela.

Y en ese día los judíos y las judías no se miraban entre sí, cada cual estaba atento a su limpidez continuada y ritual. Una moza, sentada en cueros en el portal de su casa, parecía medio amodorrada, mientras su aña le echaba y reechaba agua, y ella se pasaba la mano, con los dedos en punta, limpiándose todos los rincones del cuerpo.

Y un viejo rabino ya sin fuerzas, tumbado en su colcheta somera, era lavado por los judíllos, sus nietos, mientras él recitaba jaculatorias circulares e interminables.

Todo en la judería era chapoteo. Aunque los había que se limpiaban en seco los gusanillos interdigitales de sus largos y amarillos pies hebreos. Otros se descaspaban con ambas manos, con toda paciencia y proligidad, sentados en sus puertas abiertas, con los ojos entornados y un ronquido interminable.

Algunas judías, sentadas en las jofianas, con flores pintadas en la solana del zaquizamí, cantaban al frescor romances tristísimos.

Y había tertulias de limpiantes y rascantes en el rincón de la sinagoga, que entre rasque y rasque alababan a Dios. Era una limpieza sin fin y a dieta. Cada cual en su monólogo y en su monoidea. Cada cual en su monosueño y en su monomuerte, en su monogusto y en su monorrabia. Cada cual enterándose bien de la lobreguez y corto caudal de su cuerpo.

Y la bella judía enamorado de Isaac, frente a él, cada cual pegado al muro de su casa, se limpiaba su sitial, sin hablarse, y sin mirarse a otro lugar que a los ojos; pero sin duda esperando al otro día que no sería sábado, para juntarse bajo el árbol negro de la noche, susurrándose fermosuras, dechados, lindezas, fidalguías y firientes vocablos de amadores y coyuntadores...

\*

Ella, cuando descansó de su alucinación y recitado, tan cargados de olores y figuras, volvió a las hojas del libro que tenía sobre las piernas y leyó:

«La figura de la circuncisión fue —como escribe Lactancio— para dar a entender que se ha de manifestar el corazón de los hombres, y que se ha de vivir con claro y simple corazón, porque aquella parte del cuerpo que se circundida tiene semejanza alguna con el corazón humano, y por eso Dios mandó de descubrir aquella parte, porque por aquella nos atormentasen, que no tuviésemos el corazón cubierto y envuelto y que no tuviéramos en los secretos de nuestra conciencia algún vagoroso pecado.»

Y quedó ella bruscamente con la imaginación embalada, intentando hallar imágenes que le semejasen el corazón humano con aquella parte que se circuncida. Y veía hermosas selvas de corazones, tales como los pintan los libros, hichados de rojura, prietos de vasos, casi redondos, suspirosos, entrando y sacando sangre sin parar. Y no les hallaba apariencia pequeña ni grande con aquella parte que se circuncida.

Pronto surgió un nuevo pasaje que le hizo olvidar el anterior, cuando dice, como los Reyes Católicos, entre las medidas de persecución que tomaron contra los judíos: «Procedieron también contra los muertos que constaba haber delinquido mientras vivieron; y confiscados sus bienes y privados sus hijos de ellos y de todas honras y oficios, sacaron los huesos de las sepulturas, que fueron muchos, y los quemaron.»

Ella hizo punto aquí, alzó los ojos y —según me dijo— sintió por todo su cuerpo y por toda su alma un punzante calofrío, que luego, cuando lo recordaba o sentía repetido, llamaba «calofrío de la raza». Y mirando la llanura con los ojos entornados, a la vez que palpaba las hojas del libro, le surgían vivas imágenes de aquellas calendas.

Los Reyes Católicos y su Santo Tribunal decretaban contra los muertos. Y condenaban apuntando con el dedo extendido a la tierra donde estaban enterrados. Y en la tierra clavaban con flechas las condenas. Los ojos de los jueces traspasaban los poros de la tierra hasta llegar a aquellas cavas hondas donde yacían como esquemas amarillos los esqueletos de los que fueron judíos.

Aquellos ojos claros de la reina que solían escrutar celosamente si alguna dama de su séquito miraba al rey para exonerarla de la corte, también se habían clavado en la tierra buscando la carroña de los judíos. Y mandó tocar los clarines para que se alzasen las tierras y las toscas y fueran aireadas las tumbas. Y miles de hombres andaban cabando y dando zancajones por los cementerios de toda España en busca de los huesos judíos.

Y cuando hallaban la armadura pajiza de un judío enterrado hacía milenta años, cada inquisidor, abrazado a un esqueleto hebraico, hacía un baile raro buscándole la hoguera.

Esqueletos ya sin nariz delatora, ni ojos agudos, esqueletos ya ni judíos ni cristianos. Porque, señores míos, hermanos amadísimos, con la muerte de verdad os digo que se pierde la nacionalidad y el oficio. Y no buscaban las almas que las llevó el viento, ni las carnes criadas sin cerdo, ni la monda huesería del que fue mercader, peraile, escribano o joyero, y tuvo la ley de Moisés.

Por la noche negra los esqueletos llevados a hombros chisporroteaban sus santelmos. Y cada cristiano inquisidor chillaba de gozo como grajo, asido a su presa de leña. Y los lanzaban luego a una gran llamarada llamándoles «perros judíos». Y los tiraban a lo alto para que fuera mayor el golpe. Y algunos, antes de echarlos a la hoguera, les machacaban las calaveras con piedras maestras. O los orinaban por los cuévanos. O les buscaban, las mujeres, el resto de la circuncisión en el empeine raso.

Sobre las tumbas vacías saltaban los familiares del Santo Oficio esgrimiendo sus presas jauleras y pajizas y dando voces de exaltados.

Un forzudo de Arévalo echó su esquelto judío tan arriba que quedó enganchado en la veleta de un torreoncillo como un espantapájaros venido a menos. Y les hacían gestos obscenos. Y algunos simulaban que los ahorcaban en un roble grande.

Por fin se prendió la gran hoguera en la plaza del pueblo. Plaza con piedras a pico y ventanucos para asomar cabezas negras y echar ojos lobeznos. Plaza castellana agria, cajón de campanas y de entierros, resistero de agosto, escenario de justicias mayores y de autos de fe. Plaza del silencio, de la muerte, del piojo del segador, del filo de la hoz, del pie rojo y del hambre eterna. Plaza pinchosa de Castilla, plaza espiga seca, plaza grito, plaza sin corazón.

A solespones, en aquella plaza se prendió la hoguera y tocaron las campanas y un tambor. Y hubo incienso y homilías y latines mascados por muelas rotas untadas de flato. Y mujeres negras que se rascaban con las santas medallas.

Y como en procesión empezaron a llegar de los cementerios cristianos viejos cargados de osamentas judías. Al-

gunos que querían demostrar que su vejez cristiana era
mucha venían cargados como carro de gavillas. Y trayén-
dolos formaban una procesión mal ordenada, que echaba
peste y por todos lados tenía ganchos, brazos tiesos y
manos enclavijadas.

Una procesión cojeante y que cantaba unos himnos cata-
cumbarios, cuya música estaba escrita en sus dientes amarillos. Himnos con toda la chirriante tristeza de la raza
y el odio a cuanto sea vida y razón iluminada. Niños esqueléticos arrastraban de los pies los esqueletos judíos
que les caían en suerte. Y sacerdotes con cruces alzadas y
mantos de incienso, los ojos en blanco, cantaban opacas
aleluyas por el triunfo de la fe sobre tanto perro muerto.

Dos lascivas encajaron el esqueleto cheposo de un judío
con el tierno de una judía, y les empujaban para que si-
mulasen la operación amorosa. Pero algunos empezaron
a gritar que aquello era pecado, hasta que llegó un cura
que previa «conversión» al cristianismo de los esqueletos
los casó en una grotesca ceremonia. Y entonces mandó
a las lascivas que siguieran su juego porque todo estaba
en orden. Y la procesión se deshacía al llegar a la gran
hoguera prendida en el centro de la plaza, en donde cada
cual echaba su carga. Y cuando todos los esqueletos estuvieron entre llamas, el pueblo entero sentado en la plaza
aguardó la consumación total.

Y a la llegada del alba, con palas y bieldos aventaron
las cenizas por todos los cardinales. Y todo el pueblo y
todos los cristianos, y los mismos reyes, quedaron cubiertos de ella para siempre.

Desde mucho tiempo atrás se sabía que con unos receptores especiales se podía escuchar lo que se hablaba en una casa próxima, sin utilizar transmisor alguno. El sistema siempre fue reservado, y parece que sólo lo utilizaba el servicio contraespionaje y, en ciertos casos muy particulares, la policía.

Luego llegó la noticia, también muy oculta, de que se podía conseguir ver lo que ocurría en un lugar próximo por una pantalla de T.V. Este nuevo procedimiento también quedó cuidadosamente velado y se utilizaba de manera muy reservada.

Pero últimamente —y aquí comienza de verdad nuestra historia— un aficionado a las cosas de radio y televisión, aunque oficialmente no era ingeniero ni cosa parecida, redescubrió, parece ser que sin proponérselo del todo, que con un simple receptor de televisión, aplicándole no sé qué otro aparato de facilísima adquisición, consiguió ver y oír a través de las paredes a una distancia bastante considerable.

El inventor publicó su descubrimiento a los cuatro vientos, y como la oferta era tan golosa, antes de que las autoridades reaccionasen, la ciudad se llenó de aquellos combinados receptores que prometían tanto solaz para las gentes aburridas y curiosas. Al cabo de poco más de un año, en todos los hogares medianamente acomodados podía verse lo que ocurría en diez kilómetros a la redonda, sin más que poner en marcha el vulgar televisor y ayudarse con un selector de imágenes fácilmente fabricable.

Este es el prólogo de la situación que se planteó en seguida y que contribuyó tanto al universal desastre que todos conocemos.

La mentalidad de la gente cambió en pocos meses de manera inconcebible. Jamás se ha producido una metamorfosis a lo largo de la historia, de la psicología colectiva, tan radical y dramática. De pronto, todo el mundo se sintió espiado y observado minuto a minuto de su vida; y a la vez con un deseo obsesivo de espiar, de observar la vida del prójimo. La cosa llegó a tal extremo que era muy frecuente que los buscadores del secreto del prójimo, al intentar localizar a ese prójimo, lo hallaran junto a su receptor, mirando al mismo que los buscaba.

Pero los hombres más sensibles primero, y luego absolutamente todos, entraron en una situación de angustia inenarrable, una vez pasada la novedad del juego. Aquellos relajos naturales del ser humano cuando se siente solo desaparecieron. Y la gente empezó a comportarse en todo momento de una manera artificial, como si la puerta de su cuarto siempre estuviera entreabierta.

Verdad es que las primeras reacciones colectivas ante el fenómeno del ojo universal fueron realmente graciosas, y me atrevería a calificar de benefactoras para los usos y costumbres sociales.

Por ejemplo, las señoras, a la hora de almorzar, procuraban que la mesa estuviese puesta con mucha distinción, siempre con manteles limpios y la vajilla nueva. Todos se sentaban a la mesa bien vestidos y se hablaban entre sí con mesura y sonrientes. Las comidas, por el temor al qué dirán, eran realmente buenas y bien servidas. Los presupuestos familiares se resentían por la necesidad de esta forzada política y circunspección. La señora de la casa trabajaba todas horas con una pulcritud y orden admirables. Las chicas de servicio a toda hora aparecían uniformadas, los niños en correcto estado de revista y todos los objetos de la casa despedían luz de puro limpios. Y no digamos la competencia de mejorar los menús. Era realmente ejemplar. «Debíamos tomar suflé de postre como los señores del 158... Y coñac francés con el café, no vaya a pensar esa boba que nos estará mirando que no ganamos lo suficiente para permitirnos estas finuras.»

Naturalmente que todas estas reflexiones se las hacían los matrimonios en momentos estratégicos, ya que al igual que se les veía hacer todo se les escuchaba el más leve comentario. En última instancia se podía evitar el ser vistos. Bastaba apagar la luz o cerrar las ventanas; pero el ser oídos, jamás. Si la pieza estaba a oscuras, la pantalla del televisor-receptor quedaba a oscuras, pero la conversación se oía perfectamente. A los cuartos de aseo y dormitorios a la hora de utilizarlos se entraba a oscuras o a lo más alumbrándose con unas linternas minúsculas que se apagaban en seguida que era posible.

Aciertas horas, si se hacía pasar el receptor por hogares ajenos, sólo se veían habitaciones en tinieblas, sólo pinchadas por los puntitos de luz de las linternas. O bien aparecía la señora de la casa magníficamente vestida, sentada en un sillón, leyendo un libro muy exquisito que no entendía...

Fue un buen tiempo para las mujeres de la vida que estaban bien hechas. Sin escandalizar a nadie se exhibían por sus habitaciones despertando el apetito de los concupiscentes.

Los matrimonios tuvieron que abandonar el hábito de discutir y de hablar de dinero. Estos parlamentos vidriosos o denunciativos solían hacerlos cuando iban de viaje, pues el recibir imágenes y sonidos de vehículos en marcha resultaba todavía muy difícil.

Había familias que adoptaron para su comunicación la costumbre de pasarse notitas escritas con letra muy menuda, que leían pegándoselas mucho a los ojos o amparándose con la mesa y utilizando la minúscula linterna.

Los hombres cuidaban su lecturas, se ocultaban para beber y para llorar. Las señoras ponían especial empeño en la decoración de sus casas y la marca de sus perfumes y vestidos. Pues conviene aclarar que los comerciantes, mediante este indiscreto modo de observación, se enteraban de las cosas que uno utilizaba y a cada nada llamaban a tu puerta para aconsejarte que te cambiaras a su marca, que era mucho mejor.

Todas las cosas íntimas había que camuflarlas como verdaderas vergüenzas, y los humanos, en poco tiempo, se transformaron en seres de sonrisa estereotipada, modales correctísimos y palabras medidas, como si estuvieran de visita.

Estas contenciones sostenidas dieron lugar a unas descargas nerviosas, que pronto fueron de graves consecuencias, como habrá ocasión de ver.

El trabajo en oficinas y fábricas se convirtió en un verdadero martirio, a la vez que enormemente productivo, porque todo el mundo al saberse observado y oído trabajaba con una meticulosidad especial y en absoluto silencio.

Cambió hasta la naturaleza de los niños, a quienes se les inculcó la presencia de aquel ojo universal, y siempre andavan envarados, bien vestiditos, tristes y sin decir en voz alta su necesidad de hacer las cosas propias del cuerpo.

Todas las medidas que quisieron tomarse para evitar aquellas inquietudes resultaron inútiles. La curiosidad humana es tan feroz que nadie quería renunciar a su ventana, máxime sabiendo que a su vez era observado. Entre otras costumbres salutíferas, desapareció la mentira casi por completo. Nadie podía decir que no estaba en casa cuando estaba o que había estado en tal o cual sitio si no era verdad. El que los reservados de los *cabarets* estuvieron en absoluta tiniebla, así como los *mebles* era inútil. El hombre perdió en absoluto toda su autonomía y capacidad de iniciativa.

Los inteligentes creían que tan lamentable estado de cosas tendría pronto remedio, porque la gente es acos-

tumbraría a la constante observación, llegaría el relajo
y cada cual volvería a hacer lo que le venía en gana, pasara
lo que pasara. Al igual que feos y guapos salen todos los
días a la calle con su cara sin importarles demasiado, a
todos acabaría por no preocuparnos que conociesen nuestra intimidad. Pero se equivocaron totalmente. Habrían
hecho falta varias generaciones para conseguir ese resultado. La naturaleza humana estaba tan acostumbrada a
ciertos márgenes de autonomía e intimidad que no fue
capaz de llegar a la curva descendente del proceso, es decir,
al relajo. Y explotaron los nervios colectivos en muy pocos
meses.

Resulta ocioso decir que los ladrones y criminales pro-
fesionales desaparecieron casi totalmente. Las cárceles se
transformaron en sitios confortables y humanos donde no
se maltrataba a los reclusos. Los internados, reformatorios,
campos de trabajo y el mismo ejército eran ejemplos de
civilidad, corrección y buenas costumbres. En este aspecto
colectivo sí que ganó la sociedad, pero vulnerar la vida
individual ocasionó un trauma colectivo muy por encima
de estos bienes públicos.

En seguida hubo personas, las más sensibles, que, incapaces de vivir en aquel estado de constante tensión, perdieron el seso total o parcialmente. Los más resistentes
sólo sufrían ataques pasajeros de histerismo, que se resol-
vían amenazando al vacío, es decir, a la vecindad que les
veía. Proferían contra «ellos» insultos y hacían obscenidades y exhibicionismos que pretendían insultar y escandalizar. En otros la obsesión era tan grande y continuada
que acababan recluidos en casas de salud.

La gente le echaba la culpa al Estado por permitir aquel
escándalo, pero ni el Estado tenía la culpa ni sabía muy
bien qué había que hacer ante fenómeno tan insólito. Pues
no eran los menos afectados los señores del Gobierno, cuya
vida privada y pública quedaba tan a la intemperie como
la del Juan particular.

Por cierto, que como es natural, la vida política y ad-
ministrativa del mundo mejoró enormemente con aquella
transparencia. Los gobernantes y administradores, como

si el mismo Dios estuviera siempre presente, se comportaban con una corrección y honradez nunca vistas. Se impuso la sinceridad, la verdad objetiva hasta límites insospechados. El cohecho, el abuso, el latrocinio, la irresponsabilidad y el arbitrismo que tanto suele atacar a los que se dedican a la cosa pública, se contuvo del todo, hasta el extremo de que muchos políticos y administradores abandonaron su puesto, ya que con el sueldo a secas y sin las prebendas de costumbre, no les tenía cuenta el cargo.

Todo el mundo se hizo honrado «a la fuerza», comedido, prudente y veraz por la presión exterior. La conciencia se había desarrollado, aunque por medios mecánicos, de manera casi evangélica...

Pero hablando de evangelios, la confesión se hizo casi imposible. Todo el mundo andaba al acecho de las confesiones de determinadas señoras y peces gordos, y nadie se acercaba a un confesionario como no fuese a lucirse y echar mentiras. Se estudiaron varias medidas, tales como dejar totalmente a oscuras los templos para que no fuese localizado el penitente. Pero resultaba inútil, todos temían que se les viese entrar al templo y se les reconociera por la voz. Igualmente acabó el adulterio, los robos y los crímenes. Al tiempo que la vida individual se deshacía dramáticamente, la colectiva ganaba en pureza y perfección. Pero, ya lo dije, las ventajas no compensaban la ruina de la intimidad, del fondo malo o bueno, insobornable, de cada uno. Quedaba demostrado una vez más que la perfección pública ha de conseguirse respetando la libertad individual. De lo contrario, se cae en una especie de totalitarismo, que pretende arreglar la sociedad en determinada dirección a base de mutilarla y coaccionar la individualidad. Y naturalmente, siempre fracasan y acaban en catástrofe, porque la intimidad sólo resiste presiones hasta un cierto límite y en ocasiones muy especiales. La salud del alma individual todavía es lo suficientemente robusta para que el mundo siga andando.

Hubo por fin un cierto respiro con el descubrimiento de una especie de amianto plástico que impedía la emisión casi total de las ondas sonoras y luminosas. Ni que decir que inmediatamente todo el mundo se precipitó a revestir de aquella sustancia su piso o al menos algunas habitaciones, donde poder descansar de aquel ojo universal que nunca paraba. Para las gentes modestas que no podían adquirir aquel costosísimo material se inventó una especie de protecciones en forma de «monos», mandilones, hábitos a veces o pequeños biombos, que preservaban en buena parte de la vista general, al menos para ciertas operaciones.

El remedio fue muy eficaz durante poco más de un año. Puede decirse que durante este tiempo la gente llegó a vivir normalmente, a respirar y recuperarse de su desesperación.

Pero en seguida ocurrió lo inevitable: un astuto ingeniero suizo que se aburría mucho y quería seguir en el espectáculo, inventó un pequeño modificador de los receptores, que les permitía captar sonido e imagen, con absoluta nitidez a través del famoso amianto tranquilizante. De nuevo todas las casas, hasta sus más ínfimos rincones, estuvieron al alcance de la vista y el oído público.

La noticia fue acogida con pavor por todos, pero una vez más triunfó la curiosidad, la terrible idea de que ya que todos lo tenían, ¿por qué no lo tenían ellos?, ¿qué evitaban con eso? Especialmente en las mujeres dominó esta idea. Y como aquel filtro también era muy asequible, en poco tiempo volvió a quedar como estaba el año anterior.

Luego de la experiencia primera, en esta segunda etapa todas las cosas fueron mucho más de prisa. La depresión y el histerismo se generalizaron de manera obsesiva. Y de un momento a otro se preveía que las autoridades internacionales, el gran Gobierno Federal Europeo, en contacto con los Gobiernos Federales de las cinco partes del mundo, tomaría medidas decisivas para desmontar aquella perniciosa ofensa al ser humano.

Todavía hubo un paso más agravante: se inventó la manera de que los receptores captasen imágenes, si no del todo claras, ésa es la verdad, en la misma oscuridad. Aquello fue el colmo de la angustia. Todos los días se producían miles de ataques de locura, de suicidios, de homicidios... Y aceleró el proceso ya de por sí bastante descompuesto como suele ocurrir, un accidente en apariencia pequeño.

Sofie, una bella actriz, creo que de origen sueco, padeció durante breves días una aparatosa indisposición intestinal. Arrastrada por la urgencia, se olvidó de tomar las mínimas medidas para no ser vista en sus penosos y repetidos trances; y la noticia poco airosa de su mal, llegó a conocimiento público. A mucha más gente que a sus médicos de cabecera que eran varios y buenos.

Los televidentes estaban acostumbrados a presenciar accidentes de este tipo y la cosa no habría tenido mayor importancia de haberse tratado de una persona normal, pero Sofie tenía demasiados admiradores y demasiados detractores. Era guapa, demasiado perfecta, demasiado orgullosa de sus atributos perecederos. Tenía suficientes enemigas y envidiosas, que inmediatamente pusieron el suceso en circulación a través de chistes e indirectas alusivas a su pasajero mal. Incluso llegaron a sacarle fotos en aquellos trajines de urgencia y a publicarse jocosidades en periódicos y revistas de cine. La cosa en sí maldita la gracia que tenía, y hubiera acabado en nada si Sofie hubiera gozado de unos nervios normales. Pero el abuso de la bebida, la fatiga del trabajo, la constante exhibición gloriosa y otras irregularidades de su vida, la descompusieron hasta tal extremo al enterarse de la publicidad de su cólico, que se vio presa de una crisis que tuvo repercusión universal e histórica.

Durante varios días —todo el mundo lo observó— estuvo llorando sobre su cama, sin tomar ningún alimento. Pero no con un llanto más o menos histérico, sino reducido a una especie de gemido, único y monocorde, que no cesó hasta quedar totalmente afónica. Durante días resultó un espectáculo conmovedor ver aquella criatura, hecha un ovillo en la cama, los ojos cerrados, el gesto crispado y a la vez que se mordía una mano, emitir aquel sonido fino, interminable, angustioso. Fue su grito una especie de sirena del terror que escuchó el mundo entero y que puso en marcha la operación necesaria para cambiar aquel estado de cosas que llevaban al hombre a una nueva condición de animal.

A los tres días la pobre Sofie era una especie de pelele, a la que fue necesario someter a un riguroso tratamiento para volverla a la normalidad fisiológica, que no mental, ya que quedó en un estado de alienación total, del que jamás se recuperó. Se negó a salir de una alcoba absolutamente oscura y a recibir a sus amigos y familiares. Envejecida de manera súbita, continuó en la cama hasta que el olvido y el conocimiento de las nuevas medidas tomadas por el Gobierno Internacional, distrajeron la atención de las gentes.

El caso Sofie puso en marcha el gran decreto de los tiempos nuevos, que aunque repugnaba a la mayor parte de las conciencias, resultó imprescindible para garantizar, al menos un poco más de tiempo, la supervivencia de la sociedad humana dentro de la barbarie de la técnica. La técnica en manos de los filisteos y hombres comunes se había transformado en un peligro sin paralelo en la historia de la humanidad. El famoso decreto establecía, ni más ni menos, una férrea dictadura, una verdadera tiranía, con el fin de lograr «la libertad ciudadana». Luego de un preámbulo que dejaba las manos libres al gobierno de cada país para actuar en muchas materias, establecía legislación completa sobre la T. V. I. (televisión indiscreta, como se le llamaba de manera eufemística) y se creaban unos tribunales especiales que podían hacer juicios sumarísimos aplicando en veinticuatro horas la pena de muerte a toda persona que se demostrase que utilizaba la T. V. I. Se dio un plazo prudencial para que todo el mundo pudiese deshacerse de sus aparatos, y en seguida comenzó una inspección especial casa por casa que ya no se interrumpiría nunca.

Y entró en vigor la famosa ley de «pena de muerte a la T. V. I.» para quinquiera que le fuese hallado el aparato o se le encontrase en trance de utilizarlo. La orden fue tan tajante, tan dramática y deseada, que en su inmensa mayoría fue rápidamente obedecida, ya que la policía se reservó el derecho de emplear la T. V. I. para investigar los casos sospechosos. Cierto que el decreto garantizaba que el derecho a utilizar por parte de la policía la T. V. I. sería en casos limitadísimos, y ante un pequeño jurado, permanente nombrado para tal efecto.

De todas formas, durante varios meses, hasta que el terror tomó estado de conciencia, hubo en todos los países que ahorcar a varias personas, especialmente mujeres cuya curiosidad ejercitada en husmear en hogares ajenos era enfermiza, superior a toda fuerza coercitiva.

Resulta curioso que casi todas las mujeres que encontraron ante la pantalla de la T. V. I. eran unos seres histéricos y enmascarados completamente de negro, con una tupida careta, para no ser identificados con facilidad.

Durante años, hasta que llegó la gran catástrofe, raro era el mes que en todos los países no se ahorcaba a una de estas enmascaradas que habían hecho de la curiosidad universal una segunda naturaleza.

Me sacó de la cama sin apenas permitir que me vistiera. Y echamos campo a través. Ella, como siempre, iba delante, llevándome de la mano, casi corriendo. Decía que íbamos «a las oraciones», a oír decir las oraciones.

Con el alba los montes se hacían transparentes. Aquellos montes de púas finas que ella siempre decía que estaban cuajados de cabras hispánicas rojas. Cabras rojas por la sangre de cuantos murieron injustamente. Cabras con la cabeza cubierta de cimeras de viejas armaduras. Cimeras con agujeros para dejar salir los cuernos. Millones de cabras con ojos duros de campesino castellano, que a la hora de dormir los dejaban colgados en las jaras para que pudieran vigilar durante su sueño *las injusticias incesantes del mundo de los tontos:* de los hombres con alma de cimera que rompen la ilusión de vivir.

Decía ella que entre los picos más altos había lagos de sangre espesa donde nadaban sin cesar las cabras hispánicas en espera de no se sabía qué día importante de la historia, y nadaban fatigosamente, heroicas, sin permitir que se les cayera la cimera rota.

A la luz de la luna, en los lagos, se veía el torpe chapotear de las cabras. Porque no podían dejar de hacerlo nunca para que aquella sangre no se cuajara, ya que entonces se perdería el recuerdo de los inocentes.

Y siempre me prometió ella, como a un niño, llevarme a aquel monte a ver las cabras, a ver los lagos en la noche, pero luego cuando se lo recordaba, se hacía la distraída y hablaba de otra cosa. O me acunaba sobre los árboles morenos de sus muslos para contarme viejas fantasías, como aquélla de la niña que se crió metida en el tronco hueco de un árbol y su cuerpo respiraba por las hojas y sus brazos llenaban las dos ramas maestras. Aquel árbol del que se enamoró el pastor de los ojos caprinos que gustaba de tumbarse a su sombra acariciando las raíces que emergían de la tierra.

O me contaba la otra leyenda del niño que se bañaba en el río y salió verde y sus padres no querían reconocerlo. Y andaba noche y día llorando por la ribera, bajo los olmos, solo. Tan agudos eran sus lamentos que los álamos abatieron sus copas, lo tomaron entre ellas, y en catapulta lo lanzaron al cielo entre una nube de flores blancas. Y allí en el cielo se hizo el gran platillo volante de reflejos verdes, como ojo de la gran águila que vigila la tierra, clasificando a las criaturas que merecen la pena de ser salvadas del gran golpe que se avecina.

Ella no me llevaba al monte de las cabras, ni a la playa de las hormigas gigantes como camellos que galopan por la noche llamando a los náufragos. Ella quería preservarme del gran pavor de ver las cosas más crudas de la vida. De esta gran muerte que es vivir acosado por tantos engaños y por tantos errores.

Y después de nuestros viajes, me hacía descansar la cabeza sobre sus muslos morenos y me distraía como a un niño con historias alucinantes. Ella, que era mujer, sabía mejor los secretos de la tierra, porque los hombres de verdad vivimos sobre la panza de las ideas, mientras ellas están con la garra del alma clavada en el más profundo humus. Esta noche —insistía— quiero que «veas las oraciones». Y lo decía como si yo supiera de

qué oraciones se trataba. Pero la verdad que iba ciego,
como siempre que me llevaba a las excursiones que tan
torpemente cuento aquí. Sí; torpemente, porque la fuerza de ellas no permite que la pluma haga las frases redondas ni busque la palabra cabal. Hay que escribir así
balbuciendo, a golpe de párpados, aprovechando cuando
el pulso deja descansar la mano sobre el papel un instante.

Ella tenía los pechos como suaves colinas de azafrán y
su cabeza era el gran zoológico de las ideas.

Nunca se sabían dónde iban sus pasos ni cuál sería su
caricia próxima. Una vez me hizo sentar en una rama
de un árbol, y ella desde abajo me besó los pies. Con el
alba el mar se acariciaba tranquilo a sí mismo, y unas
luces flotaban sobre el horizonte. Unas luces rojas como
amapolas gigantes que se movían a saltos de canguro.
Ella me las mostró con la mano y al mirarle la cara vi
que aquellas lejanas amapolas navegantes le tintaban a
ella los ojos de rojo intenso y al abrir la boca le vi en el
fondo un vaso de besos encarnados. Se rió de pronto,
puso su boca sobre la mía un gran rato y volvimos a
correr bajo las ramas de los naranjos también encendidos de rojo... «¡Anda!, vamos a ver las oraciones.» Empezamos a descender por un terraplén muy liso y pen-
diente de tierra casi blanca, mientras los huertos de naranjos flotaban por el aire como nubes, llevando sobre
sus crestas a labradores en el tractor que nos hacían desde arriba saludos con el sombrero. La carretera negra
también quedaba arriba como una bandera estrecha y los
coches iban por ella muy veloces. De ellos mujeres alegres sacaban pañuelos de colores y nos saludaban con
júbilo. Y luego vimos la transparencia de las arenas de
la playa y las aguas verdes del mar que lo teníamos por
techo. Pasaban rozando el fondo, cerca de nuestras cabezas los peces cogidos de las aletas haciendo círculos im-
precisos... Y por nuestro camino subterráneo y subma-
rino empezamos a encontrar gentes que iban en grupos,
vestidos con trajes antiguos, y llevaban cestas con me-
riendas y nos saludaban con gran pausa. Las carnes de

estos caminantes parecían nuevas, recién hechas, brillantes, artificiales.

Seguimos bajando y bajando y veíamos muchas cosas. Una plaza muy grande, llena de toros sentados en los tendidos y en los palcos, que se reían mucho viendo unos toreros gordos sentados en el ruedo que claveteaban zapatos viejos y vendían castañas asadas.

Luego vimos un almacén de curas. Estaban todos tiesos en rimeros, colocados sobre estantes, con las manos cruzadas sobre el pecho y unas bolas de naftalina. Hombres y mujeres desnudos, no muchos, parecían los guardianes de aquel gran almacén y velaban con gran asiduidad por echarles la naftalina y evitar que los malograra el pulgón o las termitas. Cada cura congelado o dormido tenía su etiqueta puesta en el cuello y en otros estantes más elegantes y cuidadosamente cubiertos con celofán estaban los obispos y cardenales. Estos parecían estar en cámaras refrigeradas porque se oía el ruidito de un motor.

Pero seguimos por aquello «de las oraciones». Venían por el camino rodando flores gigantescas, redondas, como empujadas por el aire, y dejaban un aroma tan fuerte que nos empezaron a escocer las narices y tuvimos que echarnos a tierra abrazados, porque no podíamos resistir. Una de aquellas flores se paró junto a nosotros, alta como una apisonadora y estuvo como oliéndonos un buen rato, por fin saltó sobre nosotros y pudimos respirar por todos los poros.

Luego de un gran espacio sin nadie, llegó como un ciclón de pezones de mujer, cierto que ciclón no impetuoso, suave, que venía sobre el camino de greda botando. Y a ella se le pusieron seis de aquellos pezones en cada uno de sus pechos, desnudos de pronto, y al mirarlos yo no sabía de verdad cuáles eran sus pezones naturales y cuáles los adheridos. Nos reíamos mucho viendo aquella cornucopia de pezones y sobre todo luego cuando se me paró a mí uno en la punta de la nariz y ella le dio un beso menudo.

Pronto los pezones fueron aventados y volvimos al descenso imparable. «No quiero verte otra vez así, caído sobre el terraplén, con los ojos tan abiertos pidiendo socorro. No vuelvas a quedarte otra vez así entre la tierra de estas honduras. Levántate y reposaremos un buen rato junto aquel tronco de árbol de piedra que tiene grabado el corazón de Adán.»

Ella decía todo esto mientras tiraba otra vez de mi mano para continuar la bajada. Es importante que combatamos con éxito la legión de caracoles que baja por la cima cenicienta que hay en frente. Fíjate bien en su color violáceo, en los gigantescos gorgoritos y burbujas que sueltan por sus trompas. Eran grandes como de dos metros de alto, brillante su moradez y marchaban con los ojos fijos y orgullosos. Son los grandes succionadores de la memoria, los devoradores de la historia y borradores de los amores pasados. Venían arrastrándose con los cuellos bien fuera, y los cuerpos tensos como antenas, atisbando el posible enemigo. Recuerda que son los devoradores de la historia. Contra ellos luchan los pocos hombres inteligentes que hay en el mundo que acaban venciendo con la ayuda del tiempo, pero de momento ellos son los que embaban el mundo. No pudo decir más porque en seguida llegaron a nuestra altura los babosos. En seguida siento que uno me pone su ventosa en el cerebro y me chupa con gran presión. Y llegó otro y otro y muchos más y me succionaban sacándome las más delgadas esencias de mi yo. Me sentí luchar entre aquellas babas moradas. A ella la entreví más lejos también debatiéndose entre una multitud de caracoles. La tenían cabeza abajo. Tardamos en recobrar el conocimiento. No teníamos dónde lavarnos aquellas babas y caminábamos como embadurnados de cristal. Intenté pensar algo y no podía porque los caracoles me habían dejado el cerebro lleno de sal gorda. Ella me miraba también con ojos vidriosos sin ideas. Me había quedado tan lelo como los que echan discursos de mentiras, como los moralistas rígidos, como las monjas que no dejan pasar al convento a un niño de dos años porque va en traje de baño.

Por fin me invadió un sueño delgado que duró no sé cuánto tiempo. Dormimos sobre las barcas azules que había sobre la vereda aquélla. Oía durante el sueño un coro de voces de mujer que cantaban una letra ininteligible. Tardaron mucho en acercarse, pero por fin llegaron y nos bañaron en una caracola gigantesca mientras reían con ingenuidad. Nosotros teníamos cara de niños inocentes, pero el agua aquélla nos iba volviendo a nuestro ser.

Mientras tomamos el sol —un sol lejanísimo— ellas cantaron un poco todavía y por fin marcharon. Sólo quedaron dos muy hermosas y grandes que nos llevaron al árbol del amor; así lo llamaban. Era un árbol como todos, sólo que de un color azul muy claro con frutos rojos en forma de corazón. Ellas nos dejaron debajo de las ramas y se retiraron un poco riéndose mucho. Esperamos allí sin saber bien qué iba a pasar. Al cabo del rato notábamos que unas ramas de árbol, como brazos aunque sin perder su forma, bajaban lentamente hasta que tomaron a ella por la cintura. La alzaron un poco, la pusieron en posición casi horizontal. Unas ramitas pequeñas la desvistieron. Otras le separaron un poco las piernas. Luego otras ramas me tomaron a mí detrás, por la cintura, y me subieron a su altura, me desvistieron también y me empujaban hacia las partes del cuerpo de ella que las ramas querían, y allí me hacían acariciarla de acuerdo con unas combinaciones que de verdad yo no sabía. Las ramas nos manejaban bien y con mucha suavidad, ésa es la verdad, y aquello duró mucho y muy bien. Fue lo más emocionante del viaje, más que la espantosa aventura de los caracoles. Cuando quedamos fatigados, las ramas nos depositaron suavemente sobre el césped. Y las dos mujeres altas que allí nos habían llevado marcharon corriendo y riéndose mucho.

Amaneció aquel día un sol de vidrio verde con burbujas en la cara. Un sol de caramelo de menta esmerilado por la saliva de cierto cielo baboso, que daba a todas las cosas luz de acuárium. Fue un amanecer entre tarde y bosque, entre agua estancada y pipermín chorreante, que quitaba a toda la ciudad su habitual colorido.

Los ciudadanos que madrugaron mucho aquel día, tal vez porque vieron sus sueños reflejados en verdes pupilas, se asomaban a los balcones a mirar aquel cielo semáforo, y luego se contemplaban entre sí, asombrados de sus semblantes clorofílicos. Pero nadie hablaba ni hacía comentarios sobre aquel fenómeno desconocido. Se limitaban a observarse con gesto inexpresivo, como si cada cual diese vueltas a su cabeza en busca de la remota causa de aquel acontecimiento. Las mujeres, al mirarse, iniciaban una mueca alzando el labio y no se sabe si con deseos de reír o llorar, mostraban sus dientes con un verde almendreños y el arranque de entre ambos pechos era cauce esmeralda de un antiguo río. Los niños se asían a las faldas de las madres sin llorar, con gesto suspicaz, como si sospecharan que sus padres habían puesto especial empeño en no revelarles cuanto ocurría.

Tanto llamó la atención a los ciudadanos —era natural— el nuevo color del sol, que tardaron mucho tiempo en fijarse en los andamios. Diríase, aunque resulte difícil de explicar, que los andamios les parecían consecuencia de lo averiado color del día. Y, a pesar de su abundancia —cubrían absolutamente las fachadas de todas las casas de la ciudad— al fin y al cabo su forma les resultaba más familiar que un solo verde. Andamios metálicos muy tupidos, que crucificaban balcones, ventanas y puertas y a veces excedían la altura de los tejados. Andamios nerviosos y mimbreantes, pero que ofrecían gran seguridad. Andamios como cuadrículas de hierro amarillo que proyectaban sus sombras lineales sobre las fachadas iluminadas por aquel verde suave.

Poco a poco, las gentes, provisionalmente acostumbradas a aquella luz y a la rejería que tapizaba las fachadas de sus casas, empezaron a confiarse. Se les veía (sin duda movidos por la curiosidad de saber lo que pasaba más allá, acuciados por el hambre, o por la inercia de ir a sus ocupaciones cotidianas) deambular con mucho tiento sobre los andamios, agarrándose bien a las barras de hierro pajizo. Eran legiones de funámbulos callados, verdes y medrosos que marchaban por todos los tramos del andamiaje. Los que vivían a la altura de los tejados eran los que corrían más riesgo. Quienes andaban a la altura de las ventanas de los pisos bajos lo hacían con mayor desenvoltura y ligereza.

Todos caminaban callados, mirando a una y otra parte, sin hacer comentarios, como si tuvieran la certeza de no poder eludir todas aquellas anomalías que les había traído el día nuevo.

Cierto que desde algún tiempo se susurraba que algo inusitado iba a acontecer. Los espíritus estaban agitados y se presentía una grave mutación del orden establecido, pero nadie pensó que las cosas tomaran tan excéntrico camino. Decir hombre es decir esperanza, que procura teñir los peores presagios con evasiones consoladoras.

Bien mirado, el que el sol fuera verde y las casas estuvieran apresadas por andamios resultaban incomodidades soportables, si se comparan con la muerte misma que, al menos mentalmente, suele considerarse la más extremosa incomodidad.

Además, en seguida comprendieron todos que la existencia de los andamios era una saludable invención de la municipalidad para que los ciudadanos pudieran desenvolverse, ya que no había manera posible de circular por las calles, pues, tanto la calzada como las aceras, aparecían totalmente cubiertas de automóviles. Coches que no podían circular encajados unos en otros, sin el menor resquicio entre ellos. Autos empotrados en un sólido bloque... El que los semáforos continuaran funcionando con su juego inveterado de rojos y verdes, ahora completamente innecesarios; que los guardias desde los andamios tocasen el pito y dibujasen con los brazos movimientos habituales no facilitaba la eventualidad de que aquellas pastas de coches pudiese resolverse, ni mucho menos.

Hacia mediodía, las gentes ya caminaban con gran soltura sobre los andamios, llevando carteras, cestos de la compra y paquetes diversos. Algunos tomaban cervezas o hacían sus compras por los montantes y ventanas de las tiendas que para este efecto habían sido desprovistos de cristales, toldos y rótulos. Los bancos, que habían puesto mostradores, cajas y empleados en todos los balcones y ventanas de sus adinerados edificios y parecían operar con la diligencia y provecho de siempre. Las mujeres del amor en venta, también se habían decidido a sentarse en sus ventanas particulares fumando pitillos y saludaban a los hombres que pasaban junto a ellas con la picardía acostumbrada. Los fieles oían misa asomados por las linternas de la cúpula del templo o por las vidrieras emplomadas. En general la vida de todos los días se procuraba acoplar a las nuevas estructuras metálicas.

Lo que de verdad resultaba más incómodo era cuanto ocurría allá abajo en la calle. Los conductores de los autos que yacían inmóviles, cada vez parecían más enfurecidos. Hacían sonar sin cesar los cláxones, aceleraban el motor, daban voces y proferían insultos muy desagradables. Además, los gases que salían por los tubos de escape iban creando una atmósfera nociva y cada vez más oscura, que a buen seguro perjudicaría a la larga los bronquios de aquellos hombres tan justificadamente contrariados. El humor amargo e irrespirable que salía de aquellos coches a veces vencía con la intensidad de su azul la verdura del ambiente.

Cuando los viandantes de los andamios perdieron en parte su perplejidad y rompieron a hablar, sus conversaciones estaban encaminadas a ver la forma de aclarar —naturalmente que con muchísima prudencia y recato, pues nunca se sabe dónde puede estar nuestro enemigo— las causas de aquellas anomalías. Se dieron versiones de muy variada argumentación y casuística; sin embargo, la más generalizada y admitida a última hora de la tarde predicaba que entre los coches que empedraban la ciudad había uno que transportaba peligrosos enemigos. La necesidad ineludible de capturarlos había obligado a la policía a formar un estrechísimo cinturón en torno a la ciudad, que impedía todo movimiento del tráfico rodado y aseguraba tarde o temprano la captura de los sospechosos. La luz verde del sol de aquellas jornadas, y por supuesto el montaje de los andamios, parecían estrechamente relacionados con aquella magistral operación policíaca.

Bien avanzada la noche, la radio y los periódicos —que salieron un poco tarde— confirmaron el rumor y aseguraban, intercalando himnos brillantes, la radio, y frases encendidas los diarios, que faltaban pocas horas para que todo se resolviera satisfactoriamente, ya que los peligrosos enemigos estaban casi localizados. Se añadían ruegos suavísimos y convincentes a los trabajadores para que cumpliesen pacíficamente con sus deberes y a los estudiantes para que hiciesen caso omiso de tan leves incidencias y pusiesen especial ahínco en la aprehensión de sus temas, para así poder llegar a ser el día de mañana unos hombres de provecho.

La única novedad que se apreció en los días inmediatos fue la aparición de algunos helicópteros que surcaban los cielos verdes de la ciudad y aterrizaban en las azoteas de los grandes edificios. Parece que estaban destinados a trasladar a ciertas personas cuyos menesteres importantes no podían llevarse a cabo sobre los interminables caminos de los andamios.

Pero las cosas no fueron tan de prisa como decía la Prensa y la radio en sus interminables e invariables razonamientos. Durante semanas y meses la situación se prolongaba. Cada día más helicópteros especiales que revolaban bajo el cielo verde de la ciudad. Y las gentes sencillas empezaron a sentir un vértigo invencible de tanto andar sobre andamios. Con frecuencia caían algunos hasta estrellarse sobre los automóviles. Por cierto que la situación de los ocupantes de éstos no era envidiable en absoluto. Consumidas las baterías, agotada la gasolina, apenas daban señales de vida. Todo su empeño era alimentarse con las difíciles viandas que les echaban desde los andamios sus amigos o familiares. Claro que algunos coches estaban tan mal situados, tan estrechamente encajados, que no había forma de que les llegase alimento ni líquido alguno. Se comentaba, no sin fundamento, que muchos de los automovilistas habían fallecido de inanición dentro de sus coches. En efecto, pronto empezó a notarse un hedor corrupto en muchos puntos de la ciudad.

Los transeúntes que caían sobre los coches, mareados por el vértigo, a veces resultaba muy difícil rescatarlos, y se les veía agonizar de manera muy desagradable sobre el capot del automóvil que les había tocado de lecho de muerte.

No obstante las dimensiones de tanta incomodidad, nadie parecía dispuesto a hacer reclamaciones enérgicas. Cada cual atendía a sus quehaceres inmediatos, se procuraba los humildes placeres que estaban a su alcance y se abstenía de hacer el menor comentario. Y si por raro acaso alguien sacaba la conversación, unos con más énfasis y otros con menos, todos justificaban la excepcionalidad de las condiciones en que se desenvolvía la vida de la ciudad.

Los periódicos y la radio abundaban en afirmar que de verdad aquella inmovilidad de los automóviles era beneficiosa para la salud, ya que impedía que hubiera accidentes de circulación y atropellos. También se hablaba de la situación de los andamios, ya que permitían a las gentes llevar una vida más higiénica por la altura. Y elogiaban al sol verde por sus virtudes salutíferas; no quemaba, no hacía arder la sangre, por el contrario la mantenía en una temperatura media que imposibilitaba reacciones apasionadas. Sí; se reconocía que la luz verde disminuía la actividad cerebral, las vibraciones nerviosas y el repris vital, pero esto ciertamente era beneficioso para la buena convivencia ciudadana.

Y, desde luego, cuando pasó más tiempo, si bien se mira, las cosas mejoraron bastante. Murieron todos los ocupantes de los coches por las causas dichas y los automóviles mismos, oxidados por las lluvias y nieves, quedaron como una especie de bloque con la misma forma de la ciudad. Ya no se oían ruidos, ni había olores pestilentes, ni por supuesto se presenciaba el lamentable espectáculo de ver morir a tantos seres pegados a su volante.

Tanto mejoraron que no tardó en apareecr el famoso bando municipal que ordenaba echar cemento sobre los coches oxidados, hasta formar una nueva calzada. La medida fue fructífera y consoladora. Sobre aquel firme de hierro empezó a dibujarse un estupendo pavimento asfaltado y por supuesto unas aceras perfectamente asoladas y de trazo muy regular. Como consecuencia prevista, se pudieron quitar los andamios y a las casas se les hizo salida y ventanas mucho más estrechas en la planta baja, a la nueva altura de la calle. Como decían muchas gentes de buen humor, «bien vale tener el piso un poco más bajo de techo, con tal de que haya desaparecido esta incomodidad de los andamios...». «Y la pestilencia de los coches inmóviles» —añadían las mujeres.

El sol, eso sí, siguió verde sin remedio inmediato, y las gentes se sintieron eufóricas de poder pisar alegremente la calle y entrar en sus casas por donde está mandado. A veces se recordaba la mala suerte de los automovilistas, que quedaron bajo el asfalto, pero la verdad es que ya aquellos miles de coches resultaban modelos antiguos. Además, daba gran placer ir y venir por la calzada flamante. Como no había coches, toda la calle era para los peatones.

Y por fin, pocos años después —que el mundo no hay quien lo pare— comenzó a repetirse la historia y nuevos coches, aunque pequeños, mucho más pequeños y endebles, empezaron a aparecer por las calles de la ciudad. Eran éstos unos coches muy semejantes entre sí, perfectamente matriculados, modernamente pintados. Proliferaban cada día y salían gozosos a las afueras de la ciudad, dando grititos de libertad con sus agudos cláxones sin recordar para nada que caminaban sobre una fosa interminable de antepasados muertos en la más absoluta inmovilidad.

Los agoreros solían predicar que aquellos sospechosos de antaño, bien pudo ocurrir que salieran ilesos, y ahora sobreviviesen probablemente en alguno de los cochecitos ligeros que de nuevo animaban la ciudad... Posiblemente —decían con aire silencioso— en un breve plazo será preciso volver a acordonar las calles, para tratar de capturar definitivamente al enemigo redivivo.

## 12. Tablado flamenco

Todas las noches salían de él los ingleses llorando.

Se veía a las damas color malva subirse a los automóviles con una lágrima malva a punto de desprendérsele de la punta de la nariz.

Se veía a los gélidos caballeros rubios poner en marcha los coches, con el cigarrillo completamente mojado con esa agua blanca con sabor de té que lloran los ingleses.

A nadie contaban de verdad lo que allí sucedía, pero unas gitanas por las esquinas de Madrid viejo anunciaban el tablado con suspiros de luto y aguardiente.

Alguien había visto entrar allí a media noche ataúdes cargados de gitarras, palillos y secretas burullos de esos pañuelos que se utilizan para tapar la boca de los muertos. Y enaguas almidonadas que se tenían de pie como cucuruchos de papel.

Se decía que allí había mujeres con los muslos de luto. Y siniestros gitanos sin vientre llevando entre el pecho y la cadera una faja de aire transparente.

Los zapatos de las bailadoras después de cada sesión se enterraban a la orilla del Manzanares y con las botas de los bailarines se estaba pavimentando un trozo de la Costanilla.

En la puerta, un lacayo de librea verde, calzón corto y medias rosas que saludaba inclinando la cabeza y alzando un coleto tieso con lazo negro como una cruz de ébano. Y como zaguán una larga galería de armaduras brillantes y cuadros con radiografías de guitarras. Se entraba sobre alfombras de terciopelo y de vez en cuando, a manera de callejón sin salida, había pasillos que al final explotaban con un espejo suntuoso y oscuro, en el que se veían confusas multitudes de otras generaciones, ya apagadas por la tierra. Había una alacena barroca con un gato ahorcado como único contenido y en el techo, pintado al fresco, grandes corros de curas que jugaban a la gallina ciega.

El salón del espectáculo estaba pintado de cal. Rejas negras, pájaros disecados, y unas sillas de peineta tan alta que sobrepasaban las cabezas de los ingleses más cuellilargos.

Antes de empezar el espectáculo todo eran susurros corteses y palabras discretas. Ingleses e inglesas vestidos de etiqueta tomaban whisky escocés en copas de manzanilla con rito anglicano. Lucían las joyas y las boquillas doradas del tabaco rubio de los millonarios.

Los camareros, de pasos silentes y frac rígido, hacían envaradas reverencias y cobraban en cheques sobre bandejas de plata. A veces, junto a las copas de whisky servían a las damas más delgadas y empolvadas ramilletes de violetas y crisantemos.

El tablado estaba ornado con paños funerales y coronas con cintas ofertivas escritas con purpurina. A las doce en punto salían los flamencos y las flamencas que se sentaban en sillas altas formando un corro de unas veinte personas. Los guitarristas en el centro. Los machos, estáticos, con las palmas de la mano sobre la tabla de los muslos. Las hembras dando palmitas calladas y menudas.

Los vestidos de las hembras son de lunares, cada lunar es un ojo grande, lunado, que de cuando en cuando remenea el párpado. Los rizos de las camisas de ellos son como las rúbricas de Fernando VII. Los guitarristas tocaban suave, con el oído pegado a la cadera del instrumento por si oían el aborto que se agitaba dentro.

Rompían a cantar bajiní y uno a uno y una a una se pasaban la copla de boca en boca, como un negro caramelo de brea. Y se pasaban las palmas y el avellaneo de los palillos y las miradas zaheñeras y el sudor verde y el colmillo blanco, el ¡ay! heredado y el taconeo que lleva el compás. Son medio palmas de punta sola y con la mano muy tiesa imitando tablillas de San Lázaro. Y al abrir la boca entornan los ojos como si la lengua que sale tirara del párpado.

Poco a poco se iban calentando, «estando a gusto», hasta que se apagaban las luces de los corredores y las armaduras sacaban sus candelabros de bronce crispados que colocaban en los extremos del tablado. Y cuando las gargantas se rasgan más roncas y emiten voces que son roces de piedras; y el erupto y el grito salen confundidos; y las manos tiesas tabletean y hay muchas bocas abiertas, pelos al aire y dientes blanquísimos que brillan sobre las telas negras, cuatro hombres de *chaquet* sacan con paso procesional el gran ataúd. Lo colocan lentos en el centro del tablado. Pesa. Le quitan la tapa. Y alzan un poco la cabecera del ataúd poniendo encima el retrato de don Antonio Chacón.

El cadáver es de un hombre pequeño y enjuto vestido de marrón. Las botas negras y un pañuelo amarillo sujetándole la mandíbula, atado sobre el cabello brillante, peinado con raya.

Los ingleses beben.

Sueltan por la sala cinco mariposas negras con alas gigantes y lunares blancos. Los ingleses permanecen en sus sillas inmóviles, sobre sus culos tristísimos. Sobre la cabellera rubia de una dama altísima con brazos de puente veneciano, se para una de aquellas mariposas gigantes. Ella no se atreve a mover la cabeza, y aguanta su triste destino con sonrisa amable. «Tu cabello negro lo acaricia el viento.» Dice una gitana con aire de sentencia. La llama de los cirios hace visajear la cara del muerto. Silencio. Los flamencos callan. Otra vez la gitana sentencia: «Oí tu caballo junto a mi ventana.» El muerto se llama Manolo y pidió que lo liasen en un sudario. Desde el fondo de la sala se ven los cuerpos de los ingleses, rígidos, de espaldas. Las cinco mariposas negras baten en el aire sus alas gigantes.

A las gentes del duelo que están en la calle no las dejan entrar los guardianes. Se oyen lejanas las voces con que reclaman a su muerto. Sale la dueña a parlamentar con ellos: «Ya os aumentaré el alquiler que pedíais. El muerto os lo devolveré mañana.»

—No, señora tabladera, le devolvemos el dinero y nos deja llevarnos a nuestro muerto. Queremos llevarle a la pobreza de nuestra casa.

Los cantaores recitan otra. «¿Quién olvida su talle de malmera?»

Aumenta el motín de la calle. Rompen la barrera de policías.

Los ingleses no se inmutan ni vuelven la cabeza.

La chusma entra por los pasillos alfombrados, entre las armaduras, ante el espejo que refleja multitudes antiguas, y le echan a la dueña a los pies el dinero del alquiler.

Suben al tablado. Rompen alguna copa. Entre cuatro zagalones con camisa de colores toman el ataúd de Rodríguez. Las mujeres, los cirios. Todo lo sacan a cuestas en medio del silencio. El ataúd tapado parece haberse prolongado como una gran viga negra. El duelo llora de rabia.

—¡Hijo de mi sangre!

Pesa mucho, cuesta mucho sacar el féretro.

«Boca de jazmín, ojos de esmeralda.»

Arrecian de pronto las guitarras. Rompe el baile una adolescente. Las mariposas grandes se han quedado sobre las perchas del guardarropas. La señora rubia del cuello de garza y los brazos de puente veneciano echa hacia atrás sus ojos azules. Una servesita. Aparecen otros doce adolescentes que taconean sobre el tablado. Una inglesa borracha de whisky, hasta ahora silenciosa, se levanta con una copa en la mano.

—¡Viva España!

Por primera vez todos los ingleses ríen y aplauden. Y en el tablado recita la voz más potente: «Me dejarás tu pañuelo y yo llevaré tu capa.»

Todo parecía haber vuelto a la tranquilidad. Hasta que ella, de pronto, temblando de miedo detrás del humo de su cigarrillo, me señaló al techo...

Nos miraban los ojos de todos los cantaores del flamenco muerto. Nos miraban hechos grumos, pelotas de ojos, boñigas de ojos. «Es el capítulo final del flamenco», me susurró ella.

Y aquella noche quedaron todos los ingleses muertos en su silla.

## 13.   Coches para todo terreno

El fenómeno venía de largo, de muy largo. Todos lo comentaban y auguraban, sin gran convicción, una gran catástrofe. Claro que en la vida nadie suele creer en las catástrofes previstas.

La sorpresa fue mayor, hay que ser justos, porque el público no acostumbra a leer las noticias breves de los periódicos, que suelen ser las verdaderas. Y si lee, sugestionado por el poco tamaño, suele carecer de la imaginación suficiente para adivinar las proporciones reales del suceso.

La ciudad en los últimos años se había enrarecido de coches hasta un extremo obsesionante. En calles que antes no solía verse ninguno parado, entonces aparecían subidos a las aceras, mordiendo las fachadas, sin dejar espacio a los vecinos para salir a la calzada. La gente creía que una manera eficaz de combaitr su angustia era tener coche, ir en coche a todos sitios. Hay que tener en cuenta que el coche adormece la imaginación y a su manera es una lavadora de cerebros. Los poco inteligentes piensan que la velocidad les presta personalidad y poder.

Los guardias de tráfico estaban ahogados por la circulación. Se les veía agitar sus manitas blancas, impotentes, enloquecidos por aquellos embotellamientos.

Los muertos por accidente, hechos cuartos, eran trasladados todos los días en unas grandes cisternas metálicas a una fosa común de granito que nunca se cerraba. Y en las fachadas de muchos edificios se veían las extrañas siluetas negras y rojas impresas por los cuerpos de los motoristas que se estrellaban los sábados por la noche. Los periódicos no detallaban ya los accidentes; se limitaban a dar listas interminables de nombres sin mayor glosa. Extrañas brigadas de bomberos con grúas recorrían la ciudad recogiendo coches arrugados, chapas crispadas, cláxones mutilados que gemían toda la madrugada.

Todos los días surgían pequeñas guerras intestinas entre los vecinos de cada barrio por razones de aparcamiento. Y se volaban coches con petardos o eran robados y tirados por precipicios, para que quedase al menos durante algunas horas un huequecito donde los petardistas o ladrones convecinos pudieran aparcar el coche propio.

Para que los niños pudieran entrar y salir del colegio se marcaron horarios en los que la circulación quedaba detenida; quiero decir más detenida, y los pequeños pudieran moverse sin demasiadas bajas. Todavía un poco más adelante se dictó con mucho éxito la ley que condenaba irremisiblemente a muerte al que atropellara a un niño.

Era triste ver a los niños cruzar la calle trepando como podían sobre los capots de los coches detenidos —era impensable dejar un callejón fácil para los peatones— que formaban una sólida barrera. Espectáculo tan doloroso como irremediable.

Aquellas idílicas familias que salían al campo los fines de semana dejaron de hacerlo so pena de llevarse cena y desayuno para asistirse dentro del coche, ya que no resultaba fácil regresar a casa hasta bien entrado el lunes.

Pero como dije, el gran desastre no pudo preverse por ese fatal error de no leer las noticias pequeñas de los periódicos que daban cuenta de un nuevo modelo de coche.

La cosa se agravó a los pocos días de llegar al mercado una gran oleada de aquellos automóviles de novísimo modelo, muy garantizados y económicos. Las gentes llamaron a estos coches, eufemísticamente, «para todo terreno».

Y ocurrió que, una mañana, muchos ciudadanos, antes de despertarse, oyeron ruidos de motor y rodaje, mucho más próximos que de costumbre. No, no llegaban de la calzada como siempre, sino de una vecindad mayor. Hasta el punto de que temblaban los cristales de las ventanas y balcones. A veces el ruido de los motores parecía sonar en el mismo piso.

Las gentes, llenas de sospecha, se asomaban por puertas y ventanas para ver qué nueva angustia había llegado a la ciudad. Y la sorpresa unánime fue casi mortal al ver que algunos coches, de vivos colores, ya no se limitaban —como fue su moderada costumbre— a marchar por la calzada, incluso por las aceras, según el último uso. Ahora aquellos novísimos y ligeros circulaban de una manera insólita sobre los zócalos de las fachadas; entre balcones y ventanas, a la altura de todos los pisos, y muchos sobre tejados y terrazas. De verdad, que aparte del susto, resultaba pintoresco verlos como grandes y rápidas cucarachas, saltar insensibles de tejado en tejado, de fachada a fachada, sobre los hierros de los balcones a veces. Coches adheridos a la vertical, como esas motos que en el circo dan vueltas por el «circuito de la muerte». Coches traviesos, saltarines y felices de haber encontrado el camino del cielo. Como todavía eran pocos, saltaban y corrían con holgura, casi triscaban, sobre las desemberazadas fachadas y los tejados.

Los conductores antiguos, asomada la cabeza a las ventanillas de sus coches inmóviles, miraban con envidia aquel prodigioso vuelo liberador de los coches nuevos.

Todos creyeron que se había encontrado la solución. Las salidas y sobre todo el retorno de los coches de las excursiones dominicales se solucionaron de momento. Aquellos nuevos vehículos, liberados de la carretera, saltaban traviesos sobre los campos, la línea férrea, los caminos vecinales, las lomas, los trigales y las huertas, con un júbilo imperioso y algo impertinente, ésa es la verdad. Las autoridades de tráfico no reaccionaron; no se encontraban con fuerzas para poner linderos a la nueva vía, que al menos, de momento, les convenía personalmente.

Cada día se multiplicaban las «cucarachas», como solían llamarlos. Y algunos arquitectos astutísimos, en vez de pintar las fachadas las decoraban con brillantes capas de asfalto. Y los mismos tejados fueron recubiertos de imponentes capas del mismo material, que facilitaba aquella circulación excéntrica. Acorazaron los balcones con chapas de hierro muy gruesas y pinchos protectores, larguísimos, a la altura de las barandas, para que los vecinos pudieran asomarse con menor peligro.

Era una delicia ver «las cucarachas» ir y venir —cada vez en mayor número— por las fachadas, tan alegres, sorteando los tiestos de flores y las ropas colgadas, o saltar por los altos tejados esquivando las chimeneas y pararrayos.

Cierto que algunas veces había accidentes muy lamentables. Por ejemplo, cuando se paraban los motores de los nuevos coches en plena vertical; o cuando caminando sobre el borde de alguna azotea perdían el equilibrio y caían al fondo de la calle sobre los otros coches antiguos y sobre los pacíficos ciudadanos. Había un patetismo no exento de gracia en verlos caer dando vueltas en espiral hasta estrellarse donde podían. Con frecuencia descendían envueltos en llamas ocasionando incendios aparatosísimos. Algunos quedaban enganchados en balcones u objetos salientes de las fachadas como anuncios luminosos surrealistas. Alguno explotó en pleno vuelo, y dejó al pobre conductor colgado de un pararrayos, por la parte más oculta de su cuerpo.

... De noche, aquellas «cucarachas», con las luces encendidas, parecían cohetes raseros y zigzagueantes, sorteando los anuncios luminosos. Anuncios que a veces quedaban casi invisibles por la intensidad de las luces de los trepadores, sobre todo en los cruces. Parecía que a los edificios y sobre todo a los rascacielos se les habían multiplicado las ventanas, que enloquecidas saltaban de uno a otro lugar. Sobre las grandes carteleras de los cines y las vallas de anuncios, pasaban raudos los cochecitos de la nueva ola.

Algunos inquilinos astutos pusieron estaciones de servicio en sus terrazas y balcones. Y sobre los rascacielos más grandes, ciertas empresas alquilaron equipos de «cucarachas» para que rodasen constante y disciplinadamente sobre las amplias fachadas, componiendo letras y dibujos que anunciaban los productos comerciales más en boga.

Aquellos días iniciales de «la nueva vía» fueron una verdadera verbena. Las gentes no se cansaban de mirar a lo alto y alabar las maravillas de la mecánica que, según explicaba aquella breve noticia del periódico que nadie leyó, permitía a los coches tal movilidad debido a no sé qué extraño mecanismo oruguil.

Cierto es también, todo hay que decirlo, que cuando aumentó la circulación vertical y aérea, se apoderó de los ciudadanos una inusitada clase de neurastenia. Yo creo, modestamente, que esta nueva fricción nerviosa era debida a la proximidad de los ruidos de motores, rodaje y claxon, que llegaban por todos los puntos cardinales de la vivienda. También se debía esta alteración neurótica, claro está, a las luces de los faros, que de manera ininterrumpida hería los vidrios de ventanas y balcones, con intensidad inimaginable... El hecho de que la policía, cuando quería sorprender a algún presunto delincuente, se presentase con sus cochecitos en el mismo *living* o alcoba del perseguido, por tratarse de casos esporádicos, no creo que influyera de manera suficiente en la alteración nerviosa que comento.

Por todos estos fenómenos tan desagradables, quienes no podían permitirse la comodidad de trasladar su residencia al campo, adoptaron enérgicas medidas para aislarse de luces y ruidos. Capas espesas de variadas sustancias fibrosas cubrían muros y tapaban balcones y ventanas. Toda la ciudad se debatía agónicamente por hallar silencio y no ver trallazos de luz. Para los edificios oficiales, y sobre todo las viviendas particulares de los gobernantes, se adoptó la bélica medida de cubrir las fachadas con cables conductores de corriente de alta tensión, que impedían en todo punto la marcha de vehículos sobre aquellos paramentos. Los edificios así pertrechados pusieron sobre sus tejados un anuncio luminoso con las tibias y la calavera que avisaban peligro de muerte. Los ricos, que no trasladaron sus residencias al campo, adoptaron el mismo sistema de protección. Pero estos sistemas de defensa no estaban autorizados a cualquier vecino urbano. Importaba más descongestionar la circulación fomentando la circulación vertical que evitar los traumas nerviosos.

\*

Las personas inteligentes —tal era el estado angustioso de las cosas— hacían cábalas sobre el fin que tendría todo aquello. Intentaban adivinar cómo reaccionaría violentamente la ciudad —las ciudades— ante aquel acoso agónico de la técnica. Pero como estas cábalas y presupuestos discurrían, como es natural, por los rígidos caminos de la lógica, los preocupados e inteligentes no advirtieron la concatenación que pudiera tener con sus especulativas provisiones, el caso de la señorita Zupi... Ni los más afamados psiquiatras dieron a la afección de ésta el alcance trascendente que luego tuvo.

Y ocurrió así:

Una noche, cuando la señorita Zupi intentaba dormir en vano, desasosegada por los ruidos de la circulación en los tejados —vivía en un ático— y en la fachada de su casa, y por las luces de los faros que a cada segundo incidían en las rendijas de su ventana, a pesar de estar bien cerrada y protegida, de pronto sintió una sensación de picor en todo el cuerpo. Una sensación como si insectos menudos le paseasen todos los miembros de su hermosa textura femenina. Naturalmente que se palpó en seguida, y no notó nada sobre la piel, si bien apreciaba una ligera mejoría sobre la parte del cuerpo que se tocaba. No fiándose de su tacto encendió la luz, y se examinó detenidamente ante el espejo. Nada veía. Pero la comezón aumentaba por momentos. Se duchó y aplicó no sé qué cremas

refrescantes sobre la piel; pero todo resultaba inútil. Deses-
perada, volvió al lecho, apagó la lámpara, y en seguida que
sus ojos se acostumbraron de nuevo a la tiniebla advirtió
como una rápida carrera de puntos luminosos por su epi-
dermis. Puntos como cabezas de alfiler que caminaban
hacia todos lados a mucha velocidad. Puntos que se delei-
taban en perfilar los relieves y bajíos más notables de su
preciosa anatomía. Al pasarse las manos sobre aquellas
luces deslizantes y picajosas no apreciaba bulto alguno,
pero si encendía la luz desaparecía la visión, aunque no el
picor. Apagó de nuevo. Y... por un momento, aliviada,
pensó si aquella deambulación de puntos luminosos sobre
su piel obedecería a alguna filtración de la luz; a que su
cuerpo servía de pantalla no sabía a qué extraña proyección originada en la calle. Pero cambió de posición; se levantó de la cama y recorrió distintos sitios de la alcoba
en tinieblas, y en todas partes se veía la misma granulación
fosfórica y móvil sobre las curvas del cuerpo. De no haber
estado tan angustiada, le hubiera divertido el ver trepar
aquellos corpúsculos por las ligeras curvas de sus senos,
remontar el pezón y descender por la opuesta ladera, camino de la axila o el vientre. También era chocante que
aquellos núcleos brillantes no caminaban con la vacilación
propia del que anda sobre pies y sí con la marcha uniforme y deslizante de algo movido mecánicamente. Su terror
aumentó cuando se le ocurrió en las tinieblas mirarse al
espejo. Vio que su cuerpo era ya una especie de llama
compuesta por granos de luz. Se reconocía por el perfil
y la estatura, por su manera de mover los miembros. Pero
toda ella, a excepción de las partes vellosas, aparecía cubierta de una especie de chapa fosforescente y agitada.
Resultaba alucinante verse el cuerpo en aquella facha, ausente y en vacío el cuero cabelludo y con un solar negro en
el lugar del sexo. Se puso luego de perfil y sacó la lengua,
pero no vio que sobre ella, sobre su lugar, se repitiese el
fenómeno luminoso. Tan sofocada, tan agitada, tan angustiada se sintió, que sin pensarlo, poseída, así, desnuda, se
echó a la calle. Su obsesión era llegar hasta la casa del
médico. Iba de prisa por las calles solitarias y penum-

brosas. No sentía el frío de la madrugada. Cuando pasaba por lugares iluminados, su cuerpo tomaba el color y presencia acostumbrados. Lo comprobaba mirándose las manos y los pies. Pero apenas se iniciaba la penumbra, volvía a surgir la millonaria caravana hasta cobrar todo su fulgor y movilidad cuando la oscuridad se hacía más intensa. De pronto oyó un grito delante de sí y vio a un hombre que corría atemorizado. Un sereno.

*

Quedó hospitalizada en la misma Facultad de Medicina. Y a diario acudían gentes de todas partes para ver aquel cuerpo desnudo transitado por luces imparables, cuando se hacía oscuro. Y la curiosidad y comentario de los visitantes no cesaba, porque cada día aquel fenómeno tomaba nuevas apariencias. Ultimamente todo se precipitó mucho. Aquellos corpúsculos, al principio sólo apreciables a la vista, empezaron a manifestarse al tacto, como granos de arroz; y fueron creciendo y detallándose hasta adquirir el tamaño de lentejas; y se vio claro que aquella luz que antes parecía emanar de todo corpúsculo arrancaba de dos puntos colocados en la parte delantera. Todos los inteligentes parecían conformes en admitir que aquella rara y caleidoscópica anomalía sería soportable para la pobre chica si no llevase aparejada la molestia de una grave desazón o picor continuado. Picor que le anuló el apetito y el sueño. Y hubo que alimentarla con sueros y dormirla con drogas muy enérgicas.

El fenómeno hubiera quedado explicado como una rareza patológica, sin catalogación de momento, de no haber comenzado a repetirse los casos en la ciudad con una rapidez sorprendente. Y de todas las grandes ciudades del mundo llegaban noticias de casos parecidos o con muy ligeras variantes. Algunos de los afectados morían casi en seguida, agotados o por ataques cardíacos.

El diagnóstico no tardó en perfilarse, redondo e irrebatible..., pero no era posible prohibir la circulación vertical. Constituía una solución tan eficaz, y generalmente bien admitida, que no había que pensar en prescindir de ella. Era preciso idear otros remedios. Fue cosa de pocos meses. Cierto doctor, al servicio de una de las firmas más importantes de coches orugas, inventó un analgésico que insensibilizaba a la desazón de la circulación reflejada y a la vez evitaba el crecimiento excesivo de los corpúsculos proyectados. Todo quedó resuelto.

Desde entonces, hasta el día que siempre se recordará en la historia del mundo, el cuerpo humano perdió su ancestral textura: quedó granulado de pequeños móviles palpables y transitado de luces currentes cuando se hacía la oscuridad.

Pronto los niños empezaron a nacer con esta pintoresca patología, y el viejo aspecto de la piel humana se recordaba como expresión de una época primitiva y salvaje.

## 14. El pecado

El callejón, bien cerrado, de muros altísimos, pintados de amarillo de muerto. Era un callejón sin noche ni día; siempre con el agua-luz de la alborada. Coronaban sus muros almenas en forma de púlpitos sangrientos, desde los que caían las voces tonantes y las miradas incendiarias. Voces que se ahuecaban a cada paso de la caída, hasta ser truenos planos, sin perfiles acústicos ni significado. Y miradas que llegaban al suelo del callejón hechas llamas de alcohol; que hacían caricias en la carne marcando tatuajes sangrientos en forma de monstruos orientales police-fálicos. Miradas que producían besos ventosa, que succio-naban desde tan arriba el violáceo fruto que tenía sus dulces raíces en el bancal de las ingles.

A veces nacían de los muros unos filamentos como sarmientos verdes, cuyos dedos se estiraban poco a poco y acababan por enclavijarse en la pintura gualda. Eran manos de lascivos —antiguos muertos— que salían por las arterias de la tierra buscando el lugar del muro donde antaño descansó un pecho amado o donde, al menos, dejó su sombra orográfica en el momento de plenitud de goce.

Cuando el callejón estaba solo, de sus muros amarillos, y por embudillos invisibles del suelo de tierra negra, salían murmullos entre lastimeros y gozosos; murmullos de bocas y sexos entremezclados que venían de miles años y componían la sotamúsica que alienta al sexto pecado a todos los mortales de la tierra. Es una música casi líquida que se centra en los huesos y lo hace a uno motor fornicativo o mordedor. Le acompañan ruiditos de bomba suave, gorgoritos, golpes de lenguas blandos y húmedos y vientos calientes de un dulce con puntos agrios y sudores perfumados y juego de sílabas aisladas que no están en ningún silabario escrito.

Los sábados eran los días de suelta de los doce toros negros en el callejón. Doce toros parejos. De la misma talla, del mismo perfil. Negros absolutos. La misma recia y barroca curvatura en sus cuernos.

Durante unas horas los toros permanecían solos en el callejón. Daban vueltas caprichosas, olían las paredes amarillas, mugían alzando la cabeza con los ojos en blanco. Dibujaban con los cuernos en el aire y en los muros rúbricas violentas y bocas desgarradas. Se movían mareantes, haciendo dibujos negros y puntillas de cuernos. Colocando los jirones rojos de sus lenguas sobre el mural amarillo. Aquella estrechez del callejón, poco a poco, se llenaba de ásperos ruidos, de babas sebosas, de huesos crujientes, de chispas de ojos. Y trapecios de falos incendiados que querían dispararse hacia la altura. Las borlas de los rabos sacudían furiosas contra los compañeros zurriagazos eléctricos.

Por fin llegó la hora, cuando los toros ya eran brasa negra. Con lentitud casi ceremonial, desde la altura de los muros amarillos, dejaban caer en el callejón a las mujeres desnudas, sujetas por la cintura con una cuerda finísima. Llevaban graciosos sombreros de paja sobre sus cabelleras muy bien peinadas. Peinadas y enjoyadas. Las uñas de pies y manos pintadas de verde. Descendían en posiciones coquetonas que querían ser escultóricas.

Apenas aparecía la primera mujer descendente, los púlpitos de la almenería ya estaban cubiertos de racimos de

hombres negros, de hombres abotargados, con olor a cocina, que cantaban gregoriano con ritmos un poco dislo-
cados y modernos. Desde cada púlpito se desparramaban
con los brazos y cuerpos al aire, como manojos de percebes, que echaban el cuerpo fuera del paño y cantaban con
las manos extendidas hacia abajo, hacia las mujeres que
descendían. Eran cantos con letras tétricas y condenato-
rias. Cantos entusiásticos de odio. Cantos exultantes por
la condenación eterna. Cantos que excitaban a los toros
negros que daban saltos casi ingrávidos, hacia las damas
que caían. Saltos jubilosos, no feroces, suaves, sedosos y
espirales, impregnados de cremas aromáticas y abrillanta-
doras. Saltos que ante los muros amarillos producían sombras chinescas densas y deformes.

Al llegar al suelo, las mujeres quedaban sentaditas, arri-
madas a la pared, sonriendo como novias. Cierto que eran
risas un poco nerviosas. Y cuando ya estaban todas en el
suelo, los toros, de pronto, cambiando el ritmo, mansísimos, coquetos, se aproximaban a ellas con pasos cortos.
Les echaban su aliento resuelto en un vapor suave y violáceo. Un vapor aromático de macho. Ellas sonreían como
cosquilladas. Y era todo un leve concierto de los cuerpos
negros de los toros, de los bullentes cuerpos blancos de
las damas, entre los vapores lilas, y un piar lastimero de
los pájaros genitales que entonaban blandas canciones su-
plicativas.

Todo de pronto componía abajo un murmullo de arroyo
tierno, de humedad caliente que apenas parecía tener noticia de los cantos trénicos de los percebes negros cada
vez más largos, cada vez más broncos y desenvainados que
caían desde los púlpitos de la almenería. Cuando su canto
era más agudo y conminativo, cuando parecía que el infierno iba a derramar todas sus brasas sobre el estrecho
callejón, todo se precipitaba.

La gloria roja de las lenguas de ellas. Las valvas de los
sexos de ellas quedaban abiertas hasta la desconyuntación.
Húmedas, suspirantes. Europas que murmuraban gritos
entre dientes, palabras lascivas en fabla.

Y al fin, los rayos purpúreos que llegaban tremolantes a las bocas quejosas, a los muslos disparados, a las espaldas enloquecidas. Y todo formaba un balón gigantesco de cuernos y pechos, de rabos y cabelleras sueltas, de grupas rosáceas y patas traseras que en su empuje escarbaban en la arena. Mujidos y gritos. Todo formaba una tolvanera de rojos y negros y rosas, estremecida pesadamente y disparada de muro a muro, de bote en bote.

Y arriba los manojos de percebes estiraban cada vez más sus cuellos infinitos y ahumados y ensordecía el enloquecido rumor de sus cantos, y el tamaño de sus ojos de brasa; y se fundían y refundían unos con otros enlazados, tejiéndose primero y luego formando una inextricable red de cañerías.

Y al fin formando un toldo tupido de caños negros que no dejaban pasar luz alguna al callejón amarillo, donde el amor se consumaba en sus últimas formas y en la más oscura oscuridad.

Ya el techo de percebes había tronchado sus cantos, y poco a poco aquel tejido viscoso, tejido de trompas de elefante, por la pura presión de sus hilos, acababa destruyéndose, deshaciéndose, autoconsumiéndose y caían como estrechas sábanas negras, como paños de carbón frío. Todas las paredes amarillas estaban prácticamente cubiertas de andrajos negros, de pieles de percebe grandísimas. Y la luz había vuelto al callejón.

Ahora marchaban los toros negros sosegados, llevando sobre sus cuernos cada cual a su mujer desmayada. Y aquella carbonilla, resto de los percebes, de pronto pulverizada caía al suelo del callejón, para formar la alfombra mullida sobre la que se celebrarían las fiestas próximas.

Y ya cada dama junto a su tocador, junto al baño, se sacudía las bollisquitas negras de percebe que había sobre su piel, y con una sonrisa se echaba a dormir rumorosa y feliz. Y los percebes rehechos, en grandes comedores con vidrieras, comían vorazmente dulces y capones con los dedos.

## 15.   Televisión del pasado

La primera experiencia pública de la R.T.V. (retrotelevisión) iba a tener lugar en un famoso club de la capital. Los invitados estaban todos muy seleccionados y todas las gestiones y preparativos se llevaron a cabo con gran sigilo. Se trataba de una experiencia demasiado trascendente y convenía medir todos los pasos. El ver el pasado era una experiencia inédita en la historia de la humanidad y convenía que la iniciación tuviera lugar entre personas muy inteligentes y sensibles. Por primera vez, antes que a las jerarquías políticas, se atendió a las jerarquías —digamos— mentales, para su inauguración. Estaban invitados los hombres más destacados intelectualmente de todo el mundo. Era difícil prever lo que podía aparecer en la pantalla retrovisora, así como las consecuencias y medidas que conviniera tomar en un futuro próximo ante tan revolucionaria técnica. Las tristes experiencias a que dio lugar la T.V.I. aconsejaban estar en guardia ante cada nuevo paso de la técnica, cada vez de mayor proyección humana. Las últimas estadísticas, a pesar del gran desarrollo cultural experimentado en aquellos años, demos-

344

traban que entre los humanos no llegaba al uno por mil el número de inteligencias verdaderamente adultas. Todo nuevo paso había que darlo de acuerdo con esta proporción pesimista.

Las gentes acudieron a la sala de proyección con pleno sentido de la responsabilidad. Todas las caras denotaban preocupación. Nadie parecía tocado de esa superficial alegría que proporciona el *snobismo* y la autosuficiencia. Eran conscientes que del conocimiento del pasado podrían sacarse útiles consecuencias para el estudio del hombre, de la sociedad, de las relaciones humanas, de las causas de muchos fenómenos todavía confusos... Pero también se intuía que este conocimiento aportaría una idea pesimista de la historia humana y la caída de muchos ídolos y conceptos sobre los que se había basado la civilización todavía imperante.

De sobra se sabía que la Hisoria, la gran historia, había sido construida con materiales tendenciosamente seleccionados, venerativos por la inercia mitologizante que domina al hombre, siempre necesitado de idealizar, de engañarse a sí mismo, de disimularse la angustia de vivir... Tal vez sería conveniente que el total conocimiento del pasado no fuera popularizado jamás, que quedase en poder de una estricta minoría mundial que poco a poco fuese cambiando la mentalidad del común de las gentes y así hacerles asimilables los cambios de perspectiva.

También se hizo un programa graduado de revelaciones. No se empezaría por «radiografiar» lugares de gran significación histórica, lugares donde habían ocurrido cosas trascendentes, donde podían hallarse mensajes clave y figuras de seres importantes... Donde podían de pronto hallarse conmovedoras decepciones o descubrimientos demasiado decisivos. Había que comenzar por «radiografiar» sitios donde lógicamente sólo habían tenido lugar episodios superficiales, intrascendentes... Parece ser que las primeras experiencias, privadísimas, hechas por los propios descubridores de la R.T.V. (retrotelevisión) habían revelado imágenes estremecedoras. Naturalmente, operaron sobre lugares claves de la historia. Esta experiencia dio la idea de programar cuidadosamente la popularización de la técnica.

Existía la ventaja de que el receptor de las imágenes del pretérito era tan endemoniadamente complicado y caro, que resultaba difícil admitir que cualquier día pudiera ser de uso público, como ocurrió con la T.V.I. De todas formas había que estar prevenido y tomar todas las medidas al alcance de las más sutiles inteligencias contemporáneas. Por eso, a la hora de hacer la primera experiencia ante un público lego en los avatares de la técnica, se había discutido mucho el sitio que convenía televisar, y después de muchas vueltas por parte del comité técnico mundial se había elegido un lugar en el que podían caber pocas sorpresas: el salón de baile de un club, que databa de mediados del siglo XIX. Pensaban los del comité que las películas históricas tenían acostumbrada a la gente, con más o menos mixtificaciones, a este tipo de espectáculos, y que las revelaciones que surgieron no serían demasiado trascendentes.

Antes de comenzar la representación histórica, el presidente del comité, un sabio filósofo especializado en las consecuencias de la técnica, reconocido por las personas inteligentes de todo el mundo, habló primero con gran optimismo de los conocimientos que la nueva invención prestaría a los estudiosos para el conocimiento de los orígenes y proceso constitutivo de la sociedad. Miles de libros iban a quedar invalidados. Pero a la hora de tratar del cambio que estos conocimientos producirían en la mente humana, la necesidad de administrar su conocimiento, su tono fue realmente pesimista: «Creo —dijo textualmente— que tenemos entre las manos un instrumento tan delicado y peligroso como la misma bomba atómica, cuyos efectos destructores ya han experimentado desgraciadamente tantos millones de personas. Si ésta deshizo cuerpos y ciudades, el verdadero conocimiento de la historia de la humanidad cambiará de tal forma nuestros supuestos mentales que es difícil prever. Yo me atrevo a predecir que el conocimiento exhaustivo del hombre a través de la historia incrementará la angustia existencial, rebajará los niveles de aspiración y de la confianza que el hombre tiene en sí mismo. Posiblemente, a la larga, todo redunde en conseguir una humanidad más perfetca, pero durante varias generaciones preveo una depresión difícil de medir... Pero nuestro deber es aceptar todos los nuevos canales de conocimiento que se nos presenten y, en lo posible, manejarlos con la mayor prudencia. Ustedes van a ser las primeras personas no iniciadas que se van a poner en contacto con ese pretérito, que de verdad ha resultado inmortal, porque ahí está, eternamente vibrando en el éter como testimonio irrefutable de las injusticias y las virtudes de los hombres. Los crímenes, las malas obras, desde hoy jamás quedarán impunes. Las reacciones e ideas de ustedes podrán sernos muy útiles para continuar o no trabajando con acierto en esta nueva dimensión de la humanidad.»

Luego tomó la palabra un técnico, y dijo que el receptor del futuro todavía era muy imperfecto. «Harían falta muchos años para conseguir un aparato completamente dócil a las manos del hombre. De momento la selección de tiempos y el aislamiento de imágenes no estaba dominado. Sí se conseguían recibir escenas y figuras existentes en otro tiempo, pero de manera muy poco controlada. Cada estrato del pretérito desarrollado en un lugar requería variables cantidades de rayos XS, todavía imposible de graduar. Aspiramos que en un futuro próximo podamos ver exactamente lo que deseemos, y durante el tiempo que se quiera, sin interferencias de ninguna clase. Es más, estamos seguros de que podrá conseguirse la visión del pasado más remoto con la misma nitidez que se capta una emisión de T.V. en directo.

De todas formas creo que lo que ustedes van a ver les dará una idea bastante buena de la importancia y avanzado estado de este nuevo ingenio», concluyó.

Y ya, sin más preámbulos, corrieron unas grandes cortinas que ocultaban el salón de baile de aquel antiguo club, y aparecieron una serie de complicados aparatos distribuidos en varios cuerpos, manejados por una media docena de hombres. Luego de una indicación del técnico que habló últimamente, todos aquellos hombres comen-

zaron a manipular. Para el público ignorante lo único que
se percibía era como si unos reflectores poco visibles inun-
dasen de luz aquel gran salón. Luz que variaba de color
lentamente y creaba algo así como una atmósfera anaran-
jada, verde azulada, malva o de todos estos colores más
o menos combinados. A veces parecía que era una «luz
negra» la que entelonaba todo el salón. En medio de un
silencio perfecto se oía un blando y ancho zumbido, como
de motores muy perfectos. Pasaron larguísimos minutos
sin que se viese otra cosa que aquel gran salón iluminado
con luces variadas; sin embargo, nadie perdía la paciencia.
Por el contrario, todo el mundo miraba con tensa obsesión
los rincones y puertas, hacia todos los muebles, porque
de verdad de verdad no se sabía por dónde podía aparecer
el primer jirón del pasado. Había gentes verdaderamente
emocionadas. Especialmente alguna señora respiraba de
manera casi acongojante. Sí habrían pasado quince minutos
de espera, cuando surgió un especial murmullo en todas
las bocas. Entre la atmósfera luminosa intensísima, casi
deslumbrante, creada por aquellos ingenios, de pronto pareció que algo se veía en el techo del salón. Fue una visión
rapidísima que en seguida desapareció. Nadie se atrevió a
decir exactamente lo que era. Al cabo de unos momentos
la visión del mismo objeto duró unas milésimas de segundo
más. Por fin, sin apreciarse en toda su corporeidad, como
si más bien fuese un dibujo de vagas líneas, sin color entre
ellas, apareció una lámpara. Parecía de cristal de roca, una
araña de múltiples brazos, con bujías de cera que oscila-
ban como si las empujase un viento suave. De todas las
bocas, en todos los idiomas, surgió la palabra «lámpara».
Después de tres o cuatro desapariciones más, la imagen
de la lámpara quedó bastante precisa y permanente. Naturalmente, no faltó quien diese una interpretación sim-
bólica al hecho de ser una luz lo primero que en público
se veía del pasado. El técnico dio instrucciones a los que
manejaban los aparatos para que no cambiasen absolutamente nada y todos los asistentes pudieran contemplar la
lámpara a su sabor. Se hicieron varias fotografías de la
aparición. Poco después el técnico dio nuevas órdenes, y

los aparatos volvieron a su cambio y combinación incesante de luces. Durante mucho rato no volvió a aparecer nada, pero los espectadores aguardaban excitados, con emoción inédita. Posiblemente se prolongó el *impas* media hora, y cuando parecía que algunos espectadores se movían en la silla aburridos, surgió de pronto como un relámpago una figura de hombre. Una figura de hombre que marchaba con cierta dificultad al tener que sortear muchos obstáculos. En seguida volvió a surgir por un poco más tiempo. Se vio con nitidez que era un camarero. Un camarero de *chaquet,* con patillas y bigote, calvo, que llevaba sobre las manos una refulgente bandeja de plata cargada de copas de champán. Marchaba, insisto, con cuidado, como sorteando obstáculos, gentes probablemente. Pero como sólo aparecía su figura resultaba grotesco, en trance de mundo *ballet,* unos quites injustificados totalmente. En su semblante se reflejaba la preocupación, el temor de que se le cayera todo aquello, de que se lo tiraran de un empujón, de manchar a alguien. Pero parte de ese gracioso equilibrio, de ese movimiento circense, movió a risa a todos los espectadores algo difícil de definir. Muy difícil. Aquel hombre en sus ademanes, gestos, talante —aparte de los vestidos y barba— «era muy raro». Es decir, tenía «un algo» que no era peculiar en los hombres de «ahora», de los contemporáneos de los espectadores. Esta impresión quedó confirmada, cuando de pronto, como un manantial abierto repentinamente, el salón se llenó de figuras, de parejas que bailaban un vals. El camarero quedó en un segundo término, bordeando lo que hoy llamaríamos pista. La imagen de aquella multitud que bailaba apareció fijada perfectamente. Hubo suerte. Por los vestidos parecían gentes de hacia 1840 poco más o menos. La impresión de «raro» que produjeron, al igual que antes el camarero, tal vez pueda concretarse de una manera gráfica en aquella expresión emocionada que dijo alguien en inglés sin poder remediarlo: «Acaba de firmarse la ruina total del cine histórico existente.» Ahí estaba el quid. Aquellas mujeres y aquellos hombres que bailaban, como antes el camarero, tenían unas actitudes, unos gestos, una forma de mover los brazos, de inclinar la cabeza, de colocar el semblante, de inclinarse, de ceder el paso, de sonreírse, sorprendentemente distintas de las nuestras. El ritmo de aquellos vivientes, su dinámica, resultaba enormemente graciosa. Tan graciosa, que luego de unos momentos de sorpresa ante la magnitud del espectáculo, casi de manera isocrona, reaccionaron todos los espectadores con unas carcajadas nerviosas, imparables, como ante un *sketch* de circo totalmente hilarante. Los cuadros y las fotografías que se conservaban de aquella época, y que todos conocemos, apenas pueden dar idea de aquel inusitado concierto de la dinámica humana. Pobres caricaturas las que —bien había dicho el inglés— nos hacían en el cine sobre aquellos tiempos. No sé cómo explicar, pero había un cierto histrionismo, una redicha majestuosidad, un «natural» engolamiento que resulta de verdad divertido. La misma forma de reír. No digamos de mirar, todo funcionaba con una mecánica de rara contención y recato, a la vez que con una expresividad casi cómica. Especialmente en los hombres se apreciaba una actitud venerativa ante su pareja, ante la mujer, que distaba mucho de las actitudes actuales. Los movimientos nerviosos a la vez que respetuosos del baile, la forma de poner las manos, la separación entre las parejas, la fijeza de la mirada como ensoñadora, cortésmente engañadora. Destacaba entre las parejas la formada por un señor muy grueso, con la cara abotargada, barbita blanca, y una señora cuarentona, de recio busto, bien enjoyada con unas manos gordezuelas, blanquísimas, que ella misma se miraba con amor, cuando, azarada, quería o parecía querer desviar sus ojos de los de su pareja. El enrojecido caballero la miraba con insistencia sobrehumana, entreabierta la boca y los ojos llenos de una dulzura entre paternal y de lacayo, que resultaba un verdadero poema. Bailaban imparables, sin decir palabra. El sin cejar en su mirada, ella moviendo la cabeza suavemente halagada, hacia sus joyas, hacia los ojos de él. Ambos entregados, con sinceridad o no, a una ceremonia completísima, sin evasiones, sin la menor sensación de provisionalidad. En general esta actitud dominaba en la mayoría de las parejas. Cuando ellos hablaban lo hacían con discreción, midiendo mucho la amabilidad del gesto, dando a sus palabras una especial carga insinuante. Ellas apenas respondían, escuchaban con una sonrisa media, complaciente. Generalmente, cuando las damas hablaban lo hacían como con rubor, como deseando que no les notaran que hablaban. Moviendo con delicadeza la cabeza para que la pareja tuviera ocasión de ver su nuca, sus bucles, sus aladares, sus orejas... Yo qué sé. Sería preciso un escrito muy largo para dar idea satisfactoria de la mecánica afectiva, el talante social de aquel mundo tan lejano, tan insospechado.

Bailaban el vals —al menos parecía vals— con gran rapidez, con gran vigor deportivo, pero sin perder un momento cierta compostura escultural. Las parejas emergían y volvían a sumergirse tras una especie de cortina de luz malva. Algo así como si una nube de humo cambiara de volumen y de emplazamiento suavemente. También provocaba mucha hilaridad la pareja que componían un militar de bistosísimo uniforme, de húsar, alto y arrogante, que con los ojos blandos, casi húmedos, con no sé qué extravío romántico, miraba arrobado a su pareja, una señorita casi enana de largos bucles negrísimos. La señorita llevaba una postura forzadísima al bailar con la cabeza levantada para corresponder a la altísima mirada del militar. A veces desaparecía casi totalmente la figura del militar, y quedaba ella tan pequeñita, sola, con una mano viril en la espalda, y moviéndose con la cabecita muy alzada. O sólo quedaba él, tan alto, sin la mitad de los brazos, moviéndose sólo con aquel aire de palmera melancólica. Había de vez en cuando así como relámpagos de malva clarísimo que permitían ver la masa de bailarines e incluso figuras del otro extremo del salón. Pero lo más corriente es que se viesen pocas personas, pocas parejas y generalmente incompletas. Lo que todos observaron en seguida es que siempre aparecían los mismos tipos: el señor gordo, el militar, etc., como si hubiera personas mejor recibidas que otras por aquellos rayos mágicos. Como si la mayoría tuviera alergia a ser representada. Más de una hora permaneció el baile en sus aspectos dichos ante los espectadores. Era tan delicioso el espectáculo, tan alucinante, que los técnicos no se atrevieron a tocar los receptores hasta que el jefe de todo aquello dio nuevas instrucciones. Cambiaron las luces, y durante muchos minutos sólo se apreciaron cambios de aquella atmósfera coloreada, pero sin figura ni representación alguna. Como al principio. Era una búsqueda en el vacío de verdad emocionante, porque después del baile se pensó que podrían aparecer cosas mucho más extraordinarias. Por fin, al cabo de un buen rato, volvió a surgir la famosa lámpara de cristal de roca, totalmente sola, con la llama de sus bujías oscilante. Ora se veía entera, ora media, ora sólo una o dos bujías. Desapareció y volvió a surgir el camarero famoso que hacía equilibrios con su bandeja entre una multitud invisible. Duró muy poco, tan poco como una nueva ráfaga del baile, hasta que en medio de una atmósfera rojiza intensísima, que hasta ahora no habían conseguido aquellos reflectores, emergió un sillón de Luis XVI, y en él, sentada, una dama ya madura, gordísima, llena de alhajas, con sus orondos brazos al aire y una sonrisa alegre, jubilosa, sobre las temblorosas papadas que enmarcaban su barbilla… Aparecía sola como en una fotografía bien compuesta. Pero se veía que la dama, con una copa en la mano, que manejaba con gran soltura entre sus dedos gordezuelos, se dirigía a otras personas que debían estar en torno a ella, de pie, y que no se veían, que no emergían. La dama gruesa debía estar oyendo cosas muy graciosas, puesto que no paraba de reír, cierto que con gran compostura. Y a su vez se le veía mover los labios y menudear en la conversación con réplicas que a ella misma debían resultarle graciosas, ya que las decía sin cesar en su risa. Alguna que otra vez daba menudísimos sorbos en su copa. En aquella actitud, con la cabeza vuelta hacia sus invisibles acompañantes, permaneció largo rato. Por fin miró hacia el frente, hacia los espectadores, como si ahora tuviera delante a uno de sus interlocutores, que resultaba invisible. La conversación debía haber subido de interés, porque la risa de la dama era mucho mayor. Todos temían que cayese el champaña

de su copa y manchase aquel precioso vestido azul pálido
que cubría sus abundantes carnes. Reía y reía apoyando
la frente sobre su brazo, acodado en el brazo del sillón,
sin dejar de señalar hacia el frente, es decir, hacia la figura
que debía haber ante ella y que para los espectadores era
trasparente. De suerte que daba la impresión de que estaba enfrentada con los espectadores y que a ellos hablaba
y a ellos escuchaba. Pero de pronto ocurrió algo que de
verdad produjo un escalofrío en todos los televidentes. De
pronto, digo, pareció que la señora gorda dejaba de hablar,
dejaba de reír un momento y miraba con verdadera atención hacia los espectadores. Hacia los espectadores que
hasta aquel mismo instante habían estado desternillándose
contagiados por la risa de aquella dama de hacia 1840.
Sí, rimaba a los espectadores —tal parecía, insisto—, y
luego de un ratito de cierta seriedad o perplejidad, la
dama reanudó su risa de una manera inusitada, sin compostura ya, con la copa de champaña casi volcada y la otra
mano sobre el abundante pecho. Y al reír, entre lágrimas,
balanceaba su busto de manera casi mecánica, nerviosa.
Entre las pestañas cuajadas de lágrimas gozosas no dejaba
de mirar hacia adelante con una risa cada vez más con-
gestiva. Por fin se le cayó la copa de la mano, y se la vio
hacerse añicos sobre el suelo y la dama, ya fuera de sí,
con la cara completamente escarlata, retorcese en el sillón
con la mayor descompostura, hasta el extremo de mostrar
buena parte de sus piernas orondas y calzadas con medias
blancas, o rosas casi blancas. De vez en cuando, casi impotente, levantaba su mano gordita y extendía el dedo
índice hacia adelante, aunque en seguida tenía que bajarla
fatigada por el esfuerzo de su risa. La risa llegó a ser tan
espasmódica, que la dama gorda ya se retorcía de manera
casi epiléptica con ambas manos en las sienes. Echaba las
piernas por alto enseñando sus reconditeces rosáceas. Se
desenmarañaba el precioso peinado y reía ya de una manera totalmente innatural, con la lengua fuera, roto el
vestido y los ojos cerrados y rojos como heridas. Por fin
pudo incorporarse un poco, volvió a mirar con los ojos
semiabiertos hacia adelante, y no se sabe bien si al arran-

car una nueva carcajada, o tal vez un grito de horror, alzó
los dos brazos en alto y quedó desmayada sobre el sillón.
Desmayada, que no «muerta», porque aunque tenía la
lengua fuera se apreciaba que respiraba en el acompasado
alzar y bajar de su pecho imponente. Y así quedó, derrum-
bada en una postura caprichosa, casi grotesca, con las
ropas en desorden y la lengua fuera.

Entre los espectadores se hizo un silencio angustioso.
Nada se movía, nadie parecía respirar, todos inmóviles
hieráticos en sus sillas. Mirando sin pestañear a aquella
dama de 1840 desmayada sobre un sillón entre unas misteriosas luces color rojizo.

Por fin, uno de los espectadores con voz medrosa dijo:
¡Basta! Inmediatamente dejaron de funcionar aquellos
receptores del pretérito y se encendieron las luces normales del saloncito que ocupaban los espectadores. Todos
se levantaron de sus asientos con gran silencio y quedaron mirándose entre sí, o mirando al suelo con una dramática, hondísima, horriblemente angustiosa preocupación.

Estábamos convencidos de que nadie esperaba su
muerte. Mejor dicho: de que nadie creía que podría morir. Una innatural superstición afincaba a la gente en
el convencimiento de que aquel mal nunca tendría fin.

Era un hombre que hacía demasiada sombra en el pueblo. Sombra que hincaba sus raíces en todos los corazones, y era fantasma de muchos sueños. No le temían,
pero lo miraban con ascética amargura, como al cementerio. Tal vez era un mal necesario, algo así como una
penitencia colectiva. Inmortal. Nadie podía decir que le
hubiera hecho un mal concreto, pero todos se sabían to-
cados por su oscura, desdibujada maldad. Su dinero, su
mucho dinero había ido chupándolo de las bolsas de todos. Su poder, su mucho poder, lo ahorró disminuyendo
la fuerza de los demás. Estaba ligado a todos sus paisanos por un parentesco de sombras, de presentidas cons-
piraciones, de puñaladas inferidas mientras dormían.

Solía cruzar por la plaza del pueblo con las manos metidas en los bolsillos, la mirada en el suelo, sin saludar
a nadie. A veces súbitamente se paraba ante alguno. Le

explicaba su pretensión con vehemencia, con los ojos incendiados y las manos voladoras crispadas. Nunca proponía nada inviable. Casi siempre había que decirle que sí. Exponía con claridad. Sin embargo, cuando se cerraba el trato, el amigo siempre se sentía defraudado, humillado. La ley siempre estaba con el otro, pero la luz no. La razón y la fuerza siempre eran suyas, pero la sonrisa no.

Sus hijos y familiares nunca le acompañaban. Comía solo, dormía solo. Y cuando en algún sitio coincidía con los suyos, parecían ignorarse. A todos los trataba con el mismo humor, con la misma frialdad en las manos, con el mismo negar con la cabeza.

Sus empleados parecían enfermos de malaria. Nunca reían. Se decía que todos concluían con mal de estómago.

Lo cierto es que murió. Decían que murió porque quitó la razón a los médicos. Acabó por convencerlos. Dijeron que sí a su autodiagnóstico y murió de pie sobre la cama, dando gritos, echando espuma por la boca, provocando la sombra que su cuerpo desnudo y esquelético proyectaba en la pared.

Cuando corrió la noticia de su muerte por el pueblo todos lo creían una broma. Aquel hombre no podía morir. La muerte siempre supone una claudicación, un entregarse a la «razón» de la naturaleza, que no podría esperarse de aquel hombre. Pero como nadie desmentía la noticia, todos acudieron a la casa del muerto para cerciorarse de aquella extraña verdad.

Parecían gentes prudentísimas que no quieren hacerse ilusiones de que les ha tocado la lotería hasta que no aparece la lista oficial, hasta que el banco les acepta el billete. Se agolpaban en la puerta de la casa mortuoria, sin atreverse a entrar. Cabía que todavía estuviera agonizando. Y sólo cuando los que estaban dentro salían a decir que era verdad, que estaba muerto, entraban las gentes con un extraño placer en el semblante, y se sentaban en las sillas para el velatorio que traían de todas las casas vecinas.

Cuando llegó Ella, vio las habitaciones, galerías y patios de la casa llenos de hombres que fumaban en silen-

cio, con los ojos en guardia, temerosos de que pudiera
haber alguna sorpresa todavía. Se notaba que la respiración de aquellos veladores no tenía un ritmo normal.

En habitaciones especiales estaban las mujeres. Rezaban el Rosario mecánicamente, olfateando y con el oído
afinado, sentadas a media anqueta. Aún podía producirse el contramilagro. El milagro de la razón. El muerto
podía ganar el pleito allá arriba. No se oían llantos. Ni
susurros. Ni el lamento de «no somos nadie». Sólo las
respiraciones irregulares, el rebullir de los cuerpos sobre
las sillas; carraspeos, rozar de fósforos y los temerosos
calderones del Rosario.

Los techos de la casa eran muy altos. Las paredes desnudas. Los muebles sólidos muy separados unos de otros.
Los suelos sin alfombras. Toda pintada de un amarillo
cotoso. No cesaban de llegar hombres del lugar. Entraban como si los siguiese alguien. Y se sentaban donde
podían para rumiar aquel temeroso placer.

Dice Ella, que cuando comenzaron a serenarse los ánimos y apuntaba alguna conversación y los pechos reco-
braban su compás normal, llegó el barbero. Entró muy
serio, con la caja de la herramienta especial para difuntos. Entró sin saludar, muy de prisa, directo a la alcoba
del difunto.

Sin motivo aparente volvió al desasosiego. Callaron
las del Rosario y los ojos de todos volvieron a estar semicerrados, en guardia.

Tal vez por esta centinela tan sensible, apenas varió
el gesto de los veladores cuando comenzó a oírse aquel
ruido que daba dentera. Aquel rascar agrio y duro. Aquel
ra, ra, ra. Aquel ruido que podría producirse cuando se
rapa una piedra de granito con un cuchillo. Nadie dudó
de que estaban afeitando al muerto. Y, cosa curiosa, ahora lo oían todos como si fuese un ruido natural, o al menos esperado. Claro que seguían en silencio, remeneán-
dose en la silla, con los sentidos montados, pero sin otra
alarma especial. Tampoco variaron mucho las actitudes
y semblantes cuando dos mujeres salieron con sendos cu-

bos grandes, llenos hasta el borde de agua jabonosa con espinas de pelo negro.

Te aseguro, me decía Ella, que la gente permaneció igual durante aquella hora interminable en que las dos sirvientas salían sin cesar con sus cubos cargados de barbas. Salían las pobres dobladas por el peso. Y todas las miradas las seguían hasta que trasponían la puerta del corral. Sí, una hora de ra ra ra. Una hora de viajes de cubos de barbas...

«Nota curiosa —siguió Ella— es que para lo primero que se abrió la boca de los veladores fue para preguntarse unos a otros quién había sido el barbero.» Todos lo habían olvidado. O ninguno lo había reconocido. «Me pareció Canuto», decían unos. Otros. «No, no fue Canuto.» «Yo pensé que era Salinas.» «¡Qué ha de ser Salinas!»

La mujer que conducía el Rosario preguntó a una de las que llevaban los cubos: «¿Quién lo afeita?» «No sé, no lo *conozco*», dijo. «Pero es del pueblo.» «Vaya si lo es.»

Todos se dispusieron a averiguar aquel misterio cuando saliera. «Ahora lo veremos cuando salga.» Pero hubo mala suerte. Porque salió en el mismo momento que entraban la caja.

Allí había la costumbre de dejar la tapa de la caja en el portal de la casa. Se colocaba luego a la misma hora del entierro. De modo que pasaron sólo la caja. La llevaban entre cuatro gañanes. Grande, color caoba. Hasta ese momento no se dieron cuenta las gentes de lo bajas y estrechas que eran las puertas de las habitaciones de aquella casa. Entrar la caja por ellas era un verdadero problema. Hasta encajarla por huecos tan estrechos tenían que hacer mil malabarismos fúnebres. La ponían de pie, la doblaban, la sesgaban dejando a la vista su forro morado de capitoné. La ponían en diagonal, como aspa de molino; la giraban y contragiraban de las maneras más inverosímiles.

Sobre todo para meterla en la habitación donde estaba el muerto —fue en el momento de salir el barbero— hi-

cieron las operaciones más complejas. De ninguna forma
encajaba por la dichosa puerta. Y todos los veladores la
miraban alucinados. Tal vez temían que aquel enorme
catafalco cayese encima de ellos. Los cuatro hombres que
la llevaban e intentaban llegar con ella a su destino la
cogían con crispación, por el peso, porque debía ser escu-
rridiza y por las difíciles posturas que se veían obligados
a tomar. Luchaban con aquella caja como si estuviera
viva, como si fuera una caja con motor... Y pesadamente
la volteaban sobre aquellas cabezas atemorizadas cuando
salió el barbero saltamontes con el estuche de la herramienta de difuntos bajo el brazo.

El techo y las paredes y el mismo suelo parecía girar
detrás de la caja rebelde. Y acabaron por ponerse en pie
todos los veladores, con los brazos en alto, guardándose
la cabeza, tapándose los ojos... Fue entonces cuando salió el barbero con la cara sin perfil y las manos coloradas,
volteando —él también— el estuche de las herramientas
para difuntos. Brillaba la seda morada de la tapicería
capitoné de la caja. Brillaba la caoba barnizada con reflejos incisivos. Y toda la habitación y los brazos en alto de
los veladores giraban como la caja en el aire.

Nadie sabía contar cómo ocurrió, pero lo seguro es
que la caja entró en la que iba a ser capilla ardiente. Entró y la estrecha puerta quedó cerrada.

Aquel incidente había alterado mucho más al personal.
Desde la salida del barbero y entrada de la caja todos
estaban más inquietos. Ahora no era una inquietud tan
contenida como antes. Era una inquietud más dinámica.
Todos se movían mucho en sus sillas. Mostraban especial
desasosiego. Hacían gestos. Algunos hablaban solos.
Otros hacían signos cabalísticos y abrían mucho la boca.
Algunas mujeres demostraban algo así como un vibrante
baile de San Vito. Pero nadie se iba. Todos permanecían
en la silla del tormento. Y había pasado ya la hora de
comer.

De pronto volvió el silencio. ¿Qué ocurrió? Todos miraban hacia la puerta que comunicaba con la cámara mortuoria. Bajo ella, a ras del suelo, asomaba algo. Algo así

como muchos alambres finos y negros. Alambres que avanzaban con lentitud, pero firme, rígidos. Los más próximos a la puerta se levantaban de sus sillas y se apartaban, sin dejar de mirar, temerosos de aquellos alambritos negros que caminaban a ras del suelo.

La noticia corrió por toda la casa y todos los veladores acudían a mirar el fenómeno. Se veían caras colgadas en todos los sitios, ojos desorbitados clavados en todas las paredes que miraban aquellos alambritos que salían bajo la puerta.

Todas las gentes del velatorio estaban colgadas en el techo y en las paredes de aquella habitación frente al cadáver.

Y otra vez volvió el barbero que nadie conocía. Volvió más de prisa. Con gesto difícil. Y en seguida volvió a escucharse el ra, ra, ra, del afeitado. Y las mujeres venga a sacar cubos llenos de agua de jabón con pelos.

Pero todo pareció inútil. Si aquellas barbas como miles de alambres desaparecían un momento de bajo la 'puerta, en seguida volvían a aparecer. El ra, ra, ra, cada vez era más enérgico y desesperado. Mayor el número de cubos de barba que sacaban, pero la barba, ya sublevada del todo, avanzaba bajo la puerta por toda la gran sala donde estaban colgados los veladores llenos de estupor.

Por fin se abrió la puerta, y el barbero salió despavorido, sudando, corriendo. Y más olas copiosas de pelo negro, brillante, metálico avanzaban tras de él como un reguero de tinta.

Las gentes empezaron a descolgarse de las paredes y del techo. Se descolgaban sin compostura alguna y echaban a correr perseguidas por aquella gran tromba de pelo negro alámbrico.

Ella me contó que lo recordaba, por el modo de avanzar, la lava de un volcán que invade un pueblo.

Por aquellos años se había logrado totalmente la «operación sueño». Todo el mundo lo sabía y muchos la aprovechaban. Los duelos y lutos, las quiebras económicas, las revoluciones, las contrariedades amorosas o el simple tedio de la vida se combatían ya de manera casi masiva, «dejándose morir».

Durante mucho tiempo la «operación sueño» fue laboriosa, sometida a mil experiencias de laboratorio, sin garantías en ningún aspecto. Pero cuando se logró la «Morfila Azul B.» todo quedó resuelto. Con ella podía dormirse a una criatura por el tiempo exactamente deseado. Desde veinticuatro horas a veinticinco años. Era cuestión de dosis. La «Morfila Azul B.» era totalmente inofensiva. Además sus propiedades terapéuticas eran irrebatibles. Mientras duraba el sueño, el paciente «ahorraba vida». Todos los órganos y glándulas vitales permanecían en una quietud, en un reposo vivificador saludable. Las afecciones más graves, casi todas, solían desaparecer luego en una ración de sueño bien dictaminada.

La demanda era tan grande que el Estado, las instituciones regionales y en seguida las empresas privadas cons-
truyeron gigantescos «morfisanatorios». Algunos los llamaban «morficampos». Y en tono popular: «Los ahí te
quedas». Los exilios políticos, las condenas a prisión y
a muerte, fueron reemplazados de manera más o menos
legal por períodos de sueño forzados.

Apareció una profusa reglamentación legal en previ-
sión de todos los casos. Como siempre, los ricos y solte-
ros podían hacer uso de la «Morfila Azul B.» a su gusto.
Los cabezas de familia necesitaban el consenso de su esposa o esposo e hijos. Estos, la autorización de sus padres
si eran menores de edad. Los políticos —grandes clientes— y funcionarios en activo, el *licet* de la jerarquía.
Y todos en general estaban sometidos a un racionamien-
to o cupo de emigración hacia el sueño, ya que en ciertos
lugares se produjeron deserciones tan masivas hacia los
«morficampos» que la economía y funcionamiento público peligraron gravemente. Tenían la preferencia los enfermos, locos y condenados.

Las resultantes sociológicas y psicológicas de esta
«Operación sueño» fueron tan complejas e interesantes
que merecieron entonces muchos libros para su estudio.

Yo había visto muchas fotografías y reportajes sobre
los «morficampos», pero nunca sentí la curiosidad de visitar alguno hasta que ocurrió el famoso caso del «Sommonauta imperfecto» que tanto dio que hablar en el mundo entero y que puso en grave situación el crédito de la
«Morfila Azul B.».

Fue Ella, como siempre, la que me empujó a conocer
el Morficampo más importante de la ciudad, y escenario
del caso famoso.

Parece que la forma de todos los morficampos del
mundo era muy semejante: Galerías, múltiples galerías
radiales, construidas en mármol o aluminio, que partían
de un habitáculo circular donde estaban las oficinas generales y desde el que se podía ver cuanto ocurría en las
larguísimas galerías. Estas, altísimas, estaban formadas
por nichos longitudinales, cubiertos con vidrio. Detrás de

cada vidrio, cubierto con una túnica gris y bajo la luz de una débil lámpara, yacía el sommonauta en absoluta quietud. Cerrados los ojos, extendidos los brazos a lo largo del cuerpo y sin excesiva rigidez. El color de la tez no era totalmente pálido, como si un resto de vida alentase en él. Una temperatura no superior a 18 grados y unas especiales instalaciones de oxigenación, aparte de un silencio absoluto, ambientaban aquellos famosos «morficampos». En cada nicho había una inscripción con el nombre, apellidos, edad y temporada de sueño que correspondía a cada sommonauta.

El pasear por aquellas galerías le daba a uno la impresión de estar en un cementerio con escaparates, enormemente aséptico..., pero poco simpático. Parecía también un quirófano inmenso, donde miles de pacientes ya anestesiados aguardaban el momento de la operación.

Cada día llegaban los futuros sommonautas por la mañana temprano. Luego de permanecer cuarenta y ocho horas sin tomar nada y de no sé qué lavados, internos y externos, se les inyectaba la dosis deseada de «Morfila Azul B.» y a los pocos segundos quedaban en estado de sommonauta perfecto. Se le colocaba la túnica gris y en una camilla con elevador especial se les conducía hasta su nicho-lecho temporal.

Tal vez más curiosa era la operación de despertarlos. Cada día, mediante un artilugio cibernético se sabía exactamente a quiénes tocaba «amanecer». Con cierta anticipación de horas se les depositaba en una cama normal. Allí, sin más operación, permanecían al cuidado de una enfermera, hasta que despertaban por sí mismos, en la hora exactamente calculada. Luego de abrir los ojos permanecían un buen rato sin reaccionar. Poco a poco comenzaban a dar señales de mayor vida. Cuando todos sus músculos eran capaces de movimiento, los sentaba la enfermera en la cama. Entonces su cerebro, muy lentamente, comenzaba a funcionar. Así que pronunciaba las primeras palabras, las enfermeras dejaban pasar a los familiares del despertado, que de acuerdo con unas instrucciones previas, iban contestando a las preguntas ur-

gentes —las llamaban «de situación»— que todos hacían
con muy leves variaciones. Esta recuperación no concluía
de manera satisfactoria hasta las veinticuatro horas de
vigilancia. Generalmente, dos horas después de abrir los
ojos los trasladaban a su hogar con una ambulancia y
allí, a cargo de la familia, se producía «la vuelta total».
En poco más de una semana el ex sommonauta hacía
vida normal.

Para los que a la vuelta del sueño ya no tenían familiares ni amigos que los recordasen había en cada Morficampo unos sanatorios de adaptación, en los que en cur-
sillos intensivos se ponía a los pacientes al corriente de
cuanto había pasado en el mundo durante su sueño.

La tendencia de los despertados era a considerarse «re-
sucitados», otra vez nacidos y jóvenes, y comenzaban una
vida llena de optimismo... Pero el entrar en el estudio
de estas reacciones postsueño sería empeño prolijo que
no conviene al caso que ahora nos ocupa. Sí importa re-
señar que, como durante el sueño no se envejecía, había
despertados que parecían más jóvenes que sus hijos; y
abuelas que apenas podían salir a la calle se lanzaban a
buscar novio. Ello dio lugar a que el baremo edad re-
sultase casi inútil y, por primera vez en la historia humana, cada cual tuvo la edad que «representaba».

*

Pero vengamos al caso del «sommonauta imperfecto».
Y ocurrió así. Una noche, cuando los vigilantes del
Morficampo de que os hablo, cansados de jugar al aje-
drez y tomar copas, se pusieron a dar paseos por las galerías de los nichos-lecho, descubrieron con gran estupor
que uno de ellos, exactamente el número —se hizo famoso en el mundo— «67.869.Y» estaba vacío. En él
yacía —debía yacer— un veterano sommonauta que llevaba dieciséis años en la casa y que hasta cuatro años
después no «cumplía». Era muy conocido de todos por
su famosa historia ocurrida diecisiete años atrás en el
mundo de las finanzas.

Luego de examinar cuidadosamente el nicho-lecho, no quedó duda a los vigilantes. El durmiente número «67.869.Y» había sido raptado. No cabía otra explicación. El caso era importante. Sólo se había producido algo semejante en Toronto cinco años antes. La robada fue una bella sommonauta. El ladrón un enamorado. Tardó en descubrirse al causante más de un año. Desde entonces las visitas a los morficampos estaban perfectamente vigiladas. En el caso del señor «67.869.Y», no cabía la posibilidad del rapto amoroso. El paciente era muy mayor y su físico nada a propósito para despertar pasiones.

Inmediatamente se comunicó el hecho a los directivos del Morficampo. Y éstos a las autoridades competentes. Los repetidos exámenes del nicho vacío nada revelaron. Los familiares del raptado tampoco sabían absolutamente nada. Se dejó el caso en manos de la policía. A la mañana siguiente los periódicos daban la noticia con justificada alarma. «No se puede dormir tranquilo», rezaban los titulares del diario más vendido.

Hacia las nueve de la mañana, cuando todo parecía haber vuelto a la normalidad, uno de los enfermeros entró precipitadamente en el despacho del doctor director del «Campo» como llamaban muchos familiarmente a «la casa».

—Doctor, el señor del «67.869.Y» ha regresado.

—¿Cómo?

—Sí, señor. De nuevo está en su nicho.

—¿Es posible...? Y no lo olvide, tengo ordenado que no se les llame nichos.

—Sí, señor.

El doctor seguido precipitadamente de cuantos ayudantes y enfermeros encontraba a su paso, llegaron a la galería del «67.869.Y». Es decir, la galería Y.

En efecto, en su postura de siempre, correctísima, sin ninguna anormalidad notable, yacía el «67.869.Y».

El doctor-director ordenó que se le trasladase inmediatamente a uno de los quirófanos para proceder a un examen detenido. Se le despojó de la túnica gris de ordenanza y se hizo el examen.

El resultado fue único y sorprendente: el señor
«67.869.Y» tenía los pies sucios. Había caminado. Era
lo más seguro.

El doctor-director ordenó que tanto la reaparición del
huido como lo ocurrido después se mantuviese en el más
absoluto secreto. Las investigaciones que ahora proce-
dían quedaban a cargo —y era natural— del personal clí-
nico de la Casa.

De nuevo fue trasladado el señor «67.869.Y» a su nicho-lecho.

El doctor-director estableció una guardia permanente
durante aquella noche y si era necesario varias noches su-
cesivas. Como se ignoraba en absoluto la naturaleza de
aquel fenómeno, el director determinó que los guardianes
o centinelas permanecieran ocultos.

Aquella noche, prácticamente, nadie se movió de la
casa. El doctor-director casi constantemente acompañaba
al guardia de turno.

Hasta las doce de la noche no hubo novedad alguna.
El señor del «67.869.Y» permanecía en su debida postura... Pero a las doce y algo, cuando el doctor-director
pensaba marchar a su despacho para tomar un refrigerio,
se oyó un pequeño ruido.

Todas las miradas se clavaron en la pared de vidrio
que cubría el nicho-lecho del que luego fue llamado
«Sommonauta imperfecto». Y todos vieron cómo el supuesto dormido con movimientos muy lentos —sí som-
námbulos— pero perfectos, abría la puerta de vidrio con
cuidado. Se abría como puerta corredera. Y una vez
abierta, suavemente, se descolgaba desde su no bajo lecho hasta el suelo. Sin el menor titubeo, pero con lentitud y silencio; sin la menor expresión en el rostro y con
los brazos más bien rígidos, el señor del «67.869.Y», galería adelante, se dirigía hacia la cancela central del «Campo». Solamente el doctor-director y dos ayudantes jóvenes lo seguían a prudente distancia, y por supuesto, sin
acabar de comprender cómo podía ser aquello.

El ilustre somnámbulo, con gran habilidad, aunque
siempre con lentitud, abrió la puerta de salida, y comen-

zó a caminar calle abajo. Iba pegado a las fachadas de
las casas, rozando disimuladamente con la mano la pared.

Los doctores, para no llamar la atención —menos mal
que a aquellas horas no había nadie en la calle— se quitaron las batas blancas sin dejar de caminar, e iban tras
el paciente a corta distancia y por la misma acera.

La caminata duró más de una hora. El señor «67.869.Y»
atravesó muchas calles y plazas sin titubear. Con el paso
lento de siempre. Por fin llegó a uno de los barrios extremos de la ciudad. Extremos, pero residenciales. En
ellos dominaban los edificios de apartamentos utilizados
por gente alegre y de dulce vida.

... Lo que no pudieron ver los doctores era de dónde
cogió o sacó la llave para abrir el portal el raro durmiente. Este detalle estropeó toda la operación. A ellos les
fue totalmente imposible entrar. Por más que tocaron
timbres y llamaron en las vidrieras de la puerta nadie
acudió. Sólo quedaba la fórmula de dar el escándalo.
Buscar quien descerrajase la puerta. O algo así. Pero
nada de todo aquello entraba en los cálculos del doctor-
director. Su determinación: «aguardaremos aquí hasta
que regrese mañana», sorprendió y molestó no poco a
sus seguidores.

Uno de éstos recibió orden de marchar a «la Casa» a
por un coche. Y desde él quedaron esperando que ama-
neciese.

Dormían a ratos. Hasta las siete y media de la mañana no hubo novedad.

A esa hora el portero franqueó la cancela. Diez minutos después apareció nuestro durmiente, que en seguida
tomó el camino del «Campo».

El doctor-director y uno de sus ayudantes lo siguieron
a pie. Las pocas gentes que pasaban por la calle quedaban mirando al estirado e inexpresivo sommonauta vestido con túnica gris. Muchos de ellos que sin duda conocían el caso por la prensa, aunque en su versión de
robo, creyendo haber descubierto algo sensacional, aban-
donaban su ruta para seguir al dormido.

El doctor-director tuvo que advertirles que ya estaba él sobre la pista y a todos los que decidieron ver en qué paraba aquello les rogó que lo siguieran a él y al ayudante.

Llegaron a la puerta de la «Casa» más de cien personas.

El señor de la «67.869.Y» franqueó la cancela del «Campo» y con gran decisión llegó hasta su galería, trepó con agilidad y no sin esfuerzo, y se colocó en su nicho como era su deber.

\*

La noticia, es natural, cundió por toda la ciudad. También se supo que aquella noche se iba a comprobar qué era lo que hacía el extraño tránsfuga. Hacia las doce todo el famoso itinerario estaba lleno de gente. La policía tuvo que abrir calle cuando el señor «67.869.Y» apareció en la puerta de la «Casa» seguido del doctor-director y sus ayudantes.

Ya estaba previsto el portero de la finca y todo iba a ser muy fácil.

Se había averiguado algo que produjo un grave disgusto en la familia del dormido. Resulta que éste, de la manera más secreta, tenía alquilado un apartamento —desde sus tiempos de despierto— para sus pequeñas evasiones. Apartamento al que se dirigía en sus fugas nocturnas.

Los fotógrafos, las cámaras de televisión y cuantos tipos de curiosidades humanas y mecánicas se pueden contar, seguían en procesión al raro sommonauta que impertérrito y despacioso hacía su itinerario.

La policía, a duras penas le abría camino. Al llegar al portal de los apartamentos las cosas se pusieron difíciles. Todo el mundo quería subir a ver qué hacía el dormido. El doctor-director dio órdenes severísimas a la policía. Se trataba de un secreto científico y sólo los hombres de ciencia debían estudiar el caso. El y sus ayudantes entrarían en el apartamento del durmiente... si era allí donde iba.

Tras él subieron las escaleras. Era en el segundo piso. El dormido no utilizaba ascensor. Debajo del felpudo que había ante la puerta, tomó la llave del apartamento. Abrió con gran cuidado, como si alguien durmiera dentro, y entró llevándose la llave. El doctor-director esperó unos segundos, e inmediatamente, con la llave que tenía apercibida, franqueó, seguido de sus ayudantes, la puerta del apartamento.

Lo que vieron, según contaron más adelante, fue exactamente esto:

El dormido pasó al cuarto de baño. Se lavó los dientes. Fue al dormitorio. Se puso un pijama. Al pie de la cama, rezó unas breves oraciones. Apagó la luz y se echó a dormir.

El doctor encendió la luz. El sommonauta parecía dormir profundamente. Nadie más había en el apartamento.

El caso estaba claro. De todas maneras el director y los suyos aguardaron a las siete y media de la mañana. Como estaba previsto, el dormido despertó antes de sonar el despertador, que también puso en marcha la noche anterior. Se quitó el pijama. Se puso la túnica que estaba doblada sobre una silla. Se volvió a lavar los dientes. Abrió la puerta del piso con gran cuidado. Dejó la llave bajo el felpudo. Y emprendió su regreso como la mañana anterior.

El caso produjo revuelo en todo el mundo. Pero nada ha sido resuelto. Al señor del «67.869.Y» se le colocó en varios sitios distintos de la casa. Pero era inútil. A las doce de la noche intentaba marcharse. Y si no encontraba el camino expedito hacía tales esfuerzos que temieron por su salud, dormida, pero salud. Todavía le quedaban muchos años de sueño, según su voluntad escrita y pago efectuado, y no había por qué despertarlo como podía hacerse en casos precisos.

*

Y durante años y años la gente se acostumbró a ver al hombre de los «dos sueños» abandonar la «Casa» a las doce de la noche y marchar a su solitario apartamento, donde la mujer encargada le tenía a punto el lecho y la limpieza.

Con el tiempo desapareció la curiosidad de todos, y ya resultaba familiar encontrarse a las horas indicadas la silente y precisa figura del «67.869.Y», que iba de la «Casa» al apartamento, o del apartamento a la «Casa». En todas las revistas del mundo fue familiar la fotografía de este itinerario.

La única que no se acostumbró jamás fue su esposa, que todos los días se preguntaba:

—¿Pero por qué va a dormir a ese maldito apartamento y no a su cama de siempre, a nuestra cama?

\*

Ella y yo, muchas noches gustábamos de seguir al hombre del doble sueño.

Aquella noche de invierno, de niebla amarilla, ante unas copas muy altas, talladas con flores exóticas, nos dedicamos a recordar cosas viejas de la «La guerra de los dos mil años». No tan viejas como la quema y requema de los judíos en el siglo xv, ni tan de hogaño como la destrucción de la cabeza del mundo, allá por el año 1990, con las bombas niqueladas.

Ella consumió el turno aquella trasnochada, evocando imágenes ya perdidas en la memoria de los hombres. Yo, que ignoraba la intensidad de aquellos capítulos histéricos, pasé una noche de congoja. Pero no, no quiero contarlo yo. Prefiero transcribir sus palabras:

«Todavía no existían los bolígrafos. La gente escribía sólo con dos especies: pluma estilográfica o lápiz.

Y aquella mañana de primavera aparecieron las calles de la ciudad llenas de lapiceros y plumas tirados por el suelo. Formaban montoncitos sobre las aceras. Se descubrían sobre los cubos de basura, en la boca de las alcantarillas, entre los raíles del tranvía.

371

A veces se abría un balcón, aparecía una mano y con mucha cautela dejaba caer a la calle uno de estos chismes de escribir. También solían verse pizarrines, tizas, pinceles y brochas que antaño pintaron pizarras y letreros callejeros.

Las gentes —esto es importante— pasaban entre estos montoncitos de plumas y lapiceros —algunos eran de oro— sin mirarlos. ¿Y desde cuándo la gente dejó de mirar el oro? ¿Desde cuándo dejó de apropiárselo? Nadie, ni los niños, intentaban cogerlos. Al contrario: vaciaban de sus carteras de colegiales los lápices, pizarrines y plumieres sobre los carros de la basura que hallaban camino de la escuela.

Hombres, mujeres y niños marchaban muy serios por las calles y plazas, por las Ramblas y Paralelo, sorteando el pisar aquellos montones de cosas de escribir. Los mendigos, los soldados astrosos y los payeses parecían ciegos para tanto cilindro como cubrían los suelos.

Yo caminé mucho rato observando este extrañísimo fenómeno sin atreverme a tomar una resolución. No sé. Esperaba que alguien me explicase todo aquello o que por mí mismo llegase a columbrar la razón. «Mirando las cosas mucho rato —decía mi abuela— se llega a verles el culo de la verdad.» Escuchando a la gente muchas horas —me añadía yo misma— se llega a distinguir las palabras falsas de las palabras de ley. Ve más el que no se mueve de su asiento que el que corre mucho mundo. Que los ojos necesitan espacio, reposo y silencio para matrimoniarse con las tierras, con los animales y con los hombres. Que no hay mayor ceguedad que la del que siempre tiene prisa. Pero no hubo forma de sacar conclusión ni corolario. Que cada vez todo me parecía más embrollado o macizo. Y luego de dos horas de fatigarme por las calles, volví a casa con el entrecejo interrogante.

Subí y no sosegaba. De repente tuve un impulso casi animal y bajé corriendo las escaleras. Y sin apenas pensarlo, del cubo de la basura que había en un portal próximo, tomé una pluma y un lápiz automático que parecían bastante buenos. Y volví con el propósito de examinarlos pacientemente, por ver si alcanzaba al fin por qué clase de peste los arrojaban.

Recuerdo que cuando me incliné a cogerlos sólo había un testigo. Una niña de apenas nueve años. Al ver lo que hacía, la pobre chica abrió mucho la boca y abrió mucho los ojos como si estuviera ante lo nunca visto. Quedé un momento indecisa. Ahora, la niña, inquieta, muy nerviosa, miraba hacia uno y otro lado, como si temiese que alguien que no fuera ella pudiera sorprenderme. No lo pensé más y a toda prisa volví a mi piso.

Dejé el lápiz y la pluma sobre la mesa y me puse a examinarlos con gran cuidado. La imagen de la chica espantada seguía en mi memoria. Por más vueltas que daba a los «objetos de escritorio» como dicen en las tiendas, no les hallaba nada raro. La cara de la chica, tan presente, me animaba a seguir la investigación. Desarmé la pluma, luego el lápiz, cada una de sus piezas las puse al trasluz. Las olí, las chupé, las puse junto a mi oído, las mesé, las froté y las soné. Nada especial.

Casi aburrida, sin pista que seguir, comencé a hacer pintajos sobre un papel. Primero con la pluma. Luego con el lápiz. Todo bien. Escribían perfectamente... Sí, todo normal, todo corriente hasta que intenté escribir palabras.

Desde niña, siempre que cae un lápiz en mis manos y no tengo nada concreto que decir o dibujar, se me ocurre, no sé por qué, escribir las mismas palabras: «Padre, cielo, alma, criaturas... Señor.»

Pensaba hacer alguna frase sobre la pobre niña de nueve años que me miró en la calle tan asustada, pero como siempre, al poner los puntos de la pluma sobre el papel decidí repetir las palabras de siempre. Pero... en aquel momento, la pluma no trazó las letras que yo bien sabía, estaban alteradas. Faltaban algunas. Sobraban otras. Dejé la pluma, tomé el lápiz. El resultado fue el mismo. Las palabras que aparecieron sobre el papel eran éstas: «Pare, cel, ànima, criatures... Senyor.»

Una y otra vez volví a escribirlas esforzándome mucho por controlar cada letra que iba a trazar. Fue inútil. Salieron las mismas palabras cambiadas.

Dejé, temblando, el lápiz y la pluma sobre la mesa. ¿Qué extraña vida tenían? Se me ocurrió repetir la operación con mi pluma de siempre. Todo fue estupendo. Escribí mis viejas palabras: «Padre, cielo, alma, criaturas... Señor.»

*

Aquella noche no pude dormir. Me obsesionaba el recuerdo de cuanto llevo contado. La cara de la niña. Los montones de «objetos de escritorio» esparcidos por las calles de la ciudad, la pluma y el lápiz rebeldes a mi mano, a mi ortografía, a mi vocabulario, a mi fonética, a la raíz de mi sangre.

Deseaba que amaneciera.

Y ojalá que no lo hubiera deseado. Apenas comenzó a aclarar me despertó de mi duermevela un murmullo desusado de gentes. Rozar de pies, gritos sofocados y ruidos no habituales. Me asomé al balcón, entre visillos. Se veían grandes muchedumbres. Gentes de toda condición y edad que caminaban con las manos en la boca, el gesto dolorido. Gentes que se paraban a escupir sangre, gentes con el rostro descompuesto. No hablaban entre sí.

Me arreglé un poco y bajé corriendo. Hacía fresco. Comenzaba a verse claro sobre los tejados. Lo primero que amanece son las chimeneas.

Ya en la calle nadie se fijaba en mí. Todos atentos a su dolor. A su sangre. Algunos se pasaban el dedo pulgar por las encías. Sordos quejidos. Escupitajos rosáceos.

Bajo mis pies notaba como piedrecitas menudas. Miré. Tenían un color rosáceo o amarillento. Alargadas. No había luz suficiente y era difícil distinguirlas bien. Tomé unas cuantas de aquellas que me parecían chinitas y las puse bajo la luz de un farol.

Eran muelas. Muelas grandes y chicas, viejas y nuevas. Amarillas y blanquísimas.

Las calles estaban llenas de muelas. Muelas de aquellos seres que iban con la mano en la boca.

A poco de continuar mi espantoso paseo, comprobé que en todas las esquinas había dentistas improvisados que sacaban muelas con toda celeridad. Traían a la gente en manadas y uno a uno, a la fuerza, los amarraban en el sillón. Las extracciones eran rapidísimas, brutales, entre gritos.

Me detuve aterrorizada junto a uno de aquellos sillones de dentistas carniceros, cuando sentí que alguien me miraba con fijeza. Volví la cabeza... Era la niña de nueve años. La pobre, con la cara relejosa de sangre y ambas manos cubriéndose la boca, sollozaba. Estaba sola. Me miraba con odio. De pronto, en un arrebato de furia y en un castellano malísimo, me dijo al tiempo que empujaba con el pie unas cuantas muelas de las que había por el suelo:

—¡Tome, tome también esto!

Antes de que yo pudiera reaccionar, noté que unas manos muy fuertes me agarraban por los hombros. Quise forcejear, pero fue inútil. Me sentaron en el sillón que había en la esquina. En el mismo sillón que le habían extraído sus muelas prohibidas a la niña de nueve años.

El sacamuelas, todo embadurnado de sangre, primeramente me enfocó la boca con una linterna. La boca que me mantenía abierta enérgicamente uno que parecía su ayudante.

El —llamémosle dentista— dudó un poco. Me metió más la linterna en la boca, registró bien por uno y otro lado, por arriba y por abajo. Luego, dudando de lo que veía, aguzando mucho el oído, me preguntó mi nombre, apellidos, lugar de nacimiento y tiempo que llevaba en la ciudad.

Después de escucharme con atención, con un ademán cortés me invitó a levantarme al tiempo que me decía:

—Tú estás limpia.

La chica de nueve años, que había seguido con atención aquel pequeño e incomprensible episodio, me miraba, si cabe, con más odio que antes.

Yo no sabía qué hacer. Por fin intenté acercarme a ella para consolarla, para darle algo, para acompañarla. Más que todo me dolía su soledad. Su odio precoz.

Al ver mi intención, me escupió y echó a correr, como si yo estuviera apestada.

Volví a casa tristísima, sintiendo chirriar las muelas bajo mis zapatos...»

*

Y luego que comentamos un buen rato esta lejana historia filológica, yo le refiero otra —El paso de las aceitunas—, con su punto de maravilla, pero referida a los pobres afectos humanos; a esa empuñadura de sangre que llamamos corazón.

... Y es ahora, después de tanto tiempo, cuando caigo en la cuenta de que las parejas que pasan la velada contándose historias ajenas a su amor, tal vez sin saberlo, están batiendo el carmín de su crepúsculo.

Todos los domingos por la mañana llegaba al café, a aquellas horas poco concurrido, y se sentaba en un diván con sus cuatro hijos. Formaban un cuadro casi típico de aquel establecimiento. El señor, de unos cincuenta años; a un lado, las dos hijas que no llegaban a los doce; al otro, los dos hijos que no llegaban a los seis. Los niños tomaban zumo de tomate. El padre, cerveza. Las hijas solían hablar solas, entre sí. Los niños con frecuencia acosaban al padre a preguntas y sonrisas. Ellas charlaban observándolo todo. Ellos mirándose, riendo. El padre procuraba contestar a los hijos. De vez en cuando atendía a las niñas. A veces se quedaba pensativo o saludaba con especial cortesía a algún amigo que entraba. Hacia las dos y media de la tarde salían. Cada una de las hijas se agarraba a un brazo del padre. Los niños iban delante correteando.

Aquel domingo de primavera había poca gente en el interior del café. Casi todos los clientes preferían estar al sol, en la terraza. Bastaba un camarero para atender a los parroquianos de dentro, que pasó gran rato haciéndoles preguntas a los niños, gastándoles bromas, cambiando impresiones con el señor.

Aquel mediodía caliente sin bochorno, alegre de pájaros y árboles, de luces que cegaban las ventanas, de pronto trajo algo inusitado. Cuatro personas se habían parado en la puerta, y miraban hacia dentro. Parecían gentes muy antiguas y de pueblo. El que resultaba más anacrónico de ellos llevaba una barbita corta, entrecana; sombreros de alas anchas; chalina blanca de seda; chaleco alto con la cadena del reloj visible; botas enterizas. La que parecía su esposa, bajita, morena, bizqueaba un poco. Se cubría con una toca ligera, pañuelo de seda negra a la cabeza; botas altas con botones; falda hasta el suelo. El otro señor vestía más moderno: sombrero verde oscuro, bigote cano, gafas de oro, solitario en la mano izquierda y capa azul. Y una mujer todavía de apariencia más actual: pelo entrecano, ojos azulísimos, gesto dulce; modesto abrigo de entretiempo.

Aquellos nuevos y extraños clientes del café en seguida fijaron sus ojos en el señor de los cuatro hijos. Musitaron entre sí con tierna sonrisa sin dejar de mirar. No parecían tener prisa. Los dos señores se quitaron el sombrero. Quedaron con él sobre el pecho, dejando al aire sus calvas perfectas.

El señor de los cuatro hijos al verlos sintió un dulce sobresalto. Y quedó absorto mirándolos. Sabía muy bien quienes eran. Quienes fueron. Siempre pensó que a tal hora, en un sitio así y en primavera, vendrían a conocer a los nietos, a los bisnietos. El único de aquellos antepasados que no llegó a conocer el señor de los cuatro hijos era el caballero de la barba blanca, de los ojos azules y las botas enterizas. Su abuelo paterno. El abuelo Damián. Estaba seguro el señor de los cincuenta años, que cuando era muy niño, como ahora sus hijos, su abuelo Damián le había visitado de manera parecida en el casino de su pueblo, bajo el espejo grande del lateral izquierdo, un domingo por la mañana, cuando acompañaba a su padre a tomar patatillas fritas.

Era aquel un modo de «presentar» a los antepasados casi tradicional en su familia. Su madre —la visitante de los ojos claros y el abrigo de entretiempo— estaba seguro que en vida le había contado pretéritas presentaciones de este tipo. Y su abuela materna —la señora del toquillón— también le había susurrado al oído apariciones de gentes antiquísimas, de calzón corto, en la gran cocina de la posada del Rincón que fue su hogar infantil... Los demás abuelos que allí faltaban conocieron a los pequeños antes de la marcha. No se admitían revisiones. Debía ser ley.

El señor de los cuatro hijos, por atávica intuición sabía muy bien cómo había que comportarse en estos casos. No era cosa de romper normas. Por eso se limitaba a mirar a los recién llegados con el corazón puesto en los ojos, en una indefinible sonrisa, en el tacto con que acariciaba el pelo de la niña rubia. Había que esperar que el maravilloso proceso se desarrollase con toda su elegante parsimonia, con su celeste ritual.

Los recién llegados seguían en la puerta del café, nimbados por la luz que les daba de espaldas. Y continuaba mirando al grupo del señor con sus cuatro hijos. Y miraban sin hablarse entre sí, con los prietamente empañados en el trance.

Por fin, su madre, la señora del abrigo de entretiempo, la que más confianza tenía con el señor de los cuatro hijos, avanzó hacia él con paso muy tímido, sin dejar de mirarle. Caminaba como si fuese pisando o temiese pisar algo muy tierno. Sus acompañantes iniciaron, lentamente, la marcha tras ella.

El señor de los cincuenta años, mientras la veía acercarse, recordaba aquel día en que se marchaba a ser militar. Y sentía el abrazo que ella le dio entonces. Un abrazo que no volvió a sentir nunca. Que no había visto nunca. Un abrazo que todavía le llevaba atado a su corazón. Y recordaba la alta lámpara del recibidor donde ocurrió la despedida, las mecedoras de madera curvada que allí había, el teléfono de manivela, la cancela con vidrios policromados. Horas y horas pasó en el tren sin

poderse desatar de aquel abrazo. Años y años sintiéndolo
fijado en su cuerpo, como la piel, tal vez como sus huesos... Y luego, el otro abrazo, ya sin colaboración. El señor de los cuatro hijos acababa de llegar de un largo
viaje. Los curas aguardaban impacientes. Los caballos de
coche fúnebre piafaban por tan larga espera. A ella la
habían vestido de morado. Estaba rígida como una pieza
de algo inorgánico. Dura. Amarilla mate. Con unas horribles zapatillas de paño negro. Fue un abrazo sin respuesta. Fue como abrazar al tronco tumbado por una hacha
antigua.

Ahora estaban todos ante la mesa, de pie. Sin cambiar su gesto ni el dulce amor de su mirada. Debían esperar que el señor los invitase a tomar asiento. Pero el
señor no «recordaba» si aquella fórmula era necesaria.
Los niños se habían quedado callados, y sin comentarios,
también miraban a aquellos viejos con un dulce gesto de
Nochebuena.

Sólo el más pequeño, apenas cuatro años, se atrevió a
preguntar:

—Papá, ¿qué quieren?

—Nada. Verte. Veros.

En efecto, no era necesario ofrecerles asiento. Los cuatro se sentaron en las sillas fronteras al diván. Y lo
hicieron suavemente, sin un ruido. Primero miraron durante largo rato al señor de los cuatro hijos. E inaudible-
mente comentaron entre sí. Sin duda aludían a parecidos
familiares. Al color de los ojos, al corte de la nariz, a la
frente. Y luego empezaron a fijarse en los niños, uno
por uno. Y también comentaban con gestos placenteros
y de curiosidad cordial, aunque un poco desvaída.

Llegó el camarero con cierto respeto por el aspecto
de aquellos inusitados contertulios del señor de los cuatro hijos, y preguntó qué iban a tomar.

Los señores recién llegados sonrieron entre sí un poco
sorprendidos. Y empezaron a cambiar impresiones que no
se oían bien, mejor, que no se entendían. Sus palabras
eran como una inconexa música lejana. Sin embargo, para
el camarero debía estar todo muy claro, porque dijo:

—No, señoras. Refrescos de zarza no hay. Si quieren Coca-Cola.

El señor de los cincuenta años se precipitó a decir que sí, que trajeran Coca-Cola para las dos señoras. Ellas al oír aquello se reían con cierto escepticismo.

—De modo —repitió el camarero— que dos coca-colas, y dos vermuts con aceitunas.

A la señora del toquillón y las botas altas de botones, de vez en cuando se le saltaba una lágrima, aunque no dejaba de sonreír, y se la limpiaba suavemente con un pañuelo gris. Era la abuela materna del señor de los cuatro hijos, la abuela Manuela.

Como no quedó ninguna fotografía de ella, durante más de cuarenta años el nieto se la recomponía en la memoria, echando mano a datos oídos y a intuiciones, de manera muy parecida a como ahora la veía. Porque de ella sólo recordaba el calor de sus brazos cuando lo asomaba por el balcón del comedor una tarde gris de mucha lluvia. Por la calzada pasaba una apreciable torrentera de aguas turbias, con pajas flotantes. Por la acera de enfrente pasaban mujeres arrebujadas en sus mantones. Y hombres con las solapas de las pellizas alzadas. El niño miraba apartando el visillo, y ella le decía con una voz que ahora recordaba: «Si te hubiera conocido el abuelo...» Y lo besaba con ansia... «Si te hubiera conocido...» Aquel abuelo que ahora estaba allí con la barbita blanca. «Siempre llevaba una chalina, que no era chalina, era un pañuelo blanco de seda que él se anudaba con mucha maña.»

Y una noche vio al médico don Alfredo con abrigo de pieles junto a la cama de hierro donde estaba la abuela arrebujada. Don Alfredo, al que luego mataron en la guerra. El no sabía todavía que lo iban a matar, por eso hablaba con aquella voz tonante, tan segura. Yo creo que la abuela no lo escuchaba, o no le hacía caso, porque tampoco sabía que llegaría una guerra muchos años después de morir ella. La luz de la alcoba de la abuela estaba muy alta. Y al lado la cocina «de arriba». «En esa misma cama murió el tío Higinio tuberculoso y el abuelo cuando lo trajeron con el accidente de la plaza...» Aquel abuelo de la chalina que no era chalina... Y don Alfredo hablaba debajo de la luz alta de cosas ajenas a la enfermedad. En la cocina la puerta estaba abierta, se veían las llamas en el fogón bajo y los botes dorados de las especias sobre la cornisa. Y a los dos días cuando el niño que fue el señor de los cuatro hijos regresó de la casa de los otros abuelos, de aquel de las gafas de oro y la capa, la habitación estaba vacía del todo, sin cama y sin cómoda. Como si allí ya no se fuera a morir nadie más. Había venido el tío Emilio de Madrid, y en la mesa camilla, muy triste, hacía solitarios con una baraja. Entonces hablaron de que no había ninguna fotografía de ella. «Sólo una de cuando era muy chica...» «Algo bizca sí que era», solía decir la otra abuela (la que no vino al café porque había conocido a todos). «Menuda y morena», decía el padre del señor de los cuatro hijos que tampoco vino al café, porque estaba recién ido con su boina y su traje gris desde aquel sanatorio de las monjas que andan tan de prisa, que no lloran y que siempren decían: «Esto es muy sano...» Sí, sí, muy sano.

El camarero sonreía con el de la barra mirando hacia nosotros, sin duda, comentando lo del refresco de zarza que habían pedido las viejas despistadas.

Los niños se habían acostumbrado un poco a la presencia muda de los viejos y volvieron a sus extrañas conversaciones y jugueteos. Las niñas, no. Seguían encanadas en los visitantes, y en su padre. Aunque no se atrevían a pedir explicación de todo aquello.

El abuelo de las gafas de oro, el buen abuelo Luis, tenía un dedo de menos. Seguía sin él. Se hirió en la mano por centésima vez con una herramienta y tuvieron que amputárselo. Cuando volvió de Madrid, después de cortárselo, traía siempre la mano metida debajo de la solapa de la chaqueta, como Napoleón. «Lo malo va a ser para liar los cigarros», decía mirándose el hueco. Casi siempre andaba de mal humor entre las maderas y los serrines, con su guardapolvos amarillo y la gorra visera. De sobremesa contaba historias muy largas con mucha pausa, recreándose en las palabras. Y a lo mejor, sin saber por qué, daba un puñetazo sobre la mesa y decía «¡pero coño!». Los últimos tiempos andaba el hombre muy caído. No bajaba a la fábrica. Pasaba el día junto a la gran chimenea del comedor. Como recordando sus viejas historias, gozos y negocios. El nieto se le sentaba al lado y el abuelo no decía nada durante mucho rato. Alguna vez sí decía: «Lo que importa es que seáis honrados y trabajadores...» Y añadía: «Son muy buenas armas para luchar en esta... vida.» (Nunca sabía el nieto —ahora el señor de cincuenta años— qué adjetivo pensaba poner el abuelo antes de «vida».) Seguramente no sería nada suave. Otras veces añadía: «Y a ver si ahorráis un poco... Hay que saber ahorrar vida, dinero... y mala uva.» Estaba en Madrid estudiando el señor de los cuatro hijos cuando vino su tío de Oviedo. Se llevó a él y a su hijo a comer a un restaurante. Y como quien no quiere la cosa, así como de paso, dijo lo de la muerte del abuelo Luis. Casi no se dieron cuenta los chicos del suceso, hasta bien pasados los postres. Entonces se quedaron muy serios... «Pero iré yo solo... No conviene que interrumpáis los estudios... ni que os impresionéis.» En el fondo a los dos nietos les dio gusto no tenerse que enterar de nada. Por eso ahora el señor de los cuatro hijos miró a su abuelo por si se acordaba de ellos y les guardaba algún rencor. Pero se veía que el hombre no estaba en eso. Se recreaba en mirar y remirar a «la familieja», como él decía cuando vivía. No sabía por qué le parecía intuir que el viejo decía lleno de gozo al mirarlos: «¡Ay!, ¡qué coño de muchachos!» Pero no le hizo falta ir él al entierro para saber que iría todo el pueblo. Todos los carpinteros y ebanistas, los del casino, los Sernas, los Peinados, los Torres, y todos aquellos miles de gentes que tantas veces le gritaron por la calle: «Hermano Luis, hermano Luis, un momentico.» Y lo paraban y le hablaban mientras él se cogía la capa por ambos embozos y escuchaba mirando al suelo, con cara de aparente mal genio, pero buscando en el magín cómo hacerle el favor que le pedían.

Trajeron los dos vermuts y las dos coca-colas y el plato con cuatro aceitunas. Pero a los huéspedes no parecía importarles mucho. Ni probaban nada de aquello. El más pequeño de los niños, con gesto travieso y creyendo que no lo veían, tomó una de las aceitunas. En seguida le siguió el otro. Luego la niña más pequeña. Y el niño chiquitín repitió rápido.

La niña mayor miró a su padre como diciendo: «¿Te has fijado qué mal educados?»

Al abuelo de la barbita grisanta y la chalina no lo conoció el señor de los cuatro hijos. Había muerto muchos años antes. Pero siempre lo tenía presente según la foto del kilométrico que no llegó a estrenar. Del kilométrico blanco. Y contaban que cuando salía de su bodega, que estaba allí lejana, en el Parque, siempre le decía a la abuela bizca: «¿Quieres algo, chica?» Y aquello de que una vez se le prendieron fuego las ropas y salió corriendo despavorido, hasta un montón de tierra que había de unas obras, y empezó a revolcarse hasta que se apagaron las llamas. «Y recuerdo verlo entrar en la fábrica de mi padre, tan hombretón como era, tan decidido. Nosotros estábamos jugando por el patio y, de pronto, ¡cataplún! y tropieza y se cae todo lo largo que era. Nosotros, claro, cosas de muchachos, empezamos a reírnos. El hombre se levantó, se sacudió, y riéndose, también en broma, hacía como que nos iba a pegar.» (Estas cosas se las contó en el casino un señor amigo, muchos años después.)

El señor vio, sin darse bien cuenta de lo que ocurría, que los niños seguían comiendo aceitunas con el mayor desparpajo. Y notó que la hija mayor hacía tiempo que le daba en el brazo llamándole la atención. Por fin reaccionó.

—¿Qué pasa?

—Papá…

—¿Qué?

—Que tengo mucho miedo.

—¿Por qué?

—Porque no se acaban las aceitunas. Cuando ya no hay, salen otras cuatro.

El señor de los cincuenta años miró al plato sin susto alguno, ésa es la verdad, y comprobó que así era. Apenas tomaban la última aceituna, llegaban cuatro más al platillo, como si las dejara taimadamente la misma mano que se llevaba la anterior. Luego interrogó con la mirada a sus antepasados. Pero ellos seguían atentos a los niños; sonriendo, comentando entre ellos cosas del parecido con otras generaciones, sin darse por enterados del milagro de las aceitunas. Los pequeños eran los que lo pasaban en grande.

—¡Más aceitunas! ¡Arrea, otras cuatro aceitunas!

Dieron las dos y media en el reloj del café.

El señor Luis comprobó la hora en su reloj de oro de siempre e hizo un gesto a los demás. Todos, sin muchas ganas al parecer, se pusieron de pie. Hicieron un comentario más sobre los niños, y luego miraron los cuatro hacia el señor de los cincuenta años. Pero no lo miraron con la sonrisa tierna que a los niños, sino con especial melancolía... *Creo que me están diciendo: «Hasta muy pronto»* —pensó el señor de los cuatro hijos—. *«¿Hasta pronto... o hasta muy pronto?»* Es igual. Siempre es pronto.

Salieron como llegaron, andando muy tímidamente. Todavía se detuvieron en la puerta. Volvieron la cabeza por última vez. Ya en la calle parecían titubear, sin saber cuál era el camino. Por fin decidieron ir hacia Cibeles.

Cuando quedaron solos, dijeron los hijos:

—Papá, ¿por qué ya no salen más aceitunas?

—Papá, ¡qué amigos más raros tienes!

—¿Quiénes eran?

El señor de los cincuenta años no les contestaba. Pasó un rato muy largo sin sentir que vivía, sin oír a los niños. Una fuerza muy lejana y profunda los arrastraba tras aquellos que acababan de marchar. Tras otros miles y miles que marchaban delante de ellos, hasta tocar las mismas raíces del árbol —¿tal vez olivo?— del Paraíso. La sangre que corría por sus venas le traía calor y amor de aquel lejano manantial. Calor y amor que él transmitió a estos

cuatro comedores de aceitunas que había junto a él... Los
acarició sin mirarlos. Había que marchar. Los esperaba «ella».

Salieron a la calle. No había ni rastro de los visitantes.
Sólo gentes de ahora, con vestidos de ahora, que siempre
se beben todo lo que les sirven los camareros, y que no
saben multiplicar las aceitunas.

Me costó trabajo llevarla hasta allí por la dificultad del terreno... Y porque desde hacía tiempo cuando estaba conmigo parecía distraída. (El amor es la enfermedad más breve y curadera de cuantas padece el género humano.) Me sonreía con amabilidad, contestaba a todas mis preguntas, y seamos justos, de vez en cuando me decía cosas ocurrentes y reía con toda la explosión, la maravillosa explosión de su boca... Pero su cabeza o su corazón estaban en otro lugar.

Si la llamaba para salir a comer, a beber, al teatro, a correr maravillas, no fallaba, me decía que sí. Si la llamaba, sólo de vez en cuando para hacer el amor, también decía que sí. Pero comía, bebía, miraba y hacía el amor con el corazón y el pensamiento al otro lado de mi frontera.

Cuando incansablemente le recordaba nuestro amor, nuestro importante amor, ella sonreía benévolamente, hasta halagada, pero nada decía. Sus manos quedaban entre las mías sin tensión. Sus ojos sí me miraban fijos, pero sin respuesta. Recibía mis besos con los ojos abiertos. Sus largas piernas, su sexo manso y sus pechos breves me hurtaban su último secreto.

Cuando la veía a mi lado desnuda en la cama; en traje de baño leer una revista, o vestida servir un aperitivo en la terraza de su apartamento, miraba con terquedad aquellas piernas inolvidables, el pecho leve, la curva morena de su vientre intentando sustraerles el secreto de aquel nuevo alejamiento. Estaba cierto, quiero decir casi cierto, de que no había nada ni nadie nuevo en su vida. De que sólo estaba habitada por su pasado, por un pasado más poderoso que el presente. La capacidad reproductiva de nuestro espíritu se cansa a veces y queda durante mucho tiempo varada en una fecha. El telescopio puede quedar fijo durante largos años en una playa, la misma playa del pasado. Y los barcos, marismas y nuevas playas que pasen ante él en las innumerables singladuras posteriores serán como viento sin figura. Cada cerebro tiene una fecha o unas fechas clave. Cada corazón también. Hay pozos que nunca se secan y pozos que en una siesta temprana quedan secos para siempre con el fondo lleno de piedras y cristales que nunca volverán a mojarse.

La llevé a la Cueva de Montesinos con la secreta esperanza de que junto al agua de su fondo, en las tinieblas, en aquel ambiente de viejas fábulas y romances, se revolviera un poco la faltriquera de su pensadero, se removieran un poco las frías hojas de su espíritu y diesen señal nueva.

Apoyada en una vara verde, subía delante de mí por el camino cheposo, de tierra húmeda y roja. Llevaba pantalones oscuros. Yo la miraba por detrás. Su melena de sombras, sus largas piernas, el rizo elegante de su grupa, la flexibilidad de su cuerpo todavía joven... La miraba tan próxima y tan alejada. Tan a mano y tan volandera. Y recordaba como primero la conocí en mis sueños. Y luego muchas noches después la vi aparecer y desaparecer bajo la luz de aquel farol hasta coincidir en nuestra visita al prostíbulo de las paredes transparentes.

Realmente seguía siendo personaje de sueño que estaba conmigo en aire y no en cuerpo, en fantasías y visiones desarticuladas y no en realidades.

Yo no pensaba que hiciéramos el amor en la Cueva de Montesinos. La humedad, la quebradura de su terreno no lo permitían. Lo que yo deseaba era ponerla en comunicación con el aliento del fondo de la tierra. Echarle sobre sus carnes aquella humedad prehistórica, aquella vena de sueños incesantes. Que aquella cueva es socavón de misteriosas fábulas e imágenes muy molturadas por la historia y la leyenda.

Nos sentamos en la mayor hondura, cabe al agua que corre entre tinieblas. De las piedras y techo bajo rezumaban gotas densas. Desde allí la entrada se veía lejana, como un desgarrón del sol con barbas de cardenchas y hierbajos.

Ella fumaba ante mí, dándome la espalda. Yo pensaba que tal vez podría quedarse allí escarchada, como una estalagmita en forma de mujer para completar el retablo fabulero de la cueva... y yo iría a verla todos los otoños y escribiría una monstruosa leyenda sobre su figura, que luego atraería a miles de peregrinos. La llamaría «Damafrida».

Yo no quería decirle nada, ni distraerla, porque tal vez el misterio de la cueva, como yo deseaba, comenzaba a abarcarla. Se comportaba como si yo no estuviera, con el humo irresoluto del cigarro envolviéndole su cabellera mal peinada.

Luego, suavemente, sin quitarse el cigarrillo de la boca, comenzó a desnudarse lentamente: el *sweter,* el pantalón, el sostén, los zapatos de lona, y suavemente se dejó deslizar desde la altura donde estaba —una especie de peñón negro y húmedo— no hasta el arroyo como yo suponía, sino al barrizal que le servía de ribera.

Encendí mi linterna. Ella ni miró hacia mí. Y comenzó suavemente a revolverse en el lodo. Se rebozó a conciencia la parte delantera del cuerpo, luego la espalda. Se embadurnó bien la cara, los pechos, el pelo, los brazos, los muslos. Hasta el último rincón. Lo hacía con morosidad, consciente, cumplidamente. Hasta que quedó totalmente cubierta por aquella greda negruzca. Cuando estuvo rebozada a su satisfacción, se puso en pie y quedó mirándome con los brazos caídos a lo largo del cuerpo. Al enfocarle con la linterna sólo le veía el blanco de los ojos y los dientes. No sé qué rito cuaresmal y penitente trasuntaba aquello. Y me habló —para remate— con voz velada: «¡Anda! ¡Ahora hazme tuya!»

Quedé aturdido. Pensé en aquellas bellas perseguidas de las leyendas medievales que al ser abrazadas por el seguidor se mostraban como esqueletos.

Era la primera vez que me pedía amor en mucho tiempo. Siempre pedía yo.

No respondí, no me moví.

—¡Anda! ¡Hazme tuya! Es la misma carne, nunca te he deseado como ahora —añadió con una sonrisa que quería ser sarcástica.

Aguerdó un momento más, y al ver que no me movía tomó la ropa, y pasando a mi lado salió de la cueva casi a gatas.

Pensando en aquello me quedé en mi lugar, fumando. Estaba convencido —ahora lo dudo— que en aquella petición no había morbosidad alguna, sí ironía, pura parábola moralista.

Al cabo de un rato trepó hasta la boca de la cueva. Me asomé. Seguía desnuda. Tumbada al sol. Parte del barro que la cubría estaba ya seco. La observé un buen rato y decidí bajar de nuevo, volver a mi lugar.

Me distraje en mirar cuidadosamente la cueva a la luz de la linterna. Una vez, al pasar la luz por la parte del techo que en forma de bóveda cae hacia el suelo barrizoso por al izquierda, me pareció observar que una piedra, no mayor de un palmo, brillaba bastante, como si fuera fosforescente. Pasé y repasé la luz por el mismo lugar y se repitió el fenómeno.

Me levanté. Anduve con cuidado para no escurrirme y me llegué a tocar la piedra aquélla. Vista de cerca tenía una superficie de tacto metálico. La limpié bien con un pañuelo, pero su brillo no aumentó gran cosa, pero sí sus exactos límites. No estaba demasiado incrustada. Me dio idea de extraerla y llevármela a casa. Parecía bonita. Ayudándome con la navaja cabritera que llevaba siempre al campo, ahondé por las fisuras de la piedra hasta que quedó muy holguera. Por fin, después de algunos trabajos y de hacerme sangre en los dedos, la conseguí sacar.

Pero no medio tiempo a examinarla con detenimiento. Se me fueron los ojos al hueco que había dejado la piedra lustrosa. Era un agujero ovalado que dejaba ver un exterior sin sol, un callejón umbrío, pensé yo. No comprendía que un orificio del interior de la cueva pudiese dar al exterior. Por eso antes de mirar por él, que era lo elemental, me puse a hacer cábalas. Y me dieron ganas de llamar a la embarrizada para consultarle. Pero me contuve. Por fin, con cierta precaución acerqué los ojos al agujero... Pero de pronto, como temiendo algo, volví de mi acuerdo y decidí examinar la piedra que tenía entre las manos. Era prismática, casi como un adoquín. A la luz de la linterna parecía de plomo, de un plomo azul fuerte. Nada de particular. Como pesaba mucho la dejé en el suelo.

La luz que se veía por el agujero parecía también azulenca, de un extraño día con densas nubes azules nunca vistas.

Me decidí a pegar los ojos a aquella rara ventana. Primero miré bien hacia arriba y no vi otra cosa que aquella luz azulenca que no comenzaba en ninguna parte. A la altura de mis ojos, en la horizontal, tampoco se veía nada. Sólo aquella luz de telón de fondo. Luego, pegando cuanto me era posible la frente a la parte alta del orificio, para colocar los ojos en la mayor vertical, miré hacia abajo... Nunca he podido comprender cómo contemplé cuanto apareció ante mi vista con tanta naturalidad. Debían estar mis nervios absolutamente relajados. Ahora, muchas veces, cuando pienso en aquel mundo mío, absolutamente mío y desconocido para todos los mortales, me excito muchísimo, mucho más que en aquel momento histórico del descubrimiento.

... Y vi... Y continúo viendo cuando quiero, sobre una calzada muy lisa y brillante, con reflejos de espejo, pasear a unos señorines y señorinas no mayores que mi dedo. Señorines y señorinas muy bien vestidos de color azul, con trajes y vestidos de hechura muy parecida a los que llevamos los mortales de estatura normal. Eran personillas plácidas y sonrientes que no parecían ir a ningún sitio concreto. Se saludaban alzando la mano derecha a la altura de la nariz, con la sonrisa imborrable en su boquita de ratón. Todos y todas iban sueltos, sin formar parejas.

Entre ellos no se veían casas, aceras ni obstáculo alguno. Más que calzada era una llanura, infinita, azul espejeante, por donde discurrían aquellos seres minúsculos y de apariencia feliz. Todas las caras me parecían iguales y todos los cuerpos de la misma hechura. No se veían viejas ni niños, o al menos yo no los distinguía. Marchaban todos en línea recta, aunque no con demasiada rigidez, hasta perderse. Y siempre daba la sensación de haber el mismo número de paseantes. No sé si es que caminaban en absoluto silencio, sin hacer ruido alguno, o es que los ruidos que producían no podían llegar hasta mí. Lo cierto es que daba la sensación de un mundo silencioso y sideral. Ni cambiaba la luz, ni se notaba la menor alteración de aquel pequeño universo que, luego de contemplarlo un rato, daba la impresión de que se movía con una elegante mecánica, de desplazamientos disimuladamente isócronos y acompasados.

Se me ocurrió ensayar una forma de comunicarme con aquellos seres y silbé tímidamente. No hubo la menor señal de recepción. Silbé más fuerte. Luego voceé con todas mis fuerzas. Nada. Aquellas gentecillas continuaban sus paseos metódicos, sus parcas sonrisas y saludos sin el menor acuse de recibo... Me falta decir que sus caras eran un poco rojizas y mofletudas, de forma que destacaban mucho sobre tanto azul.

Mi último intento de llamar su atención fue enfocarlos con la linterna. Tampoco obtuve el menor resultado.

*

No sé el tiempo que llevaría en mi extraordinaria observación, cuando de pronto se me ocurrió algo que consideré muy importante... Ofrecerle a ella, a la que se secaba al sol, mi maravilloso descubrimiento. Sería la primera y única persona que supiera mi secreto. Ningún hombre podría ofrecerle nada semejante. Yo era, nada más ni nada menos, que el mensajero de un mundo recién descubierto, que ponía a su disposición. La idea me exaltó más que el descubrimiento mismo. Iba a excitar su imaginación como nadie podría hacerlo. Iba a ofrecerle nada más ni nada menos que la inmortalidad.

Precipitadamente, sin tapar la ventanita, salí corriendo de la cueva gritando su nombre.

Todavía al sol, se desconchaba el barro, ya seco, que permanecía adherido a su cuerpo desnudo.

—¿Qué te pasa, hombre? —me preguntó desganada.

Jadeante, me senté a su lado, y ahora, excitado de verdad, le conté cuanto acababa de ver. Y se lo conté de la manera tan brillante y sugestiva como jamás podré hacerlo. Me escuchaba sin dejar de desconcharse el barro seco. Ni un solo momento vi curiosidad en sus ojos. No varió el repertorio de su gesticulación habitual. Su distanciación era infranqueable. Lo comprendí para siempre. Tampoco se dignó hacer el menor comentario. Fatigado por mi relación y definitivamente desilusionado, quedé en absoluto silencio. Estoy seguro que no pensó que le mentía. Pero cuanto yo pudiera decirle no le importaba absolutamente nada.

—... Luego, otro día, si te parece, veremos «eso» —dijo al fin—. Ahora me gustaría que nos fuésemos a almorzar. Tengo bastante hambre. ¿Sabes?

—... Márchate tú. Yo no puedo dejar esto como si fuera una liebre que se cruzó en el camino.

—Está bien. Pero préstame algo de dinero, porque creí que venía invitada y no me traje el monedero.

—... Toma. Tienes suficiente para regresar a la ciudad en el coche de línea. Yo me quedaré unos días.

—Gracias. Que te diviertas con... ésos.

Y me ofreció la mejilla.

Riéndome feliz, porque de pronto me sentía totalmente, milagrosamente liberado, le di un beso superficial y la dejé marchar.

Durante mucho rato, sin dejar de reír, saltaba de gozo como un loco. Ella trepaba por la senda pina, inclinada hacia adelante, sin volver la cabeza.

Al cabo de un buen rato ella había desaparecido. Me volví a mi observatorio de la «Cueva de Montesinos».

Y en él sigo.

Tal vez, cuando acaba el otoño de nuestra vida, todos nos retiramos a nuestra Cueva de Montesinos, para ver y rever nuestro único descubrimiento, e intentar explicarnos a través de él, el «porqué» de todo esto.

Indice